光与岸

钟文诗论集

钟文 著

孙晓娅 编

译林出版社

图书在版编目（CIP）数据

光与岸：钟文诗论集／钟文著；孙晓娅编．—南京：译林出版社，2020.12

ISBN 978-7-5447-8416-0

I.①光… II.①钟… ②孙… III.①诗歌评论－中国－文集 IV.①I207.22-53

中国版本图书馆 CIP 数据核字（2020）第 184101 号

光与岸：钟文诗论集　钟文／著　孙晓娅／编

责任编辑　刘　池
特约编辑　刘盟赟
装帧设计　陈　悦
校　　对　孙玉兰　戴小娥
责任印制　颜　亮

出版发行　译林出版社
地　　址　南京市湖南路 1 号 A 楼
邮　　箱　yilin@yilin.com
网　　址　www.yilin.com
市场热线　025-86633278
排　　版　南京展望文化发展有限公司
印　　刷　徐州绪权印刷有限公司
开　　本　787 毫米 ×1092 毫米　1/32
印　　张　16.625
插　　页　4
版　　次　2020 年 12 月第 1 版
印　　次　2020 年 12 月第 1 次印刷
书　　号　ISBN 978-7-5447-8416-0
定　　价　78.00 元

目录

诗艺随笔

诗学探索

序

2017年4月22日上午10点，上海武警医院病房区。钟文半卧病床，面颊消瘦苍白，半闭着眼。我握着他嶙峋的左手，开场白简单明确——我承诺，一定会为你出版这本书。他头脑清楚，微微一笑，点点头。这是最后的告别。当天下午他昏迷不醒，直到5月7日凌晨离开这个世界。

我们是怎么认识的？应该和一个诗歌事件有关。1980年秋，在北京郊区定福庄，由《诗刊》副主编邵燕祥主持全国诗歌讨论会，这是公开争论“朦胧诗”的序幕，后称为定福庄会议。在对“朦胧诗”刀光剑影的围攻中，杀出有血性的“四条汉子”，他们是谢冕、孙绍振、吴思敬和钟文。那年头，我们正忙得四脚朝天，后来才听说这件事。

记得1981年隆冬，钟文在北京开会因急病住院。他穿着军用棉大衣，苍白消瘦，一副书生模样。探视时间早就过了，我们在医院门外小聚，有合影为证：钟文、顾城、杨炼、唐晓渡、牛波和我。没有会客室，也没有小饭馆，刮着西北风，冷飕飕的，谁也坚持不了多久——我们哆哆嗦嗦，互相取暖。

如果逆流而上，八十年代可谓现代诗歌的上游。那年头，四川诗人呼啸成群，集结在成都。军师钟文出谋划策，跟着摇旗呐喊，要说起来当年翟永明和欧阳江河都是他的学生。播下诗歌的种子，从成都出发，再沿铁路公路小路延伸到罕见的人迹中。

钟文在“文革”后期从上海到自贡下放劳动。他有两三百本藏书，于是亲手编写了《文学描写手册》，半公开售卖，赚了第一桶金，尝到甜头。后来从自贡到成都，摇身一变，成为成都大学的老师，他借助电大的新媒体，开了两门课，浑水摸鱼捞下金银。

1985年是转折点。他从成都到深圳，水涨船高，跻身为深圳大学教授兼系主任。再往前跨一步，仅仅一步，他混进香港的金钱世界。顺着风向标，我跟着他亦步亦趋——同年春，我也下了海。我在北京昌平县踩河村飞达公司听差。业务范围除了导弹以外，主要是出口转内销，倒卖盘条，试图搅乱彩电市场，再加上所谓商演，赔本赚吆喝。据说进京还捎带一货车的臭带鱼——各种演绎版的传闻。我们忙乎了大半年，连生意的边儿都没沾上，心里倒踏实，我再回到书桌码字。

钟文曾这样写道:“我十分欣赏客家人对人的命运的一句谚语:一命,二运,三风水,四积阴德,五读书。天命所归是人用什么力量也拗不过来的。”

那真是天命。1990年夏天,我在巴黎见到钟文。先通电话,约好在巴黎一家中餐馆吃午饭。我们互相打量——我失魂落魄,跟流浪汉差不多;他住在难民营,但衣着优雅,对未来充满信心。午饭后,我顺手把一个信封塞进他口袋里——这是我刚在蓬皮杜中心朗诵的酬金。四海之内皆兄弟,没的说。

次年冬,眼见着钟文的灭顶之灾,被助手卷走了大部分存款。苍天在上,居然和助手共享银行账号的签名权——他可真够糊涂的。估摸有一百多万法郎,对我来说那是天文数字。真为他着急,心里咯噔一下——看来流浪者与流浪者完全不一样。

冬去春来,接着地气缓了过来,他开始做小买卖。从山地自行车服装到丝绸生意,慢慢走上正轨。记得1993年圣诞前夜,钟文在他家约我和几个朋友小聚。我喝多了,反复唠叨这句法文“beaucoup, beaucoup de problèmes”(很多很多问题)。圣诞树的彩灯一闪一闪。是啊,每个人都有很多问题,那是我的艰难时刻,其实钟文也如此。躺在他家的沙发上,我半夜醒了过来,还是重复这句新学的法文。钟文为我盖好毛毯,像哄孩子般安慰我。

那阵子,宋琳家住巴黎三区,送孩子上学,几乎每天早上都能见到钟文,互相打招呼。钟文推着小车送货,颠簸在鹅卵石路上，叮叮当当，沿着店铺门板回响。他自食其力，毫无老板的架子。

仗着腰板还算硬朗，钟文爬上小山坡，喘了口气。我算了算，那是二十年前的往事，他刚五十出头，做出战略转移的重大决定，于是从巴黎挪向上海。

他和一个法国人在西湖边聊天，谈起职业选择。他说，如果我现在选择，我还是会选择做商人。为什么？因为教授在智力与能力上的挑战越来越小，中国的教授是很平淡，甚至很中庸的一种职业（自然科学另当别论），我们这一代人中大量的是人云亦云的抄书匠，如此而已。商人不一样，做商人在智力和能力上是对人的潜能的巨大挑战，成功与失败每天都在考验着他们，所需要的能力远远不是读书抄书这么简单。他们面对的世界非常之大，因为这一切，我情愿去做一个商人。

看来天命不可违。九十年代末，钟文的生意越做越大，他从巴黎搬到上海，成为欧罗福国际集团远东区总裁和法中文化交流中心主席。如果野心像深渊，谁才是真正的主人？

1999年夏天，在巴黎歌剧院附近的咖啡馆，钟文和一个法国的中国通喝白兰地抽雪茄。中国通说起一笔生意，涉及法国电力公司，打算把法国的几个火力发电厂，低价甚至无偿拆迁到别的国家或地区，当然针对的是第三世界。假如只花一欧元，可买下一座法国火力发电厂——这是多大的诱惑，做生意堪比赌博，而梦想却比金钱远大得多。

再说，法国人一点儿都不傻，他们早就准备取代火力发电厂了，顺便给中国送去厚礼。钟文当然也不傻，中国能源需要的是时间差。

盘算小九九，一步一步向前推演——从法国电力厂拓展到全球绿色能源计划——这是钟文梦想的王国，但想想都后怕。硬着头皮，他与美国通用(GP)、英国石油(BP)和日立等公司的老板们一起合伙共谋，相当于“八国联军”。看来他是站在深渊边随时准备跳下去的人。

规避商业机密，钟文几年后在香港跟我闲聊，谈到他的庞大计划，我听着都犯晕——除了诗歌的逻辑，还有金钱的逻辑，加在一起，他就像堂吉诃德那样冲向风车。再加上文牍的逻辑，他沿着字里行间跋涉，终于获得联合国的正式批准。自称为“历史性的文件”，却需要全球绿色联盟计划的先决条件。他想得美，紧紧抓住一纸公文，喜极而悲。

2002年冬天，我陪母亲去上海和苏州小住。我被镇住了：钟文快成了上海滩的老大。他的坐骑是美洲豹(Jaguar)，据说是上海头一辆，从英国直接运过来的。司机小张戴着白手套，毕恭毕敬。他派头可大了——无缝流线后背发型，皮鞋锃亮，意大利手工西服，加上淡淡的男用香水。他周旋于官商之间，茫茫然，目光不太容易对焦。

顺手，他把上海作协那栋小楼(巨鹿路675号)包租下来，先让文学靠边站。他还开了一家“三十年代大饭店”餐厅，高朋满座。我把外甥女介绍给他，担任英文翻译。当然了，我和母亲也蹭车沾光，包吃包住。坦率地说，在上海待了三天，我东闻闻西嗅嗅，估摸是被那股男用香水味儿熏着，在上海迷失了方向。

2006年秋，世界的舞台转换，我和钟文相聚在纽约。他刚见过通用公司的老板，前不久在人民大会堂举行正式会谈，为了绿色能源和绿色美元而干杯，据说还登上了报纸。我们请了一个学中文的美国小伙子专程陪同，钟文在新大陆实地考察。

在纽约，落叶飘飞，就像日子那样任意挥霍。我们住在曼哈顿西中区的小公寓，他蜷缩在小沙发里，感叹人生，生意无常，看来还是平头百姓，平起平坐。问了问我的难处，他顺手写下一张支票，捐了两千欧元。后来他半开玩笑问我，是否背后骂娘。没这回事儿，我应道，钱多钱少，都得感谢金主们的支持。

我2007年8月从美国搬到香港，在香港中文大学教书。次年夏，钟文到香港出差，在尖沙咀马可波罗酒店下榻。他身体虚弱，闭上眼说话，像生病的大鸟。据他说是一种怪病，译成“运动神经阻碍症”。我问他，倘若闭上眼谈判，和那些大老板们怎么周旋？他摊了摊手，苦笑，无可奈何。

每隔一阵他专程到香港，陪模特夫人和两个孩子住同一家酒店，紧挨着“购物天堂”的海港城。我们俩先在餐厅聊天，接着家人搂着大包小包，我们一起吃顿晚饭。钟文闭着眼，他夫人目不转睛，停在某处，和橱窗的模特差不多。

一想到从“八国联军联合国全球绿色联盟”到环保利用焦炉煤气零污染燃气轮机、绿色美元，直至不夜城高档橱窗、英意晚餐菜单、侍者表情、模特脸色，我就烦透了，再也不想去那鬼地方了。但为了友谊干杯，怎么办？我提出唯一的条件是，钟文本人到我家吃顿便饭。他终于来了，喝红酒加上家常便饭，他突然睁开眼睛，谈天说地，聊到深更半夜。

2012年春，我在香港中风，后来赶到上海，在一家针灸诊所治疗。当天晚上，虽有严格医嘱，还是忍不住跟钟文通了电话。他惊呼，非得赶到酒店过来看我，哪怕只待一个钟头。

我们在大堂咖啡厅小聚。钟文是半个盲人，我是半个哑巴，同病相怜，但还挺乐呵——在真实的处境中，这才是坚不可破的友谊。

这是人生的转折之年。他从巅峰滑到低谷，公司倒闭，跟老婆离了婚，把别墅也卖掉了。“本来无一物，何处惹尘埃”，他好歹捡了条命，终于回到书斋中。

那年，几乎每个月我都去上海治疗。钟文是美食家，听说我要过来，总是由他安排当晚请客，派司机接送。凶猛的美洲豹换成老掉牙的面包车，司机小张也变成老张了。一旦公司倒闭，钟文反倒眼睛亮了，就像打开了窗户。

摘下商人的面具，他是个乐观又充满好奇的人，对上海几乎所有的细节无所不知。当年他是里弄的穷孩子，在恶劣的环境中生存，那得有多么强大的能量和原动力啊。他目光时而温柔时而狡黠，就像老顽童。他每次请客，往往更换不同的老餐厅，好像为上海感到自豪。钟文每次抢着买单，手头拮据，而我心里清楚，他在乎的是内心的骄傲。与此同时，他反复查看账单，估计多年被人坑骗。

自2012年起，钟文沉溺在书斋中，通读那些大部头的艰深原著，尤其是现当代哲学，写下百万字的笔记。从商人转换成诗歌评论家，他发表了一系列评论文章，引起诗人和诗歌读者的瞩目。他从小热爱文学，算得上童子功，加上过目不忘，浸染其中，这五年下了功夫，他厚积薄发，最终留下正果。

我相信能量守恒定律，生命也是如此，钟文的身体每况愈下。三年前他身上奇痒，住了两个多月医院，被抗生素灌饱了，看起来止痒了，但最终引起肾癌，相当于一连串连锁反应。幸好人有一颗心，却有两个肾，等于备胎，他的另一个肾被切除了，他活了下来。手术很成功，我专程前往祝贺，打开一瓶法国红酒，为生命干杯。

看来各有各的人性的弱点。钟文坚信西医对生命更有效，特别是三甲医院著名医生加上美国药。他用尽最贵的美国药，病况有所好转，但无形的病毒潜伏下来。

记得三年前，我和毅伟到他居住的“罗马花园”单元小聚。我坦率地说:“你是个文人，当不了商人。”他就像犯错的孩子，搓搓手，点了点头。就在前天晚上，我们在一家粤菜馆吃晚饭。毅伟问钟文，你最近怎么突然消失了？钟文交代，他和两个法国华人合伙，一起到柬埔寨倒卖房子，为了挣快钱，结果被黑帮绑架，抢劫一空。他绘声绘色，包括不少可信的细节，我们全都信了。后来才知道，钟文在山西厂方欠巨债，被拘一个月，因年老病衰放了他一马。转眼连面包车也卖掉了，司机老张也失业了。

时光流转。钟文曾师从上海真如庙住持方丈妙灵法师。据说他捐了七十万，翻建这座小庙。讲起他的经历与磨难，妙灵法师没说什么，只写了四个字：无得正观。

钟文写下的《那趟从不停靠的列车》的经商自传，由广西师范大学出版社出版（2015年），我终于找到了这本书。他在结尾处写道："读经以后使我很为开悟。俗世的得失观，过分强调了金钱的作用，于是人就产生了很多错觉和不良习惯。世上常常是贪心所起的假象，对钱的贪心越大，假象就越大，贪心越大，执着就越厉害，如此的恶性循环，会让人大吃苦头。"

临终前，面对病榻上的钟文，我握着他的手，应下唯一的承诺，终于如释重负。

这一年多来，我随身带着他的书稿旅行，但几乎不敢触摸，就像难以愈合的伤口。虽说友谊为重书为轻，可难上加难——钟文的书稿庞杂无章，多是笔记或未成稿，再说也不是我的行业。幸好找到关键的人物孙晓娅教授，她认识钟文，也喜欢他的文章。孙教授和学生们共同合作，花了大量的精力与时间，终于编成了这本书。

北岛

2018年6月14日

诗人琐忆

老木头和他的诗观

顾城之死

翟永明印象

老木头和他的诗观

——记录北岛

一

我认识北岛是1979年初，之前不识他的人，只是读他的诗。

1979年中国人头上的阴霾逐渐在消散。我那时候还在四川自贡劳动，但是周围能谈天说地的大多数是四川自贡的一批文化人，我读到了北岛的那首《回答》：

> 我来到这个世界上，
> 只带着纸、绳索和身影，

为了在审判之前，
宣读那些被判决的声音：

告诉你吧，世界
我——不——相——信！
纵使你脚下有一千名挑战者，
那就把我算作第一千零一名。

我不相信天是蓝的，
我不相信雷的回声，
我不相信梦是假的，
我不相信死无报应。

北岛的这首诗写于1976年4月（后来我与北岛核实，此诗的真正成稿时间是1973年，当时的题目是《告诉你吧，世界》）。我读后瞠目结舌。因为当时中国相信：天是蓝的，梦是真的，好望角已发现，冰川纪已过去。北岛这种惊世骇俗的呼唤需要有赴汤蹈火的决心。“我不相信”，的确是时代的伤口与个人的伤口契合在一起时唤出的勇气与正义。于是“我不相信”成了时代的标识，同时也成了北岛的标识。“我不相信”，用一句大白话而成为一个有历史传奇性的诗歌形象，这正是用诗去唤出人民心底感觉得到但呼喊不出的奇迹，创造人工神话来抵制语言逻各斯的胜利。

1980年中国有了一场朦胧诗的争论。围绕着北岛、舒婷、顾城等人的诗，中国掀起了一场全国性的辩论。写“朦胧”的诗却成了一大批年轻诗人的追求目标。当时的《诗刊》是由邵燕祥这样的开明人士在主持，所以，他们决定召来中国当时的诗评家们在北京开一次辩论会。这就是1980年的定福庄“诗歌理论座谈会”的背景。围绕着一种诗歌而举行一场全国性的面对面的辩论会，在中国诗歌史上恐怕也是绝无仅有。

四川被分配赴会的是两个人，一位是《星星》诗刊的副主编，一位是我。当时我不认识到场的任何人，我只是读过谢冕的《在新的崛起面前》的宏论，非常敬佩他的高瞻远瞩和对年轻人的热情关爱。我到了现场发现，反对朦胧诗的这一派人居多，有丁某、宋某、闻某等。这些人都是诗坛的大人物，好几个是延安鲁艺的毕业生。在会场上他们对谢冕发起围攻式的辩论，我只是出于我的艺术见解和艺术立场，非常自然就站在谢冕的这一方。大多与会者是骑墙的，多听少说。对垒的双方大致是四人对四人。我方的四人是谢冕、孙绍振、吴思敬和我。他方的四人是丁某等人。谢冕一开始因为被围攻有些疲惫，现在就抱肘督战了。孙绍振驰骋诗坛已久，才华横溢，他多以嬉笑怒骂来对付。对阵辩论最激烈者是吴思敬和我。吴思敬是有备而来，口袋里装了一摞卡片，时不时会从中抽出一张来，或是马克思怎么说，或是恩格斯怎么说，用此来以子之矛攻子之盾。当时的辩论范围从哲学到诗歌无所不包。辩论常常到了争吵的地步。对方的阵营以丁某为主力，该老先生是个激情派，他发言五分钟以后必定声音提高八度，所以一过下午，他的嗓音就沙哑了。到了傍晚，我和吴思敬的嗓音也随之沙哑了。面对这几天的火爆辩论，《诗刊》与《文艺报》的人只是在旁边记录，不发表任何意见。气氛冷峻但不肃杀，我们才敢放胆发言。

这场争论对我而言最大的收获是偶然地结识了谢冕、孙绍振、吴思敬这样的终生朋友。套句俗话，这种友谊是战壕中的友谊，当时是“同识朦胧”为同志。定福庄争论的最后结果是《诗刊》发表了一篇《一场热烈而冷静的交锋》作为总结。这个总结不偏不倚。但是这场争论以后，全国虽然还有反对朦胧诗的文章发表，但总体而言已经气势颓败了，大批年轻诗人可以在更自由的气氛中写诗了。

因为我在定福庄“诗歌理论座谈会”上的表现，场外以北岛为首的朦胧派诗人得到了消息，请人来找我，要求我和他们在北京见面。当时有北岛、顾城、杨炼等人在，虽然是第一次见面，但大家一见如故，相见甚欢，最后都结为好友。以诗歌为媒介而凝结起诗的友谊和生活的友谊，只能是那个时代的事。

一年后，北岛给我打电话说，他们一伙人包括顾城、杨炼等要来成都，我答应在四川接待他们，并把四川的诗人介绍给他们。

这个时候被称为朦胧诗的诗人大有无冕之王的气势。这些人每到一个地方，都会有一帮文友、诗友从四面八方赶来，与他们簇拥会合，大家都像熟识了很久的朋友一样交谈欢聚。他们会面主要不是喝酒、吃饭，而是像开朗诵会一样地朗读。每人都要当众朗读自己的力作，朗读完毕，听者可以七嘴八舌做出评论，臧否而不损友谊，这是当时的风气。当然，诗人的吃喝住行都会由当地的诗人去解决。

这次北岛的成都之行，让我对他有了诗歌文本以外更深的认识。北岛给我的整体印象不是一个很灵活、善于交际的人，更没有北方人那种伶牙俐齿、能说善辩的激情。顾城曾经在背后告诉我："我们都叫他（指北岛）是'老木头'。"我问他："为什么叫'老木头'？"顾城说："他不擅长表达说话，比如他写了那么多诗，但我向他求教，他常常讲不出所以然来。"我又问顾城："和谁的交流让你收获颇多呢？"他说："比如江河，我能够在江河那里听他滔滔不绝地讲诗歌创作的经验和妙论。比如他对诗歌是什么有一句妙言：诗歌是那些翻译也翻译不过去的剩下的东西。"我诘问："我看你和北岛走得很近，关系又非常好？"顾城说："他就是'老木头'，虽然不善言辞，但是他对人永远充满了善心，所以我愿意跟他，有一个这样的大哥在我身边，我觉得很放心。”

在四川的十来天里，顾城永远像北岛的马仔（广东人的说法），北岛走到哪里，他就跟到哪里。而杨炼就像一条鱼一样，一放手，他就如鱼得水般地游到一切他熟悉和不熟悉的海洋中去，永远找不到他的踪影。

二

北岛从外观上看略显清瘦，但精神奕奕，腰板直直，头从不高昂，永远是含颌微笑地看着周围人，包括熟识和不熟识的人。当时北岛在诗人中已经是大哥式的人物了，外地赶来见他的诗人都是用一种谦卑、崇拜的心态面对他，但是北岛绝对没有因此而昂首挺胸，春风得意。他说话很少却抑扬顿挫、侃侃不断，他的语调永远是平平静静、波澜不惊。他的服装永远是正装，从没见过他穿休闲装，仿佛也没见他戴过领带。这就是北岛这几十年来在我头脑中定格的形象。

这就是“老木头”。“顾城们”给他取的这个外号的确传神。外质平静朴素，有点木讷；但内质却充满了力量和意志，刚直不阿，宁断不屈，绝不随机应变，更不会随风飘扬。但是这只是他性格的一面，接触久了，我还发现他性格的另一面，那就是疾恶如仇。他熟识的朋友如果在大的原则问题上有悖，一旦得知，他马上就会与其一刀两断，誓不与之往来。虽然不会恶言相加，但一定彻底割席。但是对于另一种人，他本身就不认可的人，即便在外面对他恶言谣诼不断，他倒一点不在乎，旁人见状，激动万分，但是他不辩不争，仿佛没事一样。还有一点就是顾城所说的，他对别人总有一种善心和善意，不会做出对朋友不仁不义的事情。

对此，我是颇有体会的。2015年一个早已退休的杂志编辑写了一篇《北岛的回忆》，回忆八十年代初期，北岛屡次被他所服务的杂志停职，最终成了一个失业之人。他终究要维持生活，要养家糊口，于是他就化名写各种各样的文字，包括诗、散文、报告文学等，来赚取菲薄的稿费。这个编辑曾经录用过他的稿子，帮过他的忙。这段经历虽然已经过去了很久，但是这篇文章勾起了北岛那段辛酸的回忆。于是北岛到了上海以后，第一时间问我这个编辑现在在哪里。我说肯定是活着的，但是在哪里实在是不清楚。因为这个杂志社已关门很久，而且他也早已退休。但是他还是执意要求大家帮他找到这个朋友。第二次来上海的时候，他终于联系上了这个老编辑。他叮嘱说:“要安排一个堂皇的饭店，我要陪他吃顿饭，表达我的心意。”

我在1990年流浪到了巴黎，北岛知道了以后，打通了我的电话说:“钟文,你在巴黎了,我们见个面吧。”于是我们约好了饭店,见面双方都很激动,说了很多别后生活的事。他从口袋里掏出一个大信封交给我,说:“钟文,在国内的时候,老是你请我们吃饭,你那个时候比我们有钱,现在你也流浪了,我知道你肯定很困顿,你就收下吧。”在那种处境、那种场合之下,北岛的举动真让我悲怅而感动。我知道北岛的个性,谦让不如恭受。我们深情地对视了许久,我收下了他的这个馈赠。后来我知道他的这笔钱是法国政府邀请他来巴黎蓬皮杜艺术中心开诗歌朗诵会给他的全部报酬,他连数都没有数,直接给我了。

三

2012年,因为生活的突变,我从辍笔二十年的状态中走了出来,又拿起笔写东西了。第一篇文章就准备写北岛。我在深圳大学做教授时就曾经想写一篇《北岛论》,但是后来百事缠身,就把这事儿搁下了。当时正好牛津大学出版社给北岛出了一套六本的丛书,他把沉甸甸的书从香港拎到了上海,签上字赠送给了我。有了这么一个机会,我就把他的全部诗歌反复读了二十多遍。这样读,让我对北岛的全部诗歌有了一个纵向的观感。

北岛七十年代的早期诗，与后来的诗有很大的不同。从用语选择到意象创造，他早期的诗更多地还保留着那个时代的烙印。比如他在《一束》《太阳城札记》《一切》等诗歌中大量使用的还是像海湾、帆、喷泉、画框、日历、罗盘等那个时代泛滥的诗物象。诗人用的图画常常是“童年清脆的呼唤”“开满野花的田园”“陪伴星星的夜晚”。这些用词是鲜亮的，但又是呆板的；是中性化的，没有诗人的个人体验在里面；是那个时代的话语，是滥用的、单向性的、平面化的时代的沿用语。但是我们又应该看到，诗人沿用了这些词汇，却常常能用别人的酒来浇自己的块垒，不妨碍诗人创造出真实的个人化的诗歌形象，包括“我不相信”的诗歌形象。有一个有趣的现象，越是个人化、私密性的事，一旦入诗，诗的语言解放程度就越高。北岛的早期诗《雨夜》中也有“我不相信”的形象，但它比之《回答》却更有独到性、原创性，语言是鲜活的、个人的。

即使明天早上
枪口和血淋淋的太阳
让我交出青春、自由和笔
我也决不会交出这个夜晚
我决不会交出你
让墙壁堵住我的嘴唇吧

让铁条分割我的天空吧
只要心在跳动，就有血的潮汐
而你的微笑将印在红色的月亮上
每夜升起在我的小窗前
唤醒记忆

尤其是最后四句，出现了新的语言形象："血的潮汐""微笑……印在……月亮上"，这些语言在当时是非常独特的。《太阳城札记》中写命运："孩子随意敲打着栏杆/栏杆随意敲打着夜晚"；写爱情："恬静。雁群飞过/荒芜的处女地/老树倒下了，嘎然一声/空中飘落着咸涩的雨。"爱情的神秘、偶然、不可言喻是通过"荒芜"、"老树倒下"的声音、"咸涩的雨"来写出，这就非常陌生、新颖，所以异常生动。这些都是有切肤之体验的语言，特别有诗味。

到了八十年代前期，诗人对语言的运用已经越趋自觉，感觉的手每时每刻在做着语言游戏。比如他写的《很多年》，他写那种微妙的感觉，有一种特别异样和新颖的呈现："我小心翼翼/穿过缓缓流动的夜晚/灯火在钢叉上闪烁/很多年。寂寞/这没有钟的房间……"这种语言是透明与不透明之间指向复杂与异样的语言，这种语言到了八十年代后期日趋增多。

北岛对自己的诗歌创作一直保持着足够警惕的反

省。有人批评他的早年诗歌有太多的意识形态性。他自己也反省早年诗歌里有些道德说教，包括《回答》。在这点上，我发现大家和北岛对诗歌创作的特点有误解和曲解的地方。北岛的早年诗歌确实有那个时代的非文学的文学痕迹，但是像《回答》《一切》等诗歌，可以肯定地说，它们特别强调了诗人面对世界与社会的一种无可逾越的、不可回避的责任和正义感，并用怀疑着的、抗衡式的文字向这个世界做出了诗意的回答，所以有巨大的诗意力量，一种历史性的力量被矗立。

作为一个诗人，他存在的全部价值就是要把“我是我”的这种意志的力量和诗意表达的力量充分地体现出来，“我是我”是自我承认、自我追求的一个终极目标，一切的创造性和独特性都由此而来。但世界上，他人诞生在“我”之前，“我”一旦诞生，就已经是异质性的“我”。因为他人永远对“我”的存在有一种侵犯和改造的力量。

法国哲学家雅克·拉康认为，“他”的存在有“小他者”与“大他者”的同时存在，“小他者”是个人的存在，“大他者”是与“我”共在的外部的文化环境、语言环境和政治经济等环境，比如意识形态等。这个“大他者”的存在对于每个单个的“我”而言都是侵犯性的，但也是共在性的存在。“我”的存在是在“大他性”的总体环境中的存在。“大他”有时像墙一样限制着个人和“我”。诗人执意要写出“我”的这个独特性和个别性，这是人类的一种创造使命。但是“我”的背后常常拖着“我们”的影子。可以这样说，我一旦写“我”，实际上写出的是“我们”。

“我是我”和“我不是我的”这种悖论是伴随人类生命的一种根本性的、共在性的存在。但诗人用自己的良知与生命去凝写了诗歌，用生命意义让“我”在场了，这个“我”背后的“我们”也是用正义与良知去体现出真理的。所以这个“我”的“我们”只是异质性的存在。一旦“我”或“我们”被异化了，那就是非人化了、假人化了，是一种无人之人。任何作家和诗人都该明白，人是不能揪着自己的头发脱离世界的。“大他者”的存在对每个人而言都是不可逃脱的宿命。作为作家，一定要以具有独特性的方式表现时代与社会。看人所未看、写人所未写，造化新的一切，永远的非他人化地去表现生活，这就是诗歌的独立性和独特性，这样的诗人才能写出人类最本己化的诗。所以“我是我”的诗的存在是必定要体现出“思考最深之物者，爱着最富生命之物”，这是海德格尔对诗歌的一句精要总结。

我在这里特别强调的是，现在还时常被宣传的所谓大我与小我，号召诗人不要写小我，要写大我，这是一种骗局。我就是我，永远的小我，世界上没有大我这个概念。“我是我们中的我”，有异质性，但不存在异化性。

"我"一旦被异化了，就成了一个全部的假人。所谓"大我"，实际上就是取消个人生存的根本权利，也就是要求把人异化成假人、非人。诗人如果用这个理论去写诗，永远写不出真正的好诗来。

四

克尔凯郭尔在《非此即彼》一书中对于伦理与审美的生活方式与生存境界做过一番比较，非常有开创性。诗人布罗茨基也曾经提到过"作为一个诗人，首先是美学人，然后才是伦理人"的看法。围绕着北岛的诗歌，常常会有这方面的争论。

作为人，都是这两种人的兼备，为艺术者更特立独行。为艺术者的职责是为社会贡献美的产品，产品必须是美的。为艺术者的审美人角色就显得异常重要甚至至高无上，为诗者创作中第一到位者，一定是审美人。读书人在场的第一感觉也是对审美人的印象。由此得出，诗歌作为写诗人的文本，第一在场的确是审美人，其次才是伦理人。伦理人是化装成审美人出场的，艺术之为艺术的生命特征与形式特征即此。但是，人终究是伦理人与审美人的结合，遑论诗人。伦理的取舍、指向本质上被诗人审美化了，通过抒情化、肉身化而展演出来。伦理的判断作为人的价值观的全部体现是审美的方向、内容与基石，是全部感官体现的底片。在这点上，伦理人又是第一位的。伦理的颜色与温度从来都是审美的颜色与温度。诗人的伦理取向的高低、宽窄，是高尚还是卑微，是牺牲还是苟且，是宽大还是媚俗，一定会在审美图画中表现出来，并最终决定着审美结果的倾向与高低宽窄。如果我们是这样来看待诗的生命体中这种审美人与伦理人角色、它们的矛盾冲突的有机合一，那么作为诗人在角色占位上更倾向于做审美人还是做伦理人，是一种合法选择，也是一种自然选择。诗人的伦理与审美的倾向化是必然的。

读北岛的诗，我的感觉是，他的伦理人与审美人角色是合契的，但是，他的伦理人角色与分量要胜过审美人。毋庸置疑，与其说作为一个生命体，高热量地发光只能不屑于一些琐碎的游戏，不如说面对如此漆黑的长夜，必须选择直面直言。布罗茨基在《美学乃伦理之母》的演讲中说："伟大的巴拉亭斯基谈到他的缪斯，将她的特征归结为拥有一张'超凡脱俗'的面孔。""超凡脱俗"对诗人是一个非常好的形容，因为诗人是最没办法伪装的艺术人。一个超凡脱俗的伦理人才真正决定了审美人的超凡脱俗。在这一点上，北岛是一个证明。

为了更深地说明这一点，我把海子的诗和北岛的诗做一个罗列性的比较：

指向过去的幻想的诗人

母性的诗

海子的诗大量指涉爱情、女人、母亲、新娘、婚礼、乳房等女性词。他特别钟情“乳房”这一意象，他说：“女性的全面覆盖就……是水。”他多写水、河流、河、海洋等物象。

诗的母题是大地

海子说：“我的天空往往是血腥的大地。”他的诗多涉山、村庄、房屋、粮食、麦子、雨、麦地、果园、草地、河流、木船、野花、白杨树、柿子树、桃树、玫瑰等物。

伤感、忧郁、甜成为诗的基色

海子的伤感、忧郁是深到骨髓里的：“远方只有在死亡中凝聚野花一片”，“我走到了人类的尽头”。

指向将来的幻想的诗人

父性的诗

北岛的诗很少指涉爱情，更没有把女人作为诗思所思，他的所涉物象很少关于水的，不像大多数诗人题写江河和大海。

诗的母题是天空

北岛的诗写自然物几乎以天空为主要范围，“新的转机和闪闪的星斗，正为缀满没有遮拦的天空”。这七十年代的吟咏物一直伴着他，星星与黎明成为他永远的“希望”之喻。他从不写白天，他的书写日历从黄昏到黎明。

痛与苦成为诗的基色

北岛不太忧郁，很少写月亮，他多写刻骨铭心的痛与苦：“悔恨如大雪般降落／当一块石头裸露出结局／我以此刻痛哭余生。”

黎明与将来不成为支撑

海子:“大风从东吹到西/从北刮到南,无视黑夜与黎明/你所说的曙光究竟是什么意思。”

诗题少社会与历史的向度

诗歌成为个人档案,点点滴滴皆成诗。

审美人大于伦理人

情与物的处理方法

海子以情携物,“内脏外的太阳/照着内脏内的太阳/寂静/血红”。这是典型的海子式的感觉形象,太阳就是太阳。情溢于思,抒情是第一位,诗情多有音乐性逻辑。

诗美的最高境界

走向优美

诗艺的忌讳之处:滥情、粗糙。

黎明与将来成为支撑

北岛永远相信未来:“是爱的光线醒来/照亮零度以上的风景。”

诗题多社会与历史的向度

诗歌成为历史档案,把灵魂戳出血来才成诗。

伦理人大于审美人

情与物的处理方法

北岛情物双生,物象即符号,多有隐喻世界。“以太阳的名义/黑暗公开地掠夺。”北岛写物多有转喻、隐喻。思溢于情,凝象是第一位,诗情多有绘画性逻辑。

诗美的最高境界

走向崇高

诗艺的忌讳之处:刻板、诗质过重。

诗人脆弱的心灵趋向逃避

海子说："走出心灵要比走进心灵更难。"他选择了自杀。

诗人对生活的趋向：悲剧性地直面

北岛说："我们的心／会比恨走得更远。"

把北岛的文本与海子的文本做这样的排列比较只是布置一种参照系统，以便鲜明突出地来表现他们个人的文本倾向，从中找出一些线索，给我们一切写诗的人提供参考启发。

他们各自为存在赋予意义，从存在的意义上说，他们不分轩轾。偏向是无可奈何又实实在在的优点，艺术尤其如此。作为无穷尽的追求意向，是必定的偏向，却因其偏向而尖锐地突出并拥抱生命。像海子这样使用抒情式的美声唱法的人已不多了，但作为一杆标志是十分有价值的，他的诗的纯与清澈可作为抒情品性的高端来肯定。真诚、诚实、本真终究是诗的基础与基石，不因为其他的因素而被忽视，海子是不朽的。但是，我们又必须看到，本真是一种境界，高尚与崇高更是一种境界，是一种更高的境界。请注意我说的是更高的境界。当一个诗人抱着无畏的心去直面黑夜，发出正义的声音的时候；当一个诗人敢忏悔着、披心沥胆地念着民族与人民的时候，他的声音无疑是最嘹亮的。视野是随着胸襟而来的，胸襟是随着德行而来的，卓尔不凡，境界高远，这只属于有承担、有使命的心灵。

五

我把北岛的创作分为早期、中期。其实，他自八十年代初开始的创作，已经完全淘汰了早期曾用过的时代沿用语，那种呆板、中性化的语言；他从温和的暖色抒情转向了冷色抒情；他越来越多地使用一些他有独到体验的物象，例如钟、钟声、表、刀、钢叉、伤口等。这些物象大多冷峻、锋利，喻义多向，是诗人当时心灵颜色的对应物。他这样写钟声："钟声深入秋天的腹地／裙子纷纷落在树上／取悦着天空／我看见苹果腐烂的过程／带暴力倾向的孩子们／像黑烟一样升起／房瓦潮湿／十里风暴有了不倦的主人／沉默的敲钟人／展开的时间的幕布／碎裂，漫天飘零／一个个日子撞击不停／船只登船／在大雪上滑行／一只绵羊注视着远方／它空洞的目光有如和平／万物正重新命名／尘世的耳朵／保持着危险的平衡／这是死亡的钟声。"（《钟声》）钟与钟声在这里已不是一个单向单义的物象，它以其鲜明的表象，又以多样的喻义给人以诗的冲击。它展现了沉重到痛不欲生，但又是不屈于希望的复杂，一种"危险的平衡"，黑暗与光明交集时的矛盾，全部通过报应、复仇、反抗的钟声而得到隐喻性的历史展现。钟声是西方文化的重要符号，它是生命的时间提示，所以喻化为对善的嘉勉，也是对恶的震撼。这一时期北岛的文本中有大量精彩的充满陌生化的新鲜的个人语言：如“老谋深算的怀表”，“穿无袖连衣裙的早晨到来／大地四处滚动着苹果”，“方形的月亮”，“那些鱼内脏如灯／又亮了一次”，“喋喋不休的日子”，“四月的风格不变／鲜花加冰霜加抒情的翅膀”，“我双脚冰冷，在田野／那阳光鞣制的虎皮前止步”。[1]这是一批全新的感觉体验世界的用词。诗人的感觉体验在深层的异域中敞开了肉身，以全新的语言经验传达给人，新的语言经验形成了全部独特的诗图画。

诗人出国流浪的时候，一年中他曾经在十几个地方的床上度过不眠之夜。身体的颠簸，促使他的心灵在痛苦中开始了终点以后无终点的攀登。正如克尔凯郭尔认为“现代人的痛苦是被折叠起来的伤心”，这种伤心不是古代人简单的伤心，而是忏悔反思以后的痛苦。北岛对此做了很多诗意的表现：“我买了份报纸／从日子找回零钱／在夜的入口处／摇身一变。”（《无题》）这是百无聊赖无家可归的声音。“我沿着陌生人的志向攀登／……／他开始了终点以后的旅行。”（《东方旅行者》）人已经失去了方向，

1 本书着重号均为作者所加。

表现出一种无内在性的深处。“夜正趋于完美/我在语言中漂流/死亡的乐器/充满了冰。”(《二月》)这是“展开”再“撕碎”的高贵的痛苦。“悔恨如大雪般降落/当一块石头裸露出结局/我以此刻痛哭余生。”(《毒药》)这又是一种自我超越的形象,自由就是在伤口和刀刃的折磨中不断超越。

流浪的生活让北岛感受到异常的孤独,这里的核心是对家的向往。“夜半饮酒时/真理的火焰发疯/回首处/谁没有家/窗户为何高悬。”(《明镜》)家国的远望,母语的回归常常在孤独的醉意中任性地放纵。记得我们在巴黎见面,常常是在陈力川、金丝燕的家喝酒。力川嗜酒,但很难醉,并且话题永远不断,北岛总是在默默中大口大口地饮,话很少。如果他的女儿田田在,田田总会规劝自己的爸爸少喝一点。但是父亲已经沉醉在朋友见面的快乐之中了,见朋友心扉、酒胆瞬间变热,“哦陈酒/因表达而变色”。所以不多一会儿,突然发现饭桌上缺了一个人,一定是北岛。于是满房间地找,最后发现他已经在一张沙发上没有声音地睡着了。

2008年,我去美国见他和甘琦及其他朋友。与其他朋友吃饭后,他还是执意拖着我去他的家里喝两杯。多年不见,这也非常符合我的心意。听说他住在纽约的豪华区曼哈顿。从吃饭的地方走到他家也不远,但是走到我才发现,那里是曼哈顿最蹩脚的地方之一,完全就像上海的老房子一样。木头楼梯曲曲弯弯，走上去吱吱呀呀地发出不规则的声音。楼梯边都没有灯光，摸黑般地走进他的家里。家基本呈现一种杂乱无章的状态，不规则的房间里面堆着各种各样的书、行李和床，就是没有桌子。于是甘琦就端来了一个凳子，上面放着一盘给我们佐酒用的花生。北岛坐在床沿边，我坐在凳子上，就这样开始了对饮。话题是永远不会断线的，从朋友圈的近况到家国的大小事。这种心里陶醉式的对饮一直从傍晚喝到了凌晨三点多，酒精已经在我们的头脑中发酵为幸福的糊涂。我在糊涂中问："怎么回去呢？"北岛大着舌头说："没有问题，我有一个好友是个留学生，他有车，可以送你回旅馆。"那个朋友果然从被窝里爬出来接我，送我回目的地。

这种流浪的酒精中毒症，只有有流浪经历的人才能体会其中的直掏心肺的痛与甜。就像北岛的《晨歌》所说："醒来时头疼／像窗户透明的音箱／从沉默到轰鸣／学会虚度一生／我在鸟声中飞翔／高叫永不。"

六

诗歌往往是诗人自传式的档案，读诗人的诗总能在语言中找到不可遮蔽的痕迹和路径。任何一篇好的诗文总是用它的语言选择和语言色谱留下追溯其历史的确切位置与过程。语言的选择性,用物的选择性都是我们读诗的试纸。用这种观点来读北岛的诗就会发现他的诗的透明性与他灵魂的敞开性,还有意志的顽强性。

分析一个诗人的诗的最好的办法就是列出他用物语言的谱系图,从这个谱系图可以分析出这个诗人的特征,这个方法是确切而有效的。北岛在选择自然界物件的谱系图中,很少选择白天的物件,很少采用大量诗人时常描写的太阳、朝阳、大地、花草、大海、江河等,至多只会把它们作为通用语来处理。在他的诗中,白天的物件常常只留下"风","我的肩上是风","好阻挡自由的风"。"风"是诗人唯一用来作为白天正面喻体的物件。诗人最喜欢写夜晚,早期他的诗中"当水洼里破碎的夜晚""我习惯了黑暗",他连发誓也是"我也决不会交出这个夜晚"。诗人全部的梦是黑夜,从黄昏开始到黎明,其中没有月亮相伴,却常有星星相伴。他在写给遇罗克的诗中说人生是渴望"度过每个宁静的黄昏",他对黄昏总是那么情有独钟,因为黄昏有梦,黑夜却成了失眠的最好陪伴,黎明又是"唯一的黎明"。诗人的日历就是从黄昏到黎明,在这样的一个自然时间里做着抒情。光诗题就有《黄昏:丁家滩》《雨夜》《夜归》《晚景》《夜空》《夜巡》《晨歌》《守夜》等。夜是黑的,梦是假的,所以北岛是一个悲剧性的诗人,北岛在诗歌中扮演了一个守夜人的角色。他对黑暗的感受和抒写是中国当代诗中最多的。《晚景》:“充了电的大海/船队满载着持灯的使者/逼近黑暗的细节/瞬间的刀锋/削掉一棵棵柏树上的火焰/枝干弯向更暗的一边。”这是一首让人震惊的写黑暗的诗:“瞬间的刀锋/削掉一棵棵柏树上的火焰”,这个意象真是对黑暗力量进行描写的传神之笔。诗人写在黑夜中人的啜泣、发抖:“夜的背后/有无边的粮食/伤心的爱人。”(《远景》)

这一切都给我们组成了一幅令人窒息的黑夜图,同时并存的还有一个黑夜中的守夜人。守夜人频频地用“星星”来做伴,用“星星”来照亮。这“星星”的意象绝对是守夜人的唯一希望。在《过冬》中,“星星轮流照亮爱情”,在《四月》中,“星星,那些小小的拳头/集结着浩大的游行”。守夜人那么急迫想“看上升的星星”,这是他不死的心。

这就是意志诗人的一个最大的特征。北岛的诗歌给我们呈现的就是这么一个特别固执的、充满了九死不悔意志的守夜人形象。他自称是“黑暗中的演讲者”,一个有悲剧色彩的守夜人。他不惧冷的黑夜,直面死亡的威胁,坚信“在无名小调的尽头/花握紧拳头叫喊”。他憧憬着“烛火”比“秋色”更深,“漫步到天明”。如此的阴冷、黑暗衬着如此的坚韧美好,给我们塑造了一种英雄主义的形象,这是一种诗歌的本真人的高贵形象。

七

评价一个诗人、一个学者，或是一个小说家，固然其作品的多少、作品的好坏是一个评价标准，但最重要的评价标准不完全在于作品本身。如果是一个学者，要看他能否通过自己的作品与言行，为时代树起一个可以让后人承继的学观。诗人也是如此。

比如陈寅恪，从他学术成果的数量和广度上说，绝对是有限度的，但是从来没有人否认陈寅恪是当代学者的一个典范，因为他的“独立之精神，自由之思想”的学观，至今都是当代一切学者的标杆。

比如屈原，则是中国古代诗人的一个标杆。屈原以其作品明其志，沉江而固其魂。他的诗为生命，生命即诗。他的诗极度表达他的人格力量、顽强意志和崇高追求：“亦余心之所善兮，虽九死其犹未悔。”“路漫漫其修远兮，吾将上下而求索。”“吾不能变心而从俗兮，固将愁苦而终穷。”所以梁启超对屈原的诗观总结了这么一句话：“我以为凡为中国人者，须获有欣赏《楚辞》之能力，乃为不虚生此国。”

读北岛的诗感觉永远是沉沉的，内容是沉沉的，诗笔也是沉沉的，有举笔不轻松的感觉。这或者是他的意志体现，抑或是他的艺术追求。当代的诗人中，有些诗人是思敏如脱兔，下笔如流水，能够举笔凝思一挥而就。也有的诗人天赋聪颖，可以炫技般地创造一个诗歌的迷宫。这一切北岛是做不到的。因为北岛的诗是用燃烧生命的方式去写的。他非常反对趣味式地、游戏式地写诗，他曾经这样总结："诗人与历史，语言与社会，反叛与激情纵横交错、互相辉映，很难把它们分开来谈，真正的诗人是不会随社会的潮起潮落而沉浮的，他往往越向前走，越孤独，因为他深入的是黑暗的中心。"时间是可以洗刷一切的，包括当时当代赫赫有名的文学文本，只有一种力量是不被时间束缚的，那就是像北岛这种用巨大的意志力量，燃烧着生命去写诗的诗观，把诗歌作为生命意义来追求的诗观。

巴塔耶曾经说：文学的道德就是对道德律令的僭越，为恶辩护是文学永恒的道德。当然这里的"恶"是指批判的力量。对中国当代诗人而言，用文学的强大意志去僭越一个时代的道德，让怀疑与批判成为生命燃烧的永恒思考，这样的诗观必定是具有超越性的。不管是生命的付出，还是永远的追求，能被历史呼唤出新生命来的，毫无疑问，一定是一种伟大的存在。

北岛的诗集《守夜》最后一首《过冬》特别感人，它标识了作为一个时代的证人的意志力量的存在，以及诗人那一颗永不屈服的心：

大海为生者悲亡
星星轮流照亮爱情——
谁是全景证人
引领号角的河流
果园的暴动

听见了吗？我的爱人
让我们手挽手老去
和词语一起冬眠
重织的时光留下死结
或未完成的诗

顾城之死

——一个本真的诗人无法逃避的悲剧

1949年后中国的诗人看起来有大大的一批，其实只是一个人，这个人就是“大我”。因为当时的理论指导写文学要有“大我”，不要有“小我”。每个诗人要用“我们共同的”调子和“我们共同的”语言写“一个人”的诗。无论贺敬之、郭小川等人，现在回头看他们的诗歌，都没什么根本区别，没有艺术的个别性和特殊性。文学一旦没有“一个人”，没有一个特别的个体的“我”，而变成“大我”写的文学，那么其实这样的文学是不存在的。二十世纪八十年代突然有一群年轻人出现，想表达他们自己的审美观、人生价值甚至生命的呐喊。这个群体的出现是不约而同的，没有任何人去刻意组织。他们的（文学）营养来自哪里？一个是来自中国的古典诗歌，一个是来自三四十年代中国现代派的诗歌，比如卞之琳、穆旦等人的作品；还有一个来源是当时内部出版的一些“灰皮书”，里面有一些外国现当代诗人的作品。除此之外，他们主要依靠的是个人关于生命的觉悟和想法，写出了很多不一样的诗歌，后来文学史上就给了这些诗一个名字，叫作“朦胧诗”。

他们的诗歌当时投稿给《诗刊》时，《诗刊》的很多编辑有一些是喜欢的，有一些则是反感的。而当时社会在思想上相对有一点点的开放。于是，北岛、顾城、舒婷的诗歌陆续被发表。我记得当时顾城已经发表了《一代人》:“黑夜给了我黑色的眼睛；/我却用它寻找光明。”这些诗歌发表后引起了轩然大波。理论界有人批评，这些诗歌不但不是“诗歌”，而且还包含了很多负面的、非革命的倾向。但也有一批人认为这才是真正的诗歌，是诗歌应有的样子。于是就引发了一场诗歌论战。最大的一次论战在1980年，当时的《诗刊》和《文艺报》把这两派人招到北京的一个招待所里，组织辩论。当时参加的有几十人，但真正参与辩论的也就是十人左右，四五人赞成，四五人反对，赞成者有谢冕、孙绍振、吴思敬、我等人。当时争论十分激烈，往往一天辩论下来，喉咙都哑掉，但尽管观点不同，倒也不伤个人感情。

和顾城三次印象深刻的交往

我当时是赞成“朦胧诗歌”的一个“急先锋”，也正是这个原因，我认识了北岛、杨炼、顾城等人。当时我和北岛等人常会探讨一些关于诗的话题，顾城很少会加入进来。顾城是一个少言寡语的人。1981年，我还在成都的大学教书，北岛带他的一群兄弟们来成都做诗歌串联，我给北岛等人备宴接风，我把成都的一群诗人欧阳江河、翟永明、柏桦等人介绍给他们认识。后来我发现一个有趣的现象，吃饭、游玩的时候，大多数诗人都会单独行动，唯独顾城是永远跟在北岛身边，一步不离，把北岛看成一个“大哥”，忠实地跟在后面，话也不多。后来几次接触下来，我发现顾城就是这样一个需要被保护的“大孩子”。

1987年底，第二次和顾城接触是在香港，当时他已经和谢烨结婚，他们是去新西兰生活了一段时间后，应我的香港中文大学的朋友黄继持邀请来香港访问的。当时顾城很想回北京，因为在新西兰生活得并不好，谋生很困难。但他的态度很犹豫，所以问我和黄的意见，我和黄继持都不好表态。那次见面之后，他们还是决定继续回到新西兰去。顾城很少和人谈论诗歌，但我知道当时朦胧派的那些诗人的作品他都是看过的。那次见面时，我印象很深的是顾城疑惑地问我："钟老师，你说诗歌是可以'做'出来的吗？"我反问他："你说呢？"他说："我认为是不可以'做'出来的，做出来的诗不会是好诗。"当时已经出道的一些朦胧派诗人中有人已经在写史诗、大诗了，顾城还在写他的小诗。所以，顾城才耿耿于怀，向我询问。我对顾城说："诗歌是不能'做'的，做出来的诗歌明眼人可以看得出来。就好像徐志摩《再别康桥》这样有名的诗，因为它有太多的'做'，所以，它也不是上品的诗。上品的诗一定是天然雕琢，是自然流出来的，这样上品的诗才有生命的真正力度。你一定要坚持你的诗歌写作，你的诗歌是自然'流'出来的诗。"

我和顾城的第三次见面，是在1992年的冬天，天特别寒冷，他们夫妻俩到巴黎来。我介绍他们到朋友的饭店里去吃饭。当时令我印象深刻的是，在整个聚餐的过程里，顾城显得非常落寞，一点精神都没有。整个饭局中，夫妻两人没有任何的互动。饭后，谢烨偷偷把我拉到一边，第一次对我诉了很多苦，倾诉各种她和顾城在生活中无法调和的矛盾。当时我很惊讶，问她："你们之前感情那么好，怎么会有这么多的矛盾呢？"她说："钟老师，一言难尽。我可以举很多例子，比如我去外面打工，让他到了饭点给小木耳（儿子）喂我调好的奶糕。如果我下班回来晚了，他竟然可以吃掉我给儿子准备的奶糕。他就是这么一个没有生活能力的人。”我对谢烨说：“小谢，你当初嫁给他时，就应该知道，他本来就是这样一个‘大孩子’，永远不会长大，生理上会长大，但心理上不会长大，所以才能写诗。”谢烨当时和我说：“我正在想一条生活的出路，走出现在的生活状态。”这句话已经预示了她将要离开顾城。我想，她一定是没有意识到这个决定的后果会那么严重。

除了这三次之外，1985年冬天，北京召开一个文学会议，会间我生病住在北京的协和医院。顾城和北岛、杨炼、唐晓渡（诗歌评论家）等人一起到医院来探望我，但当时并没有太多的交流。印象中，他非常有礼貌，也很懂人情世故，对于他感激的人一定会表达感恩之情，并没有人们传说中那样冷漠和自私，更不是那个被妖魔化的杀手。顾城最后的悲剧是一种“玉石俱焚”，并不是一种报复性的杀人事件。

从现象学角度分析顾城的悲剧性

如果用西方现象学的理论去研究，可以对顾城的这种性格特征和最后归宿做出某些解释。现象学有一个观点：我们每一个人，从出生那一刻起，就面临着一个“他人/他者”的问题。拉康的镜像理论这样解释：当一个孩子第一次照镜子时，他就发现镜子里的那个“我”是一个“他人”，即便他的父母告诉他，那就是“你”啊，他都会觉得那不是“我”，而是“他人”。拉康的这一理论说出了一个道理，即我们不论多么强调“自我”，都面临着一个他人的问题。现象学里还有一个例子：一个裸体模特在工作的状态下是没有羞耻心的，因为她进入了一个“自为”状态，并没有意识到旁边出现的是“他人”；而一旦她进入更衣时则进入一个“自在”的状态，如果此时突然闯入一个男性（他人）直面她赤裸的身体，她就会惊慌失措，耻感和羞感产生了，因为“他人”出现了。“他人即地狱。”法国哲学家萨特曾如此极端地说。

德国哲学家海德格尔把人分为两类：一类是“常人”，不在“存在”状态中的人，对自己与“存在”的关系懵懵懂懂，浑浑噩噩。世界上大多数人都是“常人”。还有一类是“本真、本己的人”，本真、本己的人是时时刻刻意识到“我”与“存在”的关系。海德格尔说，诗人一定是后者。只有本真的人才是真正的诗人，所以要做诗人是很难的，因为周围有那么多的“他人”，他们要么来侵犯你，要么来异化你。一个真正好的诗人一定要写“本真，本我”的诗歌，所以，他们在“我”的周围会不自觉或自觉地建立一个围墙，把“我”保护起来。这种围墙的建法有几种，一种就是依靠个人强大的意志力来抵御“他人的”侵犯；或是依靠一种责任感、担当、自信，轻视那些大众化的俗话的东西。北岛就是一个意志十分强大的人，他不会轻易地受外人的影响。而顾城则相反，他要保持他的“本我”，只有靠他人来帮他，也就是说，身边要有一个比他强大的“他人”(比如北岛这样的“大哥”)；还有一种就是他需要“爱”，需要爱来筑起一道围墙，依靠一个异性的爱来保护他的“本我”。谢烨就充当了这个“爱之他者”的角色。谢烨很爱顾城，这点毫无疑问，在国内的几次接触中我都完全体会得到。她是一个热爱诗歌的人，同时，又把顾城当成一个弟弟一样来保护和疼爱。只是他们去了海外之后，整个生活环境完全变化了，逼着小谢（谢烨）不得不做出这样“出走”的决定。但顾城又是十分依赖女性关爱的“大孩子”，从小和父亲关系一直不好，只是从母亲那里得到了许多的“母爱”，所以他十分依赖谢烨的爱的保护。

顾城是诗人里为数不多的完全用“本真的我”来写诗的人，这是他先天的特质。回顾顾城的诗歌，我认为他写得又多又好的就是1982年到1985年期间的作品，而这段时间正是他和谢烨从恋爱到结婚的过程。(出国后的诗歌我认为就不如这段时期那么理想。)一旦这道爱的保护围墙倒塌了，一个帮助他的、爱他的他人不在了，那么他的“本我”也要消亡。所以，顾城可以容许“婚外情”和“第三者”的存在，但他不能允许“爱之他者”离开他，因为如果那样，他作为一个“本我”的诗人也就无法存在了，这对于他这样的诗人来说是致命的，所以他只能选择“同归于尽”的结局。所以从这个角度讲，顾城最后的悲剧其实是他毫无选择。我认为这就是他的悲剧发生的根本原因。

顾城生前经常强调，一个人最重要的品质就是诚实。他说：“一个彻底诚实的人是从不面对选择的。”所以他就没有了选择，只有同归于尽。

顾城是一个梦的诗人

顾城这种特殊的“本真、本己”性毁了他和谢烨，但也成就了他在中国诗歌史上一个真正的诗人和他的价值。顾城诗歌里的“我”和北岛的“我”都是无法代替的，他们也不会混淆。

海德格尔认为：梦和奇迹再加上合适的语言就是最好的诗。读顾城的诗歌，读不到他所生活的时代的社会事件；反观北岛的诗歌，则有很多，北岛的视野里都是社会。而顾城却是一个梦的诗人，一个做梦和写梦的诗人。我认为，中国新诗史上那么多年，像顾城这样以一种孩子的眼光和心灵去做梦和写梦的诗人，几乎没有。看顾城十几岁时写的“树枝想去戳破天空/却只戳了几个微小的窟窿”(《星月的由来》),写的就是“感觉的梦”,和社会是没有任何关系的,也不是“社会理想”。顾城在诗歌里也写过“穷”的感觉。顾城和谢烨结婚后很多矛盾来自经济的问题,他的丈母娘对他没有稳定的工作也不甚满意。“穷”是什么,他说,“穷,有个凉凉的鼻尖/他用玻璃球说话”(《穷,有个凉凉的鼻尖》)。顾城还写过一首叫《雪人》的诗歌:“在你的门前/我堆起一个雪人/代表笨拙的我/把你久等/你拿出一颗棒糖/一颗甜甜的心/埋进雪里/说这样才会高兴/雪人没有笑/默默无声/直到春天的骄阳/把它融化干净/人在哪里/心在哪里呢/小小的泪潭边/只有蜜蜂。”

这种诗歌的感觉就像孩子的感觉,十分简单,毫不做作,是成年人很难想象的。你看顾城诗歌里的句子,很多像小学生写出来的,结构也很简单,往往就是“主谓宾”,从来不玩文字上的技巧,或是用一些奇怪的语言游戏,纯粹就是一种心和情感的流动。这是他的诗歌最大的价值。

这类诗歌最大的一个特点就是“不能受社会的污染”,表现的是一种“光的洁净”和“向善性”,他的诗歌永远无法和其他诗人的诗歌混为一谈,在当时那群朦胧派的诗人的作品里,也显得十分特别,一目了然。

在中国的新诗史上,保存完整的“本真本己性”的诗人并不多见,很多宣称用“我”写诗的诗人,平心而论,其实都是“我们”写的，或者说，他诗歌里的“我”和别人诗歌里的“我”是一样的，并没有存在的价值。海子和顾城是为数不多诗歌里有着“特殊的我”“个别的我”的两位诗人。顾城写“梦”，海子写“大地”。

诗人之死

做真正的诗人是不容易的，在社会中极易被边缘化，而且需要“痴狂”到一定地步才行。我认为小说家只有写作的时候才需要“痴狂”，而诗人在生活中也是“痴狂”的，因为诗人必须是一个“本真本己”的人。这样的人在社会中，生活和生存会十分困难。这种“痴狂”气质在顾城身上体现得尤为明显。八十年代之初，舒婷和顾城曾经合出过一本诗歌集，当时的出版社是让诗人自己定印刷量的，顾城一下子就要了六万本，一下子欠了出版社很多钱。之后，他托很多人帮他卖书，但那些人卖了书之后都没有把收款给顾城，让他狼狈不堪。类似的事情我听过很多，顾城吃亏后也从不吸取教训，用上海话来说，就像一个“戆大”。谢烨母亲之所以反对谢烨和顾城在一起，一个原因就是她认为顾城是一个“神经病”，还坚持要他去医院开一个证明。

这就是诗人在中国的生存境况，令人悲伤。但另一方面，顾城在这种“艰难”的环境下，还没有被“他者”异化，而像一颗稀有的种子一样保持一颗痴狂的心，这是十分难得的。

顾城在人群中永远是孤独的一个，是一个怪怪的人。我从来没有见过他跟一个比较陌生的朋友滔滔不绝地聊天，只有对很熟悉的人才会分享一点想法。他的“我”只在文字中体现出来，在生活中是感觉不到的。

有人问过我，为什么很多天才的诗人都是以“死”作为生命的结局。我想，这中间可能确实存在一种命运的必然性。诗人为了追求一种纯真的本我，要么是疯，要么是死；像荷尔德林、尼采、克尔凯郭尔疯了，像保罗·策兰、曼德尔施塔姆、海子都自杀了。海德格尔认为，诗人要不做常人，要做本真的人，要保真，你的灵魂势必变重，变重的灵魂是理想化了的灵魂，但是变重的目标和变重的实施经常要与现实脱节，甚至断裂。这样的结果，死可能是他们唯一的选择。

我最近翻看以前的旧照，仍然十分感慨，也觉得十分可惜。顾城后期一直戴着一顶标志性的帽子。我问过谢烨，谢烨说顾城的帽子是用从牛仔裤上剪下来的布自己做的。这是他建立自信的一种方式。顾城和谢烨有一段十分美好的爱情，他也给中国诗歌史增添了许多珍贵的篇章。重读顾城的散文，有一段写得十分好，他写道：“在语言停止的地方，诗歌前进了。在生命停止的地方，灵魂前进了。在玫瑰停止的地方,芬芳前进了。”

(本文原载于《东方早报》2013年10月8日A24—A27的“顾城纪念专题”,本文经由钟文去世前再修改。)

翟永明印象

小翟和我相熟在八十年代，我认识她是因为那时我在成都大学任教，大家都知道我是搞诗歌理论和诗歌评论的，我的身边自然而然就聚了一批写诗的人。四川又是一个纯天然的诗歌大省。为什么四川人会有写诗的习惯呢？中国历史上，四川并不出大诗人，但为什么这几十年来，四川成为中国出诗人最多的一块土地？我认为有以下几个原因：第一，四川人天生有一种过敏气质，他们的心的底片是特别容易曝光的。他们的情感的细胞相对而言特别敏感。这是我与四川人接触后的一个感觉。第二，中国这么多地方，四川人的本真性相对而言比较强。

他们在一块盆地中生活，这块盆地相对自给自足，即便是在困难的时候，他们还是能够得到相对的温饱。生活的这样一种相对的条件促使人的灵魂的本真性得到很好的滋养。而本真这个东西对于一个诗人而言是非常重要的，或者说是一种气质要素，没有这种气质要素的话，很难成为诗人。第三，我感觉到四川人在这样一个环境中生活的时候，就性格习惯而言，他们有一种表现的欲望，这种表现欲望在生活中随处可见。四川人在生活中喜欢表演，喜欢张扬自己的个性，喜欢说话。我一直认为，作为一个人，如果不喜欢把个人的东西夸大，不是一个认为“我”就是最伟大的“我”的那种人，是很难成为诗人的。在中国的其他地方，能见到很多的老百姓喜欢向里面收缩，不张扬，这种没有表演欲望，不张扬的，不把自己的内心夸大地说出来的个性和气质，导致他们成不了诗人。四川人是天生就有表现的这种气质，就普遍而言，他们很容易自然而然成为诗人。还有最后一个原因，我认为四川人有一种向内的凝聚性，他们有一种很认真的小范围的切磋精神，互相抱团取暖，互相切磋，自然而然就成为一个小圈子，甚至一个大圈子。我想，这几个原因就促使四川出了很多诗人。我接触过流沙河那一代人，包括石天河、白航、李加健等，在五十年代这一批人在整个中国都是耀眼的。到了八十年代以后，看整个中国的诗坛里面，几位大家，包括柏桦、欧阳江河、翟永明等都来自四川，我认为一定要从地域文化，从一个地域的集体无意识，或者叫文化下意识上去研究这个创作现象。

我是在八十年代认识小翟的，时间大约是在1981年，当时杨炼和北岛一帮人到了成都，我接待他们，然后我认识了欧阳江河、翟永明这一批人。她给我的第一印象，是一个长得很有韵味，特别敏感，特别害羞，极度内向的女孩子，我和翟永明见面之后也没有什么交谈，但总之是给我留下了一个蛮深的印象。

我有一次到《星星》诗刊去办事情，就碰到了那时的主编白航，他跟我说："钟文，你去读一下我们这一期的《星星》，里面有一个女诗人叫翟永明。"我回来读了，好像写童年的生活，我觉得写得很好，然后，我就马上写了一篇文章评论她的诗，第二期的《星星》又登了。这可能是评论翟永明的第一篇文章。

翟永明和我的交往有一点儿，但不过密，她总在我的印象中。等我从法国回来以后，我知道她已经很有名气，在中国诗坛上排名靠前。也知道她最成名的作品叫《女人》，我也曾经翻过，但是从来没有坐下来认认真真地读她的东西。这一次，我为了写一本关于诗歌语言学的书，就去读她的诗。她的诗歌给我极大的震撼。甚至读她的有些诗歌，尤其是写她母亲的《母亲》这首诗，我眼泪流下来了。我即刻想打个电话给王寅，但是没打通。第二天打通后，我跟他说："我昨天在激动的情况下，想跟你说一下我对小翟的一些印象，今天可能又偏于冷静了，但我还是要说这样一段话，小翟是中国近一个世纪诗坛之中一个伟大的诗人，你们那么多男诗人，合在一块儿都比不上她一个女人。”我这句话说完，王寅就表现出不满，说：“这好像不一定吧。”我说：“是的，你今天把我对她的评论拷贝下来。我不经意地突然发现，我的生活当中有一个中国最好的诗人。我读她的诗歌，不是一般的感动，是非常感动。写得非常好，这简直是一个了不起的天才，一个诗歌中的女巫。特别有几首诗，像《母亲》这首诗。如果近百年来新诗人要排名，她一定排在前十名之内。”我跟王寅还交谈了一些关于他对现代诗歌的看法，随后打通了翟永明的电话，我在电话里面没有把她像刚才那样说得那么高，我只是说：“小翟，我很惊讶，我认真读你的诗，你写得非常非常好！你绝对是中国当代诗人中的一个非常杰出的人物。”她很惊讶，在电话里说：“钟老师，你把我说得太好了。”我说：“是的，我这是一个非常公允的评价。你相信我这个评价是不会错的。”我们交谈了一下，约好在上海见面的时间，再争取来一次对话。

海德格尔说：“爱的性质是：把人改变成所爱之物。”海德格尔这句话的含义，我认为有两个，一个是爱与被爱，这两个角色是不断转换的，是互为主体的，不断使动，也不断被动。爱与被爱是有一方才决定另一方，没有一方就没有另一方。这种相互关系还包含着一种身体和灵魂的永恒运动，这种永恒运动我认为是宇宙运动的最好明证。海德格尔这句话的第二个意义是，这种爱是一种自然性与灵魂性的两面性的敞开，是爱的玄妙和深邃，是永远不可理解的。这是一个永远的斯芬克斯。

平视是不产生永远的爱情的。平视是不会长久的，如果俯视为一个人的主要视角的话，被仰视的爱才会长久。但俯视的角度太大也有问题。爱太复杂了，一旦与性纠缠在一起，就更是复杂，但爱与性又不得不交涉在一起。这种种矛盾纠缠，导致爱就像数学一样，可以不断地被演算，其奥秘最终却是无解。人很奇怪，面对着这样的斯芬克斯，解答永远是无效的，但又是那么热衷于去做这种数学游戏。那么多的无解，又有那么多的人为它苦恼，甚至自杀。这世界上爱的最佳例子是萨特与波伏瓦，他们两个人是若即若离（他们永远没有结婚，但永远在一起；他们永远会有第三者同时出现在身边，但他们最终容忍这些第三者，而且又排斥了这些第三者），一生又不离不弃。他俩的俯角和仰角是那样的和谐，甚至每个时间段、每个空间里都那么和谐，实在是一个奇迹。

回到翟永明的诗，她在做一件危险的工作，她是想通过语言去达到她自己已经感觉到的彼岸，但语言牢靠吗？在到与未到之间，可以有一种期盼的神秘，因为她是去做不分明的隐喻的，但是这种语言的放手和放纵之间那么难把握，可能她做到了放纵，但是她不想放手就达不到目的。这种过犹不及的分寸感，在她的诗里面，我认为得到了非常好的效果。我的感觉是隐喻实际上有三种：前隐喻，隐喻，后隐喻。隐喻需要提示性，又要达到目的性，提示和隐藏这种分量拿捏得当，如果你完全提示清楚了，说这就是隐喻，谁还会警觉，会有一种不舒服的感觉。要做出像不提示的隐喻一样，完全隐藏起来，有极大的神秘感，这种高级的隐喻叫前隐喻。而现在我看到诗歌里面最多的隐喻是后隐喻。太多的提示，基本没有什么隐蔽，如果有人说它还是诗歌的形象性语言，我只能说它现在已经是一种形象的概念了。

隐喻和象征是诗歌必要的终结——最忌讳的是太死，太喻事，太呆板，太不经意性，甚至是经营性的——或者像我这样把它们称为一种形象的概念，或者是一种符号，最好的就是一种浅隐喻，或者一种前象征。这种前隐喻或前象征是整个诗歌语言流畅中不可分段的一条流水，根本分不出结构场来，分不出来这是管子还是螺丝钉。它是和整个语言融为一体的，是一种生命的生存体。

身体呀，你的出路在哪里，灵魂啊，你的依附在哪里，爱应该是诗人毕生所系之物。

回过头来再审视翟永明的诗歌，她的诗里面有很多重的深渊。深渊感是一种绝望感吗，还是一种探索感？她的诗歌有很多的黑夜，这是一种原罪的痛苦呢，还是一种瞭望的远景？那么多的黑夜，她骨子里是忧郁者吗？

她向黑夜倾诉时的眼泪，是多还是少？

我曾在电话中对翟永明说：

千万不要窒息你内心最深的裂动，这是生命的动力，驱赶罪恶感，放索它，在这当中自然会有可能超越的。在知识的树上是没有罪孽的，罪孽是不会长在知识的树上的，这棵树即便是有毒，可能也是有用的，它可能是某种疾病的解药。不要相信亚当、夏娃和蛇的故事，那是带有神意的巫言。人实际上是希望能找到生命中的解毒药的。一定程度上，解毒的药是毒品，但是比没有毒性的药要好得多，所以你要置身于荒诞。面对着自由的坠落，我要特别指出，身体的坠落是可以引向灵魂升天的，坠落也是一种飞翔。这种滋味应该是面向自由的状态，一切都是可能的。

你很像穿行于黑夜中的羽毛体。你的《母亲》是九曲回肠的情感与那语言的音乐做了天衣无缝的衔接，这首诗你写了很久，那是你用一口气把它写出来的。写给爱的爱，写给痛的痛，写给苦的忏悔、追忆。这首诗永远可以留下去，在中国的诗坛中一定是排在最前面的。

有些人会说小翟现在写的诗不如八十年代写得好了，小翟在电话里面跟我说，她在九十年代也是写过一些好诗的，她在电话里面列举了好几首诗。好像是的，为什么呢？因为没有痛感了。痛，没有触感了。她在八十年代，那种大风大浪把她纠缠到深渊里去，于是就生出了这么多好诗来。现在她的灵魂是不是已经结疤了，已经厚得用锥子扎也没有痛觉了，是不是呢？我得问她。上帝给诗人最好的运气是不幸，但谁会热爱不幸呢？

文本品鉴

北岛的文本意义

对而不比

北岛的文本意义

一

无论是在思想史，还是在文化史层面，二十世纪称得上是语言解放的世纪，语言的奴隶制制度被解体，语言真正成为主人。柏拉图把语言看作是上帝的理性、世界的仆从，语言只是对这理性世界的死板的摹写。笛卡尔的“我思故我在”有了进步，但也只是把语言从上帝的仆从缩小为个人理性的仆从，仍然还是奴隶。十九世纪末开始，西方思想家已经从根本上颠覆了“语言是上帝的仆从”和“理性的仆从”这种看法，认识到人的现实基础是“我说”，而不是“我是”，人的一切活动应该先有“我说”，再向“我是”发展。这是人与现实关系的一种革命。从此，语言就获得了自己的生命，不再是附属品，成为一种“客观现实”。从此，写作者应该明白，自己是受制于“语言的”这一陌生逻辑，延伸开来，就生成了人的生存觉醒中的关键一点，即语言觉醒。

索绪尔是人类思想史上的一个大发明家，他是一个用语言研究去生发哲学思考的创始人。他第一个指出语言是自己说自己，指出语言是作为符号的“能指”与“所指”的概念，其中，“能指”是表示者，“所指”是被表示者。“所指”是指语言的概念，“能指”是指语言的音响形象。索绪尔还提出了聚合关系—组合关系、语言—言语、共时性—历时性等新的观点。索绪尔是把语言作为一种完整的形式体系、一个统一的领域、一个自足的系统来研究的。索绪尔的这些概念和观点的发现与发明无疑在人类的思想史上引发了一次大的革命。这场革命是从人的形式研究一直到人的生存研究，从哲学、逻辑一直发展到科学。由此，人类的研究慢慢地从逻辑理性直达直觉、性、下意识等。这是人的第一面思考，真正的思考。真正思考的队伍后来越来越长，这支队伍里有克尔凯郭尔、叔本华、尼采、胡塞尔、海德格尔、伽达默尔、福柯、德里达等等，遍及整个世界。

中国语言的原本态是诗，木心曾这样形容：“中国曾经是个诗国，皇帝的诏令、臣子的奏章、喜庆贺词、哀丧挽联，都引用诗体，法官的判断、医师的处方、巫觋的神谕，无不出之以诗句，名妓个个是女诗人，武将酒酣兴起即席口占，驿站庙宇的白垩墙上题满了行役和游客的诗。”[1]中国古代的诗有三重的画美与音乐美，这在世界上是绝无仅有的典范。“相见时难别亦难，东风无力百花残。”读这样的诗，离别的伤痛一开始就由哀伤的音乐把你裹挟了进去。这种伤痛像什么——无力的东风、凋残的百花，这是画，是喻画了的情物。情就是“无力”，是“残”，但已经是情物融化了的画面。别难，见也难，离别的痛与相见的欢对照，一下子相见也痛。这种欢痛交集的情绪是痛上加痛。相见也是离别，要离别又何必相见，这是人生的无奈悖论。把人的情感提升、浓缩、戏剧化到这样一种地步，却只用十四个字来写，这就是奇迹。这样的诗是有三重的画美和音乐美的。中国字是象形文字，文字乃画，画面的韵律会有音乐的效果，这是第一重美。诗的内容是画，也是音乐，这是第二重美。诗用中国的书法写出来，书法是画，但也有韵的变化，有势的流动，就是音乐，这是第三重美。中国古诗是有着三重的音乐美与画美的世界，这是何等的境界，何等的水平。

但是，当今，现代文本，就算是诗的原本态也都是说

1 木心：《鱼丽之宴》，桂林：广西师范大学出版社，2007年，第64页。

明文了。语言的萎缩退化现象犹如德国诗人荷尔德林所描述的：

> 我们，只是符号，了无意义。
> 没有洞察力，远离家乡。
> 我们，几乎已经不会说话了。

从这样的背景出发来看北岛的诗文本，其意义是无限的。现在的文学史研究者可能都这样认为，北岛的“我不相信”是一种生存觉醒、一种思想觉醒，但同时也是一种语言觉醒，是一种生存觉醒与思想觉醒伴随而来的语言觉醒。北岛是对整个世界的黑暗（包括窒息致死的语言世界）表现出怀疑、决裂与反抗。这样的一种觉醒势必与尼采的“上帝死了，价值翻转”的呼喊存在着呼应。

北岛是怎么从自发到自觉地去寻找诗人的语言？诗人的语言是什么样的？我认为应该有如下四个特征：

第一，诗人的语言是私人语言。诗歌是诗人吟给自己听的悄悄话，是内心的独白，它不是人际沟通的对话。原则上它排斥公共语言。诗的语言从本质上来说是诗人的人格、秉性的外化，是本真的东西。一切学识、知识、文化在诗人心中的积淀，都是通过秉性在发言。北岛在八十年代后的全新的语言都是跟他的生命体验密不可分的。

北岛的语言特色是自然、本色而又丰饶多彩，属于雄秀兼备的类型。他喜欢选择自然语态，语言的逻辑多陈述句；不用情感词，多用实体词，不拗句，只拗词；多做名词、形容词的革命。比如北岛在他的用语中，常常会用一般诗人不多用的断言句——“是”与“不是”。他的《一切》，是十四句断言句。他的《歧路行》有一段四十句诗，是三十六个断言句。他的《回答》，“卑鄙是卑鄙者的通行证/高尚是高尚者的墓志铭/看吧，在那镀金的天空中/飘满了死者弯曲的倒影”，然后是四个“我不相信”，诗的最后一段仍然是两句断言：“那是五千年的象形文字/那是未来人们凝视的眼睛。”

北岛从一开始用“我不相信”，到后面用“我高叫，永不”，似乎成了一种风格。应该看到北岛这种最朴素、最自然的语态，这种悲剧性的直面，没有喜剧的曲折，正是表现了诗人正直、有担当的人格色彩。自然的秉性是自然的构造，语言就是一种本性的流露。

第二，诗人的语言是语言逻辑的能动。逻辑向来是语言生命的毒药。为诗者就是构建诗的逻辑，非语法的逻辑，更非逻辑的逻辑，拗逻辑成为诗人语言的日常功课。北岛是一个拗得不厉害的诗人，他自有他一套平稳中去拗出诗意来的做法。他的中期诗歌特别明显。见他的《回家》：

回家，当妄想

收回它的一缕青烟
我的道路平行于
老鼠的隐私

往事令我不安
它是闪电的音叉
伏击那遗忘之手的
隐秘乐器

而此刻的压力
来自更深的蓝色
……

道路——平行于老鼠的隐私，这是逻辑上出格的表达，但唯有其出格，才能显出狼狈不堪状。音叉——伏击——乐器，这是使动与被动的混淆，但它对于焦虑不安的状态的表现十分形象。压力——来自——蓝色，蓝色明显是被借用的词性，但只有用蓝色才能够表现遥远、巨大的状态，才有新意。

早期的诗中那种伟大而空洞的元陈述表达几乎看不到了，能指的游戏却越来越显得精彩。

第三，诗人的语言是被诗人体验过的语言。体验是创造者的专利，诗的全部独特色彩源于此。我们阅览北岛有关流浪的诗性语言："每一刻都是捷径/我得以穿过东方的意义/回家，关上死亡之门。”(《新年》)这是每一刻的盼望化成每一刻的绝望的表现。“当风暴加满汽油/光芒抓住发出的信/展开，再撕碎”(《晨歌》)，这是心如刀剜的诗画。“我沿着气泡攀登//……我沿着雷鸣的掌声攀登//……我沿着陌生人的志向攀登//……我沿着旋律攀登//……他开始了终点以后的旅行”(《东方旅行者》)，这又是描摹了一种濒临在不是死亡的死亡边缘，一种异在着的病态状态。语言只有在生活的五味缸中沉浮千遍之后才会建立起这种只属于诗人与这世界的虚幻关系，独特体验让语言突破牢笼。

第四，诗人的语言是充分的肉身世界语言。我这里不用感性世界而是用肉身世界，因为感性或者感觉面对知觉和理性而言，只是理性的一个表皮而已，它是不独立的。从身体现象学的观点看，身体表现为某种具有生命、灵性和生机的东西，它是灵化的，自成一体的，所以诗人的语言必须是一个肉身世界。克尔凯郭尔精到但不系统地讲述过诗歌境界具有一种直接的、内在的、无关联性的、模糊的，但又是统一一体的特征。克尔凯郭尔是哲学家兼诗人，所以他有两重的感觉敏锐和诗性思维逻辑。他对生命的体验与表达，这个世界可能无人能及。北岛的诗歌在肉身世界的创造上卓有成就。他在八十年代写过一首悼念他妹妹的诗，叫《界限》，是一篇佳作，是一篇在《回答》之外的《回答》，回答的是生与死：

我要到对岸去

河水涂改着天空的颜色
也涂改着我
我在流动
我的影子站在岸边
像一棵被雷电烧焦的树

我要到对岸去

对岸的树丛中
掠过一只孤独的野鸽
向我飞来

这首诗是写人在生死界限中的幻觉。一条河流，天地分隔，生死永诀。"河水涂改着天空的颜色也涂改着我"，指悲情会传染，这世界一切皆悲。写人在这悲恸之中的惊悚，变成了影子，像一棵被雷电烧焦的树，这个意象非常成功。诗人仍然是复沓地说"我要到对岸去"，这又是一种生的呼唤。最后的三句是高潮，描写悲痛之中的幻觉："对岸的树丛中／掠过一只孤独的野鸽／向我飞来。"野鸽这个意象似乎有点像受帕斯诗的影响，但仍然是北岛的戛戛独造。整首诗对物象的描写平易朴实又变幻得惊心动魄。抒情的铺展非常节制，意象铸造浓缩有力，有非常大的震撼性。全诗有一条物的线索：河——树——野鸽；一条情的线索：悲痛——惊悚——幻觉。这首诗的语言特征正如德里达所称赞的好的语言要放置到“处女状态”(意指“没有被使用过”的状态)，这首诗的语言就处在这种状态。一首好诗大凡都有一个到两个刺点(罗兰·巴尔特对好的摄影的一个发现)，《界限》的刺点是树与野鸽。诗歌的刺点的来源，一个是意象语言的独创，还有一个是拗句和拗词的效果，再者是意思上的悖谬与矛盾的运用。一旦诗歌有了刺点，它就会产生陌生化效果和延异化效果。读者看了这个刺点往往就会止步，会流连忘返，会兴趣盎然地去破译这首诗歌，读者被深埋了。但是，这些刺点是需要诗歌用抒情去作裹挟效果的。这首诗里面“我要到对岸去”的复沓和情景交融的描写就是一种抒情的表现。但是，如果刺点太多，或者不明确，或者这个刺点没有情的支撑，读者往往就会拂袖而去，这就是中国古诗论中所谓的“隔”。

北岛在谈他的创作体会的时候，提倡诗人应该像野兽一样地生活(《古老的敌意》)。这是诗人体会至深的一个断言。诗人要摆脱专制的语言逻各斯式的笼罩，要追求自己的个体语言、自身体验的语言，首先诗人必须成为一个个别的人。诗人力求去“还原”，从神的人、类的人“还原”为本真的人，一个原始的个别人。这样做就能连带着做到敞开自己的五官六觉。诗人感觉的淤塞已经成为致命伤。诗人必须去接收与发现更多原始性、野性的东西，这才能够使得诗敞开它的任意性，从生命的底层去发出任意的冲动。北岛这样的论断是很有道理的。

北岛对语言逻各斯的挑战，实验着诗的语言的生存证明，由他的努力与他自身的实证，吸引了一大批同行者，这批同行者又吸引了更多的后来人，终于他们的队伍与创作呈现出中国现当代诗史中从未有过的伟大壮观：层出不穷的年轻人似宇宙星云逸出，组成了一列列方阵，气象万千地谱写着中国新诗崛起的欢歌。这代表了一批当时只有二十几岁的年轻人，他们最早成为尼采说的“应当成为你之为你者”，成为一个独立的人，崇拜着自己，做思想的反叛，做语言的游戏。这样的人，这样的队伍到了八十年代风起云涌，蔚为壮观，成就了中国诗史的历史盛景，掀起了一场诗歌史上绝无仅有的语言革命。中国的新诗从二十世纪八十年代以后进入了一个全盛的繁荣期，这个诗歌世界的每寸空间都闪着奇异光影的灿烂。这样的盛景，这样的气派，是北岛和“北岛们”用语言的追求，连带着自己的生命追求去奋斗得来的奇迹。这样的奇迹是可以与二十世纪前期的一切真正的诗，如象征诗、现代诗，与九叶派、七月派等诗人筚路蓝缕而形成的潮流做衔接的；这样的奇迹是可以与《诗经》《楚辞》《乐府》《唐诗》《宋词》，与李白、李贺、杜甫、李煜、陶渊明、李清照等人的文章做最内在的呼应的；这样的奇迹可以与世界诗坛的全部成绩形成对峙与对话，表现出中国诗人的雍容大度与独特追求。

二

海德格尔对于人与语言的关系、诗与语言的关系，曾经有过高度哲学化的论述。他首先肯定“一切艺术本质上都是诗”。这既是说艺术的本质是抒情的，又指出语言对艺术的规定性。这个论断主要阐述的是本真的人与本真的言，再与本真的诗的关系。在海德格尔看来，一切艺术根底上都是语言，而诗是直接凭借语言的艺术形式，于是可以说，诗歌在根本上规定了每一种艺术。诗活动在语言中，因而诗的本质要通过语言的本质来理解。“哪里有语言，哪里才有世界。”在海德格尔看来，诗并不是把语言当作某种质料加以利用，首先是诗才使得语言成为可能，“本真的诗绝不是平常语言的某种较高品类，毋宁说日常言语是被遗忘了的因而是精华尽损的诗”。海德格尔又说“原始的语言就是诗”。“当诗人说出本质的言辞，存在者才第一次就其所是得名……于是事物才闪出光芒，而人的此在从而才被树立在牢固的牵连之中和根基之上。”海德格尔的意思是，唯本真之言才开启世界，世界开启了，露出了尚未决断和尚未归拢的东西，从而也公开了尺度和决断的必要性。海德格尔喜欢引用荷尔德林的一句诗“人诗意地栖居”。“为诗始令栖居成为栖居。”栖居的本质是远离功利，脱离世俗，所以必须是本真的人才能来完成的。“相反，若把它们当作目的而营求获取，它们反而阻止栖居进入自己的本质。”非诗性不足以成人之栖居，而“是人，则唤作在土地上作为有死的凡人栖居”。[1]海德格尔的这些论断都是在说明，是本真的人才有本真的言，本真的言才会有本真的诗。有些同辈诗人指责北岛诗中有过多的英雄形象和英雄语言。的确，北岛的前期诗中有不少英雄形象：

宁静的地平线
分开了生者和死者的行列
我只能选择天空
决不跪在地上
以显出刽子手们的高大
好阻挡自由的风

——《宣告》

这些英雄形象是被广大的中国人所喜欢的。原因很

1 本段引用部分均出自徐友渔等：《语言与哲学》，北京：生活·读书·新知三联书店，1996年，第162—164页。

简单，语言的真假是不难辨识的，语言只要是本真的，“在没有英雄的年代里／我只是想做一个人”，于是这个人就成了一个真正的英雄。本真是生命力的爆发，秉性的外化，诗人所望唯是人一样地诉说。

北岛在诗中从不讳言他的幼稚、动摇、忏悔——“我曾多少次撒谎”，“是的，我不是水手／生来就不是水手”。他调侃自己的荒诞，“当天地翻转过来／我被倒挂在／一棵墩布似的老树上／眺望”。他在《同谋》一诗中说，做着曾经作为历史同谋犯的忏悔：“很多年过去了，云母／在泥沙里闪着光芒／又邪恶，又明亮／犹如蝮蛇眼睛中的太阳。”其中“蝮蛇眼睛中的太阳”的意象，使得人痛并思考，告诉人：邪恶是明亮的同谋犯。诗人在结尾直抒：“我们不是无辜的／早已和镜子里的历史成为／同谋。”

诗歌抒情之为必要，本真起最重要的作用。我们可以根据情与物的关系与处理的方法将抒情分为四类：第一，超然物外的抒情（直抒胸臆）；第二，携物以抒情（意随象出）；第三，物我双生（思与物偕），这是情物对应，情隐于内出其外的抒情；第四，超然物象（假象见意），这是情对物的投射到了隐身地步的抒情，情全然隐去了。很显然，北岛是比较倾向于物我双生的抒情。物我双生是有节制的抒情。情在物后隐而显见，诗成了两条线，一条是物线，一条是情线。北岛在这个抒情方法上功夫堪称一流。北岛在情物处理上的特点，首先是情物的凝结度很高，经常用隐喻和转喻，但不构成象征世界。其次，他的意象世界的情的溢出度很大，是一种非常内在的表现法。再次，北岛的诗的主要线索常常是情线与物线的纠缠，多用空间转换，少用时间转换，是一种非常有层次的播撒。可以用他的一首爱情诗《迷途》来作证：

沿着鸽子的哨音
我寻找着你
高高的森林挡住了天空
小路上
一棵迷途的蒲公英
把我引向蓝灰色的湖泊
在微微摇晃的倒影中
我找到了你
那深不可测的眼睛

北岛的诗歌很少写情爱，像《迷途》这样的爱情诗是少而又少。即使像《迷途》这样的情诗，也见不到那种浓情蜜意的抒写，更见不到情爱的细节，他却讲了爱的过程，这就是北岛作为意志诗人的特征。这首诗的诗意的逻辑是这样的：沿着哨音，我寻找（憧憬，起）；森林挡住了天空（失利，承）；迷途的蒲公英引向湖泊（兴奋，转）；在湖泊的倒影中看到爱人的眼睛（幸福，合）。这首诗的逻辑是空间转换，是物的转换，起承转合十分严密。情凝结在物上，情在物上作溢出，这是一种密度很高的中性抒情。这首诗的刺点就是蒲公英与眼睛。

诗的语言是历史的档案，诗的历史总能在语言中找到不可遮蔽的痕迹和路径。任何一篇好的诗文本总是用它的语言选择和语言色谱留下追溯其历史的确切位置与过程。语言的选择性，用物的选择性都是我们读诗的试纸。用这种观点来读北岛的诗就会发现他的诗的透明性及其灵魂的敞开性。

北岛所选择的自然界物件的谱系图中，很少有白天物件，很少有大量诗人描写的太阳、朝阳、大地、花草、大海、江河等，至多只会把它们作为通用语来处理。在他的诗中，白天的物件常常只留下“风”，“我的肩上是风”，“好阻挡自由的风”。“风”是诗人对白天的唯一利用，用它来作为正面喻体的物件。诗人最喜欢写夜晚，早期他的诗中“当水洼里破碎的夜晚”“我习惯了黑暗”，他连发誓也是“我也决不会交出这个夜晚”。诗人全部的梦是黑夜，从黄昏开始到黎明，其中没有月亮相伴，却常有星星相伴。他在写给遇罗克的诗中说人生是渴望“度过每个宁静的黄昏”，他对黄昏是情有独钟的，黄昏是有梦的，黑暗却成了失眠的最好陪伴，黎明却又是“唯一的黎明”。诗人的日历就是从黄昏到黎明，在这样的一个自然时间里做着抒情。光诗题就有《黄昏：丁家滩》《雨夜》《夜归》《晚景》《夜空》《夜巡》《晨歌》《守夜》等。夜是黑的，梦是假的，所以北岛是一个悲剧性的诗人，他是一个守夜人。他对黑暗的感受和抒写是中国当代诗中最多的。《晚景》："充了电的大海／船队满载着持灯的使者／逼近黑暗的细节／瞬间的刀锋／削掉一棵棵柏树上的火焰／枝干弯向更暗的一边。"这是一首让人震惊的写黑暗的诗："瞬间的刀锋／削掉一棵棵柏树上的火焰"，这个意象真是对黑暗力量进行描写的传神之笔。诗人写黑夜中人的啜泣、发抖："夜的背后／有无边的粮食／伤心的爱人。"（《远景》）

这一切都为我们组成了一幅令人窒息的黑夜图，这幅图中同时还有一个黑夜中的守夜人。守夜人频频用"星星"来做伴，用"星星"来照亮。这"星星"的意象绝对是守夜人的唯一希望。在《过冬》中，"星星轮流照亮爱情"，在《四月》中，"星星，那些小小的拳头／集结着浩大的游行"。守夜人那么急迫想"看上升的星星"，这是他不死的心。

诗人通过这些描写，使这样一个固执的守夜人的形象跃然纸上，他自称是"黑暗中的演讲者"，一个有悲剧色彩的、九死未悔的守夜人。他不惧冷的黑夜，直面死亡的威胁，坚信"在无名小调的尽头／花握紧拳头叫喊"。他憧憬着"烛火"比"秋色"更深，"漫步到天明"。如此的阴冷、黑暗衬着如此的坚韧美好，为我们塑造了另一种英雄主义的形象，这是一种本真人的高贵形象。

读这种淌血的诗句，让人感发：一句痛的恳切比万般的美丽更好。痛与美是对照，但是痛让人感受生命力的强烈与伟大。面对痛，不沉溺，不堕落，正是成为本真人的标志。不要说他没有爱恋，他的一切爱恋都换作一声拒绝，在否定中肯定了生与爱的要求。诗人用痛来凝造一种怀疑精神，永远的“我不相信”。

这种永远的怀疑精神势必使得他的诗在意象铸造上有一种特别的倾向。意象的铸造从选择到排列到凝结之法，可以有对应、融合、对比、排斥、对立、对刺等各种程度的排列法。北岛用白天对比黑夜，以星星对比黑夜，以高尚对立卑鄙，以混沌对比钟声。(他中期诗歌中非常多地运用“钟声”这个物象来做意象。这个选择一是说明作者当时心境的悲凉与冷峻，但也反映了诗人坚信他年轻时候的信仰:“我不相信死无报应”，“我不相信梦是假的”。钟声是伟大力量的回声，是响应，是回报，是不可逃脱的命运。钟声这个物象被利用来多义地证明生命的力量。)诗人对于物象的这种处理的方法是在对比与对立之中引出诗义的。这种方法在他早期诗歌《回答》中最明显。从卑鄙与高尚作对，冰川纪过去与冰凌作对，一直到天空与星斗，象形文字与未来的眼睛作对。如此规整的做法是新诗格律做法。这种做法充溢着怀疑精神，但也有乐观情绪。诗歌追求一种对抗性的张力，弄得不好也会趋于简单化。

后来诗人仿佛变得不这么规整了，中期的创作从对比、对峙发展到后来的对刺。诗的这种对抗性的张力布得更密。意味也日趋多向。在《歧路行》中有不少中国当代箴言式的诗句："谁从鎏金的风铃／从带血的鞭梢／不断呼唤我们／谁用谎言的红罂粟／照亮苍茫大地／谁把门窗的对话／卖给穿堂风／谁指挥秋天的乐队／为小桥迎娶／一盏幽怨的渔灯。"这样的意象已经密密麻麻，一个转喻接着一个转喻，然后是隐喻，不断地转，转了又对峙。这种写法在《歧路行》中有很多很多。他的中期诗中，还有不少是用意象的对刺来升华诗思的。如"一颗子弹穿过苹果／生活已被借用"（《苹果与顽石》），"子弹"喻恶，"苹果"喻善，如此之下，空间与时间已被"借用"。这种一个喻触发另一个喻，转了很多弯，会有延异性的效果，诗意在反复的对比、对峙、对刺中延伸出无穷意思，并表现出一种动态的美和音响美。

诗歌意象用如此强烈的二元对立、对抗思维去编织，表现出诗人这种悲剧性的直对，没有喜剧性的曲折。有些评论家说北岛有反讽之法的运用。反讽一定是一种生命态度的呈现，有喜剧的曲折在里面，或嘲笑，或挖苦，这是真正的反讽。北岛是没有这种生命态度的。北岛的这种做法还很容易让诗歌的结构偏重于一根空间轴，时间只是消融在空间轴中，诗就不能成为一个多元多向的结构。这是北岛的优点，但也是偏向。

同时，我们还发现，北岛熟谙于词句的游戏，尤其多为词义的游戏，词性的游戏不多。他更不喜欢句子的游戏，句子在他手上仿佛都成了陈述句。是与不是这种断言句往往成为诗的主梁。在北岛的诗中，“不”常常会成为主唱。《歧路行》的开始，诗人用了三十六个“是”的断言句。这样的做法正是诗人真性情的表现，是诗人在痛与苦的煎熬中形成的一种决断，是怀疑精神使然。但我们是否还应该看到这种句式的多用，使诗歌抒情表现出缺陷，诗思强过诗情，诗情太硬太紧，诗意不会舒展，也不会多向。我们现在太多人喜欢用“是”作系词的断言句。这是理性影响的结果，哲学是扼杀语言的最大帮凶，是诗歌的敌人。中国先秦古籍文字没有以“是”作系词的，“君子所贵，世俗所羞”，两重事物并列，有联系但并非断言式的联系，这让人会有无法穷尽的意思表现。先秦文字中的“是”作“此也”的解释，“是”作系词是六朝以后的事。《史记》以后有了“此……是……”，这种用法是后来人传写之讹的结果（此乃王力先生所考，见王力《汉语史论文集》）。古汉语最常用的系词是“为”，“为”可以引申为变为、作为的意思，有模糊性，与“是”的专一断言不一样。我们的古文字生来就有模糊性格，这应该让我们今天的诗人好好学习。今天，我们可以说“我是人”，但“人是动物”，那么“我也是动物”。如此逻辑即死逻辑，世界上的很多含义都会在这里消尽，并且最后又走向了模糊。若这样说，不如说

“我不是人”好像更有概括性。

中国的诗教向来视抒情为天下第一大事，从言志比兴、神韵生动，一直到禅宗的天机自现，都是抒情的各种解释的文本，其中的智慧与营养万万不可低估。然而八十年代中期以后的诗坛有一种强烈的疏离抒情的倾向。不抒情了，让情藏在物象、意象后面做魔术表演。有成功的，有失败的。我读了一些这样的诗，排除了抒情这一基因中的基因，诗还能做什么？做叙事、做戏剧可能都本末倒置，不擅胜场。这条路很危险，如此这般下去，恐怕又要与曾经背叛的伪抒情接吻。诗人如有十戒，第一戒就应该是戒伪善。动物进化到人，人退化还不如动物，伪善是标志。动物有凶残，有狡猾，有自私，独没有伪善。诗文本最怕的是有两副眼睛，一副是在文本中的眼睛，另一副是文本外的眼睛。在文本外的眼睛是小眼睛，眨巴着，斜睨。海德格尔所谓的只有本真的人才有本真的言，最后才会有本真的诗的论断是绝对值得我们深思的。本真的人也就是“非俗人”“非非人”。本真是诗人桂冠全部颜色的基石，没有它，纵有千万种炫目也徒劳无益，北岛的诗文本可以印证。

三

人类到二十世纪以后，越来越感觉到自己处在一种悖谬的状态之中。悖谬是一种时代病，是文明的报复，有一种传记性的痛苦。悖谬并非是指“非此即彼”，也不是“亦此亦彼”，悖谬是不排除一切的可能性，同时也认为“任何可能性同时也是不可能的”。开放和结束是同时发生又无所谓开始与结束。人类正在为走出这个困境而找出一条适应之道来，但没有规律。北岛的中期诗歌有不少对于这种时代病刻骨铭心又无可奈何的描摹。“在完整的一天的尽头/一些搜寻爱情的小人物/在黄昏留下了伤痕/必有完整的睡眠/天命在其中关怀某些/开花的特权/当完整的罪行进行时/钟表才会准时/火车才会开动/琥珀里完整的火焰/战争的客人们/围着它取暖/冷场/完整的月亮升起/一个药剂师在配制/剧毒的时间。”(《完整》)此诗充分地诅咒了这个世界的不完整性，但它又表现出完整性，是完整的不完整，这是悖谬。《蓝墙》这样说：“道路追问天空/一只轮子寻找另一只轮子作证/这温暖的皮毛/闪电之诗/生殖和激情/此刻或缩小的全景/无梦/是汽油的欢乐。”这首诗写的是机械的欢乐，厌倦了的欢乐，无梦的欢乐，写的是包括汽车文明在内的一切文明的困境。萨特在《存在与虚无》中对这个时代的生存状态做过这样的描述：“存在是以某些最贴近的方式，即通过无聊和恶心之类向我们敞开自己的。”“一只轮子寻找另一只轮子作证”，这种悖谬式的无聊和恶心正是人的无梦的存在物。

由此可见，北岛在新的时代里，他对于黑暗的认识有另外一种眼光了。他看到的黑暗是多面多向的，是一种全景的表现。正是基于这种对末日的思考和末日的解释，诗人总表现出一种撕裂黑暗的努力与正气。在诗歌中，诗人是不惮于与黑暗对抗，也不吝于对爱呼唤。北岛常常把黑暗凝聚为一个形象，叫“伤口”。“大地的伤口／敲响的钟在膨胀／午后的漫步者／请加入这岁月的含义。”（《无题》）“在无名小调的尽头／花握紧拳头叫喊。”（《守夜》）“我们的沉默／变成草浆变成／纸，那愈合／书写伤口的冬天。”（《战后》）在这些诗句中，一如既往地仍然可以看到的是那个戴着爱的刺冠的守夜人，一个永远说“我不相信”的殉难形象，一个“失魂落魄提着灯笼赶春天”的流浪者。这样的守夜人与流浪者非常真实，也非常崇高。

我们是否还应该看到，北岛在中期诗歌中，在艺术审美人的眼光和审美人的方法上有了一个很大的转变。我在上文已经讲过，他在中期的诗中选用的物件越来越冷，我们再也见不到早期那种沉稳中激奋的诗风，更多见的是沉痛中郁积的忍进。以前那种明朗舒缓的颜色已经越来越冷。诗人仍然是用转喻和隐喻来展开诗情，但是他的这种展开却越来越显得急迫，意象的铸造越来越密、越来越紧，虽然没有形成象征的迷宫，但已经让人感觉到有些陌生的隐晦，诗歌的用词用句的无序性成为一种必然。我们还应该看到有两个东西发生了变化。一个是诗人在这个时期写诗喜欢用感觉与幻觉的联动来组成诗世界，诗人写得很多的《无题》诗都存在这种现象。比如："在母语的防线上/奇异的乡愁/垂死的玫瑰/玫瑰用茎管饮水/如果不是水/至少是黎明/最终露出午夜/疯狂的歌声/披头散发。"(《无题》)这里像"水""玫瑰""黎明""歌声"等物象已是映象，是幻感式的映象，全诗基本上是用感觉与幻觉去组织并生发的。意象之间联动，但中间的空白地带、陌生地带特别大。意象与意象在一个又一个对峙中碰撞。乡愁像水，像垂死的玫瑰，是披头散发的歌声，这已是幻觉了。模糊以神秘之感，诗就有了诗意。这种方法还表现在《触电》中。还有一点，诗人在诗歌中引入了叙事手法和电影蒙太奇手法。他的中期作品中有一首很成功的诗《黑色地图》："寒鸦终于拼凑成/夜：黑色地图/我回来了——归程/总是比迷途长/长于一生。"诗歌最后的一段是：

我排队排到那小窗
关上：哦明月
我回来了——重逢
总是比告别少
只少一次

他在前面大段书写的结尾却来了一个"我排队排

到那小窗”，这是一个叙事，“排队——开着小窗——关上小窗——诗人抬头——明月”，就这么短短十几个字，却是四个叙事细节的排列，把这种电影画面剪辑的蒙太奇手法突然用在抒情诗中，有一种特别的味道，尤其是那“哦明月”。窗开、窗关的动作引到人物，人物的动作只是朝天看，细节全归在明月上了，情凝于明月，不言比言更有力量，有“独自莫凭栏，无限江山”的味道。在叙事完毕后出现一个大空景的浩叹，有点像苏联电影《第四十一》最后的那个景，红军女战士打死了白军军官以后出现了一片蓝色天空的空景。

《歧路行》是北岛多年压抑、痛苦、沉郁（既是伦理人的，也是审美人的）的一次爆发，犹如天裂似的爆发，正是屈原式的发愤以抒情。我第一次读它，如严羽在《沧浪诗话》中所说的“读《骚》之久，方识真味，须歌之抑扬，涕泪满襟，然后为识《离骚》”。全诗开头一百二十行诗全然像地震一样，雷电交加，大雨倾盆，洪流挟电光一泻千里。

六个“为什么”是“天问”：

为什么此刻到远古
历史逆向而行
为什么万物循环
背离时间进程
为什么古老口信

由石碑传诵
为什么帝国衰亡
如大梦初醒
为什么血流成河
先于纸上谈兵
为什么画地为牢
以自由之名

四个“难道”是“引痛而发”：

难道天外有天
话中有话
电有短路的爱情
难道青春上路
一张张日历留下
倒退的足印
难道夜的马群
奔向八方
到天边畅饮黎明
难道江山变色
纸上长城
也是诗意的苍龙

五个“谁”是“疑问”：

谁在圣人的行列中
默默阅读我们
谁从鎏金的风铃
从带血的鞭梢
不断呼唤我们
谁用谎言的红罂粟
照亮苍茫大地
谁把门窗的对话
卖给穿堂风
谁指挥秋天的乐队
为小桥迎娶
一盏幽怨的渔灯

六个“哪儿”是“感叹”：

哪儿是家园
安放死者的摇篮
哪儿是彼岸
让诗跨向终点
哪儿是和平
让日子分配蓝天
哪儿是历史
为说书人备案
哪儿是革命

用风暴弹奏地平线
哪儿是真理
在词语寻找火山

四个“何时”是“企盼”：

何时乘东风而来
从沏好的新茶
品味春天的忧伤
何时一声口哨
为午夜开锁
满天星星在咳嗽
何时放飞一只鸽子
把最大的广场
缩小成无字印章
何时从关闭的宫门
从岁月裂缝
涌进洪水的光芒

三十六个“是”是“捶心击肺般的断言”：

逝去的是大海返回的是泡沫
逝去的是一江春水返回的是空空河床
逝去的是晴空返回的是响箭

……

这一部分是当今现代诗不多见的直抒。这样的直抒如孤立地说，有过于正面、过于复沓重复、过于紧张的嫌疑，不知道后面还有多少乐章（据诗人说，全诗只是完成了四分之一），整个乐章的规模怎样安排，起承转合怎么妥帖，尚都不可知。如果是一首宏大的交响乐的开始，如此的急弦繁声好像是可以的，但这要看整个乐章的安排。这些地震一样的痛声之后，诗随后又进入了一种叙事状态。

现代诗歌一直缺乏长诗（不是史诗，史诗是历史物，早已过去），像这样的可以给历史作证词的长诗，可以用隐喻来书写的羊皮书，我们是期待又期待着，我们盼着这样一部“热情的灵魂史”（尼采）。

尼采说：“要真正体验生活，必须站在生命之上。”（本章所引尼采之话均转自周国平《在世纪的转折点上》）北岛的诗歌文本让我们感动至深的就是展现了这种站在生命之上的形象，以指向将来的幻想为力量，面对黑暗表现出大无畏的勇气和反抗，予人性以温暖，予信心以崇高，予承担以坚韧，这样一位卓尔不凡的勇士。

诗歌是记载情感的人类记忆，此记忆如果没有背景，没有社会性、人性的指向，没有高尚情感的注入，人是没有办法为诗歌这样的记忆而活的。所以，我再说一遍，本真是一个境界，高尚与崇高更是一个境界。北岛的诗给了我们一种诗情的稀缺品，它不但是一个标志，更具有启发意义。

尼采当年对于“生命的英雄维度的失落”痛心疾首，他有很多文章在描写那种“最后的人”，那种“末人”，那种“处在这种衰落的最低点，他们生命中不再留有任何抱负，只有可怜的舒适的人”。在当今社会，这种追求“可怜的舒适的人”何其之多。加拿大学者查尔斯·泰勒在《现代性之隐忧》一书中，对现代世界表现出猛烈的抨击，他认为现代社会有三个隐忧：其一是“道德视野的褪色”而决定的“意义之丧失”；其二是工具理性日益猖獗而导致的“目的之晦暗”；其三是现代政治柔性专制主义而导致的“自由之丧失”。[1]这是现代社会被平庸化、狭隘化以后的一种巨大变态，有“将自己完全封闭在内心孤独中”的危险。尼采和当代的这些学人所敲响的正是一个末世警钟。

诗人一定是孤独的。他是属于异域的东西。北岛从“我不相信”开始了真诚的、高尚的旅程，他用诗歌留下了历史的痕迹，这些痕迹会以他的诚实与诗意通向将来。正如一位当代法国哲人所说:“诗歌是孤独的贫困。这种

1 查尔斯·泰勒:《现代性之隐忧》，程炼译，北京：中央编译出版社，2001年，第1—14页。

孤独是对未来的理解，但也是无能为力的理解：预言式的孤独，它在时间之内始终宣告着开始。”[1]

四

行文至此，我们能否对语言游戏做一个总结了呢？我想可以了。以上所述很清楚，我们为了打破语言逻各斯的需要，打破语言的俗化、固化的需要，为了让诗的本真之言去树立语言规范与语言法则的需要，我们是有必要去做语言游戏的。这样的游戏于现实、于历史、于伦理、于审美均是太少太少，太缺太缺。我们应该高声大叫：我们要语言游戏。但当我们高叫的时候，我们又必须想到，语言游戏是在一个特定的状态中发生的，游戏这种状态是去功利、去一己化的，是规则与规矩之下的状态。我们孩童时的游戏至今成为永不褪色的记忆的原因就在这里。要游戏的人必先是一个懂游戏规则与状态的人，必须是个真正游戏人，游戏人是本真人。

为了写这篇文章，我读了不少当代诗人的诗，含英咀华之外还有不少败坏食欲的东西。有不少成功的能

1 莫里斯·布朗肖：《文学空间》，顾嘉琛译，北京：商务印书馆，2003年，第257页。

指表演，但也有不少只是诗的焰火表演，到头来只是留下灰烬与雾气。语言游戏到了只是为了编织一个迷宫，目的是让人永远走不出来，同时也走不进去的地步，这已不是迷宫，无疑成了地狱。在游戏中如此迷恋于表现所谓现代人的悖谬、矛盾、对立冲突等种种，一直把自己也糊涂地搅了进去，一派迷局。一切形象都好像是在回避着什么，好像不是故意的，一切都不通透，只是掩饰，最后掩饰的是什么呢？看起来是掩饰着自己的虚伪与浅薄。

但是，他们是不服气的。他们说，他们这样做是为艺术的艺术。为人生的艺术和为艺术的艺术的争论是人类永远的痛。从历史的跨度而言，为艺术的艺术似乎有些不朽性，而为人生的艺术，因为人生易变，较短命。为政治的艺术，那更是短命的短命。这是否让为艺术的艺术更有了不容申说的优势？兰波之于法兰西是一个艺术的高度，雨果之于法兰西是人生的高度，他们都是不可或缺的。我们是否应该认识这一点，为人生有现时性意义，为艺术有来世性意义。人生可服务于多数人，艺术只服务于小圈子。所以，人生与艺术像白菜和萝卜可以任由选择，但不要互相鄙夷，互相压低。像兰波这样的叛逆典型，他又是社会的产物，是那个时代的产物，所以一定也是现实的，只有现实的，才有可能有来世性。

他们是不服气的。他们说，他们这样做是为了追求一种高级的诗，一种只能用智慧与知识凝造的诗。是的，艾略特也非常强调智性诗，但是他说："我们的唯一条件就是他把它们转化为诗，不仅仅是诗意盎然地对它们进行思考。"（《玄学派诗人》）诗人可以写智性诗，只是千万别用思扼杀了诗。写诗更与知识无关，拜伦不读书，莎士比亚是打工出身。写诗是天性，绝不是手艺。用硕士、博士帽子炫耀的人只是炫浅薄。

他们是不服气的。他们说，我们这样做是一种"零度"的写作态度。罗兰·巴特的"零度写作"的理论对人有很大影响。他的"零度"理论从把文学充分"悬置"起来的现象学角度看有很大的合理性，"使作家从这种社会目的性返回到他创作行为的工具性根源"。现象学的精彩全在于"悬置"起来后孤立地看问题，才会有醍醐灌顶的效果。但是，终因其二元分离的悖谬在理论上有其片面性。罗兰·巴特的一生在伦理人与审美人的时分时合中，最终掉入虚无，他被当代人斥责在真诚上有欠缺。这样的零度只会使情感成为零度，诗将不成为诗。他们是希望从"零度"而来摆脱自己的那种"社会性"，表现出一种"不及物"的写作态度。而这种写作态度最终有怎样一种结果呢？波兰诗人切斯瓦夫·米沃什在他的诺贝尔奖的获奖演说中，对于这种所谓的"不及物"写作，这种所谓的"远离社会目的性"的写作，做如此警告："在文学作为书写的理论，也即语言以自身为食的理论，与极权主义国家的增长之间，似乎有某种隐蔽的联系。”他又说：“一个国家没有理由不容忍一种只包含创造实验性诗歌和散文的活动……只有当我们假设一个诗人不懈地努力把自己从借来的风格中解放出来，追求现实，他才是危险的。”[1]

1 切斯瓦夫·米沃什：《诗的见证》，黄灿然译，桂林：广西师范大学出版社，2011年，第179页。

对而不比

——读陆忆敏与余秀华的两首诗

2014年底的中国诗坛似乎有个回光返照的机会。一名农村的有点残疾的女诗人余秀华好像天外来客似的，突然被全中国的诗人们和媒体发现了，于是她一下子在镁光灯下暴露在众目睽睽之中。诗中的和诗外的，生活中的和生活外的余秀华都被各种舆论骚扰着。有的人说余秀华是“中国的艾米莉·狄金森”，有的说她的诗写得比北岛还好。出版社竞相去抢书稿，又用最快的速度向全国推出了两本诗集，并且印量惊人。这样的盛况如能够多见于诗坛，就有幸了。

与此同时又有一个女诗人叫陆忆敏，她的诗集《出梅入夏》也出版了。她从二十世纪八十年代就写诗了，一出道就负有盛名，但没有一家出版社给她出版诗集。后来她自己远离了中国的诗坛。孤独地来，又孤独地去了。这次她的诗集却复活般地出版了，印数三千本，诗集出版后如泥牛入海。

虽然一个是喧嚣热闹，一个是默默冷清，但不管怎么说诗坛竟有了些许热闹。当然这热闹主要是余秀华的，而不是陆忆敏的。我从心里但愿这些热闹还能持续，不管是余秀华还是陆忆敏，都是中国诗坛的。

我回国以后读过陆忆敏的一些诗，读完让我大惊失色，就是中国当代很多著名的诗人的作品恐怕也不能胜过她的诗。她作为八十年代的诗人已经在写后现代的诗了。

我突发奇想，从余秀华与陆忆敏的诗中各选一篇上品级的好诗，来做一个对而不比，对而相较，从中看出诗人各自的特点优点。但是因为时间的距离、文化的距离等因素，要比个高低大可不必。

余秀华有一首好诗《我爱你》：

巴巴地活着，每天打水，煮饭，按时吃药
阳光好的时候就把自己放进去，像放块陈皮
茶叶轮换着喝：菊花，茉莉，玫瑰，柠檬
这些美好的事物仿佛把我往春天的路上带

所以我一次次按住内心的雪
它们过于洁白过于接近春天

在干净的院子里读你的诗歌。这人间情事
恍惚如突然飞过的麻雀儿
而光阴皎洁。我不适应肝肠寸断
如果给你寄一本书，我不会寄给你诗歌
我要给你一本关于植物，关于庄稼的
告诉你稻子和稗子的区别

告诉你一棵稗子提心吊胆的
春天

余秀华的诗量颇大。她的诗作大致可分两类：一类是因景而生情的，这类诗对中国农村做了某种诗的描述和诗的想象；另一类诗是因情而生的，大多数是爱情诗。余秀华的诗歌中写得最好的可能是第二类诗。无论这个情是虚幻还是实际，但大多写得颇具真情实感，情到深处必定触人心弦。中国虽然有些女诗人也写爱情诗，但像余秀华这样刻骨铭心，爱到燃烧那样去写的并不多。她诗中爱恋的情人不少，无论是幻想中的情人，还是现实中的情人，她都敢于毫无禁忌、暴露性地去写爱。虽然这种爱是幻想式的、苦恋式的，甚至可以说是有缺憾性的爱。幻想与幻觉是诗人写诗的魔棍。获此魔棍的人，一种是修炼的力量达到非常老到的程度的人，一种是天生神经质的人。余秀华是后者。余秀华的诗歌中用的大部分是大白话，比如《穿过大半个中国去睡你》这首诗成了她写情诗的标志了，这个“睡你”是爱的动作，但是她又是赋爱于情色，赋爱于力量，所以特别有表现力。

爱情诗是伊甸园故事的高潮，在西方诗人那里是繁星密集，在中国诗人那里是少量而且太规矩。写爱情诗难，就因为你做不到情真意切地去发现爱情的某个特别的别人没写过的东西，当然就难了。余秀华爱情诗的存在价值是她写出了爱情中的那份特别的苦中之甜，甜中之苦。苦得像药一样，但又让人咀嚼出甜的爱。她的爱中绝对没有朝朝暮暮、山盟海誓之类的，仿佛都像是在爱中放了一味药，苦涩的，所以读她的爱情诗你会读出一种不一样的感觉来，这就是余秀华诗歌存在的意义。她的《我爱你》，写的是农村女人巴巴地想着爱、等着爱，而且是提心吊胆地等着爱的一种犹豫，一种等待着的想象与焦虑，希望中失望着的爱。所以她说：“阳光好的时候就把自己放进去，像放块陈皮。”所以她才说：“我一次次按住内心的雪。”像这种爱情诗是一种特别女人的矛盾的爱。虽然是“光阴皎洁”，但是“我不适应肝肠寸断”。她不敢勇往直前地去追求，但终究爱是燃烧着的，没法按捺住，这就是担心又等待着的矛盾。所以她告诉对方，

“我”像一棵稗子，提心吊胆地等着那爱的春天。

余秀华的这首诗在表现上是有现代感的，明显表现出余秀华诗的某种创造力。

她的诗有非常流畅的直接表达，但又没有刻意的诗的建构。她运用隐喻和象征，时不时有自然而老到的感觉，比如“把自己放进去，像放块陈皮”，“我一次次按住内心的雪/它们过于洁白过于接近春天”，这种含着某些东西的隐喻恰如其分。当然它一点都不深奥，也不重复，更没有某种去搭建迷宫一样的晦涩。“稗子”一词明显是一种转喻，从植物的“稗子”转到一个农妇的“稗子”，这个转喻用得恰当而好。读余秀华的诗总让我想起那个“现代处女”——索德格朗。她的诗非常直接，不转弯，但又是有味道的那种美。因为一切都来自她内心的真实体验。

陆忆敏八十年代就已经出道，一写诗就让周围的诗人们叫好。但她的个性特别，基本不和其他诗人交往，她还不读人家的诗歌。世界诗人中是有这么一类，不读人家的诗，只写自己的诗。这就像天上掉下来的一个天赋诗人。陆忆敏写了几十首诗，突然又归于隐遁，消失得非常彻底。当然，诗人可以读人家的诗，但最怕本人体质虚弱，读多了，血管里流的是排己性的他人的血。陆忆敏的东西永远是她的，她的感觉、她的语言、她的构思，她是卓然独立于诗坛，让人耳目一新的女诗人。虽然量很少，但几乎每一首都有特点。

好的诗歌基本拥有两个特点：一是有特殊的感觉，一是用水一样的可以让人感到呼吸气息的语言去表达。我选了陆忆敏的《对了，吉特力治》：

对了，那是一种教条
就在我早餐之后
耳目清新的认识里
也还是这样

懒于思想或者易于感情
软弱、恐惧或者无知伪善
伊甸园或者男人女孩
死于一吻的疯狂
或者斯特兰斯基的理性
我们视为神圣的无数种敬祭
我们吟咏了多年的每一寸光阴
泥土和岁月紫罗兰茎

水在抖动，野天鹅浮游
中子在原子里抽泣
在我们听说了你沉思的午夜
全部地变成教条
变成一所围住我呼吸心跳的小屋
如果我抬起手

推开窗要一点儿
外面的空气
得了,这也是教条

“对了,那是一种教条/就在我早餐之后/耳目清新的认识里/也还是这样”开场就突兀一击让人震惊:人清醒着,却认为什么都是教条,那么教条又是什么呢?

第二段就压根不提教条了。从思想、情感、伪善、爱情到无数种敬祭,罗列了许多,实质上是在暗示教条的表现,但诗人不直指,只是给你一种悬念。

第三段用了两句“中子在原子里抽泣/在我们听说了你沉思的午夜/全部地变成教条/变成一所围住我呼吸心跳的小屋”,到了这里,你就明白了诗人的旨意就是人最终都被种种教条所禁锢。这个时候你就明白了所谓的教条就是桎梏人的思维、感情,禁锢人的个性,甚至生命的这一切的藩篱。但任何一个读者,对于教条的喻义是什么都有自己的理解,一千个人有一千个解释。诗人的喻义只是暗示着,她的用语超越了本用语的最大外延,但又在切题的核心之中,能指的天空才能成为一个小宇宙。诗歌往往在这个时候与哲学接壤。

结尾最为奇妙:“如果我抬起手/推开窗要一点儿/外面的空气/得了,这也是教条”——生活中的一个细节,人在胸闷气急之时去推窗的动作,她认为这也是教条。这就是把教条在生活中的表现推到了极致。但这个“推”却又异常的生活化、形象化。

诗歌是立意为上的，但这种诗的立意必然是生活化中的立意，而且要玄、要深。做到这些非常之难。生活化就是忌用概念的语言，或者次概念的语言去弄一种立意出来。生活化就是诗人是用感觉化了的生活去描述，去表达。清晨听一个朋友讲他一个夜晚的苦闷思索，给主人的感觉就像在心里建了一所禁锢的小屋那样的难受。诗人认为这一切都是教条导致的，是教条惹的祸。这首诗的立意颇高，鼓励人们用怀疑的利器去对待所谓理性、情感等无数种的敬祭。我们生活中的种种理性、观念、概念等教条就像人们自己设计，自己建造，又自己囚禁自己的牢房一样愚蠢。只有有了怀疑，人才真正成为“会思考的芦苇”(帕斯卡尔)。这样诗的叙述和描写背后，就卓然成就绵延人的精神痕迹的一种神话。

生活现象的感觉化描写，看上去就像无声无息的流水一样，非常平常，但却要背负着一个大的立意，一个玄而深的立意，这就是诗的高深学问。几块石头，平平常常，里面好像全然没有线索与含义，但你一旦发现了线索，这些石头刹那间变成了闪闪发光的珍珠。陆忆敏的这首诗就是这样。

隐喻是诗的生活化、感觉化描写的最好表现。这首诗的最大的隐喻是“教条”，但这个隐喻是含在感觉化的描写之中的，不显赫张目。就像“泥土和岁月紫罗兰茎”这样的隐喻也是似一笔带过的平常。诗的隐喻最好是泥土与水交融后看不出任何一方的幻化，这样的隐喻才会有一念三千世界的博大、多元，甚至诗化的模糊。

这首诗的押韵并不严格，每一段有一种跳跃式的韵脚。诗的节奏大多为一句三顿至四顿，但每一顿的字数在不断变化中。这种平静中的错落就形成了一气呵成的音乐性快感。证悟生活之深，但写作却要平平静静舒坦着的流畅。陆忆敏的诗就有这种敏感如茵、下笔如水的特点，有此特点的当代诗人少之又少。

读完陆忆敏与余秀华的这两首诗，我生发的感想有三点：第一，诗是天籁，不是功夫。越有知识，越聪明，有时反而作出的诗越蹩脚。第二，好诗的最高境界必有被褐怀玉之美。看似朴朴素素、挥洒自然，实质其中美的机关多多，让人有永远说不尽的哈姆雷特之叹的美。第三，海德格尔认为人类文化的峰巅有二，一是诗，二是哲学。现代主义之前的诗一般都容易读解，后现代的好诗一般不太容易读解，太容易读解的诗大多不是好诗。

诗艺随笔

智慧性的，还是技艺性的？

白话如何酿成诗

谁可以作天籁之声

我是我，我不是我

智慧性的，还是技艺性的？

——“何为好诗”的思考之一

“何为好诗”是困扰很多人的一个问题。由此，大家对于文学中最复杂的文本的鉴赏、判辨、批评常常产生很多分歧及矛盾，这个问题的来源和发展不但关乎大众的审美能力，更牵涉一个民族对诗的创作能力。中国当代新诗一直在低谷中徘徊，失去了当年的大好盛景，其原因是否也关乎这个问题呢？

中国当代的图书排行榜上最畅销的诗集有《徐志摩诗选》《席慕蓉诗选》等，对于这种现象，很多人是见怪不怪了。这既代表了中国当前的大众审美水平，实际上也隐含着一个潜在的问题，那就是对于诗歌——何为好诗缺乏一个基本的判断。

我不想对徐志摩的诗做全面的评价，我仅仅以他的诗的评价作为一个引子。徐志摩是中国三十年代的一个有名的诗人，但在诗歌艺术上并不那么出色。他的影响力更多地不是来自他的诗歌，还源于很多他的生活行为、经历等等。

徐志摩写的诗大多是情诗。胡适在评价徐志摩时用了四个字，说他的诗是“单纯信仰”。所谓“单纯信仰”是指他对于爱、美、自由这三样东西的理想。“单纯”这个词对于一个人的评价可能是含有褒义的，但是如果用来评价一个人的诗歌的整体水平，“单纯”似乎就等同于“简单”了。比如徐志摩写的《爱的灵感》有四百多行，林林总总都是围绕着爱的得到、失去，爱的欢聚、伤别……一切都围着为爱而爱的一个大轴心在转。实际上人生有多复杂，爱也应该有多复杂。爱情哪里只是如轻烟般的云游，这就显得简单到肤浅。茅盾对徐志摩的评价就比较中肯了：“圆熟的外形，配着淡到几乎没有的内容，而且这淡极了的内容也不外乎伤感的情绪。”

当然，我必须说明的是，我认为好诗的标准，一定是一种非常立体、复杂、多面、多向的判断。根据一个层面、一个方面来说，只是判断了诗这种宏大的精神世界的一个层面，无意也不可能扼杀精神世界的宇宙性与复杂性。诗之为诗的根本就在于它是人的灵魂的一种在场表演，所以诗歌判断的多样也就一定在其中了。这是不言自明的事情。

古希腊的柏拉图、亚里士多德最初都有对人的文化等级与层次的思考。海德格尔对于这种思考做过一番总结，他认为人的文化最基本的可分两类：一类是与知识性关联的智慧性文化，一类是与算计性关联的技艺性文化。[1]

人类文化进展的结晶形成知识。知识又是对文化及时性的保存，并加以“去蔽式”的推断。人掌握了知识，一旦融通成熟，使其成为一种心智性的创建能力，那就是智慧了。智慧是最高的知识，它可以给人以跨越时间的创造能力，也就是人之为人的生命力量。

人获取知识的最初几步是使人产生经验，使人的思维意识产生了逻各斯。逻各斯的形成与运用，使得人可以在算计性的驱动下产生技艺能力。技艺是逻各斯的外化表现，所以，它很容易模仿与学习。它体现了人的一部分智慧，但它不体现人的根本性智慧，所以，也不体现人生命性的创造力量。而且，因为逻各斯非常容易固有化，一旦固有，它往往成为一种反智慧的力量，阻止人的“解蔽”能力。拥有技艺能力是人智慧化开始进步的阶段，

1 参见海德格尔：《柏拉图的〈智者〉》，熊林译，北京：商务印书馆，2005年，引言。

但技艺远低于智慧，固有的技艺更是反智慧的存在。

智慧性的诗与技艺性的诗的根本区别大致是以下四种：

第一，技艺性的诗缺乏生命的本源性。诗与非诗怎么分辨？好诗与一般诗怎么分辨？德国著名诗人保罗·策兰用诗句这样总结：“石头上的我/‘诗’/‘非诗’”，诗源于诗人本源生命的根底里，这是最值得珍视的。

生命的本源是最不可掩饰的透明体。诗人有多少本真的燃烧，诗歌也有对应的发光。作为诗的文本虽然需要种种外在形式的摆置，但是在灵魂的强大力量面前，形式已经变得次要了。仅举一小例，最近读到一首诗，语言是口语的，内容就是叙述身边一件“鸡毛蒜皮”的事，但读完不乏感人的力量：

女儿半岁以后
睡不安稳，几度滚落床下
在梦里哭出声来

我打了一个地铺
用自己最柔软的肚子
朝着她脑袋的方向

有天凌晨醒来

她的半张小脸，悬在我的头顶
那么皎洁，那么遥远
恍如我从未见过的——
安第斯山的月亮
从古老的石头之间升起
将我的每一条骨骼，每一道血脉
照得雪白透明

——黎小锋《安第斯山的月亮》

诗歌是最无须刻意打扮的姑娘，让灵魂直接去言说，“去蔽”，这种诗歌是生命的灵魂。

当前的有些诗人似乎都有一个目标，就是想把自己的诗写得越复杂越好，越玄乎越奥秘让人看不清看不明白，成为一个谜，似乎这就是好诗了。这种复杂是生命的复杂，还是技艺的复杂？读了这些诗，我感觉他们似乎更多地倾向于只是在技艺上下功夫，实际上诗人真正的智慧是让人返回自然，返回最原始的那种力量，这是最伟大的生命力量，也就是生命的缘由。年轻时曾经热衷于读惠特曼和艾略特的诗，但是两人相比，我更爱读的是惠特曼的诗，可以说百读不厌。其原因正如他的诗句所说：“沃尔特·惠特曼，一个宇宙，曼哈顿之子／节欲，肉感，放浪形骸，吃饭喝水，繁育后人／不是感伤者，不高于、不远离平凡男女／如制服一般地谦虚。”读惠特曼的诗，你会感觉到一种大气凌厉，飞行于天地间的美与崇高。这是诗人灵魂飞举，天使般地打破思想与事物的界限，让一个时代的精神好像天崩地裂似的诉说。所以，他的诗歌实际上是一种生命的颂歌。好诗应该是一种“优雅的疯狂”。尼采认为：对技艺的刻意摆设是很容易下流到扼杀诗意的表达，精心的修饰可能获取的不过是取消诗歌脉络的自鸣。诗歌不是诗艺，它既存于沉沦中灵魂的开启，也存于爱的蜜月中的邂逅。

中国诗坛一直存在一种写下半身的宣言。余秀华“穿过大半个中国去睡你”成为一句诗的时髦广告。写情、写性这无疑是一种人性光辉的萃取，就完美的人性而言，神性与兽性是并存的。要歌唱肉体，歌唱情色，让它们不再处在历史的社会边缘，这确是诗的一种追求。但是，这种追求应该是有高低之分的。比如，惠特曼的诗歌：“你我逃离一切、无拘无束，无法无天／两只云中的飞鹰，两条游动的海鱼也不比我们无法无天。”他歌唱情爱，完全放纵爱的自私与灵魂之爱的相融。他讲性爱与自然并列，认为它是比法律、宗教、道德、伦理更为基本的东西。

余秀华的情诗的确有一定的存在价值，因为它反映了农村妇女特有的矛盾中的情爱，自卑着的性幻想，一棵稗子想着春天的所谓的爱。但为什么像陆忆敏这种写了几十年，被诗坛公认是优秀女诗人却出不了她的诗集？

第二，技艺性的诗没有对“最新物”的创建能力。诗的最大魅力是要成为物的一种悬念。而这种物的悬念是从现实出发，但又是通过重新的建构实现的，所以，这个新的现实会让人不断地追问，成为一种无限的语言，这就有了创建。亦如尼采所说“我总是站在一道深渊之上”。

徐志摩最为人传诵的诗歌是《再别康桥》，这首诗最被人欣赏的是头尾的八句话：“轻轻的我走了，/正如我轻轻的来；/我轻轻的招手，/作别西天的云彩。……悄悄的我走了，/正如我悄悄的来；/我挥一挥衣袖，/不带走一片云彩。”这首诗歌里面很多比喻、形容大多属于老套子了。比如把“金柳”说成是“夕阳中的新娘”，“在康河的柔波里，/甘心做一条水草！”，等等。头尾的“轻轻”和“悄悄”也是一种告别的状态，当然，把“来”与“别”等同，抽取了时间上的距离，是产生了一种永恒之感。“轻轻”的“来”与“去”做一个对仗的比较，确有诗意的一个表现——一个小小的表现。写人与人的分离只是再也难及《诗经》中的“昔日往昔，杨柳依依，今我来思，雨雪霏霏”。

徐志摩写这些诗的时候，中国的诗风已经有了很大的变化，那种浪漫主义的滥情正在消退。当时的诗坛已经出现了戴望舒、卞之琳、李金发、王辛笛等很多现代的诗人，他们开拓了诗的另一种境界，创造了一种完全新的诗风。这里举一首辛笛的《航》：

帆起了
帆向落日的去处
明净与古老
风帆吻着暗色的水
有如黑蝶与白蝶
明月照在当头
青色的蛇
弄着银色的明珠
桅上的人语
风吹过来
水手问起雨和星辰
从日到夜
从夜到日
我们航不出这圆圈
后一个圆
前一个圆
一个永恒
而无涯涘的圆圈
将生命的茫茫
脱卸与茫茫的烟水

这首诗的创造是一种中性抒情的诞生，它已经不是徐志摩的那种表面式的、直入式的抒情。它描写景物准确，但又非常逼真。帆船与夕阳交辉，他只用了五个字

“明净与古老”，简单之致。“明净”形容景物，“古老”形容时间，看似是两个不搭调的词汇连在一起，却让人有一种无限追问的可能，这就是好诗的智慧含量。诗意最浓的是最后几句，也最为现代。航行中诗人对生命的感喟，并没有给出直接描写，好像只是一种抽象式的大范围里的一个暗示。一个圆又一个圆，人好像永远也“航不出这圆圈”。“生命的茫茫”也就脱卸给了“茫茫的烟水”……这样的描写无论是语言上、诗意上都有特别的创造，所谓智慧性的诗就一定是在诗的语言学上有全新创造的诗歌。

第三，为语言游戏的游戏。诗要有创新，语言必定是自由的。八十年代开始，有一大批年轻人在诗歌中做了种种语言游戏。比如柏桦的诗：“吃石头的刺刀走向极端/我听到空气的坠落”“爱抱怨的人找不到医生，他疯狂于皮包骨头的痴情”“一脸变性术的世界观”。这些语言就已经像兰波说的“全部感觉都按部就班地失常”。像这种语言游戏当时有不少先锋诗人在尝试。

语言是需要游戏的。语言的游戏是为了使得诗歌在生命裂变的时候找到更恰当的、更有新意的一种途径，一种表现。但是，如果脱离了生命之感动与人性的温度去做游戏，这种游戏就是一种刻板的、带有模式性的、为游戏而游戏的东西了。

我读了欧阳江河的长诗《凤凰》，这是一首智诗，一首做了很多精彩的语言游戏的诗。在内容上，它也是有意义的。它讲的是现代社会的种种“熵现象”。这种诗的整个构思是用悖谬逻辑的思维引发和编制的。它的反词罗列的范围非常广。从物质对精神，理想对现实，富裕对贫困，古代对今天，废弃物对艺术物，艺术家对收藏家……徐冰把一堆工具的废弃物做成凤凰这样一个当代艺术……诗人从这点生发出对社会进行了很多有意义的思考。诗人把物化和诗化的疯狂的共识性与历史性编织成为叙述的痕迹。诗歌充满带有游戏式的自信表达：“请将电视和广播的声音/调到鸟语的音量：听一听树的语言，/并且，从蚜虫吃树叶的声音/取出听力。请把地球上的灯一起关掉，/从黑夜取出白昼/取出，一个火树银花的星系。/在黑暗中，越是黑到深处，越不够黑。”这些诗句的确有它游戏的巧妙性，包含了一点意义。整个构思策划都是用悖谬、反讽、对比这种游戏中的套路来做的。套路是很容易成为逻各斯的，成为一种让人可以模仿但是缺乏生命的模式。台湾有一个作家曾经把这种套路概括为这几个字“虚则实之，实则虚之”，甚至可以更好地引申为“意则象之，象则意之，情则景之，景则情之；小则大之，大则小之；此居之则彼居之，彼居之则此居之；远则近之，近则远之；动则静之，静则动之……”一旦诗歌进入了这样一种套路式的游戏，再高的技巧也不能让读者的灵魂有一番狂风暴雨般的感动。

诗的文本也就没有了人性的温度。任何技艺性的东西总是不能像智慧一样产生新的生命，而只是一种皮毛上的新颖。

第四，智慧的诗有智性直观的透彻性与复杂性。算计性是科学的必需，又必定是诗的大忌。算计性的基础是套路与模式，如果诗的存在不能去否定一切陈规的复述，诗还有存在的必要吗？！再者，诗的创作是人文创作中最需要灵光乍现，心智突然醒豁的一种下意识的成形。女诗人翟永明曾经如此描写自己的写作状态："我已不再用自己的心灵思索？/那一大堆字母/组合成五笔字型？/像水草，在一片蓝色中流动/能否流出事物的本来面目/它不知道一级解码的过程/它呈现了就是终极的面目。"真正的诗歌创作就应该"像水草，在一片蓝色中流动"，完全自然，完全原生态的呈现，这也就是下意识的成形。所以，"它呈现了就是终极的面目"。智慧的诗歌就是这种智性直观的、浑然天成的面目。

"智性直观"是一个哲学概念。从斯宾诺莎、笛卡尔到海德格尔，他们都喜欢用"智性直观"做探讨。虽然他们每个人的理解都有所偏重，但他们都认为这个状态是人最有创造力的状态。我认为尤其对诗歌创作而言，更是如此。

智性不等同于理性，虽然它里面有理性的成分。它是一种知性能力和感性能力的融合。它反对那种理性的堆砌，逻辑的约束，反对一切创造过程中过分的深思熟虑。它更多地是强调人类创造中的一种自明。而这种智性的“明白性”是来自精神的单纯和灵感的直接，用以营造人的一种新颖的构想。一切都能让人最后在直观性的呈现中取得本源性的力量。纯粹的感觉与纯净的思想彼此相互凝视，于是，尚未成形之物就呼之欲出了，好的创作就是这样。

下面我引两首诗歌来旁证“智性直观”的概念。一首是素人的，一首是名人的。素人是一位九十九岁的日本柴田丰老奶奶，这首《寂寞的时候》选自她的处女诗集：

寂寞的时候
我就用双手舀起
透进门缝来的
那缕阳光
然后
抹在脸上
一遍
又一遍

温暖的阳光
如同妈妈的体温

“妈妈，您放心

我硬朗着呢”
我咳一声嗽
站起了身子

这首诗写一个九十几岁的老人的坚强的精神，她在大自然中享受着，又从大自然中得到力量。表达了人的一种弥足珍贵的精神。

诗歌的语言必定是感觉的语言，如果没有感觉的语言作为它的基础，那么人的一切生命的本源表达就失去了基础。说到底，诗是感觉中的思想。像盐一样放在水中，而不见盐的形状，但是人仍然能感觉到其味，这就是智性直观。

谈及二十世纪诗歌，可能都离不开保罗·策兰的《死亡赋格》。这首诗无论是诗本身还是诗意都堪称当代楷模。

清晨的黑牛奶我们傍晚喝
我们中午早上喝我们夜里喝
我们喝呀喝
我们在空中掘墓躺着挺宽敞
那房子里的人他玩蛇他写信
他写信当暮色降临德国你金发的马格丽特
他写信走出屋星光闪烁他吹口哨召回猎犬

他吹口哨召来他的犹太人掘墓
他命令我们奏舞曲

清晨的黑牛奶我们夜里喝
我们早上中午喝我们傍晚喝
我们喝呀喝
那房子里的人他玩蛇他写信
他写信当暮色降临德国你金发的马格丽特
你灰发的舒拉密兹我们在空中掘墓躺着挺宽敞

他高叫把地挖深些你们这伙你们那帮演唱
他抓住腰中手枪他挥舞他眼睛是蓝的
挖得深些你们这伙用锹你们那帮继续奏舞曲

清晨的黑牛奶我们夜里喝
我们中午早上喝我们傍晚喝
我们喝呀喝
那房子里的人你金发的马格丽特
你灰发的舒拉密兹他玩蛇

他高叫把死亡奏得美妙些死亡是来自德国的大师
他高叫你们把琴拉得更暗些你们就像烟升向天空
你们就在云中有个坟墓躺着挺宽敞

清晨的黑牛奶我们夜里喝

我们中午喝死亡是来自德国的大师
我们傍晚早上喝我们喝呀喝
死亡是来自德国的大师他眼睛是蓝的
他用铅弹射你他瞄得很准
那房子里的人你金发的马格丽特
他放出猎犬扑向我们许给我们空中的坟墓
他玩蛇做梦死亡是来自德国的大师

你金发的马格丽特
你灰发的舒拉密兹

(北岛译)

这首诗写德国法西斯在集中营里杀害百万犹太人的人间惨剧，用一首短诗去描绘，仅容量就是一个挑战。整首诗的背后，诗人仿佛是一个沉默体，他仅仅用一种白描的笔，勾勒了一个场景。诗句的急促与节奏让人感到一种咬着牙齿，强忍着悲痛而表达出来的沉默。诗歌把悲剧的场景和音乐的背景用悖谬的办法组合了起来，更使人感觉到难以接受，不堪卒读。里面又有那些非常精准而又细致的描写，比如法西斯分子蓝色的眼睛，他的金发的和灰发的情人，如此色彩斑斓的体貌反衬着恶人残忍的心肠。一切只是让声音去延伸，等精妙的感觉和语言去开启一样东西，但终究却又没有完成这样东西，这就有了诗的复杂性。

中国现代诗在七八十年代有了一种天崩地裂的造山运动，这是中国新诗百年的奇观。由此我们收获了一大批智慧型的诗人和诗歌。从这个时候起中国现代诗的山脉不断地延伸，但是我们不得不清醒地认识到，在这几十年山脉的延伸中，我们再也没有看到当年那种诗的大自然的奇观险境。是因为环境的影响，还是因为诗人内心的局限，或是因为对诗的高低好赖不能了然于心。总之，我们的新诗从八十年代以后就一直在走下坡路，这确是事实，包括那些桂冠诗人也不例外。那个曾经的诗歌盛景、奇境仿佛都很远了，这不得不令人扼腕长叹。

白话如何酿成诗

——“何为好诗”的思考之二

白话与诗的关系，矛盾重重，新诗一百年中，反反复复，这场官司好像一直没有停歇过，一直打到今天。这是件有趣的事。

中国的白话诗诞生在1917年，那是“五四运动”的成就。文学的语言必定要来自口语。语言没有口语作为它的根本性的、原始性的源头以汲取养分，文学是会枯竭的。所以，就这一点而言，胡适等人提倡的白话诗，或者尝试写的白话诗，的确是一种有益的试验。胡适的《尝试集》发表后，他对其信心满满，到处自我肯定。但是最终，他自己也不写白话诗，倒写起古诗来了。朱自清对于这段历史有过一个非常好的总结:“从五四以来,作新诗的风发云涌,极一时之盛。就中虽有郑重将事,不苟制作的;而信手拈来,随便涂出,潦草敷衍的也真是不少。”朱自清的这个总结讲得轻但很中肯。现在来看这些所谓的白话名篇,甚至包括像《女神》这样的名篇,虽然在思想上叫出了对于社会的愤懑与不平,但是在艺术上却实在是不够道地。所以,俞平伯对于白话诗有一个说法:“中国现行白话,不是作诗的绝对适宜的工具……我时时感到用白话作诗的苦恼。”因为俞平伯自己也写过不少白话诗。把中国几千年的诗歌所讲究的意境、意象、音乐、比喻、平仄、隐喻等宝贝一股脑儿地抛弃了,这些是诗歌安身立命的东西,没有了这些,所谓的白话诗本身就不会有旺盛的生命力。鲁迅当时曾经无奈地说:“我其实是不喜欢作新诗的——但也不喜欢作古诗——只因为那时诗坛寂寞,所以打打边鼓,凑些热闹;待到称为诗人的一出现就洗手不作了。”这是实话。

到了二十世纪三十年代后,这种情况又有所改变。应该说那个时代,中国真正的新诗已经开始萌芽了。由朱湘、徐志摩、闻一多、李金发、朱自清、戴望舒、卞之琳等人合力,把原来清汤寡水的白话慢慢地酿出有诗味的新诗来了。这个转变的力量来自两个方面,如周作人所说:一是“外援”,二是“内应”。所谓“内应”是指从中国古诗中借鉴一些合适的东西。“外援”就是翻译西方的诗。那时，像李金发、徐志摩等人不但把西方经典的诗，甚至把西方刚流行的象征派的诗都做了选择性的翻译。这些翻译对于中国后来的新诗发展起到了至关重要的推动作用。

这个历史性的问题，几十年以后，中国有些新锐诗人又把它翻了出来。他们鼓动中国的新诗要大力地去推广口语诗或者白话诗，要彻底根除象征、隐喻之类的东西，要白到让任何人都看得懂。理由一是为人民服务，二是这样才能够证明诗人是生活的见证人和披露人。主张好像很好，他们所作的诗歌也的确是朝着这条路上走的。此争论的结果是什么呢？今天他们的诗歌应该是最好的鉴定。

西方的现代诗人当中也有不少是用口语写诗的，用他们的白话写诗。基本上不用象征、隐喻、换喻等等。我举一个诗人为例——波兰的亚当·扎加耶夫斯基。这个波兰诗人写了几十年的诗，他的诗歌坚持用白话来写，但是他在世界诗坛上的声望如日中天。这里引他的一首诗来分析并指出为什么他的白话诗才是真正的新诗、好诗，甚至是现代诗。

这首诗的题目是《穿过这座城市》：

穿过这座城市，在一个灰暗的时刻
当悲哀隐匿于阴凉的门下
孩子们玩着的庭院

毒井上方，飘浮如风筝的巨大球体
当安静，踌躇，最后的画眉鸟歌唱。
想想你的生活，它仍在继续
尽管持续了这么久。
你能表达全部于万一吗？
你能说出你看到的卑劣吗？
你是否遇到过谁在真正地生活
你知道吗？
你是否滥用过崇高的言辞？
你本该是谁，谁知道。
你爱宁静，而你掌握的
只是寂静、倾听言语、音乐和沉默
你为什么开始了述说，谁知道。
为什么在这个时代，为什么在这个国家，
——它仿佛还没有诞生，谁知道。
为什么在放逐者中间，在一间原属于一个德国人的
寓所，在悲痛，哀伤
和重获一个神话的徒然希望之间，
为什么你只有一个矿场吊塔阴影里的
童年，而不是在树林的阴凉里，
当小溪流过，一只蜻蜓看守着
宇宙一体的秘密——谁知道，
还有，你的爱，你失去和发现的爱，
还有你的上帝，他从不帮助那些寻求他的人，

却隐身那些拥有学位的神学家中间。
为什么是在阴沉的时刻，在这一座城市里
这干燥的舌
这麻木的唇
为什么这么多的问题，在你离开
而返回那个王国前
——那里，沉默，狂喜，和风已再次来临。

亚当写的诗非常多，他的大多数的诗都是这种模式，粗看好像都懂，但细细再看，又不全懂。这里面包含着许多诗意的神秘，由此让人去猜想、思考。这一点特别重要：淡淡白白的生活素描，却让人不由动心地产生对生活哲理的思考，对现实的克制着愤怒的指证。这就是所谓的形而上的诗意表达。这种形而上的诗意表达在亚当的诗中比比皆是。他仿佛已经用他的白话把它全说出来了，但是在这中间还有着一个巨大的内核，这个内核就是诗意的内核。它是一个加速器，是一个放大器，一旦抓住这个内核，你就会被他的诗意击倒。

这首诗，大概是讲一个流浪者回到他的故土。他发现这个古城，一切都依然如故。他看到了孩子们在玩耍，在一个毒井的上方，在一个矿场的吊车下面。这令他想到了自己的童年，那阴暗的、心酸的童年，而不是如"小溪流过，一只蜻蜓看守着"的童年。而今天的现实仍然是如此不堪。接下来，他又平复自己的心情，用了四个“谁知道”。“你本该是谁，谁知道”“你为什么开始了述说，谁知道”“——它仿佛还没有诞生，谁知道”“宇宙一体的秘密——谁知道”。他遇到了一个故友，这个故友永远在听别人讲话，而自己却保持沉默。“这干燥的舌/这麻木的唇”，诗人激动地问故人，实际上是问大家：你能说出你看到的卑劣，你是否遇到过真正的生活，你知道吗？

诗人用了四个“谁知道”。诗人明明是知道答案的，但他对生活有着洞若观火的识见以及面对现实的无奈，他只能说“谁知道”。亚当诗歌中，我们见到了过去、现实、理想种种的矛盾与冲突，最后诗人却把它化为悖谬的无奈。这就是这首诗使人追问与感动的内核。

他的整首诗中全然看不到我们平时在现代诗歌中常见的象征、隐喻等等。亚当曾经说：“诗歌仿佛建立在一条窄道上——在这条窄道上一边是可怕的、非人道的东西，另一边是友好的、鼓舞人心的、崭新的、欣喜若狂的东西。诗歌激励我们，让我们抖擞精神，恢复我们的童真，但与此同时也不允许我们忘记困难和痛苦。”这就是亚当诗歌的一个内核中的内核。也就是说，这里有痛苦，但是我们不要绝望，我们要寻找光明，但永远不要忘记黑暗。亚当诗歌的内核性的东西在这首诗歌里面也得到充分的反映。他自己曾经明确表示：“有些诗人会密集地使用隐喻，这样在表达上就会出现一种障碍。”他的这种看法是有些道理的。亚当的叙述是一种成功的白话叙述，如同与老友在交流，但这种交流不是重复之前的生活，而是再造另一种生活。在这种再造中，人们感觉到语言不仅是一种纯粹的交流性的口语，而是拥有更大的想象功能和想象天地。这种功能就是诗歌的功能。如果诗歌无法让人去再想象，再创造，那么诗歌的语言就变成了一种索然寡味的东西，它是不会感人的。所以，真正的好诗不是在叙述生活，而是在绵延人的精神痕迹，这种反映诗人精神痕迹的东西才是最感人的。

好诗有个逆律：语言的不在场永远大于语言的在场，诗人的不在场永远大于诗人的在场。诗的悬念、追问，精神的绵延，诗的感染力，全部都在这个大于之中。

使亚当扬名世界的是他的那首《尝试赞美这残缺的世界》："尝试赞美这残缺的世界。/想想六月漫长的白天，/还有野草莓、一滴滴红葡萄酒。/有条理地爬满流亡者/废弃的家园的荨麻。/你必须赞美这残缺的世界。/你眺望时髦的游艇和轮船；/其中一艘前面有漫长的旅程，/别的则有带盐味的遗忘等着它们。/你见过难民走投无路，/你听过刽子手快乐地歌唱。/你应当赞美这残缺的世界。/想想我们相聚的时光，/在一个白房间里，窗帘飘动。/回忆那场音乐会，音乐闪烁。/你在秋天的公园里拾橡果，/树叶在大地的伤口上旋转。/赞美这残缺的世界/和一只画眉掉下的灰色羽毛，/和那游离、消失又重返的/柔光。”

这首诗歌是亚当在全世界被推崇备至的一首诗，它发表在“9・11”事件之后的《纽约客》的封底上。由此，全世界的人都认识了这位用白话写诗的诗人。没有用象征、隐喻……没有一切带有迷宫式的东西。他都是用异常精巧的细节包含在絮絮的叙述中：“在秋天的公园里拾橡果”“回忆那场音乐会”“一个白房间里，窗帘飘动”“和一只画眉掉下的灰色羽毛”“重返的柔光”……但这一切又是和“难民走投无路”“刽子手快乐地歌唱”糅在一起，如此的矛盾，如此的绝望，但又跟慰藉、希望联系在一起。由此可见，诗人可以用白话去表达那种让人从心底里感动到的特别，这种特别是形而上最高级的诗意。

当我讲完了亚当的诗，我不得不诚实地说出我对于中国当代的，甚至是负有盛名的，一直表白、用白话写诗的人的那种失望。比如于坚，于坚是白话诗的最有力提倡者。应该说我为了使自己相信那么多诗评家的识见，我一遍又一遍地读尽可能搜集到的于坚的诗。他的诗歌像《春天记事》《整个春天》《尚义街六号》《档案室》等的确是一些颇有诗意的诗篇，偏重于重大叙事类的诗确是不错的。元叙事是很容易产生诗意的。但是当我看到他极力提倡的再现日常生活经验的所谓俗诗，我更多看到的却是索然无味的白话。我引他的一首大家都认为好的诗《停车场上　春雨》为例：

玻璃后面，我光滑地看着这场雨
这场来自故国春天的阵雨
在公寓的空场上降落
精心施工的场子干燥缺乏光彩
为停放汽车而准备
像在另一处天空那样这些雨
漫不经心地往下跳
纤细的长腿一触地就跌断了
它们哭着在水泥填平的地面爬行
那渗透事物的能力已经丧失
在此之前它们从未做过任何准备
以在更坚硬的世界面前相应地柔软
无人能够暗示或引导它们
也无人能够代替那些曾被它们滋润过的事物
在公寓里的居民都待在各自的单元里
看着停车场渐渐闪射出光芒
大家心情各异
等待这场春雨完结

这首诗正如评论家王晓生在文章《于坚诗歌的“意义”》中讲的一样，他认为于坚的诗歌“不需要意义，不需要深度，唯一剩下的就是感觉”[1]。像这样的诗歌，其实

1 王晓生：《于坚诗歌的“意义”》，《创作与评论》2007年第3期。

也并没有多少感觉。所谓的感觉，诗歌的感觉，是全身心沉浸在诗意中的感觉，所以它一定是有诗的意义和深度的，没有诗的意义和深度的感觉就不是诗的感觉，只是生理上的感觉。我理解于坚的口号“从隐喻后退”，这是可以作为一种艺术追求去做的。但是，没有意义和深度的白话诗就会如同流水账一般寡味。甚至可以这样说，白话如果是言者无物，那就已经类同于废话了。

我不无担心，二十一世纪的中国诗坛会不会又飞满了上一个世纪初新诗发轫时的那些“黄蝴蝶”：“两只黄蝴蝶，双双飞上天。/不知为什么，一个忽飞还。/剩下那一只，孤单怪可怜。/也无心上天，天上太孤单。”（《尝试集·蝴蝶》）

鉴别好诗的根源在于：它是否可以让你的泪腺有催化的可能，同时还让你在对人性与现实的思考上有无限联想的收获。

对于诗歌与语言的关系，思考得最广、最深的人恐怕就是海德格尔。海德格尔无疑是二十世纪人类伟大的思想家。在他的思想大厦中，有四根顶梁柱：人的存在、人的思想、语言、诗歌。诗歌被作为一个哲学主题来研究，这是前所未有的。诗歌有幸了，诗人有幸了。

我在这里肯定不能勾勒这种二十世纪人类的思想大厦，我仅举他的几句结论性的文字来说明他对于诗歌与语言关系的论述。

海德格尔最推崇诗人荷尔德林，认为他是诗人中的诗人。他在论述荷尔德林的诗歌的时候，曾这样说："诗从来不是把语言当作一种现成的材料来接受，相反，是诗本身才使语言成为可能。诗乃是一个历史性民族的原语言。"[1]这是他对诗歌是原语言的这一有名的结论的出处。原语言不是说人类语言从神话中产生的渊源，更不是说诗歌是一种语言表达的文体，海德格尔对此断然否定，他认为："诗乃是存在的词语性创建。"[2]因为这种创建，诗歌所谈的自我才进入敞开域中，而诗歌是先行于语言的。荷尔德林在另一个地方更形象地解释了这个原语言的特点："隐藏在源泉深处的名称被看作某种沉睡的东西，只是为了描绘物而使用它时，才需要把它唤醒。"[3]诗人保罗·策兰十分崇拜海德格尔，他有感于海德格尔对诗歌语言的论述，写下过这样的话："诗歌：处于未成形状态的语言。也就是被解放的语言。"

口语肯定是可以成诗的，只是诗中的口语不是普通交流意义上的语言，而是被解放了的，有着诗意的自然之光和内在之光的，有诗的无限创建可能性的语言中的语言。

1 海德格尔：《荷尔德林诗的阐释》，孙周兴译，北京：商务印书馆，2000年，第47页。

2 同上，第45页。

3 海德格尔：《在通向语言的途中》，孙周兴译，北京：商务印书馆，2004年，第223页。

谁可以作天籁之声

——“何为好诗”的思考之三

天籁之诗是最好的诗

天籁，照字面的意思，泛指一切声音。天籁就是指一种自然的声音，比如风声、雨声、水声、鸟声等等，主要是指天上传来的声音，是凝聚天地之精妙的一种有自然之趣的声音。由此，人们对于最美妙的声音或者东西都可能用天籁来形容：天籁之声，天籁之作，天籁之诗，天籁之合……

谁听到过天籁？当然，风声、雨声、鸟声这种从天上传来的美妙之声，人可能都听到过。但是人类自己创造的东西，我们听到过吗？几乎每个人都听到过。一个童真的孩子发出的那种朗朗的笑声，我们往往会把它形容为天籁之声。那些未成年的儿童的歌声更是天籁之声，这种歌声是大人模仿不出来的。尤其是他们在合唱的时候，会有一种不可思议的力量，像一束光笼罩着你的心，像一股暖流涌现在你心中。你听了这些声音，能把自己身上曾经在这个红尘凡间沾染上的种种灰尘、铁锈一扫而净，你的灵魂会干净起来，最后得到升华。由此你会不明地感动，潸然泪下。

有天籁之声，那么当然就应该有天籁的诗作。各个民族在民间收集的诗歌中不乏堪称天籁之作的部分，如《诗经》《乐府》中的部分优秀作品。那么在文人创作的诗歌中，有没有这种天籁之作呢？有，但少之又少。我很同意著名的古诗学者叶嘉莹的看法，她认为，中国文人几千年几千万首诗歌中，如果以质量排名，以诗作的品位，以诗的质地去评比的话，可能最高级的就是两个人，一个是屈原，一个是陶渊明。这个评论与朱光潜的结论相仿。在这两位诗人的作品中，如果说只有一种诗堪称天籁之作，那么只可能是陶渊明的诗了。

由此我们不无感慨，几千年间，几千万首诗流传下来了，但留下的真正称得上是天籁之诗的诗人只有陶渊明一个人吗？我在这里不想做太强硬的判断，因为我怕有人不会同意。但退一步说，即便这几千年的诗坛，又能出几个陶渊明？堪称天籁的诗作，是如此难得。

我今天在这里思考陶渊明，思考陶渊明的诗和他的这种天籁之作是怎么样写出来的。他的作品留下的也仅仅就是一百多首。但是我们从他死后许多年众多的诗人和诗评家对他的追忆、评价、分析中可以看出他是中国田园诗第一人。

陶渊明所处的魏晋时代，是中国历史上最动乱的时代之一，充满了杀戮，充满了同族之间的争权夺利，甚至是虐杀篡位。而陶渊明就活在这样一个时代里，却不同流合污、不颓唐消歇，留下如此的天籁诗作来。这个事实可能给我们写诗的人、写作的人，甚至是一切活着的知识分子都留下一个标杆，留下思考，留下可以眺望的天际线。身处乱世，人该怎么样活着，人该怎么样作为？虽然李白、杜甫等多少诗人一辈子茹苦含辛，秉烛夜耕，但是他们的作品离天籁之诗，似乎总有那么一步不可跨越的遗憾。原因是什么？我想，今天我们在探索陶渊明诗歌的那种优美、自然的同时，可能更多的是反思，一个人是处在什么样的境地，才能使自己独善其身，能保持一份童心、一份天真、一份真情？这就是今天我们眺望陶渊明的价值所在。

晚来的名声——历史的逆淘汰

陶渊明在世不但很不得意，甚至遭遇了很多一般文人没有经历过的那种艰难与困顿。

历史上对他的认识或者说对他诗歌的认识有一个很漫长的过程。他在世的时候，只有他的一个好友颜延之对他的为人与作品有所推崇。颜延之在当时的文坛上算得上是一个有声望的人，也有社会地位。虽然他只是把陶渊明作为一个名士来推崇，但是这份推崇也使得陶渊明有了莫大的安慰。

陶渊明离世后不久，就得到了梁朝昭明太子萧统的极高评价："其文章不群，辞彩精拔；跌宕昭彰，独超众类。"但萧统的评价却没有在艺术上对陶渊明的诗作更多的肯定。而刘勰的《文心雕龙》，这部中国文学批评的巨著里面连陶渊明的名字都没有提。钟嵘的《诗品》也只是把陶渊明的诗列为中品。这一切都说明陶渊明逝后近百年，他还是处于一个无声的阶段。

把陶渊明的诗推到了应有地位的，最早的是鲍照。后来李白、杜甫、白居易、孟浩然、李商隐等唐朝的诗人纷纷喜欢上了陶渊明的诗。但真正把陶渊明的诗推到了出类拔萃的地步，还是在宋朝。一些大诗人，像欧阳修、王安石、苏东坡、辛弃疾……对陶渊明的诗都推崇备至。欧阳修盛赞陶渊明的《归去来兮辞》："晋无文章，唯陶渊明《归去来兮辞》一篇而已。"王安石对于陶渊明的诗《饮酒・结庐在人境》评价说："有诗人以来无此局者，然则渊明趋向不群，辞彩精拔，晋宋之间，一个而已。"甚至晚唐有人这样评说:"李白欺前辈,陶潜仰后尘。"当然,对于陶渊明的诗最为推崇者当属苏东坡。苏东坡做过大官,当年贬居海南岛,他所推崇的不仅仅是陶渊明的诗,还有陶渊明的境遇、生活方式,这里面有点惺惺相惜的味道。他经常说:"渊明我所思。"

王国维对陶渊明的诗也极度赏识。他把陶渊明与屈原、杜甫、苏东坡并列,行文说:"天才者,或数十年而一出,或数百年而一出,而又须济之以学问,助之以德性,始能产真正之大文学。"

由此可见,陶渊明的经历大有梵高、曹雪芹的轨迹,大艺术家、大诗人都是在历史的逆淘汰中脱颖而出,非俗辈凡类可比之。

陶渊明写诗作文仅一百多首而已,他写诗文的目的既不是想去发表,更无张扬的需要。他也不想做一个诗人,读他的诗歌感觉更像读他的日记。这些诗大多数记录他每天见了谁,怎么见的,说了什么,他这一天又做了什么,在哪里做的。当然,还有一些是对于事态、人情,以及他自己的遭遇等一些带有哲理性的诗意感慨。他并没有那种拿起笔想留下一些大作品的意愿。他只是记录着自己的生命、自己的生活,把生命的这种熬炼记录下来自娱自乐而已。由此可见,尼采的那个观点是很有道理的:"不想做诗人的诗人是真正的诗人。"

当今,满天下的桂冠诗人都炫耀和标榜着自己。这实在不是一个好现象。照古人的说法，写诗者不过就是敢于忠而行于言的一种行为，无须做出那么多标志性的炫耀。对于历史而言，昂首挺胸的骄傲可能有点滑稽。

做一个本真本己的人

辛弃疾晚年对陶渊明的诗欣赏至极，他在评论陶渊明的时候有这样一句话："千载后，百篇存，更无一字不清真。"这样的评价确是一矢中的。陶渊明之所以能靠百来篇诗而在中国诗歌史上获得如此高的定论，第一要素就是他追求的真。

诗人必须是本真本己的人。这一点，二十世纪最伟大的德国哲学家海德格尔有非常全面而深刻的阐述。

海德格尔在《存在与时间》里，从他存在观的角度提出，世界上有两种人，一种是常人，一种是本真本己的人。常人是一些什么样的人呢？海德格尔认为"庸庸碌碌、平均状态，平整作用，都是常人的存在方式"。[1]常人就是一种不在存在状态中的人，或者说是在平均状态中，用被动的身份存在着的人。相对于世界上大量的常人，海

1 海德格尔：《存在与时间》，陈嘉映、王庆节译，北京：生活·读书·新知三联书店，1999年，第148页。

德格尔提出还有一种人，那就是本真本己的人。他认为只有本真本己的人才与存在处于一种紧密的关联状态之中。本真本己的人是亲身存在着的，对将来有庇护使命的人。海德格尔说："因为此在已丧失于常人之中，它就首先得找到自己。而要找到自己，它就得在他可能的本真状态中被'显示'给它自己。"[1]海德格尔认为，人只有在这种本真状态之中才会富有一种神性，才会有一种与自身亲身存在的关联，于是就会自身开放，勇往直前，向着人的存在的理想状态去发展。人的语言是一种对话，诗歌也是一种对话。一旦对话，"诸神便达乎词语，一个世界便显现出来"，所以，本真与否是假装不出来的，"本真的对话就存在于诸神之命名和世界之词语生成中"。[2]

要做一个本真本己的人并非易事。首先，今天和以往的所有社会状态中，海德格尔说的"常人"常常被大多数人认为是正常人，而那些本真本己的人却被认为是"不正常的人"。所以，那些"不正常的人"的存在状态是非常之差的。他们存在于一种巨大的社会压力之下，存在于常人的鄙视或者误解的眼光之下。他们的生存状态常常处于一种边缘状态。原因很简单，因为社会人的常态是一种把

1 海德格尔：《存在与时间》，陈嘉映、王庆节译，北京：生活·读书·新知三联书店，1999年，第308页。

2 海德格尔：《荷尔德林诗的阐释》，孙周兴译，北京：商务印书馆，2000年，第43页。

自然人的存在颠倒了的状态。所以，要在这种普通的社会状态中还保留那种天真的、童真的、自然人的状态，而且不苟同于一个完全的社会人，可能会吃很多的苦头。

一个本真本己的人首先要面临的是凌弱之争。作为本真本己的人也必须和社会人一样生活在社会常态中，他们首先的目标是要求得生存。而要在社会上求得生存，对于一般的人而言可能很容易，但是作为一个本真本己的人要求得三餐之福，却是非常困难。因为他们的性格、追求往往被大多数人看不惯，也不接受，所以，他们的生存才会有种种的社会压力。

我们来看陶渊明的一生，也正是一个本真本己的人要在这个社会上生存之难的一纸实践。

陶渊明的一生虽然说不上是潦倒终生，但也差不多是在困顿、阻扼、贫困中度过的一生。他的家族不是一个高门世族，在门阀制度特别森严的晋朝，寒庶之人要升迁难上加难。陶渊明的外祖父靠自己的努力，最后被封为大将军，后来到了陶渊明的父辈，就慢慢地没落了。陶渊明的父亲早逝，所以到了陶渊明跨入社会的时候，就基本没有什么本钱。他只是作为一个庶人，甚至被人称为“溪狗”。陶渊明仅凭着他的那些小小的学历，在没有什么大背景的情况下，要想在这个社会生存异常艰难。陶渊明曾经有过一个罕见的经历，那就是四进官场、四出官场，所谋职位都没有实权，只是领一份微薄工资的小吏。但是，这种日子被陶渊明形容为“心如刑狱”。他不喜欢那个官场，因为太黑暗，因为它颠倒黑白，求不到一颗良心的自由发挥。他曾经在诗中说：“吾不能为五斗米折腰，拳拳事乡里小人邪！”陶渊明说得很清楚了，我哪能为了这点小小的能维持家的收入而去向那些仗势欺人、黑白不分的乡里小人低头呢？陶渊明四进四出官场，他做到的最高官也就是一个县的县令，而且时间也只有八十几天而已。他的这番选择，其原因正如他自己所说的，就为了那一口饭，他怎么可能向这样一些不识好歹的人低头呢？这就是陶渊明本真本己的一个表现。他不会掩饰自己，不会为了生存而去屈求附和社会的黑暗力量。他本身的个性又是他自己说的“少无适俗韵”，就是他不是一个善于跟外界打交道，很内向，但是心里又很明白的人。正是因为有了这份明白，他才会多番的犹豫、折腾，但最终还是没法在这个官场里面长久待下去。他最后的解脱是干脆不在体制内生活，回到体制之外，也就是回到大自然中去。他在《归园田居》中是这样说的：“少无适俗韵，性本爱丘山。误入尘网中，一去三十年。羁鸟恋旧林，池鱼思故渊。”这正是描写他当时脱离了官场之后的那种欣喜、高兴，就像一只飞鸟回到了自己的本性、本真。他自己把这种状态叫作“任真无所先”。“任”是任凭的意思，凭着这种自然的心态，可以自由地去过自己的生活，去凭着天性走自己的路，而不去计较任何的利害得失。

陶渊明从官场离开，回到了大自然，回到农村去做一个艰辛的织耕农的时候，有一样东西可能是他作为一个本真人的催化剂，那就是酒。有人指出，陶渊明的诗篇篇有酒，这一点不假。在陶渊明的百来首诗中，竟然有二十首诗明确无误地写着《饮酒》。陶渊明的饮酒不属于柳林一样的烂醉式的饮酒，他饮酒属于陶醉自己的心灵，抒发自己的感情，是把其作为一个不可太醉，也不可不醉之间的一种兴奋状态，让自己的灵魂能够在无限的社会压力中解放出来，就像鸟儿一样可以飞了。从陶渊明的这些诗作中，我们能看到的是，凭着他的这种“少无适俗韵”的天性，再加上酒对他的诗作的那种感性、陶醉的催发作用，他才能够在如此的社会压力下写出天籁一般的诗作来。

在陶渊明的诗歌中，我们能看到的是一个原本的社会人，要做回一个本真的人，产生的那种矛盾、困惑，那种选择可能对于一切曾经在这个世界上待过的知识分子具有一定的启示作用。比如，第一个困难，社会人想做回自然人首先面临的就是凌弱之争。作为一个社会人，会有种种欲望。第一个欲望就是人要生存，对于某些社会人而言，求得三餐之福很容易，只要能够违背本性地去适应社会，成为一个庸庸碌碌、在平均状态的常人。但陶渊明偏偏不愿意这样，他有个性，他不愿意附和这个龌龊的生存世界。所以，他的生存就困难了。他在诗歌中经常会写到自己忍饥挨饿的这种情况，甚至还有到外面去行乞的记录。这种人的生存的矛盾，陶渊明最终却以他的本真之心跨越了过去。

第二个困难是人要经常考虑自己的名和利。名利通常是连在一起的。人们常常想到的是生前有名，甚至退而求其次求身后有名。名利对人的确有莫大的好处，但是，它又是一副镣铐把人牢牢地铐住，真正能想明白这一点，而且做到摆脱这种心理更是难上加难。而陶渊明一边饮酒，一边作诗曰："虽留身后名，一生亦枯槁。"（《饮酒・十一》）

人活在这个世界上，还要对得起自己的家人，要有担当。陶渊明有两段婚姻，有五个子女。陶渊明远离官场，自愿做一个织耕农，"闲居寡欢"，"顾影独尽"。他没有多少朋友，孤独是他最久的常态。他在临终之前，在写给儿子的信中惭愧地说："我没有像邻居的那些有钱有权势的人一样给你们一个富裕的生活，甚至没有给你们留下任何的财产。"这正是陶渊明内心的痛苦，但由此也可以看到，陶渊明作为一个本真本己的人的那种努力，而没有这份努力，他的这种天籁之作也是写不出来的。

陶渊明在《饮酒》诗中想得很多，比如他说："衰荣无定在，彼此更共之。"世界上的这些富裕、盛名并不是一辈子跟着你的，可能祸兮福所倚，也可能福兮祸所伏，所以不要太在意这些东西。陶渊明常常一边饮酒一边自问："这个世界难道真的是一种善恶相应的回报吗？相应的回报是有前生的因缘还是后世的结果呢？"陶渊明想得很明白，这种善恶轮回的报应是没有的。陶渊明想通了这一点，所以他面对社会给他的这种不公平的压力，才不会怨天尤人。他才会说："不赖固穷节，百世当谁传。"他认为一个君子应该求仁得仁，君子固穷是应该有的操守，虽然"贫富常交战，道胜无戚颜"。我固守自己的品德，不到官场上去与他们同流合污，像他们一样最后做一个有钱有势的人。我想我这样做，内心是平静、富有的，作为一个知识分子的大道何来戚戚的颜色。

人作为一个社会人，最难求得解脱的那就是生与死了。在生死之关上，陶渊明想得非常之透。陶渊明在临终前给自己做了"自己自道"，"死亡"这个词汇，在陶渊明的诗歌里面出现的次数之多正说明他在生命中不断地磨砺着死亡。他不但不惧怕，而且把死想到透、想到底了，所以他才会如此地向死而生。他最有名的一句话，就是他在《拟挽歌辞三首》中的这一句："有生必有死，早终非命促。"把生与死看作一体，他就活到了另外一个境界去了。他把死亡更多地作为一种鼓励和安慰自己的力量。陶渊明从来不把身后留名，死后怎么样来作为今生所思考的对象，他更多的是想着怎么活着，怎么生存。你很难想象，在一个被一般的常人看不起，被社会的常态所抛弃了的，在困顿的生活状态中生活着的一个人，他在大自然中的生活却是如此地欢快、愉悦，虽然常常不免会有忧伤，但总体是欢愉的。“欢言酌春酒，摘我园中蔬。”（《读〈山海经〉· 其一》）这种自然的天趣，说明陶渊明感觉到无比的快乐。“得欢当作乐，斗酒聚比邻。盛年不重来，一日难再晨。”（《杂诗十二首 · 其一》）他把生活看得非常之透，就在这种欢歌自然、享受自然中，虽然是苦苦地劳作，但是他没有一点哀怨，真正以一个享受着自然、快乐的人那样去做着自己想做的事，做着理想的事。他把人的名利想穿了，把生死摆脱了，认为“生为逆旅，死为本宅”。陶渊明想穿了这些东西，所以才能“任真无限，洒脱自如”，做回一个有着自由灵魂的“我”，才能写出如此美好的天籁之声来。这可能就是陶渊明能作出天籁之诗来的根本。

在入世与出世间求超然

如果照上文描述的陶渊明的所作所为，我们是否可以得出一个结论，那就是陶渊明已经达到《庄子 · 逍遥游》里面的那种境界：无己，无功，无名。如果朝这个方向再描述下去，那陶渊明就不食人间烟火，成了一个没有人性的人物，就不是一个真正的可以写出天籁之作的人，而倒是有点像一个乘云气、驭飞龙的神仙了。陶渊明并非如此，他明白地说："结庐在人境"，"采菊东篱下，悠然见南山"。他是一个实实在在生活在大自然里面的诗人。纵然他的确在出世与入世之间常常有无限多的挣扎、纠结、犹豫，最明显的就是从二十九岁到四十一岁之间，跨越那么多年，他竟然四进四出官场，出官场的原因，我们有些书写得更多的是他与黑暗势力的不合作。实际上这个部分不是主要的，最主要的还是他自己说的，官场的作风与他的本性不合。所以，他才会屡屡进去，但又屡屡出来。这才是一个活生生的、吃五谷食粮的人，是一个标准的入世的知识分子。因为要入世，必定要像常人一样，做饮食男女，不可能超脱。读他每次进官场时为自己写的诗会发现，"人生十难"，因为在外面做农民，实在是饥一顿饿一顿的，尤其他嗜好喝酒，但是酒又不常得，所以他要进官场。还有一个原因，终究是他身上有儒家这种"建功立业"的思想，尤其是到了晚年，常常有一种"白首无成"的感慨。但是进了官场他又不屑于那种溜须拍马的习气，常常有一种坐牢的感觉。于是，他马上转身回归田园。他说："性本爱丘山。"他喜欢农村，喜欢大自然，所以他喜欢回到农村来。但是一回来，又是"贫富常交战"，于是又再进官场。诗有诗的好，饮有饮的好，在陶渊明身上体现得太明显了。最终到了做完县令，他才真正完全想通了，归于田园，才是他的本分，"静念园林好”。当然，在归于园林的时候，他的另一种思想占了上风，他不再想在有生之年建立功业，因为“道胜无戚颜”，就是说，我已经明白人生的大道理，我也就不会再有戚颜了。所以，如此地反复，我认为这才是真正的陶渊明，是一个在出道、入世与出世之间的陶渊明。入世太深是媚俗，出世太深是玩空。这两个极端都不好。而陶渊明就是在这两者之间求得了某种超然。

三十年代，曾经围绕陶渊明有一场笔墨官司。朱光潜曾经在《美学分析》上把陶渊明的诗归在静穆类，他认为这是静穆类诗的一个典型。但是，鲁迅却反驳了朱光潜的观点，认为陶渊明的诗并非是全然的静穆，他的诗歌，尤其是《读〈山海经〉》等诗歌经常还会发出一些对于世局反抗、抗议的声音。比如说“刑天舞干戚，猛志固常在”。鲁迅认为陶渊明写这些诗是在抒发自己对于这种黑暗时局的反抗之心和斗争的决心。而且，陶渊明自己在诗歌里边也承认：“少时壮且厉，抚剑独行游。谁言行游近，张掖至幽州。”这些想法，陶渊明在少年时代就种下了。朱光潜的看法从大处而言是不错的。陶渊明的诗歌的确从总体而言是静穆、疏远的。对此，龚自珍对于陶渊明的诗评论如下：“莫信诗人竟平淡，二分梁甫一分骚。”意思是说陶渊明的诗歌里面虽然有对于邪恶力量的那种反抗的表现，但也只不过有两分而已，他的主要成分还是一种平淡，一种静谧。这些解释都可为我们认识陶渊明的本性提供一个自然的、正确的看法。他的本性有儒家的东西，也有道家的东西，但是他最爱的却是大自然。所以，他最后到大自然去求得了一份安心，这是一个必然的趋势。这一点是我们在看待像陶渊明这样一个有特殊经历的诗人时必须注意的，没有这一点，陶渊明也不可能是一个少见的、可以发出天籁之声的诗人。

无论从陶渊明的道德取向，还是他的行为轨迹判断，陶渊明可能更偏向一个儒家式的人物。虽然大家都说他是“亦儒亦道”，但是道家的成分从他的行为上看到的并不多。正如鲁迅指出，陶渊明心中还是有火，有反抗的烈火，他写了这么多的与社会相抵抗的人物，正说明陶渊明心里对于那个时代现实的不满和反抗。如果给陶渊明另一个选择命运的机会，他会不会也像屈原一样以命相抵来反抗这黑暗的现实，这个可能谁也猜测不出来。但是从现有的陶渊明的诗词和旁人的回忆不难看出陶渊明性格中的那种平和，这种可能性不是很强。他的出世还不是那种高飞的鲲鹏。他厌恶这黑暗的现实，但是，他更多地不是用行动去极力地反抗，而是远离，他的远离就走向了他从小心中就爱的大自然。他出世的最美妙的成分可能就在这里。所以，他能够成为一个天籁诗人的一个要害可能就在这里。

很多人称陶渊明为“隐士”。中国历史上是有很多隐士，比如说不食周粟而死在首阳山的伯夷，那是真隐士，但也有不少的假隐士或者半隐士。“隐”终究是说明他不堪忍受现实的一种远离，再激烈一点就是反抗。在一个乱世，一个无序的、没有希望的社会中，做出这样一个举动，起码是一个人人格的亮点，不管他隐的程度如何。比如像北宋的诗人林和靖，他是有大把的钱，阔绰地在一地闲居的“隐”。但无论如何，他还是能写出“疏影横斜水清浅，暗香浮动月黄昏”这样的好诗来，那也是他“隐”的一个结果吧。当然，那种最积极、最有生命爆发力的隐就像嵇康那样的隐了。他文采过人，修养极好，名门之后，是能写出“目送归鸿，手挥五弦”这样的好诗来的知识分子。但是，他正是因为名门的关系，隐居不仕，最后因得罪权贵而命丧刑场。在刑场上，他看离行刑还有一段时间，求来他喜欢的古琴，当着众人演奏了一曲《广陵散》——这首曲子已失传——从容就义。

嵇康的决绝是如此悲壮，他可以成为世间的知识分子的一个楷模。陶渊明的“隐”主要是“心隐”。“心隐”可能就不管对抗的力度和深度，起码他要与无序和黑暗的现实划出界线，走向了独立，走向了灵魂的自由。于是，这就有了超然，这就有了去另一种生命空间塑造自我的可能。于是，他就有可能写出天籁之声、天籁之作来了。

中国历史上不乏这种有骨气，又很有文化的隐士们。到了二十世纪，这世界上对于出世的追求却已经成为一种罕见之物，更多的是大家拼命地追求入世之深，而入世至深遗害了人类，诱惑太多，欲望太盛，权力与金钱的贪婪已经到锈蚀了“人之为人”的底线与人性存在的公平性的程度，甚至更为严重地破坏了人的创造力与生命力。对于这样一种悲剧性的入世太深的趋势，很多思想家与艺术家都表现出极大的悲观。比如法国著名作家巴塔耶说：“人既渴望又害怕失去极限。”仿佛极限意味着需要一种不确定的、悬而未绝的状态，仿佛人本身对于一切可能性的探索，他总是走极端和冒险。因此，一种对如此顽固的不可能性的挑战，一个如此丰盈的、虚无的愿望，只能与死亡的空虚接手。如果人类都是在追俗与入世的乐趣之中，没有出世的思想和行动，这个世界的前途一定是悲伤的，也不可能再出现这种天籁之声、天籁之作。

我是我，我不是我

——兼谈诗歌创作

“我是我”中的我

我是我吗？我不是我！那么我是谁呢？这些问题是每个人时常面对的问题，是每个人在反省和总结时常会冒出来的问题。这些问题可能伴随人的一辈子而成为一个永远性的问题，或者叫表面上不是问题的问题。这个悖论式的问题是人的人性研究的一个要点。

法国哲学家雅克·拉康有个镜子理论。他说一个孩子婴儿时代第一次面对镜子的时候，母亲点着镜子中的他说，这就是你。这个孩子会惊慌地说，这不是我。在这种情况下，他的母亲会搂着他的身子，对着镜子说，这个人的确就是你。只有在母亲的怀抱中，一遍一遍地劝说和抚慰，孩子才会认可这镜子中的人就是他。但是，当这个孩子大了以后，这种情况可能又会再一次地发生。就是面对世界的这面大镜子，他还会问这个世界镜子中的人是我吗？是他人呢，还是你呢？

德里达在《我所是的动物》一文中认为，动物比人更善于用自己来命名自己，而人因为其精神的强大，反而使其自我命名的力量弱小了。德里达有句名言："动物因为它的裸体而处在非裸体中，而人在其不再裸体的意义上处于赤裸中。"[1]

对我的主体性的研究从古希腊就开始了。但对主体性的研究有一个被公认的结论是笛卡尔的"我思故我在"。笛卡尔认为人是因为有意识，人才称其为人。几百年来，对笛卡尔的"我思故我在"的分析汗牛充栋。客观地说，笛卡尔的确讲出了一个道理，人的存在是一个思维性的存在，一个观念性的存在。人的一切行为都要从认识自己开始，必须是有思维性的，有观念性的，所以人才有这种伟大的存在。人如果没有这种伟大的存在的话，那么人的存在就是空虚的存在。上帝造人，如果上帝

1 德里达：《解构与思想的未来》（上册），杜小真等译，长春：吉林人民出版社，2011年，第215页。

当时意识到造的人有如此强烈的内在性和思维性的话，那么我相信上帝可能就会犹豫了。

但是我们从另外的角度看，“我思故我在”这个“我”一定程度上是指的“我们”，“我们”思故“我们”在。笛卡尔说的“我”不是一个个体的存在，而是一个“我们”的存在。不是个体的，是一个集体的“我们”。笛卡尔的说法还有一个缺陷，他讲的是一个内心的“我”。从根本上来说，人有一个内心的“我”，还有一个肉体的“我”。这个世界是肉生的，所以“我”也是肉生的，“我”是面对着肉生的世界的。

对于这个问题的研究最有成绩的就是法国哲学家梅洛·庞蒂。他认为身体不是自动机器，不是一种自在的，而是一种自为的，表现为某种具体的生命、灵性、生机的东西。这在梅洛·庞蒂的《知觉现象学》和《行为的结构》这两本书里写得非常详细。梅洛·庞蒂对身体的强调显然是为了突出主体概念的活生生的身体的全部外感，主客体之间的关系不尽然是一种认识的关系，而是身体存在的一种关系。在这种关系中，主体是处在各种外感中的，只有这样身体才能进入世界中去，才有可能实现“我”的自我性。所以一个肉体性的个体进入肉体性的世界，“我”才是一个实存的存在。这样就把人与世界的关系拉近了。“我”在笛卡尔看来，是一个概念性的存在；在梅洛·庞蒂看来，“我”更是一个深层的东西，一个有生命的东西。梅洛·庞蒂更多的是强调我在故我思，因为“我”有这真正的、具体的、肉生的，和世界有对应的存在，所以我才会思。但是梅洛·庞蒂的这种观点又绝对不是说人就是像动物一样的肉身的存在。他认为人的精神是人的一种新的存在的方式，人的身体的一种新的存在方式。他特别强调心灵的统一，灵性和肉性的统一。他曾强调说:“‘肉是一个最后的用词’，表明‘它不是两个实体的联合或者复合，而是可以通过它自身获得思考’”。[1]他这样强调:“‘肉不是物质，不是精神，不是实体’，可以用‘元素’这一旧有的用词来界定它，就像用它来界定水、气、土、火一样，它‘处在时空个体和观念的中途’。”[2]这个观点表明“我”不只是内心化的、观念化的“我”，更是肉生化的“我”，这两者是统一的。

认识到这一点对搞艺术的人来说是至关重要的。如果我们排除了人的肉身化的存在这一特点，那么人的一切艺术创作就不可能是艺术的。因为艺术的最大特征就是它不是抽象的、概念的东西，而是一个肉身存在着的东西。无论是艺术还是语言都是这肉身的世界最令人叫绝的外化。

有这么一个故事。罗马诗人奥维德在他的神话中讲

---

1 转引自杨大春:《语言·身体·他者:当代法国哲学的三大主题》，北京:生活·读书·新知三联书店，2007年，第165页。

2 同上。

到一位十七岁的少男在山里发现了一条清澈的泉水，他想到泉水边去喝水止渴，但是他在饮水的时候，瞥见了自己在水中的影子并被影子所吸引，所以他就成为爱者和被爱者的一个相溶的结合。在这一瞥中，他被自己的模糊的印象和念头深深地吸引，他希望和这个影子融为一体，最后他投水而死了。奥维德的这个故事在很多文学作品中都存在，这个故事的道理主要是讲“我的主体性”被囚禁在自我和他者相转换的浑然之中的时候，结局将是毁灭性的。

在哲学家中提出“我是我”的是黑格尔。但非常遗憾，他更多的是强调人的反思，或者是反映我和主体的关系，“我是我”。黑格尔强调“我是我”，实际上他讲的更多的是“我们与我们”，而不是强调一个独立的、自主的、不可替代的个体的我。这种观点曾经被萨特明确指出：“在这种斗争本身中，有一种骗局，因为最终达到的目的是普遍的自我意识‘对自己存在着的自我直观’……在这个意义下，普遍如果不以个体为目的而存在就不可能有意义。”[1]

克尔凯郭尔明确地认为黑格尔的概念是狭隘的。在克尔凯郭尔看来，只有人才对实在世界的兴趣有一种呼声和见识的信仰，甚至有着无限的激情。正是这种无限的激情才构成主观性的真理。无限的激情非常强调人作

1 萨特：《存在与虚无》，陈宣良等译，北京：生活·读书·新知三联书店，2007年，第303页。

为个体存在，而异于我们、异于他人的存在。“我”这种真正的“我”是需要无限激情的一种个体存在。

海德格尔认为，人存在的标志是，作为人的存在是主体的存在，是一个完全独立个体的存在，他在《时间概念史导论》中，从威廉·洪堡的语言学分析引出一个特别有意义的话题。他认为：“语言要说‘我’的时候，它是通过‘(在)这里’这个词来把捉这一有待表达的‘我’即此在本身的。”[1]我在这里还是在那里，我在这里干什么？当这些概念真正成为具体化的时候，我说人的存在才是有规定性的，才是实存的，才是此在的、在场的。如果没有“这里”“此”“那里”等辅助的概念，为此在做出规定，那么“我”“你”“他”就没有什么区别了。海德格尔正是从语言学的非常有意义的角度说明了他的存在主义的一个最重要的核心：所谓的此在那一定是一个个体化的实在，一个独立性的实在。

由此，海德格尔在他的《存在与时间》这本巨著中，特别强调了人可以分为两种人，一种是本真的人，一种是常人。所谓本真的人是在自为的状态中生存的人，在自己的筹划的状态中存在的人；而常人是在不自为的状态下生存的人，是在他人所筹划的情况下存在着的人。而

1 海德格尔：《时间概念史导论》，欧东明译，北京：商务印书馆，2010年，第345页。

这个世界上，常人是居多的。这个观点是尼采揭示社会中小市民众多而形成的种种弊病的理论的发展。海德格尔认为常人一定是把他人等同于我而存在的，而真正的我是先于他人而存在的，是异于他人而存在的。因为常人的这个特征，所以常人是没有创造性的存在，是一种表面存在的假人，是假的我们，而不是真的我们，常人不为自己而做创作，只是作为他人隐身的存在。所以海德格尔说常人是无其人，无其人就是异化为他人的人。海德格尔就是用这个观点，特别强调了所谓的真正的我实际上是独身而异于他人的我，只有这样才有可能对这个社会有创造和推动作用。无论从个人的角度还是从社会的角度，唯创造才显现这个偶在世界的必然性和前进性。在一切语汇中“创造”是唯一伟大之物。“我是我”的一切理论归因于此。

当然，人的生命都是匿名的。真正成为“我是我”的过程，可能面临永远的深渊般的进展，只有在“我是我”和“我不是我”的永久性的矛盾中达到危险的平衡状态，才能达到偶然中短暂的完美。

“我是我”的异在

人性是我和他者的另一种存在，我和他者的关系主要是永恒的矛盾、斗争，甚至是战争，和谐只是暂时的。这是人性走不出来的困境。照萨特的说法:“人作为偶然性的存在物，总是被置于没有原因，没有道理的场所。”[1]人是这样一种存在，所以“我”在这个世界上，一旦存在了，那就是为自己而存在。而这种为自己而存在，最大的挑战就是在我存在之前，他者已经存在了，他者的存在是先于我的。那么面对着强大的他者，我很容易丧失生存的土壤，甚至出现黑洞。人的存在永远不是自己相信的那种存在，而是在他人视野中的存在。即便是别人最善良意志的相信，也没有超越相信，像萨特所说:“恶的相信从来不把自己放在相信的位置上。”人在这种与他人的永恒的对抗和矛盾中，很容易在灰烬的生活中被抑郁侵入，具体阐述如下:

一、自恋从来不是我的保护者。面对强大的他者和他性，人从来没有纯粹的我，“我”一旦诞生，人就被异质化了。一旦我说出“我”的时候，这个“我”已经是异质的存在了。人在面对这种如此强大的他者的存在时，人的态度是什么呢？照萨特的说法:“他使我存在，并且正是因此占有了我，并且这种占有不是别的，只是意识到占有了我。而我，在认识到我的对象性时，我体会到，他有这种意识。

1 转引自尚杰:《法国当代哲学论纲》，上海:同济大学出版社，2008年，第17页。

作为意识，他人对我来说同时是盗用了我的存在和使一个存在——即我的存在‘存在’的人。”[1]萨特在这里特别强调“我”的这种异质化。如果没有特别的措施和态度，人很容易完全地他人化。在这种情况下，人往往用一种最虚设和最浮华的东西来包装自己，那就是自恋。通过自恋来保护自己的存在，来对抗他人的存在。实际上自恋是一个人保护自己最虚弱的盾牌。自恋从来不想强大到可以让人保护自己的目的，只是让虚饰的东西堆积到可以让自我躲在虚饰的背后，寻求一个作自我陶醉式的自我想象空间。自恋从来不会强大到足以去抵抗外在的事件。自恋的结果有点像奥维德提到的美少男在湖里看到自己影子时产生的这种自恋，而这种自恋的结果就是一种毁灭。博尔赫斯曾经写过一篇寓言一样的文章，题目是《博尔赫斯和我》，这篇文章中有两个博尔赫斯。这两个博尔赫斯实际上是我的博尔赫斯和异质的博尔赫斯的一种对抗。面对着情感、情欲、名利和自身的种种纷扰，两个博尔赫斯做着无穷的争执。博尔赫斯在这篇文章中通过寓言的方式，来表现我与他者的交涉，让自己走入异质的存在，而又通过这种异质的存在而达到自我的超越。这是一种自我与他者的在永恒的相向运动当中求得一种平衡的最好办法。

---

1 萨特：《存在与虚无》，陈宣良等译，北京：生活·读书·新知三联书店，2007年，第446页。

二、独特性只有在我和他的对比与对抗中，才能充分地表达。我和他都是在共同在场的情况下自由选择的问题，在共有的情况下才有你是甘愿堕落还是甘愿前进的问题。我的独特性只有在与他人的对抗和对话中才能表达出来。最好的共在不是奴役对方，而是把对方化为己有。就像萨特谈及情人间的关系时所说的："他想占有一个作为自由的自由。"[1] 占有了一个作为自由的自由，我的独特性就能充分的展现。

三、所谓共在，就是我和他，我和现在、过去、将来都在同一个方向。此在永远是现在的存在，过去是作为记忆存在的此在，将来是作为未知的存在的此在。这个时候"我"就融合了他者与时间，表现为一个独特的此在，"我"在时间性的延异中，把异在的、他在的东西内置于自身的关系中。拉康曾经这样表述："这是最初的经历，人类从中获得最初的经验，他看到自己，他反映自己，把自己当作他人，而不是他自己——这是人性的基本面，它们构成了它的全部想象生活。"[2] 就像瓦雷里所说："我的诗的意义都是别人所赋予的。"这就具备了自己承认"我"的异质性，甚至去容纳他人的包容性。只有在这种共在

1 萨特：《存在与虚无》，陈宣良等译，北京：生活·读书·新知三联书店，2007年，第450页。

2 引自格尔达·帕格尔：《拉康》，李朝晖译，北京：中国人民出版社，2008年，第24页。

的基础上，才能突出我的独特性。

波兰诗人亚当·扎加耶夫斯基有一首诗歌《自我》：

它是小的并不比一只八月的蟋蟀
更易见。它爱装扮，化妆，
一如所有的侏儒。它寄居在
花岗石块之间，在有用的
真理之间。它甚至适于
绷带之下，黏合剂之下。海关吏
或他们漂亮的狗都不会找到它。在
赞美诗之间，在同盟之间，它隐藏自己。
它扎营于头骨的落基山脉。
一个永远的难民。它是我，而我
怀着惊惶的希望最终也没找到
一个友人，是它。但自我
是那么的孤寂，那么的不信任，它不
接受任何人，甚至我。
它贴住历史事件
像水贴着玻璃杯一样紧。
它可以充满一只新石器时代的罐。
它是不知餍足的，它要在水道里
流动，它渴望越来越新的容器。
它要品尝没有墙的空间，
扩散自己，扩散自己。然后渐渐消失

如欲望，而在一个八月之夜的
沉默里你听到唯一的一只蟋蟀耐心地
正与星辰交谈。

亚当·扎加耶夫斯基的这首诗写的是人的自我成长，一个孤独的人怎样从共在的环境中，在期望和他的盼望中不断地扩散自己、壮大自己的过程。在孤寂中找到同盟者，去寻求存在的可能。亚当·扎加耶夫斯基用一种诗的全新写法：他仿佛不抒情，而是叙事。用一种直白、流畅的叙事方式不动声色地把生活的诗意镶嵌其中，读者在流畅的阅读之中不经意地被他的这种仿佛直白但又深邃的诗意内容重重一击而感动。这种表面的浅与内里的深的叙事与抒情的奇特的重叠，在当代诗人中是独特的。

四、只有超越才能奠定我的存在。萨特说："他人是我的地狱。"萨特的这个说法是对我与他者的一部分表达，不是全部。萨特既反对他者对我的冷漠、憎恨的态度，同时他又有这样的论述："我因此不断地肯定他人，就是说不断地否认我是别人：他人既是我的存在的基础，他非要我的为他的存在消逝才能够消解于我之中。"[1]他人是我存在的基础，他人要消解于我之中，对此又该怎么

1 萨特：《存在与虚无》，陈宣良等译，北京：生活·读书·新知三联书店，2007年，第447页。

办呢？所以萨特又说，“他人奠定了我的‘有’的形式下的存在；但是他不对我的存在负责任”，于是唯一的办法是“我要伸手去拿取它并以我的自由本身去奠定它”。[1] 萨特认为唯一的办法就是，取得了我的自由，我就可以与他人共在，达到自己的超越。这种机会是很难得的，只有少数的人才能用获得自由而达到超越。这也是唯一的道路。

“我是我”的异在，这个“异”就表示了不要单纯地把“我是我”作为一种标榜的对象，“我是我”的同时实际上是“我也不是我”。如果人意识到“我不是我”，我才可能在异质的状态下，通过种种努力去追求一个卓越的飞跃。这就是“我不是我”是“我是我”的一种逆动，逆动是让否定的动力去建构肯定的“我”。

语言之墙是大他者的最重要存在

拉康对于现象学的理论有个新的发现，他认为他者有两种，一种是小他者，一种是大他者。小他者就是相对于我的个体和个人，大他者是相对于我而言的整个环境，

---

1 萨特：《存在与虚无》，陈宣良等译，北京：生活·读书·新知三联书店，2007年，第447页。

这个环境包括社会环境、政治环境、文化环境等等。拉康认为大他者对于我而言是一个最大的存在，大他者对人的约束是最大的。作为一个个体，作为我是必须依存但又力图摆脱那个大他者。如果能够适应或者超越这个大他者，那么人就成为一个卓越的人、一个创造性的人。“我是我”的一个很重要的核心，就是这个意思。

如果从某种含义上来说，即便是小他者，实际上他背后还有个大他者。比如：你和你的爱人，这个爱人是他者，一个个体的他者。但这个爱人是一个女性，这个女性她实际上包含了很多女性的特征，有众多女性的共性，这个共性就是大他者。你与妻子打交道，实际上你是在与整个女人在打交道，你是与一个大他者在打交道；如果你不能领悟这个大他者的特点、共性，大他者的希望、欲望，以及大他者的种种表现，你们的恋爱会受到很多挫折。所以大他者实际上是人类生活存在着的，把一个个体无所不包、无所不顾地包围起来的东西。比如，作为一个中国人，你生活在一个中国的环境中，你首先必须认识到你所生活的政治环境，政治环境包括政治制度、意识形态等等，还有就是你所生活的几千年的文化积淀起来的文化环境。

这个几千年的文化环境中，你怎样去继承、怎样去发扬已有的文化的积淀，这都是我作为存在的必要条件。有人把一切的集体无意识都叫作“大他者”是有道理的。历史成为历史的时候，真相有其表征的作用，其内在的大他性意义才是决定性的；当意义成为意义的时候，一切当事人都会从当事人成为他人，从参与者成为旁观者。这个时候的历史是由一切的他人组成的大他者写就的。

在这个大他者中，语言作为大他者是非常重要的存在，这个存在往往为人所疏忽，作为一般的人，这种疏忽是可以谅解的，但作为一个艺术创作者、一个诗人，这种疏忽则是不可原谅的。他对于语言的大他者的存在以及他面对语言的态度，正是他能不能创作出真正的有创造性的诗歌来的一个必要条件。

语言是什么，梅洛·庞蒂曾经在《知觉现象学》中这样来形容语言："语言的奇迹在于它能被人遗忘。"这句话的意思是说，当你表达语言的时候，当你说话的时候，实际上你都没有意识到语言是存在的。语言好像是空气一样，自然而然地存在着，往往会被人遗忘，而实际上它是一种特殊的存在。梅洛·庞蒂又说："表达在被表达的东西面前消失。"这也是语言的一个特征。人往往把表达的动作当作意义，而遗忘了表达的内容才是第一意义的。梅洛·庞蒂在语言学的另一个地方又说："语言既不是事物，也不是精神，既是内在又是超越的。"我引证梅洛·庞蒂这些精彩的有关语言的描述是来说明语言作为一种存在，它仿佛是不存在的，但实际上语言就像人和自然的关系一样贴近，最须臾不可分离。所以我们对于语言必须要有这种警醒式的认识。

正因为语言是一种摸不着看不见的空气一样的东西，所以语言对我们而言仿佛就是一堵无形的墙。语言的存在其实是把主体和他者分割开了，无形中的分割。语言既是给我们寄予此的这个大他者，又是极大地妨碍理解的这个大他者。这就是我们碰到的最大的悖论。语言是真理的场所，但它又是一个不可理喻的一个幻觉的场所。语言具有一切的真实性，也可以说它是一个虚无的存在。语言传达了很多信息，但是它又不传达任何实在的又确切的东西。这就是语言的这堵墙的特点。对于人而言，语言是自然的空气，人需要运用这个空气来呼吸，来与社会和他人做交流，但语言又是一个屏障，这个屏障会把人和世界和大他者隔离。

表面上看，人的思维就是“是”，“是”就是“我”，好像这一切都连通的。但事实上，如果这个思维和物完全要连通，又何其之难。你要细细想想，当你说出这个物的时候，实际上你的语言的表达会处于一种不准确、不完美的阶段。语言绝对不是与世界连接的桥梁，任何的文学文本，它在表现着世界的时候，实际上都会被某种东西消耗、消费掉。人常常认为人接触了语言就接触了世界，实际上这种接触都是带有一种神秘性的、任意性的、不确定性的特征。所以在语言的消费之中，经常会出现“吾丧我”的现象。所谓的“吾丧我”就是因为你对于世界表达的不完美、不准确，所以你根本没有达到艺术表达的位置。你在这里面表达的我，实际上不是真正的我。你的语言表达好像处在一种对于大他者完全通达的地步。其实，你根本没有给人提供超越语言的语言，你没有把这种最一般的交流语言转换为艺术语言。于是你的这种所谓表现就是一种套话，一种死句。诗人如果不能通达自由语言的高端，诗歌就会在变态中慢慢地死亡。

墙外的语言是有创作性的艺术语言。海德格尔把语言分成两个等级，一个是“道说”，一个是“人言”。他认为“道说”是寄予大道的道说，而显现最本己的表现。“道说”也就是大道之说，大道是一切真理本质的体现，大道是成道的，也就是开辟出来的道路。海德格尔在四十年代提出的“语言是存在之家”的著名论断，实际上也就是“道说”的一个前言；五十年代海德格尔又提出了“语言才是人的主人”的著名论断。

“人言”是什么，海德格尔说任何人使用的任何语言都是在“道说”中生成的，都是在道路开辟出来的过程中发生的，“人言”就是命运性的、一般性的一种存在，一种达不到道说的语言。海德格尔的理论有一个根本的宗旨：不是人在用语言，而是语言在用人。作为“道说”的语言在人那里开辟道路，人之能说，是因为人归属于道路，生成于道路，人只是跟着说而已，这就是“人言”。到了后期，海德格尔甚至还强调一个“语言自己言说”的理论。

海德格尔说人必须要有一种“绽出”的姿态。“绽出”就是摆脱这种语言作为墙的束缚，语言作为大他者的屏障，而做出那种非同异常的语言追求和语言表达。那么这种语言表达，是一种什么样的语言表达呢？拉康在强调怎么样解放主体语言的时候曾经讲过一句话，他说人一旦要把自我的面具背后的主体完整的语言表达破译出来，那必须通过“主体的无意识于他人的对话”。拉康特别强调了无意识就是一种本身欲望驱使的一种无意识的表现。而无意识的表达就是不是故意的要让人达到什么境界的一种表达，这种表达才是一种破语言墙的“绽出”。

墙外的语言是一种非交流的交流。交流的语言是为了交流直接而不转弯的说话。非交流的语言可能是一种迂回，可能是一种隐身，可能是载着面具面对真理呈现的另一种的语言。

保罗·策兰在他的诗歌中经常用一种仿佛是任意性的，但是又内含无穷寓意的语言，比如“阴影”“沉默”“石头”“雪”“水晶”“记忆中的”“遗忘的”“黑暗的”“眼”“无言”等等，这些词汇在他五十年代的创作中被数次运用，每一次运用都会有新的内涵、新的发现。他借用里尔克的一个定义来说自己的语言：“设在无字可用的无限周边的围栏。”无字可用可以说是无字替换。无字替换到可以用无限延伸的语言去表达，达到的范围在无限的程度。他的诗歌中经常有一种简洁到不能再简洁的语言，但里面的含义可以让人做无穷的思考，可以让读者去呼唤出他的保罗·策兰来。比如他有一首诗：

声音，刻进
水面的一片绿。
当翠鸟下潜，
分秒发出嗡声：

是溪流的两岸
都曾站在你身边的
它们步入
刈进另一种意象。

这种诗歌的意境已经有点像中国古诗的意境，简单到极点，但意象的复杂是无穷的，一个隐喻引出另一个隐喻。最终收割的隐喻显示崩溃与重生，是一种生死并存、亦生亦死的心理现象。保罗·策兰多少次说："只有真诚的手才能写出真实的诗。""以自己的眼睛和沉默寻找出路的人，这才是诗人。"[1]好的诗人与诗歌能够成为大写的精神而作为衡量人类崇高的尺度。

面对语言这么一个大他者的围困，要生成一种新

1 转引自约翰·费尔斯坦纳：《保罗·策兰传：一个背负奥斯维辛寻找耶路撒冷的诗人》，李尼译，南京：江苏人民出版社，2009年，第115页。

的、对人有启示意义的语言，很多有写作经验的人曾经做过各种各样的理论分析和推断。法国哲学家德里达对于这点有他的结论，那就是要求写作人引进自由的嬉戏。他说语言在自由嬉戏的时候，就可能达到某种摆脱他者的禁锢而生成出另一种意义的状态来。德里达这样说："因为这个符号是对自身的一种补充，它以一种外加的形式出现，一切的一切，它是一种增补物。符号示义的运动增加了某些东西，其结果就是总比原先多了点什么，但是，这种增加是不落实的，因为它只发挥了一种假想身临其境的作用，去填补所指的缺失。"[1] 德里达认为面对这么一个困境，对语言真正熟悉的人应该在语言的游戏中去达到某种生成新的语言的高度。

新的语言就是一种答案不在场的独特书写，一种无游戏者的游戏，一种不用词语者的呼吸而成为形而上学生命的东西。

语言是建构主体的基础

拉康曾经感慨地说："我被语言呼唤成主体。"语言

1 转引自尚杰：《法国当代哲学论纲》，上海：同济大学出版社，2008年，第315页。

的这种泛化的力量使得思想和人成为一种被使唤的东西。我们平时说那个我的他，那只是话语的显示，实际可能说的是你的他。这种我的表达和思想自身的关系非常微妙。表面上我感觉到我们用的“我”“他”“你”这些关系都是分明的，天生划定的；而实际上这种人称的划定也只是一个假象，只是表面上普遍被适用着，实际上里面有很多新的关系与转换。我们常常说的我，实际上你仔细看他说的往往是我们，甚至可能就是他们。比如很多诗人写的“我，我，我”的诗歌。实际上他写的不是真的我，而是一个假想的我，一个非个体的、独特的、有存在意义的我，我实际上是一个假人式的我，甚至最多就是一个所谓的我们，而且这个我们也是假想的、假人式的，并不是真实。

这就是我们在思考语言和现实关系中碰到的一个最让人不可思议的现象，表面上，主体才能建构语言、建构对象。只有主体的建立才能使得语言的交流成为可能。但实际上是语言建构了主体。并且我们还看到语言与现实之间有着何等遥远，甚至是悖逆的距离。当人们把语言和现实都当作最大的现实去面对的时候，我们要明确地意识到现实的存在与语言所反映的现实，是一种双重的虚幻。现实是怎么样的，我们不甚了解，甚至无可了解。而语言本身又是一种虚幻的东西，用语言去表达现实，这就造成了一种双重性的虚幻架构。语言怎么可以创造，怎么可以去创造现实，这几乎是不可能的。现实永远是一条河流，是一条不断地在前进、变化着，甚至颠覆着的流水。语言是一个相对约定俗成的东西，你怎么可能去演绎这条不断变化的动态的现实的河流。何况，这个现实本身也是人类至今都没有看透的一个现实。

我认为对于语言本质的解释，佛教的语言观倒是最能表现出语言的通透性和悖论中存在的可能性的一种理论。佛教对于语言的论述颇多，最重要的部分是在龙树菩萨所著的《中论》中。

《中论》的宗旨是说明“缘起性空”的理论，对于语言的缘起性空论，《中论》中有这样一段非常有名的说法:“因缘所生法，我说即是空；亦为是假名，亦是中道义。”这里说的名是指语言和概念，所谓语言是不能表达诸法真如，概念不能反映诸法的实际，唯是约定俗成的假施设。用语言说的一切都是一种假施设，所以才叫假名。也就是说人制造的文字和名字假设的那样，不过是一种假设，因为他本身的事物都是空的。所以《大乘义章》中言:“诸法无名，假与施名，故曰假名，如贪人假称富贵。”由此说明，世界万有及其一切差别，都是人在语言概念上去安置的。《大乘义章》又说:“废名论法，法如幻化，非有非无，亦非非有，亦非非无，无一定相可以自别，以名呼法，法随名转，方有种种，诸法差别假名故有，是故诸法说为假名。”假名之说，在佛教中不尽然是用在语言上，也是用在对于用文字语言所表达的一切存在上。用佛教的概念来说，假名所表达的现实是不以人的意识而独立存在的一种客观存在，言语与客观存在是有一条不可逾越的鸿沟。前者分别是有无是非等差别为特点的，绝对不可能对任何无差别的后者做出正确的反映，所以故曰："文言总不得理。"这种观点似乎有不可知的意思，但它又是对于语言和现实的诸多关系的一个最有通透性的解释。

由此，我们可以概括地说，语言是建构主体的基础，只有语言才能使得讲话假定的成为我，成为主体。自我意识也正是通过真实的对照和区别成为可能，一切真实的主体，真正的我在语言的真诚与真实的时候才能被确立。

从下意识来打通意识，是穿越语言之墙的道路

穿越语言之墙，不是一个方法论的问题。西方的语言学家在这方面都已经有所发现，并有所创造。比如从索绪尔的语言学发明了所指和能指这两个概念以后，人们发现语言任意性的最大世界就是能指，所指不过是一个常规的标准。一切的创造都是在能指的大引申上去达到某种大的创造和建树。拉康的语言观就是在索绪尔语

言观的基础上更大地来强调语言的能指作用。语言的能指在索绪尔那里是小“s”形式，到了拉康那里就是一种完全可以达到大“S”形式的创造。在人的创造中，这种表现能指最好的，也是最能体现出无限可能性的就是隐喻。隐喻表现的特征也是整个诗歌创作的一种能指，既证明了语言表征的有无，又能够在隐喻的世界中创作另一种所指。拉康的这句话非常有道理：“隐喻正好处在意义和无意义中产生的那一点上。”[1]

在这里我不想对诗歌语言的隐喻特征做更多的讲述，只是想说隐喻是穿越语言之墙的一个非常有力量的技术方案，但这是偏技巧性的。实际上要真正穿越那个大他者的语言之墙，最核心的问题是要解决怎么样用无意识来打通意识。

无意识是一种人的意识中最大量的存在，但是人是被固定语言和长期的习惯所包含的意识征服和禁锢了的。人们很难去发掘比现有意识还要大无数倍的无意识的天空。人意识到的存在实在是一种非常狭隘的存在。怎么样在一种无意识的力量驱使下去选择语言、选择词语表达你的思想和你的一切外在的存在，这对于一个创造者而言是个巨大的命题。

1 转引自严泽胜：《穿越“我思”的幻象：拉康主体性理论及其当代效应》，北京：东方出版社，2007年，第130页。

在这个问题上，弗洛伊德是非常有想象力的，他发觉了人的无意识。他把梦当作是无意识的一个表述，他把性的潜在作用作为无意识的一个根源。这个发现实际上正是对人的无意识的无限天地和深奥做了第一次指引。拉康对弗洛伊德无意识的理论有了更大的扩展。拉康认为弗洛伊德的性为无意识的本质的观点是不完整的。他认为无意识不是初始的，也不是本能的，他有个著名的命题："无意识，像语言一样的被结构。"这句话就是说无意识本身就是一个可以被结构的新的语言。无意识的缘起与作用绝不限于性这种人生存的初始性的东西。无意识的根源非常之大，非常之深。人通过无意识，可以用很多想象不到的办法，使得你去穿越语言屏障的墙。诗歌创作只有在诗人与无意识结合的一刹那，奇迹才会出现。

好的诗文是没有自我的，因为它是一种无意识的生成，它就好像是一个内心的观察者，或者是旁观的意识者，甚至是疑难者，一个对话者。这是一切好的诗文常常有的一个特征。我这里引一首法国诗人巴什拉的散文诗：

> 在火苗中，空间在活动，时间在翻动，到烛光抖动时，一切都随之抖动，火的变幻难道不是一切变幻中被富戏剧性的、最活跃的变幻吗……火苗对于孤单而言就是一个世界，于是如若火苗的遐想，就是遐想者与火苗的对话，他就是与自己对话，他就是一个诗人。遐

想者把世界放大，把世界的命运放大，同时他放大了语言，因为语言表达的是一种世界之美。火苗单独的是一种伟大的在场。

巴什拉的这段文字在形象的物质性与精神性无限地扩大之中，让实相通过幻想来实现，他的语言是一种用在场之物和自身内在的扩大来实现对话的语言。

我非常敬佩法国的理论家与作家莫里斯·布朗肖。他在《文学空间》里面数次对于怎样打破狭义式的语言、达到艺术语言的高度，做过非常精彩的表述。我引用两段。第一段：

写作从来就不是使流行的语言变得完美，使它更纯洁。写作只是始于此时：写作是接近这个点的方法，在这个点上，无任何东西得以披露，在隐蔽之中，说话还只是话语的影子，语言还只是话语的形象，即那种想象的语言和想象物的语言——无人说的语言，是那种永不停歇，永无止境的喃喃之声，倘若人们终于想要让人听到自己的声音，就必须要它沉默。[1]

布朗肖指出的“这一点”非常重要。我们写作的语言不

1 莫里斯·布朗肖：《文学空间》，顾嘉琛译，北京：商务印书馆，2003年，第31页。

是把流行的语言搞得更美一点，而是要接近“这一点”，这一点是什么样的一个点？布朗肖认为这个点是说话的人好像在说话，但好像又不在说话，是心里发出来的一种喃喃之音。最确切地说，这一点就是语言的能指无限扩大到人已茫然不所知，但又与所指最接近契合的那一点。

他在《文学空间》中又有一段专门讲诗歌的：

> 诗歌的话语不再是某个人的话语：在这种话语中，没有人在说话，而在说话的并非人，但是好像只有话语在自言自语。语言便显示出它的全部重要性；语言成为本质的东西；语言作为本质的东西在说话。[1]

诗歌中的我之为我，那就是我在无形中，在无意识中把一种空气般的语言从心中呼唤出来，我不是在强势地使用语言，只是像呼吸一样地把语言作为非常自然的释放。诗人在诗歌中扮演了一个没有我的角色，诗歌的文本就是语言的本质的东西，不是我在那里喋喋不休说话的那个文本，语言之在说，就是语言的自言自语而已，这才是真正的自我创作的文学作品。

想创造诗歌这样的艺术，是需要通过下意识的通道，让人的最内在与最隐蔽的东西发挥出来，不是你在说

1 莫里斯·布朗肖：《文学空间》，顾嘉琛译，北京：商务印书馆，2003年，第23页。

话，而是你的内心的语言在自动地说话。这种语言的新的形象是在过程中偶然抓住的东西，是摒弃了语言重压之下的说话，摒弃了概念、观念语言的一种说话。

人要达到下意识的通道，是可以通过有意识的训练达到的，但从诗歌创作成功的实例来看，似乎在神经错乱或者精神有点失常的状况下，最容易做到。语言与意识的屏障在这种情况下最容易被打破，这是很多事实所证明的。真正的疯子不能成为诗人，但是在似疯非疯的状态下，在神经质的驱动下，人在深度抑郁之中，意识的牢笼常常会被打破，下意识的东西就被心里的力量远远地呼唤了，诗的语言就产生了，这种语言本质上就是梦的语言。

肉身的世界需要肉身的语言

写作的人都会有这样一种体验：当人沉浸在对世界的体验之中的时候，用你的整个五官六觉去感觉整个世界的时候，你是忘我的，你是沉浸在体验的世界之中的。这个时候是没有我的。你在欣赏这个世界的美妙，沉醉其中，你的五官六觉的肉身与世界的肉身交融在一起。但你一旦想要把我这一刻的体验，这一刹那表现出来的时候，“我”就复活了，这时候“我”诞生了。

我的复活意味着我用语言把这个体验写出来，写出来的这一欲望其中的大成分是概念、观念所组成的语言世界。这时候就产生了许多问题，首先是语言的运用。这个时候上升到你头脑中来的是一切外面流行的语言，或者你用过的语言。一旦语言发生才会有主体的意义，我才成为主宰。但是可怕的是，在日常语言的支配下我常常就成了一个被动者，是一个不能主宰这个世界的失败者。所谓肉身本身就有它的本真性和始源性。但是我的语言却没有这种本真性和始源性。用旧的去写新的，就没有了创造。只有我与对象在新的层面上相互认同才得以确立这是一种创造。你用日常的语言去表达这种独特的、对世界肉身的体验，那肯定不可能是创造。

肉身这个概念，是现象学鼻祖胡塞尔发明的。胡塞尔经常讲："原真还原。"所谓的原真还原也就是排除一切的外在力量，去熟悉一个纯粹自然的世界。这个纯粹的自然世界就是一个自然的肉身，或者叫作外在世界的身体化。外在世界的身体化必定把我的身体也身体化，成为一种交互主体性的存在。交互主体性的存在也就是要把世界联通在自己全部的肉身化之中。

遗憾的是，人一旦反思，反思的这把语言之刀就像切割人的鲜活体验与表现的一把利剑，一种本该形象鲜活的存在，一旦反思却成了一把渣渣了。波德莱尔曾经开玩笑地说："对于地图和版图的爱好者来说，世界在灯光下是如此之大，但在记忆人的眼里，世界是如此之小。"

肉身的体验与反思是有截然区别的。

那么肉身的语言是什么语言呢？肉身的语言就是感觉化的语言，就是一种完全把这个世界尽量还原的语言，就是把人的外感与内感全部呈现出来的一种语言，是人在体验生活的那一刹那的全部的听觉、视觉、触觉，甚至包括各种知觉的联想的活动的全部还原。诗歌的语言应该说就是感觉化的语言，感觉化的语言就是肉身的语言。如果没有这种肉身语言的存在，诗歌就不能承担表现世界的责任。博尔赫斯的体会是："我倾向于寓言是隐喻的方式，而不是理性的方式里思考问题，这是我的看家本领。"[1]

布朗肖在《文学空间》里把真正的创作称作是一种自动化的创作，所谓自动化的创作也就是："它确保我们所接近的那种语言并非是一种能力，它不是说的能力，在这种语言中，我一无所能，'我'永不说话。"[2] 布朗肖在另一个地方明确地说："敞开，即是诗歌。"敞开是把一切肉身化世界自动解蔽而敞开，这里仿佛不要诗人去说话。自动写作就取消了中介，把写作作为始源性的动作，没有"握笔在手"的存在，写作只是唯命是从的工具罢了，成为一种完全自动的写作。自动写作时，语言是一种内在

1 转引自威利斯·巴恩斯通、豪·路·博尔赫斯：《博尔赫斯谈话录》，西川译，桂林：广西师范大学出版社，2014年，第173页。

2 莫里斯·布朗肖：《文学空间》，顾嘉琛译，北京：商务印书馆，2003年，第181页。

的无意识的流淌，是领悟者的此在，领悟的核心是在这个世界注入肉身化的存在。

我们常常说有的时候只能意会不能言说。是的，世界上不可言说的东西是有的，但更多的是不会言说，是不懂给不确定者确定能力的丧失。诗人最神秘的外衣是感觉化的外衣，这是诗歌存在的唯一意义。

下面我要引证几位优秀的中国当代诗人完全用感觉化、肉身化语言写的诗：

北岛的《界限》，是一篇佳作，是一篇在《回答》之外的《回答》，回答的是生与死："我要到对岸去／河水涂改着天空的颜色／也涂改着我／我在流动／我的影子站在岸边／像一棵被雷电烧焦的树／我要到对岸去／对岸的树丛中／掠过一只孤独的野鸽／向我飞来。"

这首诗是写人在生死界限中的幻觉。一条河流，天地分隔，生死永诀。"河水涂改着天空的颜色／也涂改着我"，指悲情的传染，这世界一切皆悲。写人在这悲恸之中的惊悚，人变成了影子，像一棵被雷电烧焦的树。复沓地说"我要到对岸去"，这又是一种生的呼唤。最后的三句是高潮，写悲痛之中的幻觉："对岸的树丛中／掠过一只孤独的野鸽／向我飞来。"整首诗对物象的描写平易朴实又化作变幻的惊心动魄。抒情的铺展非常节制，意象铸造浓缩有力，有非常大的震撼性。全诗有一条物的线索：河——树——野鸽，有一条情的线索：悲痛——惊悚——幻觉。这首诗的语言特征正如德里达所称赞的好的语言要放置到“处女状态”(意指“没有被使用过”的状态),这首诗的语言就处在这种状态。

“吃石头的刺刀走向极端/我听到空气的坠落。”“爱抱怨的人找不到医生/他疯狂于皮包骨头的痴情。”“一脸变性术的世界观。”这些语言就像兰波说的“全部感官都按部就班的失常”,这些诗句的作者柏桦是一个很有才气的诗人,他的诗有纯秀雅厚之风。

“这童话与神话间的对峙/悲凉,总比照耀先到/顶点总会完美塌陷/墓石望得最远/所有的低处都曾是顶点/从能够听懂的深渊/传回的,只是他者的沉默/高处仍在低处/爱,在最低处/让沉思与沉默间的对话继续。”多多是中国诗坛抒情的第一小提琴手,他是永远的抒情,擅长隐处的不同而生发诗意,有清润苍厚之气。

“我的梦正梦见另一个梦呢/……/真奇怪,雨滴还未发落前夕/我已想到周围的潮湿呢/……/你看,这醉我的世界含满了酒/竹子也含了晨曦和皎月/它们萧萧的声音多痛,多痛/愈痛我愈是要剥它,剥成鼻孔/那么我的痛也是世界的痛。”诗人张枣禀赋极高,对语言特别敏感,他的诗中,古文白话一并连接妙用,如“发落”。他说“纽约的脆的薄荷味儿”。加西亚·洛尔卡说:“诗人应是五种感觉的先知,其顺序应当是‘视、触、听、嗅、味’。”张枣绝对是感觉派新诗的大诗人,可惜早早过世了。

“我茫然如不知所措的陷阱/如每个黄昏醉醺醺的凝视/我是夜的隐秘无法被证明/水使我变化，水在各处描绘/孤独的颜色，它无法使我固定/我是无止境的女人。”作者翟永明是反观女人的女人。她的诗常常是清醒着的疯狂，神秘而又超验。她的诗给我们描绘了一个女性的“异域”，她有端丽隽朗之貌。

诗人西川是这样写“中年”的：“头发变白会在怎样的风中/牙齿落光需要怎样的疼痛/神，仿佛中年人，肯定了自己的虚假/绝代佳人入住老迈君王的宫殿，没用/水果悄声细语/落花初识寂静/水池干涸/我没有倒影/一只黄狗跟在我的身后/一只马蜂绕着我的头颅飞行。”西川有难得的沉稳和大度，一个敏感着感觉的智者，说的是摇曳着光影的白话，不玄，但思。西川是一个大家。

诗人欧阳江河写钢琴的演奏：“可以把已经弹过的曲子重新弹奏一遍/好像从来没有弹过/可以一遍一遍将它弹上一夜/然后终生不再去弹/可以死于一夜肖邦/然后慢慢地/用整整一生的时间活过来/可以把肖邦弹得好像弹错了一样/……可以把肖邦弹奏得好像没有肖邦/……/可以把肖邦弹奏得好像没有在弹。”欧阳江河是诗歌语言游戏的大成者，擅长语意歧义悖谬互见的联想，才华出众，视野高远而深邃。

诗人王寅也写过弹钢琴，他是这样写的：“从一首诗到另一首诗不是终点/从这一颗星球到那一颗微尘并不常见/阳光和石头流下山坡，眼睛/斜视也在所难免/拍手击掌，我的每一个愉快动作/每剥一只橘子/每一条在我们的轮波背后出现的/流畅航迹/都像流水歌唱，都像你的微笑/从树叶上从沙子里/生长出来。”王寅的诗特别干净，而又玄妙。欧阳江河写音乐是从失神到抽象，王寅是沉醉而具体；欧阳江河写短感觉，王寅写长感觉。王寅的诗是江南才子的诗，精致而又博大。

陈冬冬也是一位南方的大诗人，他是写景专家、行吟诗人。看他写景：“我寻找水，回头又走进了多雨的秋天/我发现街已经深埋进落叶/像一只沉船谁也记不住它黑帆/当我意识到一夜的雨声其实只是落叶在敲打/我手中的诗，也将寒冷得像一株/残菊。”

一般性的语言总是为了稳定性、确切性而书写。但诗的语言永远是为了制造不安与矛盾，在隐蔽与敞开之间的一刹那，让不缺失意义而缺失意义的确定性，让无法穿透的含混性成为可能，一切希望用数理逻辑来检验语言的努力，在诗的视野中永远成为不可能。

“我是我”的实现

我的可信与不可信

我一旦被人质疑：你是谁？我都会回答：我是我。

我的这种回答是属于语言系统的人称代词。我的这个人称代词是我的身份的指称，实际上这个指称是一个无主的术语。在这个场合我是一个商人，在另一个场合我是一个教授，所以这个我的含义是个流动者。这是从语用学的角度来看我。

人被看作一个伟大的奇迹，一个备享赞歌的生灵；但在另一边，在可疑的面貌下，是一种虚假的、残忍的存在。这个人是包括我的，这个观点完全是从人类学的角度去看我。

我是可以实现我的全部存在的一个主体，我的特殊价值和自由度一旦结合，我可以成为一个有血有肉的人。既与他人共在，又独立于他人，特立独行的与人共在。我不是一个平庸的常人，我是可以用对世界的经验和不可替代的世界观，有创造性、有价值地走向世界的舞台，这是从创造学的角度去看我。

当我区别于他人，我又可以不连贯地把自身的身体、人格与他人共存。但我又是有中心锚地的。这种自反性和共在性的混合体，与他者的种种联络，在一种特殊的体系中，不连贯地存在着。当我深深地表达这种自尊、自爱，甚至自恋的时候，这种表达我的深层意义的自我，达到了一种欲望高涨的地步。我是一种面孔，但是到了一个特殊的情况下，我的这种表达可能是一种夸大化的、虚饰化的，甚至虚假的。我的存在就成了一种虚设的存在。总之，我的存在与表达常常有这种不连贯的，甚至是完全相反的东西，这是从人性的角度来看待我。

所以“我”这个最常用的主语或人称代词，实际上是一个千变万化、没有确定性的、非对称性的术语而已。

从文学的角度我们也可以这样来看，当浪漫主义在世界文学领域流行的时候，我是世界的代名词。充分肯定我的主体性，张扬自我，即便是失落的自我，也是一种伟大的自我。世界的一切即我，我即是这种我的泛化表现，是浪漫主义的重要特征。但是到了现代主义文学兴起的时候，过分的张扬自我明确地起了反拨的怀疑，强调我的不确定性、含混性成了主流。波德莱尔是这方面最前沿的一面旗子。

自知的确立才有本体的骄傲

没有单纯的我，没有绝对的我。我的存在只不过是一个人称的存在。那么我的存在又是需要什么样的坚实支撑，才能让我成为存在的存在。这个坚实的支撑来自思想背后的怀疑、思想背后的否认，还有随之而来的肯定以及行动。这就包括与他者、大他者在共在系统中的既对抗又和谐着的一种危险的平衡。使得我在共在有次序的状态中生存着、行动着，最重要的是自新着、创造着，这一切的一切都基于正视自我的自知的确立。

何为确立自知，有以下八个方面：

第一，自知是不依赖我的独立主体而相对成立的。自知实际上是一个非常复杂体，我与他者复杂的延伸世界怎么样相溶？主体不尽然存在于他者的思想中，而且表现在他者的行动中。主体价值的取得，一定是在与他者的交往和大他者思想的互动当中产生的。主体价值的取得是自知成立的关键。

这个主体有慢慢的独立的认识。我是什么？这种自我的形成开始是一种想象，是一种不认识他人、不认识大他世界的情况下的一种幻觉。他是带有自恋性质的，但是一旦这个我长大了，我认识了他，认识了外在的大世界以后，这个自我的确立会慢慢地走过一个非常曲折漫长的过程而被成立。从某种程度上来说，自我是永远找不到完美性的，是在自我怀疑中，在自知与不自知的复杂曲折中而成立的一种状态。如果你没有一种顽强的、自为的、原始性的，把认识自身的优点和特点作为自为存在状态当中的表现，并通过与他者的共生，是很难领悟这一点的。虽然他不是唯一的，但却是独立的。只有在这种长期的交往当中，在这种本己自为存在的斗争当中，我才慢慢艰难地确立起来。这个主体通过自身、通过他和他的行为，和外延复杂的交往，慢慢地建立起一种独特的、顽强的一种自我意识，这就是自知的开始。

第二，自知的确立必须是在自为的形态当中。想象学的理论把人的存在分成在自在存在中的自在存在和自为存在两种。“自在”是一种寄存的，僵硬的，不包含否认，也不包含他人存在的一种不透明的、不与自身之外的任何东西相联系的，超乎任何生存变化之外的一种存在。而自为的存在是一种标志着人的意识和人的现实状态，是把他性的概念和我共建成人的意义的一种存在。“自在”是一种惰性和被动的存在状态。而“自为”是在自己的意愿、理想、希望和失望中，不断地否定现在的所在，而通过主体现在所不知主体的事来规定自己在前面去生成一个希望和未来。所以，“自为”常常是虚无的，而不是存在的常在。萨特对于“自在”和“自为”有个生动的描写，他认为：“第一，‘自在’其所是，而‘自为’只是其不是且不是其所是。”[1]这句话的意思就是说自为的状态是永远处在矛盾和变化状态中的。人只有在这种“自为”的存在状态中，人才会处在一个非常积极的状态，本己的存在朝着有目的、有希望和未来的方向去发展。人一旦在这么一种状态中，人就必然有觉悟来自知自己的一切，包括现在的状态、现在的思维，甚至了解自己的一切来设立一个自知的纬度。

第三，从否定自我和超越自我中来确定自知。笛卡尔的“我思”是一种怀疑的我思，这是人自知状态建立的

1 转引自严泽胜：《穿越“我思”的幻象：拉康主体性理论及其当代效应》，北京：东方出版社，2007年，第140页。

一种必须的开始式的沉思。否定自我，人为什么要时时否定自我来确定一个自知？因为人是自己以人的身份去生存，如果这种生存感觉完全与自己的意识是相对的，那么当然非常幸福，但是人是永远不可能成为这样的生灵的。在人生成的日日夜夜里，人的生存永远是有缺憾的，这是人的特殊的生存方式。这种缺失就是人生命碰到的一切他者和大他者所制定的冲突和矛盾。在这种情况下，人就希望有一种张力。这种张力就是包容这种缺失，包容这种失败，使得人在不断的包容中而否认自己的某些东西。而否认不是把全部自身的东西抛弃掉，而是否定中的否定。从这种否定中，找到自我证明，而不是取消自我，这就是人更高层次的自知。人的自知不是取消我的本能、我的意愿、我的计划、我的激情，而是把这种确立放在一个有计划有目标的自为状态中。有了这种自为状态，人必定可以在否定中走出一条肯定的路来。

博尔赫斯是个伟大的诗人和作家，他的作品经常会对自己有一种强烈的否定表达。比如他的小说《圆形废墟》，他在结尾就写道："在慰藉、耻辱和惊恐中，他领悟到自己不过是个空壳，只是在另一个人的梦里。"[1]所以读博尔赫斯的书你经常会感到一种自我否定的伟大力量。

---

1 引自詹森·威尔逊：《博尔赫斯》，徐立钱译，北京：北京大学出版社，2011年，第14页。

通过自我否认而自我超越，他的作品通过自我嘲讽而达到自我超越的地方非常之多，比如在《永生自我》中这样写道："没有人是个什么人物，一个单一的永生者就是所有人，就像科尼利厄斯·阿古利巴一样，我是神、我是英雄、我是哲学家、我是恶魔、我是全世界。这只不过是一种拐弯抹角说我不是的方式罢了。"[1]博尔赫斯的伟大就是在这种反向逆向中去找到这种自我的危险平衡。

第四，自知的确立是追求世界化认识的扩展和超越。自我的存在必须建立纬度，一个是自我的纬度，一个是世界的纬度。这个世界里面包括一切的他，所以人的行为只有在打开自身的地图，又打开了世界的地图的同时，人的存在才有可能深化和超越。脱离了世界性的思想而寻求一个自体的确立，这是一种痴心妄想。人的这种自知实际上一定是在世界中去找到这种定位的此在。如果没有这种强烈的世界性的纬度，就无法确立自身的地位和身份。实际上这个我都是一种弱小的、虚假的存在。自知的力量是使自我有深化和超越的一种最大的力量。

第五，意志力量是自知确立的内在最大支撑。康德曾经在《实践理性批判》这本书的结语上表示："有两样东西，人们越是经常持久地对之凝神思考，它们就越是使

---

1 引自詹森·威尔逊：《博尔赫斯》，徐立钱译，北京：北京大学出版社，2011年，第15页。

内心充满常新而日增的惊奇和敬畏：我头上的星空和我心中的道德律。”“亦余心之所善兮，虽九死其犹未悔”，屈原正是凭借这种伟大的意志力量成为伟大的诗人。黑暗中不缺奋进的顽强性，其内力就是意志的力量和希望的力量，就是尼采说的“任意内在动机性的行动”。人的意志是为了达到某种目标或产生的一种执意行为。它是一种内在的永不停歇、充满顽强性的动力。“志足以一气之盛衰”（苏轼），因为有了这个意志，人才可能从无中创造奇迹。这种意志是一种德性，一种道德准则，是纯粹意志下的一种自知规定根据。

第六，自知的确立不只是思维者的主体，更是行动的主体。我的自知并非是我自身的在某种匿名的地方展开的自知，必须是在这种原始自为的认识中，而又开展行动的自为存在中独自存在、行动着的这种状态。这种本己的自为存在，实际上是把一切自我放在了一个外延更广、建设更复杂的世界中去确立自我。在这种确立中的自知，才是真正的有价值的自知，是有反省的，是建立在人必要的自尊、自爱中的自知。

第七，真正的自知是与人格统一的自知。人格是一个高度复杂的存在物，它包括这世界存在的很多秩序，这是一种对秩序的认可，而且是融到人的生命血液中的一种存在。这里面有对于道德秩序、社会秩序等的血液化的认可。而人要建立我的自知，就必须要和人格统一起来。如果我们把自知当作认识状态，那是第一步的事情。只有把自知当作是人的灵魂和德行放在自悟自知的骄傲的状态，作为一种血液的流入，这才构成了本体的骄傲。在一种巨大人格力量中的有价值的自尊，是一种自知状态下的统一，我们要紧紧靠着这种统一，才可以主动投入这个世界，并且实现伟大的价值。

第八，自知是一个匿名的、没有底的探索。任何自身的间距没法消失。所以我们不要去责难某些人在这个阶段的自我是什么样的自我，而另一个阶段的自我是另一种自我。因为自我的实现、自我的完整的实现是一个过程，而自知的确立也是这样一个漫长的过程。人在没有成熟的情况下，把人的自身力量视为一种威力的存在是不现实的。

本真的我才是超越者

本真这个概念从希腊文化就有了，但是到了海德格尔的著作中，本真就成了一个很特定的、非常有深意的广泛应用。这个概念在海德格尔的论述中有多个方面的展开。《存在与时间》这本书对此开始有论述后，在其他的著作中海德格尔进一步地对这一问题有发展性的论述。

当今我们对于本真的概念往往有所错觉，人们把本真理解为不为外界所制约，人处在随心所欲的状态；或者理解为人处在始源状态、天真状态、孩童状态的一个我，叫本真。这些理解有一部分是合理的，有一部分理解是有错误的。海德格尔对本真的阐述有以下五个方面：

第一，海德格尔认为，人的本真的存在是相似而存在着的。面对着死亡不是畏，而是人必然会死的状态下人去筹划存在的意义。只有面对死亡的筹划，我的持有才有了意义。海德格尔这样说："死是对任何事情都不可能有所作为的可能性，是每一种生存都不可能的可能性。""向死存在，作为先行到可能性中去，才刚使这种可能性成为可能并把这种可能性作为可能性开放出来。"[1]海德格尔常常把人称为必死的人，就是死对于人而言不仅是生理的结果，而且是一个存在的结果。死是作为一种终结存在。海德格尔认为："死不是一个事件，而是一种须从生存论上加以领会的现象。"[2]人因为是相似而存在的，作为一个生存的此在，他必须把自身筹划到最本质的能上去。这种本己的自身的无上可能性，是不可逾越的。面对人对于死的畏，一个是可以像常人一样，把这个畏作为主体而带入深层，将自己存在的可能性之前的一切都暴露在这种畏的恐怖中。而本真却解脱了这种畏的

1 海德格尔：《存在与时间》，陈嘉映、王庆节译，北京：生活·读书·新知三联书店，1999年，第301页。

2 同上，第276页。

相似的自由之中人才有的巨大的创造，或者是说完成一个完整的有存在意义的自我。

第二，海德格尔把本真不理解为是一种超越物质外的存在，本真的我是一种可以被良知所呼唤出的一个我，而良知的我是与我一起存在于世界的他者在呼吁我，但是他又超越了我。拉康也有句话，唯有良心是不可缺失的，这也是在讲人的本真含义。实际上由于良知的存在，人才要找到自我，要在本真状态中显示出来。人必须听到良知的声音，能感觉到良知的呼唤，有了这个良知的呼唤和良知的声音，人的存在才有一种可以向着高处去攀登的力量。人只有有了良知意识，人才会是本真的，在本真状态中去呼唤自己、呼唤我，并且超越我。

第三，海德格尔讲的本真主要不是涉及人的伦理正确与否的问题。海德格尔讲的本真更多的是一种责任，对于这个世界的他人和大他的世界，你决定担负一种什么样的责任。所以在海德格尔的意识当中，人是必须干你所想干的事，但要自己决定，不要让任何人代替你决定。但是最重要的，是你在做的时候不要卸掉你所有存在的最深处的责任。

第四，海德格尔讲到的本真又特别联系到人的生成的一种无聊状态。无聊是生活中最莫名其妙的一件事情，人常常处在这种无聊的状态中。这种无聊实际上是一种不确定性，是人处在一个虚无的非自己的一种状态。这是一种可以瘫痪一切的存在状态，是停止时间，也可以停止生产的状态。海德格尔给无聊的结论是可以用本真的态度对待它，用本真的态度也就是说你可以摆脱无聊。怎样去摆脱无聊的状态，海德格尔的认识是："要自我解放……无非是此身此在的自由。人生此在的自由，只存在于此在的自我解放中。但只有当它决心对自己做出决断时，人生此在的自我解放才能出现。"[1]这是结束无聊的根本，也就是本真的一种高级阶段。

第五，所谓本真，海德格尔认为人必须向着神性开放，神性至上人才可能在本真的状态中。当神圣的幕布拉开的时候，人被传达了很多不可言传的东西。神圣的幕布只有本真的人才可能去拉开。海德格尔特别欣赏诗人荷尔德林，因为荷尔德林是让人进入到此在的原始性的真理状态，他可以通过他的诗的原创恢复人类始源的生活状态，所以海德格尔把荷尔德林称为诗人的诗人。对于诗歌的力量，海德格尔是这样评价的，诗人只有本真的人才能先行的栖居，才具备表现人类栖居可能的能力。海德格尔这样表达："作诗乃是人之栖居的基本能力。但人之能够作诗，始终只是按照这样一个尺度，即，人的本

1 转引自萨弗兰斯基：《来自德国的大师：海德格尔和他的时代》，靳希平译，北京：商务印书馆，2007年，第251页。

质如何归本于那种本身喜好人，因而需要人之本质的东西。依照这种归本的尺度，作诗或是本真的或是非本真的。因此之故，本真的作诗也并不是随时都能发生的。”[1] 本真的作诗何时发生？海德格尔引用了一句荷尔德林的诗:“只要善良，这种纯真，尚与人心同在，/人就不无欣喜，/以神性来度量自己。”所谓本真的人，就是一种善良与纯真的人，一种以神性来度量自身的人。

人只有照这么几点去理解本真的意义，那么这个本真才是超越者，才是达到“我是我”的一个升华的境界。

我的存在是被自由存在着的

有人把自由称为空气，称为人类最根本的元素。这是事实，人在这个无情的大他者的世界中，人是被林林总总的权力、专制、舆论等一切的大他者控制着，被控制的最可怕的结果就是失去自由。人一旦被关进了监牢，最伟大的自我就是一个像可怜的动物，最多只有生存的权利，没有自由所附有的种种权利了。自由着的自我才是创造者。

有关于自由，海德格尔和萨特的看法是有区别的，海德格尔认为:“在自由中，存在先于并支配本质。”[2] 但是

---

1 海德格尔:《演讲与论文集》，孙周兴译，北京：生活·读书·新知三联书店，2005年，第214页。

2 转引自萨特:《存在与虚无》，陈宣良等译，北京：生活·读书·新知三联书店，2007年，第532页。

萨特却认为:“自由才是所有本质的基础,因为人是在超越了世界走向他固有的可能性时揭示出世界内部的本质的。”[1]萨特特别强调自由的构成是不确定的,在不确定的情况下,上帝可以给你自由,也可以不给你自由,上帝可以给你部分自由,也可以给你全部的自由。所以萨特非常形象地说,我的恐惧是自由的,因为表露了我的自由是置于恐惧之中的。如果我又是一个有意志的勇敢人的存在,就是把我的自由置于我的勇敢之中的。这种不确定性、这种变化性使得自由并不是一个自在的存在,而是一个自为的存在。到我们谈及自由时,它本身是没有本质的。自由的大小,自由存在的可能,被发挥得林林总总,被很多的社会因素和人为因素所决定着,在这点上,萨特是有道理的。

所谓的自由是一个什么样子的呢?如果细细地分析的话,自由并不是伦理学概念,而是存在学的概念。人应该是自由的。这是一种非常软弱的说法。人似乎必须具备这个东西,如果把剥夺生命和自由做区别的话,剥夺生命就是不让活,剥夺自由就是不让生活。所以在我们的面前常常是有消极自由和积极自由的分别的。具体而言,所谓的自由,首先是一个否决权,你对于世界上的

1 萨特:《存在与虚无》,陈宣良等译,北京:生活·读书·新知三联书店,2007年,第533页。

万物，你可以行使你个体的拒绝来对某些事物表现出否定；甚至从根本人权上，你也可以表现出你的否决。其次，自由是一个选择权，你可以需要这样的生活，也可以不需要这样的生活。这一切的一切都应该是自由的。再次，自由最重要的特征就是想象权。想象是思想自由的最本质的表现。所谓想象，就是一切活动的出发点。这种想象是一切怀疑的基础。对现在的一切进行挑战，做到目空一切的地步，这是自我存在非常重要的因素。它敢于打破一切禁忌，视一切现有的规定为零。最后，想象就是一种可能性的表现，它憧憬着未来的一切并实施着未来的一切，用新的思维来构建将来。所以不管用什么样的词汇来说，真正的意义就是这种冲破旧界限的自由，就是寻求新的人生、新的生活目标的一种自由。这种自由是一种无止境的超越。我的存在一旦具备了这种自由，我就能做到真正的卓然而立。当然，自由的其中一个表现就是创造权，人有了这些以后，就可以摆脱无聊，而去做有意义的有创造性的事情。人一旦在自由存在的状态中，人的自身可以走向非常光明的将来，尤其是我刚才讲到的想象权，这是自由的最大特征。自由是让不受约束的心灵去描绘世界上从来没有出现过的伟大的图画的努力，这是上帝赋予人最大的恩赐。

对社会而言，不自由是一种最残酷的剥夺，但是对一个有自为性的人而言，灵魂的自由、想象的自由是永不可剥夺的。但必须再延伸地说：虽说想象的自由是不可剥夺的，于人而言，如果言行的自由都被剥夺了，人就同行尸走肉一般，我已经被彻底泯灭了，想象何用？如何想象？这个时候，奢谈什么发明创造，就如同天方夜谭了。

我要成为我，“我是我”，实在而言并不是高喊“我的存在”的行动建构的。“我是我”，我是我的构成，是非常艰难的，是需要不断攀登的一个过程。就像尼采这样的一个伟人，对自己都这样总结：“带着我的眼泪进入了你的孤独，我的兄弟。我喜爱想要穿越自身的创造，并就此坠入深渊的人。”[1] 人生需要实现的东西太多，而确立“我是我”是根本。其中的痛楚、孤独、愤怒、挫折，这一切都是难免的。

波伏瓦在《模糊性的道德》这本书结尾中不无感慨地说：“我们具有超越任何超验的自由，我们总是可以向一个‘别处’逃避，但是这个别处还是某个地方，仍然处在我们人的状况之中；我们永远逃避不了人的状况的限制，我们也没有任何办法从外部来考察它，评判它……除了人自身，人不了解其他任何东西，除了梦想人类的事情，人甚至不会梦想任何东西：那么能将他和什么作比

1 转引自刘丽荣、黄凤祝：《美狄亚的愤怒：对欧洲政治、社会与艺术的沉思》，上海：同济大学出版社，2011年，第132页。

较呢？什么人可以评判人呢？他以谁的名义说话呢？”[1]我想波伏瓦的这三个问号正是对“我是我”，怎么样成为我的复杂性的一个疑问。作为波伏瓦这样著名的学者，一个存在主义的行为家，她都是这样认识的；由此可以想象要成为“我是我”是会有种种的无奈，甚至种种的不堪。尤其是处在这永远时间长河中偏偏不幸的时代。

1 西蒙娜·德·波伏瓦：《模糊性的道德》，张新木译，上海：上海译文出版社，2013年，第248页。

诗学探索

诗歌怎样反诗歌

记一段历史,记一个现实

1917年法国艺术家杜尚在美国的一个艺术展览会的展台上放了一个小便池,给它取了一个艺术名字《泉》,最后这个展品被这个艺术展览会拒绝了。此事在当时引起了一片骚动,尤其是在媒体中。

对于西方当代艺术史的修史者而言,杜尚的《泉》是世界当代艺术开始的标志。西方当代艺术史的修史者一般都把杜尚的这个行为艺术作品看得比毕加索还要高,他们认为当代艺术的第一人不是毕加索,而是杜尚。

杜尚的一生创作过很多类似《泉》这样的艺术品，在玻璃上作画，在达·芬奇的蒙娜丽莎脸上加上八字胡子，把现成的生活用品作为艺术品来展示。二十世纪开始，杜尚的这种行为慢慢影响了很多艺术流派，从波普艺术到偶发艺术、表演艺术、身体艺术、大地艺术、环保艺术等，世界的当代艺术的全部发展都溯源于杜尚的《泉》。所以，针对杜尚的艺术行为与艺术想法做一个研究是很有意义的事。杜尚有几个观点对我们特别有帮助，他曾经这样说："我们一旦把思想放进词或句子中，事情全部会走了样。""所有这些玩笑——上帝的存在、无神论、决定论、自由意志、社会主义者、死亡等等，都是一盘被称为语言的棋局中的子儿，只有当一个人不介意在这盘棋中的输赢，它们才会对于他有娱乐作用。"[1]杜尚的意思是说，我们对于真正的艺术，千万不要用语言、逻辑、意义等东西去框界它、限制它，不然的话，艺术就会失去艺术创造最重要的精神自由性，自由在当代艺术中被称为最重要的要素。一切的艺术如果没有以自由作为开导，那么这个艺术就会失去生命。所谓自由就是用自由的心灵境界、自由的方法、自由的形式、自由的技法，无念、无我、无牵、无挂地用一切人类可以自由想象的东西去创造艺术。

---

1 王瑞芸：《西方当代艺术审美性十六讲》，北京：人民美术出版社，2013年，第184页。

甚至杜尚对于“创造”两个字都表示一种怀疑，他认为人类用太多的东西限制了自己，所以，创造这个词汇显得不存在。自由是像杜尚这样的当代艺术家们常常千方百计强调的一件事情。

在今天，杜尚所提倡的当代艺术已经成为艺术主流。别说西方，仅看中国的许多展览都有一大批的行为艺术品。对于这些艺术如何被看待，的确是有多样性的看法。2010年纽约的现代艺术博物馆为一位西方的女性行为艺术家举办过一个为期三个月的展览“艺术家在场”，她的展览内容是她每周六天，每天七小时在展览现场表演。她在美术馆的中庭放置了一张木桌和两张木凳，女艺术家就坐在其中的一张凳子上，另一张凳子则是为观众准备的，有一名保安在旁边维持秩序，保证一次只能有一个人坐在她对面的凳子上。人们排着队等候进入，一旦一个参与者坐在凳子上与她面对面做眼神的交流，从头到尾，这个女艺术家都保持着一如既往的镇定，无论观众想尽何种办法激起她的关注，她都会像雕塑一样的寂静。在这次长达七百一十六小时的行为艺术表演当中，女艺术家的静与定让整个展厅成为一个精神性的场所。很多观众坐在她的面前仅仅几十秒钟就崩溃了，大哭了起来，有些人禁不住在她面前感慨、感叹、感触，甚至有人为此建立了一个叫“阿布拉莫维奇令我落泪”的网站。像这样的行为艺术说明了什么呢？她的这场行为艺术是一种全方位的隐喻，每一个人都可以从中去感悟，触发某一个念头、思绪、想法。

上文杜尚的话明确地表达了一个观点，就是不要用任何东西，包括语言、逻辑、意义等来束缚艺术。这是杜尚在当代艺术方面的一个很重要的观点。还有一个观点，就是他曾经在一次访问中几次提及的：非洲人吃饭用的木勺，本来就是因生活所需而做的，只是有使用的功能，但是“后来才变成了一个美丽的物品，成为了所谓的艺术品”[1]。杜尚的这个观点引发了我们对于艺术与生活关系的联想。如果我们从当代艺术史的角度回想最早的达·芬奇的画，慢慢演变为印象派画，再演变为抽象派画，回想这样一段历史，是不是由此我们可以说生活和艺术实际上是走过了三个阶段：第一个阶段是艺术严格地再现生活，甚至是复制生活，同生活一模一样的艺术才叫艺术；第二个阶段是到了印象派画以后的艺术，那就是艺术创造了生活，它不再是复制生活，它在其中加了很多技巧、情感，将艺术对于生活的表现范围和形式扩大了很多倍，甚至再现了很多并不存在的生活；第三个阶段，从二十世纪初开始出现的当代艺术又进入了另一个阶段，那就是直接把生活当作作品，让生活像艺术，使生活本身就成为审美这样的一个阶

---

1 皮埃尔·卡巴纳：《杜尚访谈录》，王瑞芸译，桂林：广西师范大学出版社，2013年，第133页。

段。在这个阶段中，生活和艺术的关系已经完全地沟通、平等。表面上，生活可以完全地、充分地艺术化；实际上，不但艺术的范围由此扩大了，而且艺术的含义、意味、形式也无止境地扩大了，艺术的版图与深度都有了一次前所未有的提升。尼采一贯主张人的存在只有成为审美现象才有存在的意义，他在《悲剧的诞生》中说："对于艺术世界的真正创造者来说，我们已是图画和艺术投影，我们的最高尊严就在作为艺术作品的价值之中——因为只有作为审美现象，生存和世界才是永远有充分理由的。"

杜尚的行为引起了全世界一些追求自由创造的艺术家的兴趣。美国二十世纪初出现了一个很有名的行为艺术家波洛克。他学过绘画，但是他不喜欢用画笔直接在画布上画画，他发明了一种很特殊的办法，用滴、甩、泼的办法在画布上画画，他一边画画，一边把他感觉到满意的画布剪下来做某种粘贴。这样一种行为艺术式的画法刚开始出现在美国时，并不被任何人看好。他的作品在展览会上一幅标价一百美金，却只能卖掉一幅。毕加索看了他的画，非常鄙视地说："这根本不是什么东西。"但是今天，在全世界最有名的前十幅画中，定价最高的就是波洛克的《1948年第5号》滴画，这幅画的价格是1.4亿美金。这个价格远在毕加索的画的价格之上。像波洛克这种把画布作为画家的行动的记录，将绘画空间做一个全新的发明，从形式上到行为上都成为一个全新发明的艺术，最后还是被世界的收藏家和观众所接受。波洛克的这样一个拍卖纪录也充分说明了一点，当代艺术越来越兴盛，越来越被人接受。这一切似乎验证了著名诗人博尔赫斯的一句名言："或许世界历史就是几个隐喻的不同调子的历史。"[1]

从这样一个历史和现实的观点出发，我们是否可以对诗歌，尤其是中国当代的诗歌做一些思考呢？我离开中国当代诗歌界已二十几年，今天回来一瞥之下有登月球的感觉，新的离奇的新，旧的像化石重现，毫无变化。下面主要是说新的，限于一瞥，一定疏而且浅，望各位谅解。

解构中的诗歌

反抒情性、冷抒情

欧阳江河是从后朦胧诗中走出来的一个很特殊的诗人，他的诗界极为广阔，他可以用很多笔调写各种题材的诗，他的聪慧和勤奋使得他在中国当代诗坛上占有非常高的位置。要对他的全部诗做出归纳与总结，无疑是一大挑战。但有一点可以肯定，他的诗已经明显地表现

---

1 博尔赫斯：《探讨别集》，王永年等译，杭州：浙江文艺出版社，2008年，第9页。

出一个特点：反抒情、冷抒情。在此举一诗为例。

他有一首诗是写一个法国英年早逝的杰出思想家，在行为上特别令人敬仰的女学者——薇依。薇依天赋很高，她的经历也非常奇特。她早年毕业于法国最好的学校巴黎高等师范学院，毕业以后，她一边在中学教学，一边深入工厂与工人共同劳动，甚至连生活都跟工人一模一样，因为她要体验工人的苦痛与生活到底是什么样的。后来，她甚至到农村去跟农民共同生活，共同收获庄稼。在第二次世界大战爆发以后，她曾经受战时的法国政府的委托到英国工作。但是到了英国以后，她执意要和占领区的人员一样过最低标准的生活。她认为自己必须和人家一样承担战争与生活的苦痛。由于她这种在生活上对自己的严酷，薇依在三十四岁的时候就因为饥饿和肺结核而英年早逝。在她死后很多年，人们整理出了二十卷她的哲学作品，里面包括对希腊哲学的分析，对当代欧洲哲学的研究。所以，后来很多人把薇依称为二十世纪基督精神的伟大见证和典范，甚至说她是继基督之后的一个女殉教士。

欧阳江河为此写了一首诗《暗想薇依》：

像薇依那样的神宠的女人，
借助晦暗才能看见。
不走近她，又怎么睁天眼呢。

地质的女人,深挖下去是天理。
煤,非这样一块一块挖出来,
月亮挖出了血,不觉夜色之苍白。
挖不动了,手挖断了,才挖到词的大赦。
词根的女人,对果实是人质。
她把生育塞进这果实,吃掉自己,
又将吃剩的母亲长在身上。
她没有面容,没有子宫,没有钱。
而此生已成后世,纵使叩问从存在
扩展到不存在,还是听不到舍身。
那么,立在夕光中暗想片刻就够了,
别带回家乡过日子,
无论这日子是对是错都别过。
浪迹的日子走到头,中间有多少折腰。
北京的日子过到底,终究不在巴黎。
神我的日子,递给小我是个空茫。
因为这是薇依的日子,
和谁过也不是梦露。
旧梦和新词,两者都无以托付。
单杠上倒挂着一个小女孩,
这暗忖的裙裾,雨的流苏,
以及滴里嗒啦的肢体语言。
她用挖煤的手翻动哲学,
这样的词块和黑暗,你有吗?

钱挣一百花两百没什么不对，
房子拆一半住一半也没什么不对。
这依稀，这弃绝，不过是圆桌骑士
递到核武器手上的一只圣杯，
一失手摔得碎骨。

众神渴了，凡人拿什么饮水。
二战后，神看上去像个会计，
但金钱并没有让一切变得更好。
账户是空的，贼也两手空空。
即使人神共怒也轮不到你
替她挨这必死的一刀。
词的一刀，比铁还砍得深，
因为问斩的泪哗哗在流，
忍不住也得强忍。
而问道的手谕，把苍天在上
倒扣过来，变为存在的底部。
薇依是存在本身，我们不是。
斯人一道冷目光斜看过来，
在命抵命的基石之上，
还有什么是端正的，立命的。

诗人的心里无疑充满了对薇依的崇敬，但是，诗人不是直接地抒写自己的崇敬与薇依的伟大，诗人用渺小的自我来反衬薇依的伟大，用自贬的办法，采用自嘲、反讽的办法从反方向来写薇依的伟大。所以这首诗的题目叫“暗想”。用暗想的办法来表现这种伟大的女人，就已经明确无误地把激情隐藏甚至撇除了。感情的闸门被紧锁，有时也只是反方向地轻轻地放开来。“像薇依那样的神宠的女人，/借助晦暗才能看见。/不走近她，又怎么睁天眼呢。”“借助晦暗才能看见”这里面有很多含义，“晦暗”是从低处往高处看，从暗处往明处看，是在一个混浊的世界中去看一个圣明的人。还有一点是，一个如此伟大的女人，一直等到去世很久以后才被发现。所以，“晦暗”这两个字有很多重意义的表达。“神我的日子，递给小我是个空茫。/因为这是薇依的日子，/和谁过也不是梦露。”这完全是用带有激愤的鄙视写出生活的现实，由此来衬托薇依的伟大。“她用挖煤的手翻动哲学，/这样的词块和黑暗，你有吗？”“你有吗？”诗人无疑是想表达他的那种激情，但诗人却把这种激情表达的欲望牢牢地锁住了，强压着悲痛做了一个反问。“而问道的手谕，把苍天在上/倒扣过来，变为存在的底部。/薇依是存在本身，我们不是。/斯人一道冷目光斜看过来，/在命抵命的基石之上，/还有什么是端正的，立命的。”这是全诗的结束，充满了对薇依的敬仰。诗人是用冷静的叙述口气在表达一种存在，一种对比，自责又痛不欲生。整首诗用得最多的是一种叙述语言，思辨语言，而不是感觉语言，甚至连一个伟大、敬仰的形容词都没有。

读完全诗，你虽然不会像以前读写伟大人物的诗一样，一下子就被作者的歌颂、抒情而感动，但在几遍的细读之后，你会在诗的缝隙中明显感受到作者对薇依的崇敬之情，反讽、自嘲得越厉害，这种痛不欲生的崇敬之情也越厉害。全诗充溢着诗人对薇依的景仰之情，但他的抒情不是正面地、直接地抒出，而是从逆反的另一面抒出，用貌似客观、貌似冷静的姿态，在议论、叙述中抒出。很明显，这是一种反抒情法，反的是已经统治诗坛几千年的热抒情。这是一种独特的冷抒情法。冷抒情不是不用情，不是抛弃抒情，而是用看似冷静的态度，不是诗人用第三者的立场去做炽热的抒情，而是用叙述、议论等手法，用事实去感动读者。诗人通过自嘲、反讽让读者置身于被表现的人物中间，选择自己的立场。这种冷抒情的情已经过积淀、过滤，慢慢地成为情的思、思的情，这是一种绝对浓缩的情。

《暗想薇依》这首诗所表现的冷抒情的创作倾向贯穿于九十年代以后欧阳江河的大多数诗歌中，从《玻璃工厂》《时装街》《凤凰》《黄山谷的豹》等获得好评的诗中可以看出。

诗歌必须用诗人的情感去承载，不负感情的诗原则上不是诗。但是，怎样抒情？用怎样的语言去抒情才会有诗的效果？情与物的关系应该是怎么样的？散文与诗的抒情方式有何不同？有关这些问题的理论洋洋洒洒很多。萨特和梅洛·庞蒂关于这些理论有过一次争论，争论的内容非常有意思，两个人的观点都有可取之处，这里不赘述。萨特有个主张，他说："散文是符号的王国，而诗歌却是站在绘画、雕塑、音乐这一边的。'可是诗歌使用文字的方式'与散文不同，甚至诗歌根本不是使用文字；我想到不如说他为文字服务。诗歌是拒绝利用语言的人。"[1]萨特对于诗的滥情表达甚是反感，他说"散文作者阐述感情的同时照亮了他的感情；诗人则相反，一旦他把自己的激情浇铸在诗篇里，他就再也不认识它们了；词语攫住感情，浸透了感情，并使感情变形"[2]。看来萨特是赞成冷抒情的。

萨特指出诗歌和散文的差异，除了抒情特点上的差异，还有语言含义上的差异，诗歌语言本身的哲学的含量远远超过散文。海德格尔曾经认为在人类的文明或者文化中，诗与哲学是两座并持的巅峰。这两座巅峰目前的趋向如何呢？应该说越来越接近，哲学越来越倾向于诗歌，哲学诗化了，诗歌也越来越倾向于哲学，诗歌哲学化了。两者互相靠近，尤其是诗歌向哲学靠近。海德格尔曾经对于这个问题提出一个说法。他认为诗人是一个

1 让·保罗·萨特：《萨特散文》，沈志明、施康强译，北京：人民文学出版社，2009年，第161页。

2 同上，第165页。

“神圣的命名者”，他认为“坚持去道说关于到达的词语，这乃是诗人命中注定的事情”[1]。诗人的歌唱实际上是一种神性促成的带有哲理性的歌唱，它是把人生中最精粹的东西，或者说把在太阳的光照下，最让人有惊奇体验的东西，用最显明的办法，用一种奇特的刺激表达出来。因为要做这样的一种表达，所以，诗歌中的那种原来惯常用的热抒情就显得有点弱势。

当然，我们也看到，像欧阳江河的这样一种惯用冷抒情的诗歌，会显得小众。其原因就是这种诗歌有其晦涩难懂的固有特点。一般的读者读这种诗歌的时候，往往不能一次性地进入，需要反反复复地去读。在反复地阅读之后，可能有所感悟，而且感悟的东西是不是跟诗人一样也是打问号的。这样的诗歌和我们以前读过的诗歌的确有些不一样，它显得和读者有一点隔阂，读这样的诗似乎像读哲学书一样有难度。作为一种存在，这是一种高级存在，证明把人的生存世界完全用诗的哲学来表达的存在是可取的。

诗的散文化

西川是中国当代诗坛的一位实力派诗人，这个实力不仅表现为他的多产，诗、散文、译文、随笔、理论样样都

1 海德格尔：《荷尔德林诗的阐释》，孙周兴译，北京：商务印书馆，2000年，第239页。

来，我认为更多地是表现为他的大气、潇洒，他的那种恣意汪洋的姿态、纵横千里的笔墨，都显出他自由写作的特点与做派。

他的成名诗作是《在哈尔盖仰望星空》，诗风还保留着后朦胧的色彩，但是一转身马上就变成了另一个西川，他写了《致敬》《鹰的话语》等散文式的诗。这些诗的散文在中国的整个新诗史上别具一格。请读他的《致敬》的第一段：

> 苦闷。悬挂的锣鼓。地下室中昏睡的豹子。旋转的楼梯。夜间的火把。城门。古老星座下触及草根的寒冷。封闭的肉体。无法饮用的水。似大船般漂移的冰块。作为乘客的鸟。阻断的河道。未诞生的儿女。未成形的泪水。未开始的惩罚。混乱。平衡。上升。空白……怎样谈苦闷才不算过错？面对岔道上遗落的花冠，请考虑铤而走险的代价！

这首诗的散文，诗人完全可以把它像典型的诗歌一样，一行一行地罗列出来，但那样的罗列还不如把它像散文一样地连接来得更好。整首诗像什么？完全是一个一个生活的镜头，完全是一大批断裂的似乎无任何关联，不加解释的生活景象，一批没有任何含义的串联并列。如果要打比方，那就是像电影的蒙太奇镜头，在并列的印象中让人去无限地深思和遐想。这段诗歌，很明显表现出作者的心情是一种愤激中的苦闷。白白的语言，似乎无关联的散排着，读完却让人像找谜底一样地去探寻，这就是好诗。

西川的诗显得非常随意，我用四个字来形容："恣意妄为"，看上去像是想到哪里写到哪里，但实际上是经过作者深思熟虑的。诗人用他的敏锐的对于生活的思考和观察，再加上他对于中外古今的历史的积累，从而生发出那种诗意的深思。他会有铺陈，但大多是白描，时而是激愤，时而是深思，有的时候是格言体，有的时候完全是口语。如此完全不同的东西，把它散漫地并列在一起，的确就是散文的诗了。诗陈规的分行分段，必须完全意义的串联，会束缚一个诗人的跳跃思维和他的那种思绪万千的表现，尤其是对于西川这种不甘于束缚的人来说，束缚就等于枷锁了。用散文的形式含育诗的灵魂，这才是诗的散文的根本。伽达默尔对于这个问题，有一句很好的解释："思想的散文就在于它完全致力于传达思想，它的所有致力全在于突出思想，而不是突出自己的文风艺术。"[1]诗的散文和散文的诗的根本区别就在这里。传统的散文诗只是让文字里面蕴含一些诗意。而诗的散文最重要的是要借助于大量的诗的形象铺陈，让人在这里面看到一个精神的世界，让

---

1 伽达默尔：《赞美理论》，夏镇平译，上海：上海三联书店，1988年，第167页。

人能够通过触摸这些形象而显现出生命存在的意义。

西川的诗歌显得非常大气，他的大气在于他有太多想法，他要磅礴而出地把它表现出来，那一行一行的排列首先是对他的束缚。其次，意义上的一以贯之对他也是一种束缚，所以，他不得不借助于像散文一样的铺陈来凝结诗的内在性。对于像西川这样的诗的散文，我们如果用旧观点去分析，可能会有不适之感。例如，以前我们老是认为如此多的珍珠一定要被一条有形的线索串联起来，散而不散，它才成为一个完整的艺术品。我曾经看过中国的很多学者，甚至包括一些外国的学者也参与进来，议论西川的这首《致敬》，议论这首诗歌中的诗的线索是什么，它的每一个间隔是如何互为依存和互为主次的。对此，我的观点是，一首好的诗的散文不一定是一串完整的珍珠，它可以是在一个盘子里面呈现着无数的璀璨的珍珠，但这些珍珠可能不是由一条有形的线索在串联，完全可以是散散地呈现着，读者可以“横看成岭侧成峰，远近高低各不同”。它有各种的角度、层面和各种关联，没有必要再用那种陈规的做法去做那种所谓有机的串联。

中国新诗历来大多是主题诗，明显地沿着一个主题延伸发展，不常用旁敲侧击，不常像光照一样四处闪亮，从不同角度、不同层次接近主题。西川的诗的散文明显地表现出非传统的主题诗的特点，这是一个创造。在中国，新诗中应该更多地提倡非主题诗。

西川有一篇文章谈到“什么才是诗人”，我认为他的这段对于诗人的标准的表述是非常能说明他的追求与作品特点的。他认为：“我个人对构成意义的诗人抱有如下信念：一、他必有创造力（主要指文化推进力）；二、他必敏感于语言作为一门艺术；三、他必懂得向无意义处寻找意义，向有意义处寻找无意义；四、他的作品必使我们有再生之感；五、他饱含敌意的固执己见必与他开阔的视野成正比；六、如果他疯狂，他必神秘，否则他的疯狂没有意义；七、如果他反文化，他必以一边缘知识体系反对主流知识体系，否则他的反文化没有意义。”[1] 西川对于诗人的这七个标准虽然是随意写出来的，但是，我认为他后面的三点讲得特别有道理。西川身上作为当代诗人最具有标志性的东西可能也就是后面的三点。作为一个特别的，脱离常规、要打破僵尸一般结构的，一个有创造性的诗人，西川是具备很多条件的。

在这里，我要再引一首诗歌来作为诗的散文化的成功例子。叙利亚的著名诗人阿多尼斯曾经两次写过上海，他第二次写上海是用散文式的语言来写的：

> 这便是上海。五光十色谱成的音乐，由高楼大厦的乐队演奏。今非昔比。1980年，我曾来过这里。我

---

1 西川：《深浅》，北京：中国和平出版社，2006年，第218页。

从她脸上读到：世界是如何重新创造的。那时候，天际听不到大洋的涛声，语言是羞怯的，几乎没有声响。

这便是上海。

资本无处不在，头上戴着一顶隐身帽。昔日的红砖房和旧街区，变成了林立高楼的花园。人民广场的四周，便围坐着这些头顶玻璃纸帽子，如明星一般的高楼。而昔日，甘蔗倚靠在小店的墙壁上，如同行军时筋疲力尽的士兵；黑色的忧伤，似乎从把甘蔗自远方田野里运来的农夫臂膀上渗出。

我的胸中响起喧嚣声。

谁能够、谁知道告诉这喧声：请安静！

不，泡沫的制造不会让我诱惑，虽然它几乎成为这个时代的缩影。这是哪一朵玫瑰，把自己的身体委身给一张塑料的床榻？

然而，我正路过一枝莲花，我说服我的眼睛：

无论你走向何处，

菩萨，以女人的形象呈现，

岂不美哉！

……

薄暮时分，黄浦江畔，水泥变成了一条丝带，连接着沥青与云彩，连接着东方的肚脐与西方的双唇。

金贸大厦正对天空朗诵自己的诗篇。雾霭，如同一袭透明的轻纱，从楼群的头顶垂下。天空叠足而坐，一只手搭在西藏的肩头，一只手搂着纽约的腰肢。

外滩人行道上，妇女们一个个闪亮而过，用她们的睫毛，抓住时间，狩猎距离的飞鸟。

我打量着，看宇宙之蛹如何破茧而出，如何在机械的周围伸展身子。而操纵着机械的，是一个并非来自现实，也非来自神话的神灵，它来自另一个创世的伤口，另一个幽冥的所在。

在天际，有一个声音低语："人啊，你弯曲的脊梁，是劈开世界的另一道深渊。"

此刻，我可以道一声"再见"了，然后返回人民广场的国际饭店，将我的头埋进痛苦之被褥。这痛苦，如阿拉伯人一样，也如同宇宙——这个抽泣得几乎窒息的儿童——一样。

没有谕示。

然后，我略有伤感，因为机场安检不许我将一瓶中国墨汁带上飞机。

那么，我要向构成这墨汁，形成这华丽的黑色液体的一切元素致歉。

我认为，这是一首写当今上海的最好的诗。诗人用全球化的眼光、用诗的精湛细节，把当今上海的正面、负面，所谓繁荣，何谓泡沫，怎么的美丽，完整地呈现出来，它的优点是诗的散文。

反对元叙述，越琐碎越真实

二十世纪，西方的不少哲学家对于十九世纪以前的哲学和人文提出疑问，其中有一个重要的口号就是反对元叙述。这个口号的倡导者是法国的哲学家利奥塔。利奥塔认为十九世纪后随着人类的科学和思想的发展，无论是科学叙述或者是人文叙述都已经有很多的不合法性。科学叙述方面是因为科学的发展，发现以前很多所谓的定律、规定是错的；人文叙述方面，有人认为以前众多的所谓思想家和哲学家所谈论的种种体系、主义，显得空洞、虚假，有不少是错的。尤其是到了后现代，能源危机、核危机、生态危机发生以后，这种所谓主义与体系的合法性已经统统被否定了。用利奥塔的话说，他们已经不具有合法化功能的叙事。利奥塔认为后现代最主要的任务就是对于元叙述的怀疑甚至是摒弃，利奥塔的这种反对元叙述的观点实际上在克尔凯郭尔的理论里早就已经有所显现。克尔凯郭尔认为当今存在的世界是十分荒谬的，这种存在不可能有以前这种所谓思想家所设计的体系，这种存在与体系有着可怕的矛盾。克尔凯郭尔十分讨厌黑格尔所谓的体系，他极力地赞扬真正的生活和真正的个性。他说："固定不变的概念就像你脚上的一根绳索，最好的对付办法是用脚踩在它们上面。"[1] 克尔凯郭尔的这种怀疑和愤怒甚至表现在他对应该怎么做诗人

---

1 克尔凯郭尔：《论怀疑者》，陆兴华、翁绍军译，上海：上海人民出版社，2006年，第12页。

上面。他曾经自豪地说:“我是一个诗人,即使对于他人来说不是;我自己吃自己的诗;我是以此为生的。出现吧!我要创作你。”[1]

当今的诗人就应该像克尔凯郭尔那样,自己吃自己的生活为诗,反对那种所谓的宏大叙事,反对所谓的正面的、理想的叙述体。在这方面,中国当代诗人已经有不少不自觉地在做了。当今艺术最突出的一个现象就是,以前规定了的那些叙述对象常常已经不被艺术家所看中,而以前所回避的,所谓阴暗的、负面的、完全不被艺术所表现的东西,现在都放到艺术的表现对象中去了。这种现象的表现是一种潮流的出现,这种潮流就是反对元叙述的潮流。从最琐碎、最不被人发现的地方去发现生活,而这些地方往往是最真实的。在这一点上,做得比较好的,我认为是王小妮。王小妮七十年代就已经开始写诗了,但是她从来没有中断过她的创作。到了晚年,她的诗歌写得越来越有诗味,越来越真实,越来越感动人。她近期诗歌所写的生活似乎表面上非常琐碎,写她做家务时的感慨,写她见到的农村里的一头牛、一个稻草人、一个肮脏的农夫、一些生活中不起眼的小事情……她都把它们拿来作为她写诗的对象,从中发现诗意。在

1 阿多诺:《克尔凯郭尔:审美对象的建构》,李理译,北京:人民出版社,2008年,第66页。

这点上，我认为王小妮的创作实践是对中国当代诗人的一个很大的启示。她的一首诗歌《去上课的路上》可以作证：

月亮在那么细的同时，又那么亮
她是怎么做到的。
一路走一路想
直到教学楼里电铃轰响
83个人在等着我说话。

可是，开口一下子变得很艰难
能说话的我这会儿在哪儿。
也许缺一块惊堂木
举手试了几次，手心空空。

突然它就出现了
细细地带着弯刀的弧度
冰凉的一条
今夜就从这彻骨的凉说起。

这首诗歌所要表达的就是诗人在上课路途中的一刹那的感念，不知道要说什么，最后突然看到月亮，从月亮的亮想到了生活中的亮，想到了点点滴滴很多的亮，很多的弯刀、弧度，它们都是和现实生活联系起来的，从一件貌不惊人的小事生发出一种自然萌动而又诗意盎然的感受。读王小妮的很多诗歌都有这种感觉，其貌不扬，说一个简单的小事，简单到了已经近乎琐碎，但是，会在那里面发现一个小小的刺点，突如其来，让你感动。中国的诗歌要从延续了几十年的宏大叙述中走出来，走向真正的生活，就像克尔凯郭尔说的那样成为一个“自己吃自己”的诗人。

语言异化

二十世纪以前，语言所扮演的角色永远是一个奴仆的角色，语言是理性的奴仆、概念的奴仆，甚至是逻辑的奴仆。真正的语言解放时代是二十世纪初，有两个人是必须要提到的。一个就是索绪尔。他的一本课堂讲义，就是现在我们都能看到的《普通语言学教程》。在这本书里面，索绪尔第一次提出语言任意性原则。他提出了一系列很重要的概念，一个是“所指”，一个是“能指”，“所指”是指被表示者，“能指”是指表示者。所指是指语言的概念，能指是指语言的音响、形象形式。这一组概念的成立就等于承认了语言任意性的解放，这种解放在那个时代，是有很大意义的。所以，后来的一些语言学家顺着索绪尔所指的这条路继续前进。

几十年以后，法国哲学家拉康就把这个“能指”与“所指”的关系解构了。他提出的“所指”和“能指”的关系不是一种完全对称、完全结构的关系，他把“所指”

称为小s，把“能指”称为大S。在这一点上，拉康的语言理论是把索绪尔的语言理论更往前推进了一步。

真正把语言解放出来的人，是二十世纪德国伟大的思想家海德格尔。海德格尔的全部哲学实际上提了四个主题：存在、思、语言、诗歌。在这四个主题之中，关于语言的就有两个。他把语言的存在和人的存在完全联系在一起。他提出了一个非常有名的说法：“语言是存在之家。人居住在语言的寓所中。思想者和作诗者乃是这个寓所的看守者。只要这些看守者通过他们的道说把存在之敞开状态带向语言并保持在语言中，则他们的看护就是对存在之敞开状态的完成。”[1]海德格尔到了后期，甚至提出一个“语言说话”的命题：语言自己会说话，人的唯一选择是去倾听语言的说话。人只有用这种敬畏的、虔诚的态度去对待语言，语言才会成为一种真正的存在。当然，对于这样一种理想，海德格尔在他的晚年还是颇为担忧：“我们站在了十字路口，到底让语言进入信息世界的赛车道，还是让语言缓行于言说破晓的路途。”[2]

从二十世纪中期开始，很多哲学家和思想家都在讨论和实践如何处理语言和现实的关系的问题。法国哲学

---

1 海德格尔：《路标》，孙周兴译，北京：商务印书馆，2000年，第366页。

2 海德格尔：《思的经验》，陈春文译，北京：人民出版社，2008年，第131页。

家福柯曾经几次提出，如何通过试验让文字和现实脱离关系。用福柯的话说，表达和看见绝对不是一回事。福柯非常着迷于法国另一个哲学家、文学家布朗肖的写作方法，甚至说自己的梦想就是成为布朗肖。他认为布朗肖的文字就是有脱离现实的倾向。我们来引一段布朗肖如何形容诗歌语言的文字，由此就能明白福柯的这个梦想是怎么回事。

> 诗歌的话语不再仅仅对立于一般的语言，而且也有别于思想的语言。在这种话语中，我们不再重返世间，也不再重返作为居所的世间和作为目的的世间，在这种话语中，世间在退却，目的已全无；在这种话语中，世间保持沉默；人在自身各种操劳、图谋和活动中最终不再是那种说话的东西。在诗歌的话语中表达了人保持沉默这个事实。但这一切又是怎么发生的呢？人沉默了，但此时有生命之物却欲成为话语，而话语欲存在。诗歌的话语不再是某个人的话语：在这种话语中，没有人在说话，而在说话的并非人，但是好像只有话语在自言自语。语言便显示出它全部重要性，语言成为本质的东西，语言作为本质的东西在说话，因此，赋予诗人的话语可称为本质的话语。这首先意味着词语具有首创性，不应用来指某物，也不应让任何人来说话，而且，词语在其自身有自己的目的。从此，说话的不是马拉美，而是语言在自语，语言似作品——语言的

作品。[1]

布朗肖的这段话是否可以检验两个人的理论，一个就是海德格尔的"语言说话"的理论，另一个就是福柯认为的"文字如何与现实脱离关系而成为一种表达"的理论。我想二十世纪的这些思想家的努力，实际上都是在追求一个诗歌语言如何在异化中不断解构，成为一种新语言的追求，诗歌是抗拒现实的一种方式，同时又是语言的绝对的叛逆表现。在当今的诗歌中，这种异化和解构具体表现在哪里，这是一个非常大的课题。在这里我只能列几点我的概要心得：

①诗歌语言异化的第一个表现是追求一种无含义的存在，那就是图像诗。

在绘画中，色彩和线条从来只是为了具象而存在的，色彩和线条只是一个中介，它从不作为一种独立的存在而成为绘画。但是，到了印象画派和抽象画派的时代，线条和色彩就完全不是中介，而是作为一个独立的绘画内容而被表现，色彩和线条就是绘画。这种绘画历史上的解构现象很有启发意义，这使得我们也可以想象，在文学中的中介语言是否也可以从一个中介成为一个独立的内容，脱离

---

1 莫里斯·布朗肖：《文学空间》，顾嘉琛译，北京：商务印书馆，2003年，第23页。

它所谓的逻辑、概念、含义而成为一种独立的存在。

有关这方面的尝试，我认为在诗歌方面最早的是图像诗，最早做这个尝试的人是法国十九世纪后期的超现实主义的提倡者和实践者——诗人阿波利奈尔。阿波利奈尔对世界诗歌史有重大的贡献，他的贡献不单是提出了诗歌要超现实，不要复制生活，要超越生活，而且他在具体实践的时候，做了很多有意义的尝试。阿波利奈尔生前只出版了两本诗集《烧酒与爱情》和《美丽的象形文字》，前者已有中译本，后者未有。在《美丽的象形文字》中，阿波利奈尔把诗歌的语言文字充分地独立出来，直接成为一种表达内容的物质性的东西，利用文字的物质性上的形状和画意来表达意思。在这本诗集中，拉丁文字本身没有象形的特点，但他能够用拉丁文字中不象形的特征，通过大小排列使其表现为一种美丽的象形。他认为这些文字的排列，这些线条本身就是一幅新画。阿波利奈尔的这个做法和毕加索抽象派的画在某些方面的确有同样的警世性，比如说超现实、超自然、非模仿，通过文字的本身的美而表现新的意义和思想。

这种把语言最内在的东西也作为一种密码，独立出来，延伸出去，可能汉诗是最能够做到的，因为汉语本身就是有很大的象形文字成分。

图像诗作得最早的可能是台湾的诗人，比如林亨泰的《风景》，白萩的《流浪者》，詹冰的《水牛图》……在五六十年代，他们就已经在做这种图像诗的游戏。这种游戏到了现代，已经发展到了淋漓尽致的地步。除了用图画配诗来达到某种新的美学追求之外，更多的是一种纯粹的多种交叠的美学追求的图像诗。它们分为象形图像诗、象事图像诗、象意图像诗、象声图像诗、象空图像诗……甚至还用文字的排列，图像的排列而组成很多带有装置艺术性的诗歌。如果大家感兴趣的话，可以去读台湾出版的两本书，一本是尔雅出版社的萧萧著的《现代新诗美学》，里面有很大的篇幅介绍台湾的图像诗；还有一本是九歌出版社的白灵著的《一首诗的玩法》。

②诗歌的反音乐性。

在中国当代的新诗中，不要说平仄押韵这一类老套的音乐性追求已经几乎式微，甚至连如何强调语言内在的音乐表现，好像也成为一个可有可无的问题。

对于诗与音乐的关系，历来有两种主张，一种认为诗歌取胜于它的词语所表达的含义以及所呈现的诗意，而不关注它的语言的内在的音响。另一种看法认为，诗歌作为一种语言的表达，词语本身是有音响的，而这种声音“不仅仅是通向意义的悦耳的附属品，还是独立的诗歌的目的所产生的结果”[1]。后一种主张是二十世纪俄国

1 于润洋：《现代西方音乐哲学导论》，北京：人民音乐出版社，2013年，第51页。

形式主义语言理论的一个主要内容。

有意思的是，在诗歌有意识地与音乐拉开距离的时候，歌曲却是有意识地向诗靠近。现在任何流行歌曲，从刚开始的摇滚音乐到一切当代音乐，在歌词上都有意识地向诗靠近。最近，南京大学出版社编了一本《人间、地狱和天堂之歌：世界摇滚乐歌词集》，搜集了二十世纪后半段的三百多首摇滚音乐的歌词。从美国的鲍勃·迪伦到滚石到甲壳虫到后朋克的歌，这些歌曲的歌词不少带有很大诗意。举一首小野洋子的歌曲，题目叫《我会吗》：

我会想天空吗?
我会想云朵吗?
我会想大海吗?
我会想海湾吗?
我会想日出吗?
我会想月亮吗?
我会想群山吗?
我会想树木吗?
我会想城市吗?
我会想雪吗?
我会想笑声吗?
我会想笑话吗?
我会想春天吗?
我会想爱吗?

我会想你吗?
我会吗?
我会吗?[1]

不管怎么说,音乐是可以直接渗透人灵魂的巨大力量。诗歌语言除了意义的肌质,还有音乐的肌质,如此巨大的力量场如果被写诗人不做理由地抛弃,那等于写诗是在做减法,而不是做加法。这个问题值得我们深思。

③语言的通灵性。

法国诗人兰波提出,诗人应该是一个通灵者,指的是诗人应该在语言上表现出一种非常特殊的建构和感觉的灵动。这在法国的超现实主义的诗人的作品中颇多,比如:

只要今夜有太阳……

临近子夜码头附近
假如一个披头散发的女人跟随着你,无须留意。
这是蓝天……

树木呻吟着,每一片叶子都是一颗牙齿,
我们看见它们在风中衰老。

1《人间、地狱和天堂之歌:世界摇滚乐歌词集》,李皖译,南京:南京大学出版社,2012年,第155页。

在中国的当代诗歌当中，也有这一类通灵的语言，比如“吃石头的刺刀走向极端/我听到空气的坠落”（柏桦），“爱抱怨的人找不到医生/他疯狂于皮包骨头的痴情”（柏桦），“一脸大海，掉头而去”（欧阳江河），“这醉我的世界含满了酒”（张枣）……这些通灵的语言是诗歌最特殊的标志。

④写诗就意味着翻译。

对于诗人来说，母语是不存在的。不记得谁说过，真正好的文学作品应该是像用外语写的一样。这主要是指语言的独特、创新、首创。对于诗歌而言，这一点又显得特别重要。诗歌的语言应该是去除疆界的语言，在语言当中挖掘类似外语的东西，令整个言语活动创造出一种新的境界。法国有一位新潮作家做过这样的总结：“与再现和语言交流的目的性决裂，利用语言的诗意作用，语言成为建立在词意基础上的游戏，并因此解放了语言，这种决裂代表了二十世纪的现代性文学，从一定要从提供某种信息的枷锁中摆脱出来。语言通向一个绝对自治的王国，它自身就是神圣的。要肯定语言的创造能力，但这种能力与作者的意识和意愿无关：超现实主义的自动写作记录了无意识的冲动。”[1]

1 尚杰：《法国哲学精神与欧洲当代社会》（下册），上海：同济大学出版社，2011年，第704页。

这个说法和俄国著名诗人茨维塔耶娃写给里尔克的信里的那句话非常吻合。茨维塔耶娃说:"对于诗人来讲,母语是不存在的。写诗就意味着翻译。"[1]像这种用一种翻译的语言来写的诗,在中国的诗界已经开始出现。比如欧阳江河的有些诗就有这种追求:

> 一杯酒,已把成都给喝空了。
> 空杯子,你就拿去喝拉萨。
> 醉中人递过一份大地的酒单,
> 茫然不知身在云的酒吧。
>
> 从成都到拉萨,星空越来越宁静,
> 从前世到今生,酒喝光了明月。
> 拉萨被喝得滴酒不剩,
> 成都只剩一个白夜。
>
> ——《白夜劝酒歌》

像这种用语言游戏的办法,用外语一样来写汉诗,是语言异化中的一个重要表现。

⑤充分的隐喻化。

当今的艺术最需要从诗歌吸收营养的主题是隐喻。

---

1 帕斯捷尔纳克、茨维塔耶娃、里尔克:《抒情诗的呼吸:一九二六年书信》,刘文飞译,上海:上海译文出版社,2011年,第251页。

隐喻成了当代艺术通向艺术的必要道路。隐喻最早只属于诗歌，但因为它的自我生殖性特征，它就被一切艺术拿来作无边界的延伸。

杜尚听说自己的妹妹结婚了，他给妹妹送了一个礼物，这个礼物的名字叫《不幸的现成品》。这个艺术品是一本几何书。杜尚将一根绳子一头挂着这本几何书，另一头系在他妹妹公寓的阳台上，风来回地翻着这本书，每时每刻风都会选择新的问题，但风的吹动又撕裂了这些书页，最终，风把这本几何书、这个作品全部都撕毁了。记者问杜尚：《不幸的现成品》是不是对婚姻的一个象征呢？杜尚回答："我从来没有这样想过。"这个行为艺术在说明什么呢？说生活，说婚姻，说社会……可以说它在隐喻很多东西。隐喻成为艺术的一个最大的主题。

二十世纪以前的人类总是喜欢结构东西，喜欢把自己生存的围墙建筑得又高又完整，成为一个体系、一个主义。几代人都可能终生在做这件事情。一直到二十世纪初开始，有那么一些人破墙而出，解构这些体系、结构。二十世纪的最大特征就是解构二十世纪以前的整个哲学、人文、艺术。所以，有人把二十世纪以前的哲学称为前哲学，前形而上学；二十世纪以后的哲学称为后哲学，后形而上学。这种结构和解构的历史是否意味着我们将来还有很长的这种结构、解构的路要走。

这一切预示着，以前我们认为像真理、道德、美等最高级的存在应该有唯一的标准答案，有一个神圣不可改变的答案；现在看来，无论是美也好，真理也好，它的答案都是永远地在被解构、变化、修正之中（达·芬奇的美和莫奈的美，和杜尚的美，是完全不一样的美），没有一种永不改变的理论答案。那么，在今天这个世界，无论是人的存在、社会的存在、文学的存在，还是诗的存在，到底处在何种状态之中呢？法国哲学家德勒兹和加塔利合作写了一本《千高原》的书。在这本书里，他们提出一个新的理论，他们认为万物的存在并非都是像树一样的状态，是由一个主干慢慢地分杈，然后再分杈延伸出去。他们认为万物的存在，尤其是文化状态、人的思维状态的存在实际上是一种“根茎”的状态，世界的存在是一种“根茎”植物。它们从各个方向发芽、生根、繁衍，分化出各种各样移植性的、可以再生长的他者来。这种分化的结果使得人类和大自然充满了无限的生机和生命力，这种现象就是被后现代主义称为“异质多元”的现象。我认为对于当今诗歌的特点，是否要用这种“根茎”的存在状态去看待，是否也把它看作是一种“异质多元”的东西，这些问题值得思考。

非逻辑的逻辑

——诗意和语言游戏

一

最开始把语言和逻辑绑在一起的人，是亚里士多德。亚里士多德是用语言的逻辑分析来研究事物的，所以语言必须符合逻辑的原理，不符合逻辑的讲话不应该存在。这种认识是在逻辑学刚产生的时候出现的。逻辑学是对人的思维形式的一种总结，所以对人的思维和人的整个知识发展有很好的推动作用。后来，把语言和逻辑做彻底捆绑，有两个比较激进的推动者，一位是罗素，一位是维特根斯坦。罗素明确提出“逻辑是哲学的本质”[1]的观点。在罗素看来，真理就是语言和事实的“符合”，而所谓“符合”，就是“符合逻辑法则”，凡是“符合逻辑法则”的就必然是正确的，反之，必然是错误的。[2]到了维特根斯坦，更是强调“全部哲学是语言批判”，所谓的“语言批判”实际上是一种“逻辑审核”，维特根斯坦认为，只有“逻辑必然性”，“逻辑中没有偶然的东西”，“逻辑之外一切都是偶然”。[3]这样一种他们倡导的叫作“逻辑原子主义”的理论发展到后来影响越来越大，甚至连牛顿都认为“像英语这样的语言太形象化了，以致难以承担科学严格性的重任”。[4]人类的这种绝对科学理性的倾向就必然把数学这种“科学中的科学”拿来作为主宰一切的利器，这样就有了逻辑的数学化，语言的数学化。力求把自然语言完全改造成为数学化的人工语言的工作，似乎成为人类的理想。他们甚至把这种语言称为逻辑语言、理想语言。百余年来，人类在语言问题上的很多观点可能都是循着这样一种思路发展过来的。

对于这种把语言和逻辑完全绑在一起的做法，有没

1 引自夏基松：《现代西方哲学》，上海：上海人民出版社，2009年，第125页。

2 同上，第129页。

3 同上，第131、133页。

4 引自武宏志、周建武、唐坚：《非形式逻辑导论》，北京：人民出版社，2009年，第3页。

有人提出反对意见呢？有的，为数不多，最主要的是德国的海德格尔。海德格尔是从反对逻辑中心主义和工具主义的观点出发，提出了他的一整套革命性的语言观。海德格尔在《存在与时间》中明确地提出“把语法从逻辑中解放出来”。他说：“‘逻辑’把思了解为在自己的存在中让自己来在概念的共通内容中进行意象的存在者的意象。但深入存在本身的深思是怎样的情况，而这就是说，思存在的真理的思是怎样的情况呢？这种思才抓住逻各斯的原始本质，而这种原始的本质在柏拉图与‘逻辑’的创立者亚里士多德那里已经被埋没而丧失了。”[1]

二十世纪七十年代，因为美国年轻人反对越战，年轻人在课堂内外都开始造反。他们认为，今天的人类面临着这样的战争、种族、污染、性别、核武器等二十世纪后半叶以来的复杂糟糕的问题。他们认为，那种三段论式的形而上学逻辑根本没有办法概括生活。他们更想听一些像生活逻辑一样的，与日常推理相关的课程。于是，在这样的背景下，北美的大学里就推出了一门新的逻辑学，叫“非经典逻辑的逻辑”。这门学科从七十年代推出以后，越来越被思想界关注，该学科与哲学、交际、心理学、法律、语言学、修辞学等关联越来越密切。这门学科的创

1 海德格尔：《海德格尔选集》(上卷)，孙周兴选编，上海：上海三联书店，1996年，第391页。

建者之一佩雷尔曼曾用这样一句话来概括“非经典逻辑的逻辑”研究的意义:“唯有既非强制性的,也非武断的论辩的存在,能够赋予人的自由以意义。”[1]人的一切人文创造如果要归咎始源,就只有归咎到人的生存的自由基因上去。有自由,才有创造,要创造必先自由。

二

实际上,在北美学者对“非经典逻辑的逻辑”进行研究之前,在文化和思想文本上能够找到不少这种“非逻辑的逻辑”的例子。如果要归类的话,大概存在于如下三个方面:第一,存在于人类对形而上学逻辑还未创造完整之前的古代思想家的文本中,主要是中国和希腊的某些思想家的作品。(由此可见,形而上学的这种逻辑归纳从某种意义上来说是对人类思想自由的一种束缚,乃至扼杀。)第二,这种“非逻辑的逻辑”可以在人类的很多宗教文本中发现。第三,存在于诗歌之中。这是我这篇文章重点要说的内容。由此是为了说明,诗歌是人类整个思想和创造上最自由的因子。如果舍弃诗歌的发

1 转引自武宏志、周建武、唐坚:《非形式逻辑导论》,北京:人民出版社,2009年,第200页。

展与创造，那么人类的这种思想自由的本性表现就会从很大程度上被窒息。

中国早期思想家著作中的“非逻辑的逻辑”的文本例子，首先要提到的当然是老子。老子的《道德经》中有很多“非逻辑的逻辑”的精彩描述，比如第二十二章：“曲则全，枉则直，洼则盈，敝则新，少则得，多则惑。是以圣人抱一为天下式。不自见，故明；不自是，故彰；不自伐，故有功；不自矜，故长。”这可能是人类对二元对立的非逻辑状态中的逻辑关系最精到的表述。第四十章：“反者道之动，弱者道之用。天下万物生于有，有生于无。”天下万物源自有，而有却源自无。这种描述与今天宇宙起源的研究发现何其相似！

庄子有关“非逻辑的逻辑”最多见于他的《齐物论》：“物无非彼，物无非是。自彼则不见，自知则知之。故曰：彼出于是，是亦因彼。彼是方生之说也。虽然，方生方死，方死方生；方可方不可，方不可方可；因是因非，因非因是。是以圣人不由，而照之于天，亦因是也。是亦彼也，彼亦是也。彼亦一是非，此亦一是非。”在庄子眼里，此彼、生死、可否、是非均是对立的，但这种对立又是相对而生的，可转换可并起，是非逻辑中的逻辑。庄子在语言问题上有一个著名观点，就是“夫道未始有封，言未始有常”（《齐物论》），庄子认为，道本来就是没有疆界的，语言本来也是没有定论的。所以，“夫大道不称，大辩不言……不道之道？若有能知，此之谓天府。注焉而不满，酌焉而不竭，而不知其所由来，此之谓葆光”。道之不可量测和语言之不可量测一样，这是一个宝库，注焉不满，酌之不竭，有无限的光明。海德格尔后期把思与言的最高境界形容为“道说”，明显是受庄子的影响。语言正因为有这样的注焉不满、酌之不竭的特征，所以怎能用一些形而上学的逻辑来束缚它呢？

如果要找与老子、庄子这样的伟大的聪明的人相匹配的人物，可能只有古希腊早期的个别思想家。比如赫拉克利特就曾经说：“我们踏入又并非踏入同样的河流，我们是亦不是”，“不朽即朽，朽即不朽，此生于彼之死，彼死于此之生”。[1]古希腊哲学家巴门尼德也有相似的怪论：“对我来说都是一样的，无论从哪一点开始，因为我将会再返回那里”，“改变位置，以至变换色彩。那么，由于有一种最远的界限，存在就是完整的，从各个方向看都像是浑圆的球体。从中心到边缘各点都是相等的；因为它在任何一个地方，都不能再大，也不能再小”。[2]两千多年前的人就有这样的认识，令今人叹之也愧之。

佛教的经文中这种“非逻辑的逻辑”就更多了。《心

---

1 赫拉克利特：《赫拉克利特著作残篇》，罗宾森注，楚荷中译，桂林：广西师范大学出版社，2007年，第62、75页。

2 巴门尼德：《巴门尼德著作残篇》，李静滢译，桂林：广西师范大学出版社，2011年，第77、90页。

经》开门见山就是“色不异空，空不异色；色即是空，空即是色”。《中观根本慧论》中有一首偈诗：“过去世有我/是事不可得；/过去世中我/不作今日我。/过去我不作，/是事则不然；/过去世中我，/异今亦不然。”这里面“过去的我”和“现在的我”、“世中的我”和“世中的不我”、“是”和“不是”等等，全部不能用逻辑的概念来解释。

在基督教文本中，像这种“非逻辑的逻辑”也有很多。比如“在那里没有一个安居者，但是在那里灵魂的火花比在它自己内更安静”。有像“水里的水，火里的火，以太里的以太”这样的比喻，还有像“炫耀的暗昧”“低语的静默”“繁荣的沙漠”等这些完全“非逻辑的逻辑”的文字。[1]

六世纪以后，中国禅宗的兴起与发展中这种“非逻辑的逻辑”表达更是到了一种“猖狂”的地步。从“一切皆空”到“立无念为宗”。“无念者，是圣人法，凡夫若修无念者，皆非凡夫也。”什么是“无念”？“不作意即是无念”，“无念法不言有不言无”。[2]这样的表达已经让智慧远离了层层推理，使得刹那顿悟修炼成了一种艺术。

为什么在形式逻辑没有那么发达的时候，人类的智

1 参见威廉·詹姆士：《宗教经验之种种》，唐钺译，北京：商务印书馆，2011年，第407、409页。

2 参见葛兆光：《中国禅思想史》，北京：北京大学出版社，1995年，第258、259页。

慧倒是如此的有深度和闪光呢？建一套自以为很逻辑、很理性的形而上学的逻辑，反倒是对人类智慧和理性的束缚。摆脱这种形式上的逻辑却又是人类智慧发展的一种必须，也是整个人类对宇宙、生物和社会挖掘新发现的思维需要。十九世纪以后，人类在宇宙学、生物学、化学、物理学等学科中，越来越多地发现了“混沌系统”或者叫“复杂系统”的存在。这种系统所表现出来的不稳定性、非线性、不对称性、非平衡性等特征是人类以前从未发现的，而这些特征又是一些根本性的特征。人类以前对宇宙、对世界的认识总是对称的、稳定的、平衡的，所以也是逻辑的。今天这个“世界是逻辑的”假象一下子被推翻了，实际上这是幻象被推翻，说明人类在进步。当代思想家都认为人类的头等任务之一是认识并研究这个复杂系统，以及这个系统中的非逻辑的特征，或者叫对“非逻辑的逻辑”的发现，这正是人类寻找新的理性力量的某种努力之所在。

三

在整个人类的艺术文本中，诗歌可能是对于“非逻辑的逻辑”的发现和创造最为独特，最有普遍性的。就这点而言，诗歌作为人类创造力和想象力的代表可以说是当之无愧。

七十年代的西方的“非逻辑的逻辑”的研究专家认为，“非逻辑的逻辑”大致有以下四个方面：一、二值逻辑，或者叫多值逻辑；二、含混逻辑；三、辩证逻辑；四、悖谬逻辑。我将用一些新诗做佐证，说明诗歌是如何在“非逻辑的逻辑”的发现中做出它独创性的贡献。

一、二值逻辑/多值逻辑。形式逻辑的真值或者真的蕴含永远是只有一的。但是，在生活中有很多东西可能会有两个真值甚至有多个真值。从形而上学的逻辑学而言，这是违反排中律的。但是，在生活中却是常见。庄子说的“彼亦一是非，此亦一是非”就是指的二值逻辑。我们平时说“痛并快乐着”也是二值逻辑。发现二值逻辑是真实的复杂生活的本质真谛的第一人是克尔凯郭尔。克尔凯郭尔曾经这样说：

结婚，你会后悔；不结婚，你也会后悔；结婚或者不结婚，两者你都会后悔；要么你结婚，要么你不结婚，两者你都会后悔。去为世界的各种荒唐而笑，你会后悔；为他们而哭，你也会后悔；去为世界的各种荒唐而笑或者而哭，两者你都会后悔；要么你去为世界的各种荒唐而笑，要么你为它们而哭，两者你都会后悔。相信一个女孩，你会后悔；不相信她，你也会后悔；相信一个女孩或者不相信她，两者你都会后悔；要么你相信一个女孩，要么你不相信她，两者你都会后悔。吊死你自己，你会后悔；不吊死你自己，你也会后悔；吊死你自己或者不吊死你自己，两者你都会后悔；要么你吊死你自己，要么你不吊死你自己，两者你都会后悔。这个道理，我的先生们，是所有生活的精粹。[1]

克尔凯郭尔的这段话是对生活中的二值逻辑或多值逻辑最淋漓尽致的发挥。有时生活不是非此即彼，而是非此非彼，反过来说也是即此即彼，两可也两不可的。克尔凯郭尔发现，人的存在痛苦到了没法做选择的地步。为什么没法做选择？因为“真正的永恒不是在非此即彼的后面，而是前面。因此，他们的永恒也将是痛楚的‘时间上的延续’，既然他们都要有那双重的后悔来供他们慢慢消耗，我的智慧则很容易领会”。[2]克尔凯郭尔阐明了生活的聪明和智慧就在于认识形式上的单值是不永恒的，随着时间的延续，这种单值会被慢慢消耗甚至被否定，所以二值逻辑或者多值逻辑在生活逻辑上，或者说真正的逻辑上不但是存在的，是可以充分被理解的，甚至应该被聪明地接受和运用的。萨特说：“人是可以自由选择的。”这与克尔凯郭尔的“不可选择”构成了一对人生悖论。

---

1 克尔凯郭尔：《非此即彼：一个生命的残片》(上卷)，京不特译，北京：中国社会科学出版社，2009年，第26页。

2 同上。

从根本上说，人的不可选择性比可选择性来得更本质。

举一首诗歌做例子，代表着这种二值逻辑或者多值逻辑。台湾诗人管管有一首诗《春天像你你像烟烟像吾吾像春天》：

春天像你你像梨花梨花像杏花杏花像桃花桃花像你的脸脸像胭脂胭脂像大地大地像天空天空像你的眼眼像河河像你的歌歌像杨柳杨柳像你的手手像风风像云云像你的发发像飞花飞花像燕子燕子像你你像云雀云雀像风筝风筝像你你像雾雾像烟烟像吾吾像你你像春天春天像秦琼宋江成吉思汗楚霸王秦琼宋江林黛玉秦始皇像“花非花雾非雾”。

管管的这首诗很有名，整首诗不加任何标点符号，意图很明确，他不想果断说像什么，什么都像什么也都不像，诗中的整个形象是像也不像，也不是不像。妙就妙在这种“不在此也不在彼更不在中间”，在哪里？在“花非花雾非雾”，这就是答案。这就是诗歌的一种二值逻辑或多值逻辑的表现。

二、含混逻辑。含混就是没有一个准确的真值。形式逻辑非常讲究一个真值，故意不说出真值是什么，这就是含混。管管的诗也有这种意味，但是，根本上他不是含混表现。在这里举两个人的诗为例，一个是台湾诗人痖弦的诗。痖弦的诗《忧郁》的最后一段：

只有忧郁没有忧郁
是的，尤其在春天
没有忧郁的
只有忧郁

到底是在讲“有忧郁”还是“没有忧郁”，还是讲“没有忧郁的忧郁”还是“有忧郁的忧郁”？这春天的“忧郁”的全部内涵就是这种美妙的永远无法定位的含混。痖弦的含混是说也说不清，讲也讲不明的含混。诗的含混还有一种叫“同一件事情”在多视角之下的含混。王寅的《没有窗口的春天》是讲年轻人成长过程的一首诗，也是最后一段：

我们多么无知，
这无知就像必须百般忍受的幸福，
就像时间上温润的预言，
总是被昏睡的手用作交易。

“无知”是幸福，但是这种幸福是一种“必须百般忍受的幸福”，这个“幸福”的含义就有了一种特别含混的意思。一个年轻人回首往事，从今天的角度讲，无知就是幸福，但视角一换，换到当时的年代，这又是百般忍受了。这种含混是非常形象地用两个视角来讲一件事情的不同含义。一件事若用多个时间、空间的视角去透视，不少是含混的。说年轻人的“预言”，最后是“被昏睡的手用作交易”，这也是一种含混，但正是这种含混才能把年轻时代的激情而又浑噩的生活状态写出来。怎样用最形象、最感觉化的语言把几个视角之下同一件事情的含混诗意地写出来，是诗的一大学问。

威廉·燕卜逊的《朦胧的七种类型》讲诗的朦胧特征，此书被视作诗研究的经典，此书所讲的诗朦胧最主要的就是讲这种含混逻辑。

三、辩证逻辑。辩证逻辑好像已被人广泛地接受与运用，比如臧克家的诗：“有的人活着，/他已经死了；/有的人死了，/他还活着。”（《有的人》）这首诗讲“生与死”的某种辩证性。比如卞之琳的诗：“你站在桥上看风景，/看风景的人在楼上看你。/明月装饰了你的窗子，/你装饰了别人的梦。”（《断章》）这首诗反映了那种相对相和的辩证性。当然，卞之琳的那种辩证内涵要比臧克家的那种来得更复杂一些。辩证逻辑绝不仅仅是黑格尔的一分为二、对立统一的那一种。

四、悖谬逻辑。悖谬逻辑是整个“非逻辑的逻辑”中存在最普遍，表现最充分的一种。这种悖谬逻辑已经被称为是一种后现代的思维方式，或者叫作知识法则。这种谬论的推理大量存在于数学、物理学、天体物理学、生物学的理论里面。悖谬逻辑存在的普遍性可能正是今天人类科学的一种进步的象征。

悖谬逻辑在诗歌中的表现可能要比前三种“非逻辑的逻辑”要多得多。顾城的“你看我时很远，你看云时很近”就是悖谬的名句。再举例如下：“吃石头的刺刀走向极端/我听到空气的坠落”(柏桦《秋天的武器》)，这个悖谬是含义上的悖谬。“爱抱怨的人找不到医生/他疯狂于皮包骨头的痴情”(柏桦《青春》)，这个也属于含义上的悖谬。“云很天鹅/女孩子们很孔雀”(余光中《大瘦山》)，这也是含义上的悖谬。“一匹怪石痛成了虎啸”(余光中《飞将军》)，这是语法上的悖谬。“我看见停止呼吸的月亮/天空比一块尸布更死气森然”(曼德尔施塔姆《灵敏的听觉》)，这个也是属于含义上的悖谬。“一脸大海，掉头而去”(欧阳江河《纸手铐》)，这是语法上的悖谬。“这醉我的世界含满了酒”(张枣《楚王梦雨》)，是语法上和含义上的悖谬，是“酒醉我”“我醉酒”的一种混淆。

在中国当代诗人中，从诗歌的运思到用词的构思与修辞，对于“非逻辑的逻辑”运用最多、最娴熟的可能就属诗人欧阳江河了。举他的诗《一夜肖邦》为例：

只听一支曲子。

只为这支曲子保留耳朵。
一个肖邦对世界已经足够。
谁在这样的钢琴之夜徘徊?

可以把已经弹过的曲子重新弹过一遍,
好像从来没有弹过。
可以一遍一遍将它弹上一夜,
然后终生不再去弹。
可以
死于一夜肖邦,
然后慢慢地、用整整一生的时间活过来。

可以把肖邦弹得好像弹错了一样。
可以只弹旋律中空心的和弦,
只弹经过句,像一次远行穿过月亮,
只弹弱音,夏天被忘掉的阳光,
或阳光中偶然被想起的一小块黑暗。
可以把柔板弹奏得像一片开阔地,
像一场大雪迟迟不敢落下。
可以死去多年但好像刚刚才走开。

可以
把肖邦弹奏得好像没有肖邦,
可以让一夜肖邦融化在撒旦的阳光下。

琴声如诉，耳朵里空无一人。
根本不要去听，心是听不见的，
如果有人在听肖邦就转身离去。
这已经不是肖邦的时代，
那个思乡的、怀旧的、英雄城堡的时代。

可以把肖邦弹奏得好像没有在弹。
轻点，再轻点，
不要让手指触到空气和泪水。
真正震撼我们灵魂的狂风暴雨，
可以是
最弱的，最温柔的。

这是描述音乐的美妙和音乐的至美享受的，极尽智慧聪明，又特别有诗意的一首诗。它是利用听觉上的错觉幻觉而引起的悖谬。用最极端的荒诞来写美的音乐在人感觉上的微妙、精彩，所谓“绕梁三匝”“曲终音不尽”等最高端的美妙。但是，它用的方法却是悖谬思维。悖谬思维是让人从常规思维中逸离出来的最好手段。常规思维总让人无距离地看世界，悖谬是让人有距离地看世界。写诗者尤其需要这种看世界的能力，距离越远越有可能发现诗意。

下面大致进行了归类分析：

非逻辑的逻辑 (悖谬思维)	诗意
“重新弹过一遍”——“好像从来没有弹过”	音乐永远魅力中的新鲜感
“弹上一夜”——“终生不再去弹”	音乐的至美会给人留下永远的痕迹
听“一夜肖邦”——“用整整一生的时间活过来”	美的音乐能唤起人的全部记忆与情感
弹肖邦——“好像没有肖邦”	音乐在不断被演绎中的出新享受
弹肖邦——“好像没有在弹”	音乐享受中的至高境界

整首诗从第三段开始用了五个非常奇妙的比喻来写对美的音乐的感受:“像一次远行穿过月亮”,“夏天被忘掉的阳光”,“阳光中偶然被想起的一小块黑暗”,“像一场大雪迟迟不敢落下”,“可以死去多年但好像刚刚才走开”,这完全是精彩的感觉语言,把音乐的美妙用形象的感觉语言表现出来。这首诗中的佯谬智慧(“非逻辑的逻辑”有时候,尤其在诗歌中的表现不少是佯谬)不是用思想语言演绎的,而是用感觉语言表现的。

欧阳江河八十年代开始写诗,尤其是从其成名作《悬棺》开始,一直在“非逻辑的逻辑”的诗意发现上做诸多探索，非常成功。欧阳江河会用很多种笔墨写诗，诗域非常广阔，但最能说明其风格身份的说法应该是卓有成就的智慧型诗人。

四

悖谬逻辑的追求在当代诗歌创作当中成为一种潮流。俄罗斯诗人阿赫玛托娃写诗也很喜欢使用这种方法，比如“你看，她在快活地忧伤，如此花枝招展而又一丝不挂的姑娘”，阿赫玛托娃的评论者甚至把这种风格特点称作“逆喻”。欧阳江河对于这个问题也有理论阐述，他把“非逻辑的逻辑”在诗中的用法叫作“反词”。他说：

> 类型化意义有一个两元对立的基本结构，词的升华由于预先规定了单一变化方向，词不仅自动获得意义，而且自动获得这一意义的对立面。两者都是类型化了的，属于同一结构中的两极。它们的对立面有时涉及价值判断，有时是不同语境的对比，有时是带有急迫的世俗功利性要求。但上述对立很可能转化为并无实质内容的纯粹修辞现象，因为意义的对立在这里完全可以和词的修辞性对立混用。换句话说，写作者升华过程中所经历的黑暗到光明、从地狱到天堂、从肉体

到精神的种种变化，就已经是意义和价值的变化，还是得来不费功夫的措辞表演，两者很难加以区分。[1]

欧阳江河的“反词”说法是既看到了内容的含义，也看到了修辞的含义，把它看成是诗人在构思诗歌的时候，在人生体验的“黑暗到光明、从地狱到天堂”的变化中悟得价值的内容，而这个“反词”的获得又是“得来不费功夫的措辞表演”。在这点上，我认为他的体会是对的。因为，悖谬表面上的对立并不重要，重要的是悖谬背后的意义和价值，对于悖谬背后的意义和价值的表现才是诗意的根本。如果全然是一种文字上的两元对立、对比、矛盾、转化等的表演，那是一种肤浅的行为。最终给人诗意地看到生活和生命的内在意义和价值的变化，这才是诗歌表现的根本。如果没有这一点的话，那真是成了一个不费功夫的语言游戏了。在这个问题上，欧阳江河是清醒的。所以，他在另一个地方曾经说过：“我的意思是，反词是体现作者文本用意的一个过程，这个过程让词的意义公设与词的不可识读性之间的紧张关系精心设计为一连串的语码替换、语义校正，以及话语场所的转折，由此唤起词的字面意义，衍生歧义，修辞用法等对比性要素的

1 欧阳江河：《谁去谁留》，长沙：湖南文艺出版社，1997年，第274页。

相互交涉。”[1]欧阳江河的这段话已经说得很清楚了，那就是，反词实际上是一个诗人在构思一首诗的时候的一个起点，但又最终表现为一个终点。在这个过程中，诗人的反词设计是从语义对立到文本对应，从内容到修辞的全部到位。欧阳江河还认为“这个过程将词的意义公设与词的不可识读性之间的紧张关系”做精心营造。这的确是成功者的经验。反词实际上就是让诗的语词与意义在可公度性与不可公度性之间做精彩的危险的平衡，这是一种诗的走钢丝。不可公度性是为了在读者审美阅读中制造陌生化刺激，或者叫对美的期盼感，但好的诗最终一定会让美公度过去，使诗人与读者成为强烈共振的一体。可公度又不可公度，这是诗的艺术。不可公度的可公度，这是诗的元规则。我认为，欧阳江河的这些“反词”理论正是悖谬逻辑的成熟思考，是他成功写作的夫子自道，他表达了一种独到的审美倾向和艺术理论追求。这种审美追求和他的诗歌创作是合契的。

五

二十世纪的西方哲学家当中，法国的让·弗朗索

1 欧阳江河：《谁去谁留》，长沙：湖南文艺出版社，1997年，第284页。

瓦·利奥塔是最为提倡悖谬逻辑的一个思想家。他把悖谬逻辑称作创新性的思维,是“后现代的知识法则”。他认为现代社会运用这样一种悖谬逻辑思维可以引进一种开放系统的模式,而这种开放系统的模式是为了打破现代不合法社会的“元语言”和“元叙事”。现代弥漫于思想文化领域的“元语言”和“元叙事”就是为了追求总体性、普遍性、确定性的一种哲学思想。利奥塔通过提倡这种悖谬逻辑,实际上是提倡一种个性化、不确定化、非普遍性的哲学思想。利奥塔的这种悖谬逻辑的提倡更多的是社会学含义的叙事,对于现代性的合法性危机做出评价。他在谈到这个“后现代合法性的模式”以及这种“悖谬逻辑”的方法的时候,特别提倡语言游戏。他引用了维特根斯坦的概念来阐述,但其内容是独特的。

欧阳江河在提到“反词”的时候,也是涉及了语言游戏。比如他讲到了“无实质内容的纯粹修辞现象”,他讲到了“得来不费功夫的措辞表演”,这个说法实际上就是语言游戏。

游戏这个词时常带有某种贬义,实际上这是对“游戏”极大的误解。每个人的童年最不会褪色的回忆是孩童时候所做的游戏。游戏是必须的,尤其对于语言,因为语言太容易熟化、固化、老化。为了打破语言的种种逻各斯的需要,为了让诗的本真之言去树立语言的规范和语言法则,我们有必要去做语言游戏。这样的游戏于现实、于历史、于伦理、于审美太少太少了。当然,游戏有很明显的高下之分。如果要分的话,我想,围绕诗歌的语言游戏可以分为三种:第一种是创造性的语言游戏;第二种是机械性的语言游戏;第三种是毁灭性的语言游戏。

什么是创造性的语言游戏?首先,创造性的语言游戏是诗人必须在内容上、情感上表现出非逻辑中的逻辑,诗要提供让人感动、让人思考,在内容上有价值性的东西。比如《一夜肖邦》(欧阳江河)罗列了如此多的非逻辑,“弹了等于没弹”“听了等于没听”“好像在弹,好像不在弹”“好像弹错了一样”,他把种种错觉上的那种非逻辑的东西,最后引申出诗意的逻辑,那就是肖邦音乐的美妙,引人入胜、出神入化。如果没有发现这样一种绝对的诗意逻辑,这首诗是无法令人感动的。

其次,诗的成功一定不是思的成功,而是感觉的成功。诗被称为最形象的文本艺术,其根本就是诗是要把人对世界的全部最基本、最原始的感觉活动予以保留(人习惯于理性提炼,在生活中那么需要感觉,一旦思维起来又总是弃感觉于不顾),甚至加以创造性地开发这种原始感觉。《一夜肖邦》全部是一种感觉语言,是用感觉来说话的。比如说诗描写音乐的流畅“像一次远行穿过月亮”,诗把音乐中的弱音形容为“夏天被忘掉的阳光”,诗说肖邦的“柔板弹奏得像一片开阔地”,“像一场大雪迟迟不敢落下”,等等,这些语言都是用微妙的感觉,而不是硬邦邦的思想语言，编织而成的形象图画。

诗的语言不可能不涉及思想，但一定不是纯粹的思想。占据诗的语言的最大面积的一定是感觉语言。在这一点上，诗人特朗斯特罗默有一首诗《词与语言》形象地谈及这个问题：

> 厌倦了所有带来词的人，词并不是语言
> 我走到那白雪覆盖的岛屿。
> 荒野没有词。
> 空白之页向四面八方展开！
> 我发现鹿的偶蹄在白雪上的印迹。
> 是语言而不是词。
>
> （北岛译）

特朗斯特罗默在这首诗中说出了诗的一个秘密：诗的词是一种生硬的、生涩的、僵硬的东西，是一种硬邦邦的思想，而诗歌语言应该是一种活生生的语言，就像“白雪覆盖的岛屿”，“空白之页向四面八方展开”，“鹿的偶蹄在白雪上的印迹”，这就是感觉语言。利奥塔曾经形象地说：“梦的工作不是思想。”[1] 同理，诗的工作也不是思想。

最后，《一夜肖邦》的又一个成功之处是，这首诗附

1 利奥塔：《话语，图形》，谢晶译，上海：上海人民出版社，2012年，第291页。

着深深的情感，这首诗让人感慨至深的不是诗人的智慧和思想，而是诗人对肖邦音乐的那种迷恋，那种崇敬的情感。这种情感是深深打动人心的。诗歌如果没有情感的附着，它就没有了深度，没有了灵魂，它就会僵硬，它可以是一篇好散文，但肯定不是一首好诗。荷尔德林认为，作诗是“最清白无邪的事业”。对荷尔德林的这个判断，海德格尔万分欣赏，他说：“何以作诗是‘最清白无邪的’呢？作诗显现于游戏的朴素形态之中。作诗自由地创造它的形象世界，并且沉湎于想象领域。这种游戏因此逸离于决断的严肃性。”[1]海德格尔的这番话实际上指出了作为语言游戏的诗，它的创作者必须是本真人、情感人的特点。

利奥塔在讲语言游戏的时候，特别强调一种东西，他引用了马拉美对自己创作的判断：“诗句通过若干字眼重造一整个全新的、对于语言来说是很奇怪的、像咒语一般的词语，完成这种词语的孤立；它以至高无上的力量否认直到它为此始终存在于单位项（尽管这些单位项在意义和声音上得到巧妙的再次锤炼）中的偶然。”马拉美将诗命名为“一个字一个字被征服的偶然”。[2]马拉美的这段话里面有一重意思我认为是必须要理解的。他

1 海德格尔：《荷尔德林诗的阐释》，孙周兴译，北京：商务印书馆，2000年，第37页。

2 利奥塔：《话语，图形》，谢晶译，上海：上海人民出版社，2012年，第73页。

说，即使像咒语一般的词语，它是独立的，但是它不是偶然的，它是一个字一个字被征服的偶然，在这种偶然中实际上有着太多的必然。我认为利奥塔利用马拉美的这些自述表达了这样一个意思：语言游戏不是一种轻率的、恣意妄为的游戏，它是被征服的偶然，这是一种非常危险的平衡状态。语言在游戏的时候，一旦被纯粹的作为一种任意性的、可以无理据性的、可以恣意妄为的做法的话，那么，这个游戏就一定变质了。为此，利奥塔提出语言游戏值得注意的三个事项："第一它们的规则本身并没有合法化，但这些规则是明确或不明确地存在于游戏者之间的契约（这并不是说游戏者发明的规则）。第二是没有规则便没有游戏，即使稍微改变一条规则也将改变游戏的性质，一个不符合规则的'招数'或陈述不属于这些规则定义的游戏。第三个意见刚才已经暗示出来了：任何陈述都应该被看成是游戏中使用的'招数'。"[1]这三点实际上指出了语言游戏的本质：必须是去一己化、去功利化的，处在规矩和规则下的一种状态，游戏的招数可以变化但要被默认。这是语言游戏的基本要则。

我最近读到了一首台湾年轻诗人鸿鸿的诗《不管我

1 利奥塔尔：《后现代状态——关于知识的报告》，车槿山译，北京：生活·读书·新知三联书店，1997年，第18页。（此版本译作利奥塔尔。——编注）

在哪儿》：

不管我在哪儿，我都不在那里
不管我说了什么，我都是别的意思
不管我梦见什么，我都一样清醒，
我爱，但我爱的不是别人，也不是你

如果我的心剧烈跳动，那只是因为
他们的心也跳得同样剧烈，同样无声——
那些睡在陌生人身旁的新娘
那些离乡背井的工人
那些在革命广场上呐喊
却突然感到茫然的学生
那些被自由束缚的情人

注视我，我便在你眼里
吻我，我便在你舌尖
握紧我，我便在你手掌中呼吸
忘记我，我便永远在你心底

这首诗一看便知道，诗的诗意铺设是用“非逻辑的逻辑”，是用“悖谬逻辑”来演绎的，“不管……，我都……”“我爱，但我爱的不是别人，也不是你”，都是用反词去说某种正话，而这种反词背后的正话的表达用的正是不经雕琢，但又到了感人至深的地步的感觉语言。他爱的是因受压迫在呐喊的、受着委屈又茫然的那些人群，诗人的心和他们相通，所以他最后说"忘记我，我便永远在你心底"。像这种成功的悖谬表达，正说明了创造式语言游戏需要具备的三个条件：第一，需要能够把这种"非逻辑的逻辑"的内涵、核心——生命体验中的真意义、真价值体现出来；第二，它又必须是一种用诗歌的感觉语言写出来，而不是用思想语言来写；第三，它必须是承载着诗人真挚而又强烈的情感。情感是诗的血液，没有血液，内涵核心、感觉语言都会失去承载体，诗意就没法成立。

六

我最近读了欧阳江河的长诗《凤凰》。读了好几遍，应该说这是一首智诗，一个令人感叹的精彩的语言游戏。这首诗的内容非常有意义，讲现代社会的种种"熵现象"。这首诗的整个构思是用悖谬逻辑的思维来引发与编织的。他的反词罗列的范围非常广，从物质对精神、理想对现实、富裕对贫穷、古代对今天、废弃物对艺术品、艺术家对收藏家等等。徐冰把一堆工业废弃物最后搞成了一个当代艺术品，诗人从这一点引思生发出很多具有社会意义的思考。这首诗歌更多的是用动词来连接叙事，又用名词的转喻化与悖论精神作为线条组织诗的结构，这一点很成功。诗人把物化和诗化的凤凰的共时性和历时性的经纬编织作为叙述的策略，应该说也非常成功。诗中充满了令人觉得非常巧妙的形象智慧表达："请将电视和广播的声音／调到鸟语的音量：听一听树的语言，／并且，从蚜虫吃树叶的声音／取出听力。请把地球上的灯一起关掉，／从黑夜取出白昼，取出，一个火树银花的星系。／在黑暗中，越是黑到深处，越不够黑。"这样的诗句非常巧妙，也很有意义，但巧则巧矣，智者智矣，读者读来总感觉缺少一种深深被感动的冲击，也就是《一夜肖邦》中说的"真正震撼我们灵魂的狂风暴雨"。这种"狂风暴雨"是灵魂性的、非思想性的，是感觉性的、非理性的。这首诗不缺少，应该说有非常多的思想内涵，有着这么多的巧妙构思、策划，为什么它还是不能够达到诗歌的最高境界呢？我想是不是可以从老祖宗的话里找到答案："夫诗有别材，非关书也；诗有别趣，非关理也。然非多读书，多穷理，则不能极其至。所谓不涉理路，不落言筌者，上也。诗者，吟咏情性也。盛唐诸人唯在兴趣，羚羊挂角无迹可求，故其妙处透彻玲珑，不可凑泊，如空中之音，相中之色，水中之月，镜中之像，言有尽而意无穷。"[1]这些老话让人耳朵生茧，但传诵几百年总有些道理吧！

1 严羽：《沧浪诗话》，北京：中华书局，2014年，第23页。

七

可能因为游戏随性任意的特点，游戏很容易变成一种恣意妄为的行为，这就是欧阳江河说的“得来不费功夫的措辞表演”。这种游戏的任意，不加约束，实际上违背了利奥塔在规范语言游戏的时候曾经说过的游戏的最基本“规则”：“任何陈述都应该被看成是游戏中使用的‘招数’”，“可观察的社会关系是由语言‘招数’构成的。”[1]诗歌的语言游戏如果脱离了为内容、为情感的表达而去做游戏，这很容易走到我称之为“机械化的语言游戏”的地步。怎么样的做法叫机械化的语言游戏？一个台湾的诗歌理论家总结了一套方法，他指出核心是八个字：虚则实之，实则虚之。引申为“意则象之，象则意之；情者景之，景者情之；小者大之，大者小之；此觉则彼觉之，彼觉则此觉之；远则近之，近则远之；动则静之，静则动之；主动者被动之，被动者主动之；多则少之，少则多之；正者反之，反者正之……”[2]这个总结有参考价值，可以让诗人从悖谬的线索中找诗意，但如果整首诗歌

1 利奥塔：《后现代状态——关于知识的报告》，车槿山译，北京：生活·读书·新知三联书店，1997年，第18、19页。

2 白灵：《一首诗的诞生》，台北：九歌出版社，1991年，第84页。

的写作纯粹是机械化地用这种两两对立、对比相成做游戏，而不加情感的参与和感觉世界的描述，那么，这首诗最大的成功也只是一种机械化的语言游戏。

最等而下之的那就是一种毁灭性的语言游戏。像这种毁灭性的语言游戏在中国诗坛里面有没有？应该是有的。我读了一些中国当代诗人的诗，含英咀华之外还有不少败坏食欲的东西，有不少是毁灭性的语言游戏的诗。一切的形象好像都在回避着什么，不是故意的，但又是故意的。一切都不通透，只是掩饰。最后掩饰的是什么呢？恐怕就是虚假和浅薄。这种低级游戏式的诗不要说别人读不懂，恐怕连他自己也读不懂。这与荷尔德林认为的写诗是“最清白无邪的事业”相去十万八千里了。

面对这种以糟蹋语言、破坏语言为能事的语言游戏，我联想到庄子对于惠施的评论。惠施是先秦名家的代表。他的名言里面有很多“卵有毛”“鸡三足”“火不热”“山出口”“狗非犬”等这种游戏式的诡辩言论。庄子对惠施言论的评价是这样的：“惜乎！惠施之才，骀荡而不得，逐万物而不反，是穷响以声，形与影竞走也。悲夫！”（《天下》）庄子认为，惠施那种游戏是用发声来止住回声，身体和影子相互竞走的游戏，可悲啊！中国当代诗歌中那种毁灭性的语言游戏是否就是这种用发声来止住回声，身体和影子相互竞走的可悲游戏呢？

比爱更爱的爱

——爱情的后现代性，兼谈诗歌对爱情的表现

诗歌是许配给爱情的

如果说人性广阔，那么其核心表现内容一定是爱情。爱情的重要性，不仅仅在于她与人类的情、欲、生存、繁殖相关，更在于她的复杂性的界限放大了人性的空间与时间。爱情存在于人性的最深奥、最神秘处。

因为诗歌是情的产物，所以它一定是许配给爱情的。一切诗歌对于情的表现最多的应该是爱情。歌德曾经说："永恒之女性，因我们诞生。"所以，对于浪漫时代的一切诗人，爱情永远是诗歌最重要的内容。海涅一生

写得最多的是爱情诗。当然他的爱情说起来非常的凄苦，因为他的爱情是从爱上他的两个堂妹开始的。这场无望的爱情，却促成了他的诗的灵感的勃发，于是他写下了无数的爱情诗，其中有一首诗被世界的艺术家们谱成了250种乐曲。

你好像一朵花，
这样温情，美丽，纯洁；
我凝视着你，我的心中
不由涌起一阵悲切。

我觉得，我仿佛应该
用手按住你的头顶，
祷告天主永远保护你
这样纯洁，美丽，温情。

海涅的诗是浪漫主义时代的产物，所以他写的爱情诗终究脱不了花的艳、情的悲，简单得单调。罗密欧与朱丽叶的爱情是浪漫主义诗歌的样板，到了二十世纪，这种爱情诗的样板必然因为时代与历史的原因被很大程度地改变。

女人和爱情常常是诗人创作诗歌最好的灵感触媒。著名诗人博尔赫斯一辈子在追求女人，他喜欢和女人们在一起，尤其是那些漂亮的、受过良好教育的女人。他一辈子有无数次的失恋，甚至两次为此而自杀。每一次失恋与热恋都会促成他诗歌的变化。到了晚年，他爱上一个比他小三十几岁的女子。他曾经如此动情地说：

渴望我的鲜血，吞噬我的死亡
我们两个都在相互寻找。
但愿这是最后一天的等待。

博尔赫斯曾经在阿根廷发行量最大的报纸上扬言："一个女人才是对你最重要的东西——这和其他的东西没什么大的区别，只是这是个她。"[1]爱情孕育了诗人，诗人也孕育了爱情。

中国的情诗比之海涅这样的情诗，应该说更高级、更有诗意，尤其是完全来自民间的《诗经》和《乐府》等。"窈窕淑女，君子好逑""执子之手，与子偕老""天地合，乃敢与君绝""昔我往矣，杨柳依依。今我来思，雨雪霏霏"……这些诗歌，比诸如陆游的"红酥手，黄縢酒……春如旧，人空瘦"要好得多。可见，爱情这个东西，到了文人手上大多会丧失她的原始性，会发酵出酸味来。

爱情到底是一个什么东西，普希金也是世界诗人中

1 埃德温·威廉森：《博尔赫斯大传》，邓中良、华菁译，上海：华东师范大学出版社，2014年，第472页。

的一个大情种。他对爱情的看法很有代表性，他曾经写过一首诗：

多么甜蜜！……可上帝啊，多么危险，
去听你的声音，看你可爱的目光！……
这热烈神奇的交谈，这美妙的眼神，
和这微笑，我怎么能够遗忘！
奇妙的女人啊，我为何见到了你？
认识了你，我便已将极乐品尝，——
对我的幸福的仇恨也充满了胸膛。

作为因爱而生、又因爱而死的普希金，他对于爱情的总结是“幸福的仇恨”，“多么甜蜜”又“多么危险”。

不完美的完整爱情

普希金为什么说爱情是“多么甜蜜！……可上帝啊，多么危险”，这一定牵涉爱情的本质。

爱情是何物？二十世纪世界当代哲学有一个重要主题就是“他者”。从现象学的角度来看，爱是一种不同于“我”也不同于“他者”的存在。爱情最主要的标志或者目标是希望把“自我”和“他者”合二为一。只有作为一个合二为一的整体出现，才有完整的爱情。但是，“自我”和“他者”是非常难以做到合二为一的，因为“他者”是绝对异于“自我”的存在。两种主体从相异到相斥，甚至完全可能达到相杀相戮的程度。这就是为什么爱情中会有这么多的矛盾争斗，甚至会从天堂一下子堕落到地狱。

现象学的观点认为，“我”不是世界上一个完整的单独的主体，他者也是世界上的一个主体。虽然从我者来看，他者是一个客体。但是从他者而言，他又是一个主体。这样，我与他者的存在、我与他者的关系，就形成了一个新的根本性的生成。他是他者，必定是异己的。这是人性最主要的表现。爱情是希望把自爱和他爱结合起来，但自爱必定是自私的，自爱必须以自我的快乐为目的，而他爱是一种以自爱为前提之下的爱，绝对不是无偿的、无私的。自我与他者发生关系的时候，过程中往往潜伏着诸多的危险。自我认识他者的脸，这只是第一步，但要从认识他者的脸到真正认识他者的心、他者的全部内容，过程不但漫长，甚至有很多的不可思议性。所以，希望把自我和他者通过爱情来合二为一，这种目的性必然使得自我把他者对象化，而他者又必定对于这种对象化进行反抗。爱情合二为一的这种共在的基础就难以存在了。爱必定是在他者中有了自己自由独立的存在才成立的。

现象学的哲学家从胡塞尔开始，到梅洛·庞蒂、到拉康、到列维纳斯，他们对他者的看法不完全一样。比如，萨特就把他者看得非常可怕，认为他者是一种绝对的对立面，所以，他有一句名言“他人即是地狱”。列维纳斯的他者，是一种为他人的人道主义理论。他认为他人的地位，他人的命运，是无限的、是上帝的象征。他认为“我”与他人的关系既不是一种冲突的关系，也不是一种共在关系。我对他人负有绝对的责任，可是他人不因此对等地对“我”负责任。列维纳斯的这个理论，从社会学的角度来说，是希望共在成为一种合理性的社会状态。从爱情观来说，他的这种理论应该说有一种他者的超越思想。但即便列维纳斯的这种不是“我”而是“我们”的人道主义的思想，他也仍然不得不承认，在我与他者的关系中，自我一旦丧失了他的中心地位和重心，那么“主体性成为一种比任何被动性都更被动的被动性”[1]。如果主体不再是一种支配性的、结构性的力量，像这样的超越也的确有许多的困难。爱的关系实际上是承认他者的独立性的过程，而这个承认需要长期情感的信赖与共同关怀。爱的确立需要相互渴望并形成共生的纽带，这里面有自我的宽容、他者的自信等许多因素的参与才能成功。

---

1 转引自杨大春：《语言 · 身体 · 他者：当代法国哲学的三大主题》，北京：生活 · 读书 · 新知三联书店，2007年，第301页。

一旦明白了这种现象学的他者理论，也就明白了完整的爱情的难度有多大。尼采明明白白地说："爱情与自私是对立的。实际上，爱情却是货真价实的自私的代名词。"[1]

尼采对于爱情问题有一个非常重要的发现。他认为爱情一定跟占有联系在一起。他曾经这样评价爱情，他说："女人通常如此爱一个重要的男人，以至于想要单独地拥有他。要不是她们的虚荣心表示反对，表示愿意让他在他人面前也显得重要，她们会很乐意将他锁起来。"[2]爱与占有一旦挂钩，那么，爱情就完全变质了。萨特也认可爱情与占有的关系，他说："我们想占有的正是别人的如此这般的自由。"[3]他又说："事实上，他不可能希望是自由的原因而不同时把被爱者当作人们可以超越的工具，把他浸没于世界之中。爱情的本质不在这里。相反，在爱情中恋爱者希望自己对被爱者来说是'世界上的一切'。"[4]所以萨特说："恋爱者不想像人们占有一个物件那样占有被爱者；他祈求一种特殊类型的划归己有。他想占有一个作为自由

1 尼采：《快乐的知识》，黄明嘉译，北京：中央编译出版社，2009年，第20页。

2 尼采：《人性的，太人性的：一本献给自由精灵的书》，杨恒达译，北京：中国人民大学出版社，2011年，第179页。

3 萨特：《超越生命的选择》，阎伟选编，陈宣良等译，武汉：长江文艺出版社，2009年，第66页。

4 同上，第67页。

的自由。”[1]爱情的存在不能由自我操控与评价，一切是因为爱的自私性和占有性。怪不得像阿拉贡这样的大诗人也会非常直白地用诗歌说：“从来没有什么幸福的爱情”，“没有什么爱情不包含着痛苦——没有什么爱情心灵会不经历创伤——没有什么爱情会不遭受烙印”。我相信世界上为数不少的人会同意阿拉贡这样的爱情观。中国有句古语讲婚姻中两个人的存在：“一生一世一双人，半醒半醉半浮生。”这句古语对不完美爱情的概括形象而入骨。

法国哲学家雅克·拉康用一种隐喻化的比喻来说这个问题。他认为爱的隐喻就是未知的隐喻化，通过这隐喻化，爱的主体把自己变成了被爱的对象——使自己成为被爱的人——然后向对方重复地提供或者反复地显示自己和蔼的一面，或作为他人之欲望对象的一面。“我爱你”的背后其实是“我，且只有我值得你爱”“我只能被你爱”“你只能爱我”——这就是爱的无意识策略，是爱的欺骗和狡计，是爱的引诱的形而上学。所以拉康说：“当爱的一方——就其是有欠缺的主体而言——的功能前来占据、取代被爱对象的功能时，爱的意义就产生了。”[2]

在人生的道路中，毫无疑问，有爱才会有生活，才会

---

1 萨特：《存在与虚无》，陈宣良等译，北京：生活·读书·新知三联书店，2007年，第450页。

2 转引自吴琼：《雅克·拉康》，北京：中国人民大学出版社，2011年，第585页。

有幸福和快乐。但是这种爱是如此这般地不完美，所以它一定非常脆弱、非常容易受伤害。越希望得到他爱就越自爱、自恋，越自爱、自恋就越拒绝了他爱，越是投入了他爱就越容易受伤。越是依附他人，越有可能增加痛苦。在这个问题上，尼采的认识是决断的，他说："通奸还胜于婚姻的扭曲和婚姻的欺骗呢！"[1] 尼采又总结性地认为，人类的这种爱情，因为有这种不完美性，所以，它和世界上的万物一样，都会走向一个弯曲性的永恒的回归："万物去了又来；存在之轮永远转动。万物枯了又荣，存在之年永远行进。万物分了又合；同一座存在之屋永远在建造中。万物离了又聚；存在之环永远忠实于自己。存在始于每一刹那，每个'那里'之球都绕着每个'这里'旋转，中心无所不在。永恒之路是弯曲的。"[2] 尼采在这里对世界上的一切存在，包括爱情，做了一个非常有道理的解释。尼采的永恒回归说是对于生命本能的完全肯定，他认为人性永远不完美，也难以完整，但是，终究人作为一种生命的本能，它可以寻求一个版图，这个版图中，人有了强大的权力，即便是面对苦难，也可以把它弯曲地收入回忆中，延伸出新的中心，生命最后仍然可以做一个永恒的回归。但这种回归却是弯曲的。这个"永恒之路是弯

1 尼采：《查拉图斯特拉如是说》，孙周兴译，上海：上海人民出版社，2009年，第270页。

2 同上，第280页。

曲的"理论，是尼采对世界、对人生、对万物、对爱情的一个非常有说服力的解释。

爱情总体上说是一种不完美的完整。只有惊心动魄的爱情，没有完整的惊心动魄。生活无时无刻不在说明，为什么爱情常常是从喜剧开始到悲剧收场，这里面有一个原因，就是男人娶一个女人为妻，不是娶她的相貌、身体，甚至也不是娶她的内心、灵魂，而是娶她的历史、家庭，以及相关的一切背景，甚至娶她的遗传基因。如此复杂的他者的历史、家庭、基因，他者不仅只是一个他者的存在，而是他者的复数的存在，是他者的生成存在。如果一个我要与这样的他者合二为一，可见是多么不易、困难。但人类仍然出于繁殖等需要，必定要选择爱情，这种选择无异于无法选择，如果一定要选择，最好的选择却是命运的安排。如果说爱情可以一见钟情，那就等于在欺骗自己相信命运的力量。人的存在一旦是命定性的，那么主体、自由、独立等又何以谈起，又何以存在?!

性与爱的悖论

性与爱是永远联系在一起的。性欲和爱欲它们是一对孪生姐妹，虽然互相会有挑战，但不可分离。艾略特曾经说过，男人和女人要爱，但是一定要横在欲望爆发与情感之间的鸿沟。这就是说，男人与女人的爱情一定伴有性，因为人终究是动物。在十九世纪、二十世纪的诗歌中，这种爱的动物性表现是告别浪漫主义之后的特点与泛滥。葡萄牙诗人安德拉德有一首写性的诗写得很生动而纯净：

回到身体，走进去，
不要害怕肉体的暴乱
没有一张嘴是凉冷的，
即使穿过

冬天的时候，一张嘴贴着另一张嘴
就会不朽，钻石燃烧，星星打开门，
只是光冲出去，占据了
肩膀、胸脯、大腿、臀部和阴茎。
他们在脉搏中清醒、纯洁，
你拥有它们：它们坚实无比，熠熠生辉

这是一首把性爱的过程写得很美的诗。墨西哥诗人帕斯对于性爱有一种非常诗化的形容："我已经阐述了一种关于性爱的模糊理论。这一理论认为在性爱中肉体的拥抱虽然短暂，但却是浓缩版的宇宙进程。就像太阳和星星一样，当男人和女人拥抱时，他们就坠入了无限空间。这一坠落是回归源头和原初，但同时也是在经历几个年代或者几个时刻之后的复活。”[1]性爱是如此的美妙，与爱不可须臾分离。如果没有性的爱，实际上也就是没有了真爱。人的兽性需要是人性的必需。据传，德国大哲学家康德一辈子没有结婚，朋友们看他生活太孤独，于是在他有一年生日的时候，悄悄地往他房间塞进了一个漂亮的妓女。事后，朋友问他感觉如何。他尴尬地说：“不过就是一些不逻辑的动作罢了。”康德表面上很镇定，一切都用逻辑来说事儿，实际上对他而言，性还是有吸引力的。

萨特一边说：“情欲不仅仅揭示了他人的身体，而且揭示了我自己的身体。”[2]但他同时又说：“快乐是情欲的死亡和完结。它是情欲的死，是因为它不只是情欲的完成并且是它的终点。情欲要肉身化的企图遇到的永恒危险就是正在肉身化的意识再也看不见别人的肉身化。”[3]萨特指出性欲的快乐特点，但又指出性欲的自私性。萨特由此总结说：“情欲本身是要归于失败的。事实上，我们看到，性交通常是情欲的完结，而不是它的真正

1 尼克·凯斯特：《帕斯》，徐立钱译，北京：北京大学出版社，2013年，第30页。

2 萨特：《超越生命的选择》，阎伟选编，陈宣良等译，武汉：长江文艺出版社，2009年，第72页。

3 同上，第73页。

目的。”[1]所以，从正规的眼光看，佩索尔的观点好像是对的：“爱是根本——性只是偶然。”但这样的观点在二十世纪欧洲思想家的眼中就显得非常陈旧了。

性与爱是一对悖论，在性欲满足的时候，能否得知这是真的爱，还是不真的爱？是一种找乐子，还是一种快乐着的爱的享受？后垮掉派诗人谢里尔·汤森有一首代表作《我大腿间的男人喜欢爱情》：

或许大多数只是
一种威胁性的解说
可此刻
我分享了
多少谎言
又有多少理由
是百分之百的证明
蛛丝般需求的
轻柔光滑的欲望
倘若心
曾经破碎
我只能被责备
这个身体

1 萨特：《存在与虚无》，陈宣良等译，北京：生活·读书·新知三联书店，2007年，第486页。

只去保护
能拿到的东西
没有月光照耀的誓言
拥抱太阳的提示
我品尝过
汗水和精液
以及顺从
我自己投降了
几乎很诱人
可总是再来一次
什么也没有了
而且也许除了这
什么也没有
人人喜欢
我的精疲力竭的样子
分享某种
某种如爱一样的东西
某种包含一切的东西。[1]

这首诗很有代表性，说明了性和爱是一种非常微妙的混合，它是爱，但也不完全是爱；它是动物的，也不完全是动物的；它是快乐的，但是无聊的快乐。无论男人、

---

1 弗雷泽主编：《后垮掉派诗选》，文楚安、雷丽敏译，上海：上海人民出版社，2009年，第379页。

女人都不能离开性。但性和爱绝对是需要认识的谜。弗洛伊德把女人比喻为黑暗的大陆，他认为女人是一个谜。性是一个被快乐包裹着的谜，灵魂不一定总能拥抱太阳。人类喜欢用做爱这个词来说性，实际上做爱是最没有说服力的一个词语。爱是无法做的，人的做爱还不如动物的性交那么开放并自然，不虚假并且真正享受着。艾略特在《荒原》中曾经写到这样一对男女之间做爱的过程："她回头在镜子里照了一下自己，/没有意识到她已离去的情人；/她的头脑让一个半成形的思想经过：/'总算完了事，完了就好。'"这就是在所谓的爱情名誉下的做爱。"做爱了，但我没有任何感觉"，"总算完了事，完了就好"。这就是一种爱与性的反差。

叔本华说："所有两情相悦的感觉，无论表现得多么超尘绝俗，都根源于性冲动。"[1]人需要性，主要是源于人的动物性，但是，人的这种性和动物的性不完全一样。动物的性以繁殖为基础，以快乐为原则，是在竞争与无害的情况下的表现。而人的性常常会有虚饰中的不自然，甚至作恶。所以，叔本华又说："性爱的幻想就是让男人真的相信躺在心仪女人的臂弯里，会比在其他女人那里更加快乐。……激情过后，坠入爱河的男人觉得怅然若失，

1 转引自哈洛德·柯依瑟尔等：《当爱冲昏头》，张存华译，上海：华东师范大学出版社，2013年，第28页。

蓦然发现原来他渴求的对象只不过是性的满足，于是便兴味索然。”[1]亚里士多德曾说过，在交媾以后，所有动物都会忧郁。这种忧郁的东西也就是刚才后垮掉派诗人所表现出来的那种“是爱也不是爱的感觉”。

这种性“是爱也不是爱的感觉”，在法国作家、哲学家巴塔耶看来，更多的是人的兽性在逾越了禁忌之后的人性的高扬。巴塔耶说：“人们向往排除了一切兽性的极致之美，正因为在拥有了美以后，可以用兽性的方法去玷污和占有它。……美的重要性在于我们无法玷污丑陋的事物，而性爱的本质就是一种玷污。在性爱当中，我们逾越了作为禁忌象征的人性。人性被逾越、亵渎、玷污。美越崇高，玷污就越彻底。”[2]巴塔耶认为，性欲过程中恐惧、厌恶和迷恋、陶醉是转换的，是紧紧地交织在一起的，是一种恶，但是这种恶已经转移了，已经转移到一种美的领域，产生了一种逾越的领域。这里从情欲向爱欲转换的过程是必须要通过性的，这是一种感官上的乐趣，但是在这种感官乐趣当中，才能真正发现需要这样一种特定的唯一的人性，而这种人性只有这个女人有。没有这种性欲的满足，这种乐趣的表现，就不会去认可对方是唯一的爱人。

---

1 转引自哈洛德·柯依瑟尔等：《当爱冲昏头》，张存华译，上海：华东师范大学出版社，2013年，第37页。

2 同上，第46—47页。

从现象学的观点来看，身体和思想是一个混杂在一起的东西，如果身体不存在了，思想也不会存在。所以，肉的存在才会去思想，不要把肉看成是纯粹的物质，它也可能是一种思维，一种意识。肉是身体的机制，同时也是观念的机制，这两者是有所不同的。但是又有必然的关系。这种从性到爱，有可能是从肉到思，从情欲到爱欲的一种过渡。这种从肉身到灵性的升华是否也意味着身体提升到了它应该有的本体的高度？诗人帕斯七十九岁的时候曾经写过一篇散文《双重火焰》："最初的原始火焰——性——燃起了情欲的红色火焰，而这股火焰反过来又提升并抚育了另一种颤抖的蓝色火焰：爱的火焰。情欲和爱情——生命中的双重火焰。"[1]性与爱是可以如此这般地转换与升华。

爱是人真实体验的一种神话，一个谜

我们总是把爱情作为一件可知物来理解，但这种认知却永远失败。爱情的全部复杂性如果呈现出来，可能会表现出全部动物和人的一切本质与特点，所以它终究

1 转引自尼克·凯斯特：《帕斯》，徐立钱译，北京：北京大学出版社，2013年，第135页。

是一个不可知的东西。由此，诗人们大可放手地去体验与表现。女人和男人是一对永恒的矛盾、永恒的朋友，也是永恒的谜。

这里我引用一些有代表性的情诗来说明这个神话和谜。芬兰女诗人索德格朗少女时就患上了肺结核，从此，贫苦、疾病、失恋、痛苦一直与她纠缠在一起，她一直在用写诗来慰藉自己的灵魂。直到三十一岁的时候，贫病交加之下，她死在了芬兰的一个小乡村。她的诗死前没有被人承认，死后她却成为北欧现代主义诗歌的先驱。她有一首写爱情的好诗《现代处女》：

我不是女人，我是中性的。
我是孩子、童仆，是一种大胆的决定，
我是鲜红的太阳的一丝笑纹……
我对于所有贪婪的鱼来说是一张网，
我对于每个女人是表示敬意的祝酒，
我是走向幸运与毁灭的一步
我是自由与自我之中的跳跃……
我是在男人耳中血液的低语，
我是灵魂的战栗，肉体的渴望与拒绝，
我是进入新乐园的标记，
我是搜寻与勇敢之火
我是冒昧得仅深及膝盖之水，

我是火与水诚实而没有限度的结合……

索德格朗有不少写爱情的诗，但这首诗写得最为深刻、形象。作为一个企盼得到爱情，但又无法得到爱情的女人，她的这首诗表现出来一种对爱的企盼，然而这种企盼是矜持的企盼，对爱的想象、对肉体是渴望的拒绝，所以，她自称是中性的。这首诗所表现出来的爱纯粹是一种少女爱情的英雄主义宣言。这首诗的感人至深之处，也就是她说的“是火与水诚实而没有限度的结合”。

在俄罗斯诗人中，写爱情诗歌比较多的是茨维塔耶娃。茨维塔耶娃的爱情诗有一种天生的纯洁和无畏，无论是爱的绝对，又或是恨的绝对，她最擅长表现失望与失落之间撕心裂肺的那种痛中的爱。

你爱我用真实的虚伪——
爱我也用虚伪的真理，
你爱我爱到山穷水尽！
爱我爱到他乡异域！

爱我爱到天长地久，
挥挥右手！永别！——
你再也不会爱我，从今以后：
这一真理是千真万确。

这首诗写出了天地颠倒时的那种爱的转变与复杂，爱的许诺反衬着永别的痛苦，好像表现得很平静，没有惊心动魄，但内藏着失去爱情之后的撕心裂肺。茨维塔耶娃曾经单恋上了德国著名诗人里尔克。单恋之中，她完全用诗人的丰富想象力把她苦恋之中的痛写得淋漓尽致：

整个身体的疼痛——仿佛
衣服的下摆坠着一座山！
凭借整个身体的疼痛，
我在领悟爱情。

我体内的田野仿佛
因为每一场暴雨而犁开。
凭借众人的远方，
我在近处领悟爱情。

我的身体仿佛
被掏了个洞，直抵漆黑的骨架
凭借躯体内呻吟的血管，
我在领悟爱情。

穿堂风像马鬃
掠过，匈奴人：
凭借喉咙忠诚琴弦的断裂，

我在领悟爱情。

铁锈，活的盐。
凭借遍布身体的裂缝，
我在领悟爱情。
不，凭借身体的颤音。

什么叫生与死的界限上爱的撕心裂肺，这就是痛着但又爱着。但综观帕斯捷尔纳克、茨维塔耶娃与里尔克的通信，会发现茨维塔耶娃的爱情是活在语言上的，不是活在行动上的。想象中的爱是腾飞在现实之上的幻觉，腾飞得越高，幻觉就越厉害，其艺术的包含性、独特性也越强，这样的诗由此才成为精神的稀缺物。但是，请注意，它与生活不是一回事。茨维塔耶娃有这样的夫子自道："诗歌就是存在，不能做他想。"[1]这就是诗人的爱情。

爱往往需要加入时间的要素。爱一旦已经知道了，就不再是活生生的了，时间的出现会让爱情像流动的河那样发生变化。甚至因为时间，会使得爱情产生天堂里的感觉。

《追忆》是罗马尼亚现代派诗人尼基塔·斯特内斯库写的：

1 转引自茨维坦·托多罗夫：《走向绝对》，朱静译，上海：华东师范大学出版社，2014年，第156页。

她美丽得犹如思想的影子——
她的后背散发出的气息
像婴儿的皮肤,像新砸开的石头,
像来自死亡语言中的叫喊。

她没有重量,恰似呼吸。
时而欢笑,时而哭泣,硕大的泪
使她咸得宛若异族人宴席上
备受颂扬的盐巴。

她美丽得犹如思想的影子。
茫茫水域中,她是唯一的陆地。

通过时间,有了距离,伟大的爱情才存在得如此美妙!法国诗人阿波利奈尔的著名诗篇《米拉波桥》也是写追忆:“塞纳河在米拉波桥下流逝/我们的爱情/还要记起吗/往日的欢乐总是在痛苦之后来临/……/爱情像这泓流水一样逝去/爱情逝去/生命多么缓滞/而希望又多么强烈/……消逝多少个日子多少个星期/过去了的日子/和爱情都已不复回来/塞纳河在米拉波桥下流逝/夜来临吧听钟声响起/时光流逝了而我还在这里。”这首诗之所以有名,实际上是说明“往日的欢乐总是在痛苦之后来临”,爱只有在真正成为回忆的时候才成为爱。爱的道理,有的时候,没有现实的爱,只有回忆才有爱情，回忆才变幻出艺术品。

爱情是一个谜，是一个永远讲不透的谜。罗马尼亚诗人卢齐安·布拉加说："从此，女人在眼泪下藏着一个秘密/并不时地眨着睫毛，仿佛像说/她知道一些/我们不知道的事情，/一些谁都不知道的事情，/包括上帝。"（《夏娃》）女人的这种谜一样的状态，在当代著名诗人阿多尼斯的诗中有很多反映："她的爱情，是一种过去时，/但只与未来对话。/……爱情：/是敞开的胸膛，/但其中传出的声音，/仿佛是失传的方言。/……不是她的双臂，/不是她的脚步，/是她的身体打开的天际。/爱情：/向着宇宙/乞讨的星辰。/从她爱情的床第，/诞生了她憎恶的世界。/你嫉妒黄昏——/因为它是夕阳的枕头吗？"（《女人的微型辞典》）这首诗歌是讲女人在爱情上的巨大力量，仿佛这种巨大力量是一种深不可测的天火，一种无声的天火，"向着宇宙乞讨的星辰"般的爱情。女人的爱有其全部的盲目性和原始性，是无法探底的，对于男人来说是不可知的。阿多尼斯又把这种不可知的状态诗化为"深渊"："我走进我看不见的一个深渊，/我害怕看见一个深渊/我走进一个溢满快乐的深渊/快乐与神谕和使者/快乐已听见我的歌变成另一首歌/为了引导这盲目的世界/快乐于犯下过错/活着的无罪的人。"（《深渊》）这种爱，就仿佛是深渊一样，无法拒绝，永远复杂。男人既希望得到却又害怕得到，快乐着犯下过错，而男人却是一个无罪的罪人。

中国当代的爱情诗就我阅览的范围而言，能称为精品的并不多。大陆的爱情诗有两个里程碑，一个是舒婷的《致橡树》，它是女人力图摆脱另类，要成为一个真正的女人的宣言，也是女人与男人从爱情到生活独立存在着的标志。虽然我们对于女人的评价永远是“半边天”，实际上我们说的只是劳动力的“半边天”，而不是真正与男人一样有生存权利和爱情存在的“半边天”。所以《致橡树》的意义就在这里。当代写爱情诗最有里程碑式意义的是翟永明的《女人》。对这首诗歌，我有过一篇很长的评论。我认为《女人》是一首写出全部女人生死秘密、欢欣痛苦的女性人类学般的诗。诗呈现女人对于性与爱，对于母亲的情与痛，对于男人的需要和对男人的排斥，种种非常复杂的状态。诗的表现方法美而隐秘，有诗的特别的多向指涉与形式创新。最终诗人用痛切的诗句自问并他问：“爱为何物，我至死都不知道。”《女人》在中国当代诗歌史上将永远留下痕迹。

似乎，大陆的爱情诗大多是女人写的，而台湾的爱情诗大多是男人写的。大陆的男诗人很少写爱情诗。在北岛早中期的诗歌中也只有两三首写爱情，欧阳江河好像没有一首诗是写爱情的。张枣写得成功并与爱情有关的诗有《镜中》《楚王梦雨》。多多的爱情诗写得很好，像《感情的时间》，还有王寅的《情人》等。大陆的女诗人写爱情诗，多像伊蕾这种“你不过来和我同居”之类，呼唤性生活空缺的直白。这种直白虽然有对现实的反叛意义，但缺少诗意的支撑。

台湾的当代诗人的爱情诗作品，有余光中《等你》《在雨中》，郑愁予的《相思》。我认为写得最好的还是纪弦的《你的名字》：

用了世界上最轻最轻的声音，
轻轻地唤你的名字每夜每夜。
写你的名字
画你的名字
而梦见的是你的发光的名字
……
刻你的名字！
刻你的名字在树上。
刻你的名字在不凋的生命树上
当这植物长成了参天的古木时
啊啊，多好啊，多好啊，
你的名字也大起来。
大起来了，你的名字
亮起来了，你的名字。
于是，轻轻轻轻轻轻轻地唤你的名字。

在台湾新生代的诗人中，有很多写情诗的，而且大多数写的情诗非常赤裸，比大陆的诗歌在灵与肉的分离和性的追求上明显地表现出一种明确无误的追寻，甚至有点让人震惊。有一首诗非常有名，诗名《是》。这首诗用一种急促的、不加任何修饰并夸大化了的用语，让一个高高在上的男性长官，和一个低下的女人以请求蹂躏为内容对话，来说明性的大男子主义，以及虐爱也是一种性的需要。这种诗歌在形式上虽有创意，但作为肉欲横飞的现代性狂欢式的生活的表现，只能是一种丑的审美，绝不属于对诗歌美的最终追求。

在诗歌中，爱情的后现代性表现必定涉及人性的最复杂、最神秘的领域，甚至是人性最丑陋的一面，这是人性真实的需要，不必因惊讶而反对。情爱中兽性部分的充分提示是人性从至恶到至善的必然过程，人性与情爱的复杂与奇妙就在这里。但是人性中美的要求必须至高无上，即便是丑也有美的一面。这里我引用著名诗人保罗·策兰《科罗娜》中写情爱的一段让大家欣赏：

我的眼向下落到爱人的性器上：
我们互相端详，
我们说着暗语，
我们相爱像罂粟和记忆
我们睡了像酒在贝壳里，

像海，沐浴在月亮的血色光芒里。

同样是写性，保罗·策兰写得艺术、高明、巧妙。他多用隐喻和象征，比如"贝壳"就是比喻女性的生殖器。"像海，沐浴在月亮的血色光芒里"展示了性爱如同穿越生死般的疯狂。"罂粟"是指人做爱时的如梦如幻的感觉。"记忆"是指恋人间的某种默契，和"说着暗语"是一样的道理。这段诗歌表现出性爱瞬间即永恒的快乐，但它是用诗歌的美的密码来表现的。

大爱之下的情爱

爱必定要占有。里尔克曾经非常巧妙地说："爱是一种可能性，双方假以向对方隐藏其命运。"[1]爱作为欲望的触动，背负着自爱和他爱，一直被激情带到生命的尽头。但是，又必须看到，爱和其他一切东西一样，虽然作为一个个体希望爱能永恒，但得到的常常只是暂时。这种暂时可能比例要高得多。

如何能使爱情永恒？波德莱尔对于这个问题有过这

1 转引自乔吉奥·阿甘本：《潜能》，王立秋、严和来译，桂林：漓江出版社，2014年，第340页。

样一番言论："构成美的一种成分是永恒的、不变的，其多少极难加以确定；另一种成分是相对的、暂时的；可以说它是时代、风尚、道德、情欲，或是其中的一种，或者兼容并蓄，它像是神糕有趣、诱人的、开胃的表皮，没有它，第一种成分将是不能消化或不能品评的，将不能为人性所接受和吸取。"[1]暂时好像只是附着于永恒之上诱人的、开胃的表皮。似乎仅仅是附着而已，但千万别疏忽，如果没有多多少少的这种暂时的诱人的附着，永恒将不会实现。

如何使爱情真正走向永恒？有人提出各种各样所谓的技巧，比如说忍让、沟通、克制、宽恕……这些方法，不能从根本上来解决爱的永恒性问题。弗洛伊德的弟子弗洛姆对这个问题有一段非常精彩的评论："真正的爱情植根于生产性，因此可以确切地被称为'生产性爱情'。不管它是母亲对子女的爱，是我们对人类的爱，还是两个个体之间的性爱，其本质都是一样的。这些生产性爱情具有某些独特的基本要素，即关心、责任、尊重和明智。"[2]弗洛姆这里所说的爱情泛指世界上一切的爱，指母爱，指人类之爱，还包括情爱。他认为爱情必须是生产性的。所谓的生产性，实际上是指在爱之外还必须有一些根本

1 转引自哈贝马斯：《现代性的哲学话语》，曹卫东译，南京：译林出版社，2011年，第11页。

2 转引自赫伯特·马尔库塞：《爱欲与文明》，黄勇、薛民译，上海：上海译文出版社，2012年，第244页。

性的内容，它能无限生成，从各种爱中吸取养分，这才叫作真正的爱。不然，爱便是一种狭隘的、不生产的、带有自私目的和个人目的的爱。这里所谓的生产性的爱，实际上指的就是一种大爱。

像这样的一种大爱，在母亲对子女的爱，我们对人类的爱当中，好像都是存在着的，但在男女之间的性爱和情爱中，是否也存在呢？下面举个现成的例子说明情爱中也是有大爱的，也有生产性的爱情。这种大爱非常令人感动。克尔凯郭尔这位伟大的、十九世纪最有名的哲学家，一生只有过一次恋爱，但最后解体了。这是非常独特的一次大爱式的爱情。克尔凯郭尔从小接受严格的宗教教育，在他童年成长的过程中，他以他特有的敏感觉察到他父亲表面的宗教面具下掩盖着一个见不得人的秘密。由此，克尔凯郭尔就产生了一种有罪的负疚感，这种感觉永远像山一样地压在了他脆弱的心灵上。他1837年初次遇见他的初恋情人蕾吉娜，他感觉到这个少女给了他活的希望。但当时他就意识到，“我和她有无限大的区别”。他内心的负罪感使得他与蕾吉娜有距离。但即便如此，他在结识她的半年之内感觉到，“我在自己的心中充满着的诗情比世界上所有小说中的诗情加在一起还要多”。父亲死后，他下决心向她求婚。她感觉到非常幸福。后来，他这样写：“生活中再也没有比恋爱初期更美好的时光了，那时每一次会面、每看一眼都把某种东西带回家去而感到快乐。”但这种幸福感很快就消失了，在他订婚的第二天，“我由此感觉到我犯了一个错误”。他悔恨不及，“在那个时期，我的痛苦是笔墨难以形容的”。于是，克尔凯郭尔刚刚订了婚就反悔了。克尔凯郭尔究竟为什么刚订婚就反悔呢？看来是因为他小时候心里的那种久久的负罪感，虽然经过了短暂的幸福，但他又陷于不可克服的忧郁之中。蕾吉娜对此有所察觉，常对他说：“你从来没有快乐过，不管我是否和你在一起，你总是这个样子。”但她却是真的爱上了他，甚至到了崇拜的地步，这使他深深感动。克尔凯郭尔认为，如果他不是一个忏悔者，不是这样的忧郁，那跟她的结合就是梦寐以求的事情了。但是如此的话，他将会对她隐瞒许多的事情。把婚姻建立在虚伪的基础上，这不能使他心爱的人幸福，也不能使自己幸福。于是，他就这样毅然决然地与她解除了婚约。蕾吉娜不愿与他分手，再三恳求克尔凯郭尔不要离开她。他克制着内心的痛苦，不为所动，最后坚决地退回了订婚戒指，并写信请求她宽恕这样一个男人。后来他自己说：“这真是一个可怕的痛苦时期，不得不表现出残酷，同时又像我那样地去爱。”分手之后他整整哭了一夜，他每天都为蕾吉娜祈祷。当他得知蕾吉娜另嫁他人，他依旧保持独身，对她一直不能忘怀。他说：“我爱她，我从来没有爱过别人，我也永远不会再爱别人。”直到解除婚约五年以后，他在日记里还这样写：“没有一天我不是从早到晚思念着她。”三年以后，他又说：“是的，这是我的爱，我唯一的爱。我不得不离开你是因为我爱你超过一切。”克尔凯郭尔为了爱，选择了死亡，用死亡去表现一种伟大的爱情，像这样的爱就是大爱之下的情爱。

亚里士多德最早为人类建立了一整套伦理学，他在谈人类伦理存在的时候，谈了“善”和“德行”。他认为人的善有外在的善、身体的善和灵魂的善，而真正的善是灵魂的善。他认为人应该是有德行的动物，而这种德行表现在哪里呢？他罗列了很多，有机智、正义、勇敢、友爱，这四种德行表现之中他认为最重要的一点是友爱。

如果要细分的话，我认为世界上有四种爱：慈爱、友爱、仁爱、情爱。这四种爱各有特点。前三种爱都是有德行的爱。慈爱主要表现在长辈对小辈的爱，这种爱因为有血亲的关系，所以是一种刻骨铭心的爱，是一种赠予的爱，永不求回报的爱，甚至可以托付生命的爱。但是这种爱的范围很小，往往显出爱的窄小性，还因为这种爱没有反省，往往会缺乏原则。像这一类的事情在我们生活中经常能够看到。

友爱被亚里士多德认为是德行中最重要的一种爱，友爱主要是指朋友间的爱，这是一种独立人格之间的相互呼应，不图回报，不依靠事业、经历、身份、地位来认取这份爱。它只是一种默契，拒绝归属，拒绝契约，是一种淡如水的爱。如果说一种爱能把爱和欲望分开，包括情欲、物欲等等，这种被爱方就成了一个地道的他者，对方就站在了上帝的位置，爱就给予了其他人无法给的东西。这种爱就是一种真正的大爱。这种能把爱与欲望、回报、索取分开的爱，是真正的爱。这种爱有责任、担当，可以永恒。亚里士多德在谈到这个问题的时候这样说，人类的友爱，一个目的是有用，一个目的是为了快乐，此外还有一种善良者的友爱，只是为了表示善，这种善是无条件的，不是为了有用，也不是为了快乐。

由此，所谓的大爱者就应该有四个标准：一、无功利，不图回报，没有欲望；二、一定要发自灵魂，从灵魂的需要出发去求得对方的爱；三、从欣赏、喜欢出发达到的爱；四、这种爱是一种主动的爱。亚里士多德这样说："爱似乎是主动的，被爱者是被动的；爱与爱的伴随物是更为主动者的属性。"[1]他认为这种爱既是自爱，但更多的却是他爱。

尼采有一个说法："女人还不能胜任友谊；她只知道恋爱。"[2]尼采的这个观点是否完整，有待考察。

引一首诗歌说明所谓的大爱是一种什么样的爱。西班牙诗人希梅内斯的《爱情》：

---

1 转引自黄颂杰、章雪富：《古希腊哲学》，北京：人民出版社，2009年，第416页。

2 尼采：《查拉图斯特拉如是说》，孙周兴译，上海：上海人民出版社，2009年，第67页。

不，光芒并非来自外面
而来自内心；心灵是唯一的白昼
不是太阳，
不是太阳，
不是太阳！

世界是死去的世界
不是我们，
不是我们，
不，无限的生命不在外面，
而在内心

这样的爱情就称得上是一种从灵魂出发的爱情，只有从灵魂出发的这种爱情才有可能成为大爱。

仁爱照亚里士多德的说法是一种德行与善的结合，是由灵魂的善培养出来的一种信仰。不仅仅是伦理，而且是一种信仰。伦理有审美价值，但可能没有情感性，有非人性的成分；而信仰是内心的忠贞，是带有情感性的，它可以进入人的血液中去。这种灵魂的善，或者是一种信仰，或者是一种与生俱来的修养与习惯。德里达在谈到仁爱的时候，铮铮地强调：人不能背叛人类性。他这样说："不要背叛人类性，这是绝对的律令，'绝对的叛逆人类性'就是伪证之极致，是犯罪之极致，是对本源誓约的玷污。非常简单地说，背叛人类性就是缺德，就是缺少博爱之德。”[1]仁爱是对普遍之下的人的爱。不分人种，不分男女，不分地域，不分贵贱，只要是人、是动物、是生物，都应该真挚地、无私地、拥抱式地爱。诗歌对于这种仁爱的表现往往有某种欠缺，分量不够，写得也不够美。日本诗人谷川俊太郎的诗有仁爱的表现。读他的《活着》：

活着
六月的百合花让我活着
死去的鱼让我活着
被雨淋湿的狗崽
和那天的晚霞让我活着
活着
无法忘却的记忆让我活着
死神让我活着
活着
猛然回首的一张脸让我活着
爱是盲目的蛇
是扭结的脐带
是生锈的锁
是狗崽的脚脖

---

1 德里达：《〈友爱的政治学〉及其他》，夏可君编，胡继华译，长春：吉林人民出版社，2011年，第361页。

爱遍布于世界上的一切有生命包括即将失去生命的生物，这样的爱的表现在中国的诗人之中不是很多。香港当代诗人黄灿然是个非常有爱心的诗人，他的诗篇充满了这种仁爱的描写。他的诗集《奇迹集》中有不少地方，是用一种大爱的眼光去诗意地发现生活中的美与爱。“我听到两种爱的呼声。//一种是在闹市里，人群中，/每当我看到一个表情、一个动作、一个姿态，/我就听到了爱的呼声：婴儿在恳求母亲的爱，/女人在恳求丈夫的爱，男孩在对女孩说/给我你的爱，我也会给你同样的爱，/小狗在向主人乞讨爱，/……我听见他们说：‘我需要爱。’//另一种是在郊外，在山上，/每当我看见一个表情、一个动作、一个姿态，/我就听到爱的呼声。”黄灿然的《奇迹集》里面，有大量这种遍及一切人的仁爱之诗。虽然他的诗写得欠缺提炼，有点直白，但是他的诗歌令人心旷神怡，由衷地感动。

在大爱之下的情爱，就是这三种德行的爱全部结合而表现出来的爱。尼采明确地说：“记住这句话：一切大爱都高蹈于自己的全部同情；因为一切大爱都还意愿把所爱者——创造出来。”“一切大爱如是说，它甚至也超越了宽恕和同情。”[1]这一切的表现都让我们深深地感觉

1 尼采：《查拉图斯特拉如是说》，孙周兴译，上海：上海人民出版社，2009年，第111—112页。

到，如尼采所说，要达到真正的爱，必须奉献出生命，做好去死的准备，有了生命的奉献，才能实现爱的意志。

这种大爱之下的情爱是一种什么样的爱？那就是一种不求索取，没有功利，没有交换关系，只是让责任绽放，进入生命的真相的一种爱。它是爱的传奇般的一种展现，灵魂的相伴比身体的相伴要显得重要得多，它最乐于承认对方的独特性和他的个性，爱他的唯一性，最后从灵魂中去取得爱的一切的营养。这样的爱才称得上大爱之下的情爱。

讲到这里，人们势必会问这样一个问题：为什么艺术家和作家更多地不是表现有德行的慈爱、友爱、仁爱，而是大量地去写情爱呢？是的，这的确是一个事实。这要从人的审美习惯来解释。比如，我们看到一个孩子在床上捧着自己的小脚丫，喃喃地说："你要听话哦，听话的话，我会给你吃糖。"旁边的大人看到孩子如此表现，会感觉到心灵被净化般的一种突然的感动，会想到自己小时候也是如此的天真、单纯，但是随着岁月的飞逝，心灵被生活铺上了一层土、一层灰、一层一层的污秽，就变成了现在的样子，心里会感到惭愧和内疚。这是一种非常纯洁的审美，但又不得不承认，这是一种简单的审美。这种审美，并不能引起人们的思考，去思考生活的某种悲剧性的复杂，或者对生活神秘性进行探索。我们如果在电影或电视上看到一对少男少女初恋时牵手、拥抱，甚至柔情地做爱，都会认为很美，但最终发现两人关系破裂，爆发吵闹、施暴等，这时便会引起人们的思索：人为何从那么美变为这么丑的状态，这中间有什么必然的原因吗？于是，人们便会思考生活的很多复杂性、神秘性和不可知性。这种审美是人们所需要的高级的审美。

对于男人和女人，最终的结果是什么？这种大爱之下的情爱最终会走向哪里？波伏瓦在《第二性》的结尾充满展望地说："双方互相承认是主体，就对方来说却仍然是他者；他们关系的相互性，不会取消人类分为两个不同类别而产生的奇迹：欲望、占有、爱情、梦想、冒险；那些使我们激动的词：给予、征服、结合，将保留它们的意义；相反，当一半人类的奴役状况和它带来的整个虚伪体制被消灭时，人类的'划分'将显示它的本真意义，人类的夫妻关系将找到它的真正形式。"[1]

从当今的现实看，波伏瓦的乐观展望似乎就只是展望而已。现实更像尼采对婚姻的感慨："呵，这种成双的灵魂的贫困啊！呵，这种成双的灵魂的污秽啊！呵，这种成双的可怜的惬意啊！"[2]

---

1 西蒙娜·德·波伏瓦：《第二性Ⅱ：实际体验》，郑克鲁译，上海：上海译文出版社，2013年，第598页。

2 尼采：《查拉图斯特拉如是说》，孙周兴译，上海：上海人民出版社，2009年，第86页。

动物性比人性更人性

——人性的后现代性，兼谈诗歌的表现

神、人、动物的理论

人类长期以来自以为能对世界、宇宙的一切进行解释。这份骄傲使得他们把这个世界的生物分成三个等级：神、人、动物。

这种分类法在西方占有几千年的统治地位，主要源于两股力量，一股是古希腊哲人们的思想流传，第二股力量是基督教教义的流传。

古希腊哲人将世界万物明确地分为：神、人、动物。其中柏拉图最先明确提出此观点。他认为这个世界上的诸神是造物主，造物主创造了一切的生物，而这之中，人是万物之灵，是天之骄子。所以，人是第二位的。人之所以占有如此高的地位，因为人是根据神的旨意创造出来的。因为人有灵魂，而且这个灵魂是理性的灵魂，而理性是不朽的。同时，人还有可朽的灵魂，比如，情感、欲望、感觉等。柏拉图认为，动物之所以放在第三位，是因为动物没有这种不朽的灵魂及灵性，而只有像激情、欲望这些可朽的灵魂。所以，在柏拉图的理论中，造物主创造了动物、植物这一切的一切，只不过是给人提供食物的。它的一切的生长性在人那里只是作为一种被利用的东西。虽然动物也是整个生物链的一环，它可以存在，但是它的地位低下。柏拉图的这个说法对于人类，尤其是生活在西方的人类影响至深，漫延几千年。亚里士多德对动物研究倾注了很多心血，他研究多种动物的特性与生活规律，写了好几部关于动物的著作。但是最后的结论还是认为，一般的动物是不能与人相比的。第一，人是可以直立的动物；第二，人是会说话的动物；第三，人是有神性（理性）的动物。正因为有这三个特点，所以，人是一般动物无法比拟的高级动物。

在这种神、人、动物的排位上，对于西方人影响至深的还有《圣经》里的描述。《圣经》认为，在伊甸园中，上帝赋予亚当支配万物的权力。后来人类反叛上帝，人被剥夺了这种优越性。在大洪水退去以后，上帝恢复了人类高于动物的优越性。因此，人类就变成了肉食者。动物被合法地杀死并食用，但只能服从于普遍饮食的限制。这是《旧约》的规定。耶稣的到来进一步强化了这种理论。詹姆士一世时期的主教认为：生物不是为了它们自己被造出来，而是为了供人类食用、为人类服务。像这样的理论在漫长的西方历史上非常流行。人类就是上帝所有工程的唯一目的，而动物是为了达到这个目的可以被以各种各样的方式利用，甚至被虐杀。印第安人间流传着这样一种传统："上帝创造了一个男人和一个女人，令他们生活在一起，养儿育女，任意杀死鹿、兽、鸟、鱼、家禽。"[1] 人类中心主义思想整整统治了人类几千年。

面对如此鲜明地把世界生物分类为神、人、动物三等的观念，中国古代哲人们似乎并不赞成。他们虽然也没有更多地表示，人类与动物是完全平等的，但是他们不赞成虐杀动物。孟子就把对人的性善推及宇宙万物，包括动物。"仁，人心也"，"尽心知性，尽性知天"。世界宇宙都在人自身的心上安顿。从人性认识到善性，再从善性认识到天（世界）。他又说："人之异于禽兽者，几希。"中国古人的思想大凡有慈悲至上的东西。佛教后来在中国广泛流传，更是基于并推动了这种思想。佛教十戒中的首位是不

---

1 转引自基思·托马斯：《人类与自然世界》，宋丽丽译，南京：译林出版社，2009年，第14页。

杀生。杀生是罪大恶极之罪，可以报应为堕无间地狱之罪。佛教提倡“慈爱人生”“因果缘起”“业报轮回”等思想，这种思想的出发点必然是人人平等，人与一切生命（动物）都是平等的。自十九世纪开始，西方的自然主义者、环保主义者、非人类中心主义者们把佛教、把禅奉为他们思想的圭臬是最自然不过的事了。

在西方哲人中，明确地把人类中心主义思想进行了颠倒的，无疑是尼采。尼采对于人类的失望，在他1881年的《朝霞》中明确地说过：“过去，人们曾经通过指出人的神圣起源来证明人的高贵伟大，但现在这种方式已行不通，因为在这条路的尽头是与其他种种让人毛骨悚然动物站在一起的猩猩，它以它特有的方式向我们龇牙咧嘴，仿佛在说：‘回去！此路不通！’”[1]尼采在这里明确地说，无论是柏拉图或者亚里士多德所谓高尚人类的种种说法，把人类说成是世界中心的说法，最终人类在进化论的镜子面前照到了自己最早的原形，那就是：你就是动物，你也是从动物演变而来的。于是，尼采在这种理论的基础上明言：上帝死了！对尼采的“上帝死了”的这个观点一直有种种误解。尼采的“上帝已死”最主要是否定俗世上流传的与基督教相关的不合理的教义。尼采在《查拉图斯特拉如是说》中明确地说：“上帝是一种

1 尼采：《朝霞》，田立年译，上海：华东师范大学出版社，2007年，第87页。

思想，它使一切直者变曲，使一切站立者倒转。那又怎样？时间或许已经过去，而一切倏忽短暂者只不过是谎言吗？”[1]尼采说“上帝死了”这个结论实际上就是判这个歪曲世界现实的理论的死刑。很多人喜欢把“上帝死了”用来指人的神性的消灭，或者是神性的泯灭。不是的，尼采是指俗世的上帝，而不是指心中真正的神圣性的上帝。尼采认为人的神圣性的上帝是不会死的，人至今为止都没有找到人的真正的人性，对此他说“真的，人类给予自己一切善和恶。真的，人类并没有取得一切善和恶，也没有发现一切善和恶，一切善和恶也不是作为天国的声音降落到他们头上的”，“查拉图斯特拉在世上没有找到比热爱者的工作更大的权力：‘善’和‘恶’就是它们的名称”。尼采又说：“迄今为止有千个目标，因为有千个民族。只是一直没有套在千个颈项上的锁链，一直没有一个唯一的目标。人类还根本没有一个目标。然而告诉我，我的兄弟们啊：如果人类还没有目标，岂不是也还没有——人类自身吗？”[2]尼采的观点是：人连自己生存的根本目标——人性都没有找到，人至今都没有恢复自身，凭什么你就可以高高地居于一切动物之上？所以尼采才激动地说：“我感到在人群中比在兽群里更

1 尼采：《查拉图斯特拉如是说》，孙周兴译，上海：上海人民出版社，2009年，第106页。

2 同上，第69—70页。

危险。”[1]

本雅明对人类中心主义思想的本源有一段非常巧妙的说法:“人在面对动物感到恶心时居主导地位的感受是害怕与它们接触时被它们认同。人内心深处有这样一种灰暗意识非常令人吃惊：意识到人的举止与使人生厌的动物并没有多大差异,因而能被动物认同。……人无法否认他与这种造物之间存在的动物性关联,他的恶心感就来源于此。因此,他必须使自己成为动物的主人。”[2]本雅明的这段话非常含蓄曲折地说出了这样的意思：人只有对动物丧失人性,人才得以成为人。

技术之上与人性的退化

人既然认为自己是世界的中心,人必然以一种肆意妄为的态度对待这个世界,包括一切动物,人可以搞定动物并搞定世界上的一切。技术至上一直被认为是人定胜天的思想的体现,是人类中心主义的衍生物。

海德格尔在他的中年和晚年,对于原子弹的发明和运用所表现出来的技术至上的趋向,表现出万分的忧虑。

1 尼采:《查拉图斯特拉如是说》,孙周兴译,上海：上海人民出版社,2009年,第20页。

2 本雅明:《单行道》,王才勇译,南京：江苏人民出版社,2006年,第15页。

他在晚年有一首诗，诗名《守护者》：

隐秘的风暴，滚滚而去，
无声地穿过人间万物
奔入超世界的延展……
存在的悠远闪电。

世界与大地，早已被混淆，
在它们冲突的律令中，迷乱缠绵，
抽掉了物所有的让予。
数，沉溺于空洞的量增，
从不识大地的馈赠。

那“有生命的”，是“在者的”量身制作
而“生命”生着却还在
喧嚣的臆测中
惊呼失色
喧嚣中已是争先恐后的延搁。

然而隐秘的守护者
他们已经醒来
一种无以躲避的转变：
在昏庸的制作中间
存在的悠远闪电

把所有的制作撕裂。[1]

理解这首诗必须理解海德格尔很多词汇的特别含义。比如说海德格尔后期经常提到的“物”，他的“物的存在”实际上是说明人与世界在解蔽中的显。这种“物”的概念说明了世界的聚集，也是指世界的一个存在。他在这首诗里明确地说，“世界与大地，早已被混淆”，物只是在数量上做空洞的量增，从没有想到物却是自然的馈赠之物。海德格尔认为科学消灭了物，他认为科学泯灭了物的解蔽性，没有看到万事万物是大地和世界赠予的。海德格尔一直强调大地和天空、神与人这四者的合一，世界存在的一种最理想的境界是物的居留的一体化表现。这四重整体的表现真正体现了世界的本质。只有大地是滋养着果实，庇护着植物和动物，而又是使人生存的最重要的因素。而天空是一个日夜运行的多元表现。所以，诗歌中说“有生命的”是“在者的”量身制作，也就是说，一切的存在实际上是神的量身制作。但今天，虽然生者还在，人们已惊呼失色。为什么？因为物与大地已被混淆。海德格尔把现代技术的本质叫作“座架”，有的译为“框架”。他说：“框架阻碍真理的闪光和支配作用。把人遣送到勒令的天命，因此就是极度的危险。危险的东

1 海德格尔：《思的经验》，陈春文译，北京：人民出版社，2008年，第19—20页。

西并不就是技术。不存在技术这个恶魔。只存在技术的本质之神秘性。作为揭示之天命的技术的本质，才是这个危险。……所以，框架统治之处，就有最高的危险在。”[1] 人极度地、没分寸地夸大了技术，而技术的神秘性是人无法掌握的。人自以为能驾驭技术，最终可能却是被技术驾驭。海德格尔说的这个思想目前已经被世界的诸多现象所证明。

从人类中心主义到技术至上主义是同一种力量的延续，人心膨胀的必然。从对动物的肆意虐杀、物种的遽减到大自然的退化，从人工智能成功代替自然智能，这一切的一切是否都在预示，人类为中心、技术至上、人性的退化已是一种事实、一种现实？但是人性退化的结果又是什么？必定是人作为一种物种的退化，这将是这个地球上的一桩大罪行，告示人类自行灭亡的明天已经不远。

动物性比人性更人性

人类必须自问一个问题：人类还可以被自我依赖吗？对这个问题，尼采曾经说：“我们身上的猛兽要被哄

---

1 海德格尔：《人，诗意地安居》，郜元宝译，上海：上海远东出版社，2011年，第137页。

骗才行，道德就是为了使我们不被这猛兽撕碎而说的应急的谎言。没有存在于道德的假设中的谬误，人类就仍然是动物。但是人类因此而将自己视为更高级的东西，并给自己强加了更加严厉的法律。人类因此而憎恨更接近于动物性的阶段：由此可以解释为什么从前看不起奴隶，把奴隶视为非人、视为一件东西。”[1]尼采认为人类为了约束自己的兽性发作而实行了一个道德标准，而这个标准无疑就是为了使人身上的兽性不被释放出来，但是这种所谓的道德的栏杆又非常脆弱，且不可靠。人类的历史，还不仅仅是战争与政治的历史，即便是任何生活的历史都能说明，道德作为自我约束的存在无异于自欺欺人。举一个最普通的例子，人类承认人性中有兽性是在中世纪之后，文艺复兴时代的西方思想家与作家都在文章中承认爱情中的情有大量的性因素。性是兽性的性。人类既看到“性爱是令我们暂时脱离兽界的拯救。对每种生活来说，性交都超乎其生物功能。它是对兽性的放纵。性交是天国的唯一大门”[2]。但是，又要从另一面来强调，在这个人类的世界上，对不少女性而言，性的实现常常是虐待式的、强迫式的。人的性交完成很难像动物那么自然，那么有禁忌所在。据动物学专家研究，动物的性

---

1 尼采：《人性的，太人性的：一本献给自由精灵的书》，杨恒达译，北京：中国人民大学出版社，2011年，第39页。

2 E.M. 齐奥朗：《眼泪与圣徒》，沙湄译，北京：商务印书馆，2014年，第33页。

有单偶制、双偶制、多偶制、混配制等多种。兽类动物多以双偶制、多偶制为主。动物选择性的需要既有"性趣"的动机,但其根本都是为了繁衍后代、传宗接代且多偶和双偶在遗传基因上会有一定的优势。

动物是否有这种所谓道德的栏杆呢? 1973年诺贝尔生理学或医学奖获得者康拉德·洛伦茨是一名动物行为研究学家。他饲养鱼、鹰、狗、猿等各种动物,甚至饲养过很多鸟类,他对这些动物行为的研究细致入微,以此来区别动物性和人性的种种深刻而微妙的差别。

洛伦茨认为,人类成为人类中心主义者以后,动物已经没有独立生存的机会了,动物要么被铁笼囚禁,要么被绳索牵住。再凶猛的狮子在笼子里也会变成白痴。而动物就是生活在这样一种被逼迫的、被虐待的世界中,动物还保持着它们身上可敬畏的东西。比如,他在《所罗门王的指环》一书中特别强调:动物与动物之间经常为了生存而竞争,为了性而竞争,互相打斗。但是这种打斗,会有一种无形的警戒。比如打斗中的狼不会咬断同伴的脖子,乌鸦也不会去啄同类的眼睛。动物的打斗不会用一种置对方于死地的武器。在这一点上,动物的禁忌完全是自然的存在,非为道德所设。所以,洛伦茨说:"动物为了生存就必须形成一种相应的社会禁忌,避免这种武器危及种族的生存。而人类创造了身体以外的武器,毫无节制地使用,我们是否也该拥有充分的禁忌？人类会不会有一天因为自己的发明而毁灭？”[1]

洛伦茨还说，比如狗是动物中最有良心的动物，这是大家公认的。狗天生保持对主人的忠诚，这个主人无论是富翁，还是乞丐，它都会履行一种无形的契约。不管是被豢养还是没被豢养的，狗都把对主人的爱看作自己的生命，对主人永远不离不弃，甚至为了主人而牺牲自己。一些其他动物也有这种有良心的行为。洛伦茨饲养过一只猿猴。当猿猴母亲生病的时候，小猿猴就不吃不喝地陪伴在母亲身边，一直到用耳朵听到母亲心脏不跳动了以后，它才默默地离开。哲人们常常认为动物没有语言所以低人一等，但是像狗这样的动物，它好像没有语言，但什么都懂，这又怎样解释呢？像狗在情感上如此强烈的动物，比之于人的所谓情感，无疑有天壤之别。人类的同情是非常吝啬的，不要说对动物，即便是对同伴、对亲人，都是用一种非常有限的情感去对待和他一样的生命体。

布封是十八世纪法国著名的博物学家、文学家，他的《动物素描》收入了很多非常精彩的描写动物的文章。他写道，马是动物中最高贵的一种，马和人共同分担战争的

1 康拉德·洛伦茨：《所罗门王的指环》，刘志良译，北京：中信出版社，2012年，第5页。

辛劳，马和它的主人一样勇猛无畏，它可以毫无保留地奉献自己，并不拒绝任何使命。但是人对马这样一种高贵的动物，也是用剥夺它自由的方式，为了驯化它甚至残酷地虐待它：马的嘴由于衔铁嚼子勒下褶皱而变形，腰部被马刺刮出了条条伤痕，马蹄上也钉上了不少钉子。人为了虚荣，以奴役这样高贵的动物的方式而得到满足，而马所受到的侮辱绝对不下于它脚下的铁掌。布封又写道，那些自由地驰骋在南美洲和非洲广袤的牧场上的马，与被人驯化的马相比，这些野马特别强壮、特别轻捷，它们有大自然赋予的各种优势：力量和高贵；马和别的动物和平相处，没有贪欲，勇敢而又温驯。读了布封的文章，你会由衷地感觉人对动物的奴役是对天地有罪的表现。

如果要问一切有生命的物种中最残忍的是哪一种动物？回答一定是：最残忍的是人。人一旦做出把对方作为敌人的设定，就可以无所不用其极。这种做法叫作“拟动物化”，一旦把对方视作敌方，即便对方明明是一个人，但是这个人已经被看作动物，甚至害虫。居高的人要像对待老鼠等这些害虫一样把他除掉。当年希特勒除掉犹太人的理由就认为是除掉人类身上的疾病。马克·吐温曾经写过一篇文章叫《动物世界中人的位置》：“人是残忍的动物，只有人才如此……人是唯一成立于战争（暴行中的暴行）中的动物，人是唯一将兄弟召集到周围，并能面不改色地冷血地杀掉自己同类的动物。人是唯一为了污秽的薪水而大步向前的动物……并能够说助纣为虐的屠杀与己无关、毫无过节，与已毫无伤害的本物种的陌生人……在战斗的中途，他会用血来洗手，并空喊‘为了人类兄弟的普遍友谊’的口号。”马克·吐温的愤怒与尖刻是天火，他把人类人性中最不可饶恕、远远低于动物性的东西表现出来。

希特勒当时准备像对待疾病和传染病一样企图消灭犹太人的时候，他曾经宣布：“我们将害虫消灭，就等于为人类做了一个贡献。”这就是把所谓的正义、道德、贡献都打上最伟大崇高的假面，而对人类进行残忍屠杀的例子，还有的是假借民族、国家的理由，对人的人性进行野蛮的、天地不容的吞噬与虐杀，其中更多的是观念思想上的虐杀。正如当代社会学家鲍曼说的：“于是一直隐藏在社会上训练有素的人的面具之下的兽性就可能破笼而出。相反，也可以认为，一旦武装上了现代文明精密的技术和观念的产品，人们就可以做他们天性所不容的事情。”[1]帕斯在晚年曾忧郁地写下这样的结论：“邪恶就是人类的本性，是人类所独有的。”[2]

---

1 鲍曼：《现代性与大屠杀》，杨渝东、史建华译，南京：译林出版社，2013年，第128页。

2 尼克·凯斯特：《帕斯》，徐立钱译，北京：北京大学出版社，2013年，第137页。

从波德莱尔的《异乡人》，到金斯伯格的《嚎叫》

上帝死了，人能代表上帝吗？我相信，经过上述的论述，这是一个不可能成立的命题。当然，在尼采之前，人仍然相信，人是这个世界、宇宙的中心。所以，尼采说："你们已经走完了从蠕虫到人类的道路，但你们身上有许多东西仍然是蠕虫。从前你们是猿猴，而即使现在，人也仍然比任何一只猿猴更像猿猴。"[1]

本雅明是二十世纪人类中觉醒得最早的人之一。他对人普遍存在的人性泯灭的现象敏感到超乎异常。他在那本薄薄的，但又重重的《单行道》中这样说："同样，技术也并不是对自然的驾驭，而是对自然与人之间关系的驾驭。人作为物种虽然在几千年前已完成了自身的发展。但是，同样作为物种的人性却刚刚开始自身的发展。"[2]

在诗人中有这样觉醒的最早的人可能是法国诗人波德莱尔，他有一首小诗《异乡人》：

1 尼采：《查拉图斯特拉如是说》，孙周兴译，上海：上海人民出版社，2009年，第7页。

2 本雅明：《单行道》，王才勇译，南京：江苏人民出版社，2006年，第149页。

——神秘莫测的人，你说说，你最喜欢谁？父亲、母亲还是姐妹兄弟？

——我没有父亲，也没有母亲，没有姐妹，也没有兄弟。

——那朋友呢？

——你说的这话我至今也不解其意。

——你的祖国呢？

——我不知她位于何方。

——美人呢？

——如果她是女神和不朽者，我愿意爱她。

——黄金呢？

——我讨厌它，就像你讨厌上帝一样。

——唉，不寻常的异乡人，那你喜欢什么？

——我喜欢云……飘过的云……那边……多美的云啊！

波德莱尔的《异乡人》，总的概括了人类的处境已到了失去父亲、兄弟、家园的异乡人的地步，有点如海德格尔所言，人类已没有家园可回，诗人的使命就是回家。宇宙的精华如此的坠落正是人性退化的结果。

艾略特又把这种退化形象化为“空心人”，“我们是空心人／我们是填塞起来的人／靠在一起／脑袋瓜装一包草。哎！”

在世界当代诗人中，真正向这个异化人性的社会强烈地喊出“不”字，敢于向一切权力、战争、不人性、不公正进行挑战，甚至对美国政府这样的强权制度都敢进行不妥协的斗争的，在这个人性泯灭的时代中有力地喊出亵渎神圣的嚎叫的，恐怕只有金斯伯格了。世界诗坛幸亏有金斯伯格这样的旗帜，切斯瓦夫·米沃什说得好：“你的胡须/念珠/你那另一个时代叛逆者的装束已被认可。”

金斯伯格的《嚎叫》的可贵之处在于他是在作为资本主义发展的典范、物质文明发达的美国作如此惊世骇俗的嚎叫：

我看见我这一代的精英被疯狂毁灭，饥肠辘辘赤身
　露体歇斯底里，拖着疲惫的身子黎明时分晃过
　黑人街区寻求痛快地注射一针，
天使般头脑的嬉普士们渴望在机械般的黑夜中同星
　光闪烁般的发电机发生古老的神圣联系，
他们穷愁潦倒衣衫褴褛双眼深陷在只有冷水的公寓
　不可思议的黑暗中吸着烟昏昏然任凭夜色在城
　市上空飘散，
他们在高架铁道下向上帝忏悔看见穆罕默德的天使
　们在被灯火照亮的住室屋顶蹒跚缓行，
他们穿过大学校园目光炯炯可神色冷峻幻想置身在
　军事专家中目睹阿肯色和布莱克式的轻松悲剧，
他们被学院开除由于疯狂由于在骷髅般的破窗上发

表猥亵的颂诗，

他们没剃胡须畏缩在房间里在废纸篓里焚烧钱币靠
着墙胆战心惊，

……

金斯伯格是个很复杂的诗人，他一面是虔诚的佛教徒，相信死亡，相信爱，执着于整个社会的净化工作；但另一面却又用最诅咒性的语言揭露非人性的黑暗："每一百万年/罗马裂变颠覆飞旋次数无穷无尽，世界兴衰，人类生死更迭——/从虫子到人类微不足道地移进来自尘土归于尘土生灵生息不灭何曾被注意——/人类自食其肉，玫瑰飘着在鲜红的刚刚堆积隆起的马粪上。"（《在美国沉睡》）他爱着美国，又恨着美国："美国，我已给了你一切可我却一无所有。/……/美国，什么时候我们才能停止人类间的战争？/……/美国，什么时候你才能天使般得可爱？"金斯伯格之后，有如此勇气、责任的诗人似乎很少了！

回归自然，寻找人性

海德格尔最欣赏荷尔德林的诗歌，荷尔德林的诗有一个非常重要的东西，那就是回归自然。"同样的，他们

处于适宜气候中 / 自然的轻柔怀抱培育诗人们，/ 强大圣美的自然，它无所不在，令人惊叹，/ 但绝非任何主宰。”[1] 荷尔德林的诗和浪漫派诗人对自然的歌颂有很大的区别。浪漫派诗人就是纯粹对自然的一种颂扬，诗人是不在场的。而像荷尔德林这种对自然的颂扬是心系自然，希望人根据自然的本质来衡量和处理这个世界，所以，在他对自然的表现中，既说自然不是任何主宰，但是又能看出自然有一种神秘的巨大的力量。这种存在用海德格尔的说法叫作“敞开领域之澄明”。就是让神圣者对人敞开着，一切源于神圣的混沌，让人感觉到，这就是创造者的伟大。这种自然的神圣者的彰显是出于天、地、神、人四重合一的神圣性和伟大性。

十八世纪以后，西方很多诗人和作家在宣传一种自然生存的循环圈。他们认为，宇宙、自然、世界的一切存在，包括人、动物、植物、昆虫……他们都在这个循环圈中占据一席之地。他们互相联结锁定，他们是平衡状态的一个表现。无论水、风、雷、电、雨、动物、植物皆万物有灵，与人息息相关，并且可以神秘地感知。人类对于所有的动物和植物给予应该有的同情和慈悲，不仅是要表达一种情感上的感觉，更是表现出对于自然法则、对于存在

1 海德格尔：《荷尔德林诗的阐释》，孙周兴译，北京：商务印书馆，2000年，第55页。

者的这个生物循环圈的肯定。

在海德格尔的理解中，他是用“人诗意地栖居”来表达的。他引用荷尔德林的这句诗来表达人类在自然与世界中应该存在的姿态。所谓诗意地栖居，就是合乎某种神性的尺度，把天、地、神、人包括在内的肯定，排斥人对于自然及其他生物用一种傲慢、狂躁的态度。如果不这样的话，最后会使人成为一种恐怖的存在。

这种追求，回归自然去寻找人性，表现在当代西方诗人中，最突出的是美国诗人加里·斯奈德。有人称加里·斯奈德为“生态诗人”“环保诗人”“禅诗人”。他的诗歌的最大特点是表现出承认自然生命圈的超乎常识的联结与平衡。不把人看作比其他动物重要，而把一切的存在，包括动物、植物都看作自己的兄弟姐妹一样，看作生命循环中的一环来共同生活。加里·斯奈德在《自如》中写道：“我只是来跟你说/教孩子们知道循环吧/生命的各种循环。万物的各种循环。/世界就是循环，但没人记得这些。”他还说过：“最受无情剥削的阶级是：动物、树木、水、空气、花草。”他在《明日之歌》中写道：“美国逐渐失去了它的托管权/在二十世纪的中期和后期/它从未给过山川河流/动物树木/哪怕一个投票权。/所有的人都厌恶它/神话已死；大陆也已非永久……”加里·斯奈德对于回归自然的生态描写是彻底人化了的、神化了的，表现出自然与人类是一种神圣结构的存在：

奔流清澈的小溪

你的流水如此轻盈
流进我的口腔
你是我干枯躯体的心灵之光

你流淌的
音乐,
飘荡在我的耳房。自由,

奔放的流淌,
有你
在我的心房。

他把自然的一切都看作一种有生命的存在,而人是在这种有生命的存在中产生交流与神圣的循环。所以,他在诗歌里经常把动物、植物与人纠缠在一起,作为终极的生存智慧来描述:

禅:它温暖了我的骨骼
石头这么说

我把它吸入体内,生长
树儿说

上面是叶
下面是根

一大片朦胧的白
把我引出黑夜
逃逸中的飞蛾说

我闻到东西
我看到东西
我还看见有东西在动
鹿儿这么说

高楼
在辽阔的平原上

若上
一层楼
可穷千里目

——《光的用途》

加里·斯奈德极力反对人肆意地掠夺自然，他虔诚地发现自然的腹中沉醉之物的同时，强调人必须用自己的生命力量去光照自然。加里·斯奈德的伟大在于他不仅是把自然与人融为一体的写作者，更是一个行动者。

他是一个伟大的“行即道”者。他认为世界上有一条大道，可以直达真理（在这点上他和海德格尔的理论几乎一样），所以，人不能仅仅在思想意识上认识这个道理，还一定要去行，去执行、去力行。他在荒山中造了一座小木屋，与动物一起生活，靠自己的劳作，过着原始自然的生活。他一辈子都是如此生活，更可贵的是他还将自然、人类和动物作为自己的研究对象。

为了探索人类存在的价值和将来的趋向，他从东方艺术中汲取了至多的营养，这些营养最多来源于佛教。加里·斯奈德对禅的研究和崇敬到了很高的境界。他的作品与其说能看到东方佛教的影响，不如说是西方人在解构工业文明，消除技术至上主义影响的努力。这种努力是与东方佛教中的生命观、自然观息息关联。正如加里·斯奈德自己说：“从某种意义上说，生命无等级之分，石头的生命与小草的生命和爱因斯坦一样美丽、睿智而又有价值。”[1]加里·斯奈德理解的禅不是一种知识，而是世界的神性、灵性的悟，禅的主要的核心是一种智慧，是佛教对于生命体的活力的一种表现，摆脱各种各样的意识思维的先入之见与陈规的说法，在最自然的生活中去寻找生命的价值、力量、追求与真理。

1 转引自陈小红：《加里·斯奈德的诗学研究》，北京：中国社会科学出版社，2010年，第174页。

东方讲究万物皆有佛性，禅宗特别强调“郁郁黄花无非般若，青青翠竹皆是法身”，大自然的一草一木都是佛性的体现，都涌现着无限的禅迹。在禅的思想中，自然的无声物和有声物都有它生存的必要和生存活力。山是物，水也是物，人在这个自然的环境中，只是一种神秘的与之联系的生命，万物产生灵念，人与自然感应契合，这就是禅的核心。它唤醒大自我，让人摆脱俗世定规的桎梏，直达人与自然的核心，与生命融合，捕捉生命的价值。

做政治的动物，还是做赤裸裸的动物

加里·斯奈德1966年写了一首在他的全部诗作中少有的，像金斯伯格《嚎叫》一样的诗，诗名叫《这东京》：

和平，战争，宗教，
革命，全部无济于事。
这恐怖在学会
用棍子去取香蕉的敏捷的
拇指和贪婪的小脑袋里
播下了种子。
我们芸芸众生对彼此

对世界对自己全部
一文不值，仅仅是现实和心灵的
受害者——莫非这世界
不过是一场梦？人生
不过是在这坚硬的行星上的
一场梦魇——疯了，疯了，
……

加里·斯奈德在诗中如此直白地指责当今世界的暴虐者、施虐者，人类、动物全然是他们自私与贪婪的受虐品，一切都只是“一场梦魇”。回归自然，寻找人性，肯定是一条路，但也肯定不是可以使人类凯旋的唯一之路。唯加里·斯奈德的看法和愤怒让我们感动并警醒。他认为当今的世界大量的人为了自然和生存在流血流汗地工作着，“然而，真正掌握权力的却另有其人，这些人日进斗金，打扮得光鲜亮丽，在一流的大学受过极好的教育，无论男女，他们一边享受着美食，读着高雅的文学作品，一边却试图让毁灭世界的投资与立法齐头并进”[1]。那么，将来的路在哪里，将来的人在哪里，人性还能复归吗？

人是一种政治动物，这是亚里士多德对人很骄傲的肯定，是亚里士多德的政治学开始的理论。亚里士多德

1 加里·斯奈德：《禅定荒野》，陈登、谭琼琳译，桂林：广西师范大学出版社，2014年，第132页。

认为，人与动物除了语言、直立等区别以外，还有一个重要区别，那就是人是一种政治动物。亚里士多德认为，这是因为人需要家庭至上的社会结构，而这个社会结构是一个城邦制社会。他认为城邦的善高于个人的善，所以，人的政治学就成为最高、最有权威的知识。一个人如果缺乏某种道德品质善性去参加社会活动的话，那么，这个人就不是一个完整的人。但是，在这种论述中，他又非常严谨、冷酷地认为，主人做的事，一切是为了城邦，而要实现这个善，奴隶要对主人表现出自己的善，自己的好。如果奴隶没有这种表现的话，主人有权将其驱逐甚至处死。由此可见，亚里士多德的这种政治动物的理论一开始就是一种恐怖理论。奴隶和家畜是放在同等地位上的。这种政治动物的理论在西方历史学领域延续了几千年，它把主人的善和奴隶的善完全分成奴役与被奴役的一种关系，于是就出现了一种优生和优死的区别。比如主人是优生，那么奴隶就是优死的。这种理论发展到纳粹的政治中，就是焚尸炉的结果。把人说成是一种政治动物，从本质上来说，是把人与人、人与动物分成了两大类。人类几千年历史中无数的事实都是这种政治动物理论的延伸和表现。从第二次世界大战直至今天，多少的史实、多少的血迹斑斑，都在证明这种政治动物理论的荒谬性。多少种荒唐的行为都是基于国家、权力甚至意识形态的理由，把一部分人的贪婪、自私等人性的最丑陋的一面，放在伟大崇高的政治目标的后面，最终让人拿起武器、屠刀来屠杀同类的人和不同类的动物。这样的政治动物已经完全丧失了应该具有的动物性，人性的变态就是借着政治的名义来达到。美国总统可以凭借一个莫须有的理由，用航空母舰、轰炸机去攻占一个有主权的国家，屠杀那里的人民。这样的事实都是在政治的理由之下而实现的杀戮。杀戮已经被所谓国家、民族、意识形态等假名词虚饰成了人的一种心理与行为结构。德里达说，人类是如此变种的！人性是怎样退化的！人类是比之于这种流血的杀戮，还有一种"借助于新技术的不流血的杀戮，也许已经进入了一个没有战争和没有政治的世界，接近一种没有战争之战争的非人性状态"[1]。无论是亚里士多德还是尼采，有再丰富的想象力，可能也无法想象，在政治动物理论的推动下，人类是如此变种的，人性是怎样退化的。

对人是政治动物进行否定，那么人该是一种怎么样的动物呢？法国哲学家德里达有一个朦胧的答案：人该是一种赤裸裸的动物。

海德格尔是二十世纪的思想大师，但他的思想中还带有人类中心主义的痕迹。能够直面海德格尔的这种局

---

1 德里达：《〈友爱的政治学〉及其他》，夏可君编，胡继华译，长春：吉林人民出版社，2011年，第182页。

限，对其进行挑战的是法国的哲学家德里达。德里达在晚年的时候，有一个演讲，题目是《论精神：海德格尔与问题》。他明确地对海德格尔的“动物是没有世界的，也没有周围世界”的结论进行诘问，海德格尔认为一切的世界都是精神性的。德里达回答：“第一，石头是无世界的。第二，动物是缺乏世界的。第三，人是世界的构筑者。”[1]德里达认为，动物不是没有世界，动物与人类有区别，所谓“缺乏世界”是指动物有另外一个世界，而这另外一个世界是异质范畴中的东西。所谓的精神性实际上指的是一种本源式的东西，是一种爱。如果没有这种本源式的爱，那么这种精神也就没有自己的所谓的异质。“动物能够有一个世界，既然它通达存在者；但是它又被剥夺了世界，因为它并没有通达存在者本身，也没有进入它的存在。”[2]动物有一个世界，但是与人的世界无法通达，这个是人的因素造成的。

德里达晚年有一篇文章专门谈动物——《我所是的动物》。这篇文章假设“我”在某一个场合看到了一只赤裸裸的猫。这只猫凝视着“我”，“我”在这种对视中，一下子感慨地说：“人是唯一发明衣服来遮盖其生殖器的存在，他只是在他能成为赤裸的，知道羞愧，知道自己因

1 德里达：《论精神：海德格尔与问题》，朱刚译，上海：上海译文出版社，2008年，第60页。

2 同上，第64页。

不再赤裸而羞愧的意义上，才是人。”[1]德里达马上转笔分析，羞愧是什么意义，人们要保持羞愧。而动物不知羞愧，它是赤裸裸的，它可以把它一切的本性和一切的存在都暴露在大自然中。所以，他认为，动物的赤裸裸和人的不再裸体是一种特殊的关系。他说：“动物因为它是裸体的而处于非赤裸中，而人在其不再裸体的意义上处于赤裸中。”[2]德里达这句话非常精彩。人是赤裸裸的，虽然穿了衣服，但是其行为却是这个世界上的任何动物、任何东西都难以比拟的丑陋，甚至令人窒息。人对于动物的态度，即便是采取最善良的办法，人也是在驯服动物，人骑在动物的身上，动物忍受着人类给它的所有的压力。从本质上说，人在给动物命名的时候，实际上也是在给自己命名。人是自己的动物，自己就是动物。人如何对待动物，也就意味着人如何对待自己。所以，德里达就认为《创世记》用神的办法来赋予人类，来呼唤主宰驯服、驯养比之还先出生的动物，这种做法本身是一种不平等而且是荒唐的。所以，他感慨地说：“谁最先出生，在名字之前？很久以前谁看到他人来到这个地方？谁是第一个居住者，因此也就是主人？谁是主体？谁成为了暴君，

1 德里达：《解构与思想的未来》(上册)，杜小真等译，长春：吉林人民出版社，2011年，第114—115页。

2 同上，第115页。

一直到现在？”[1]这个提问是对于神、人统治动物的一种愤慨的表现。一切的命名都被剥夺了，自然，包括动物只能忍受着所谓的人的命名，这一切是堕落的开始。动物不感觉到羞愧，因为它是自在地、本真地表现，而人要遮盖起来，正是因为身上有着很多暴虐的东西。德里达认为在今天这个功利化的世界上，多少的土地上用化学的、激素的暴力，让动物成为人的食品。虽然好像让人不见到血，实际上这一切都是血淋淋的。在这点上，德里达重点表现的不是对动物的同情和怜悯，他很深刻地说：“由于与每种无底的注视一起，与他者的目光一起，所谓的动物的注视给我的视域提供了人类深渊般的界限：非人或无人，人的终结，也就是说，去知道边界的通道，从这里人敢于宣称他自身，从而用他相信是自己在给予自己以名字来称呼自己。”[2]德里达在赤裸裸的猫的注视之下突然发现了自己也是动物的自传，同时使得他想到了一个最根本性的问题，不但是人不该谋杀动物，人更不该谋杀人，人性是否应该从非人或者无人的最原始的源头去恢复与寻找，这正是德里达的思想所在。在这篇文章结束的时候，德里达说：“当人们要求动物的名字，以动物的名义所说的，那就需要揭露的，在它的所有裸体中，在不管是谁

1 德里达：《解构与思想的未来》(上册)，杜小真等译，长春：吉林人民出版社，2011年，第128页。

2 同上，第122页。

的裸体或赤裸中，展开一个自传的一页，说到‘但对我来说，我是（/跟随）谁？’”[1]“我是谁？”德里达认为人只有在这种赤裸的、暴露自己是一个动物的时候，赤裸的动物是本真的、最真实的时候，人才能展开自传的意义，人性是有可能回归的。

人类一旦取消了人类中心主义的思想，人又是以一种怎么样的动物身份去得到人性，或恢复人性？对此问题，二十世纪的不少哲人做出了探索与回答。

尼采对动物界中的两种动物特别钟爱，一是骆驼，一是雄狮。骆驼有忍辱负重精神，雄狮有勇猛争斗精神。但尼采最欣赏雄狮，因为“为自己创造自由，也包括一种对义务的神圣否定：兄弟们，这是需要狮子的”[2]。尼采所说的人的狮子就是强人、超人。超人抛卸了现代人类的精神重负，走出了几千年来的历史迷宫。他没有现代工业人所背负的愚钝、屈从、平庸、贪婪与伪善。他支配自己的命运，肯定自我的价值，为自我而生存，为自我而发展。“超人乃是大地的意义。”[3]尼采说。

海德格尔认为这个世界有两种人，一类是“常人”，不

---

1 德里达：《解构与思想的未来》（上册），杜小真等译，长春：吉林人民出版社，2011年，第163页。

2 尼采：《查拉图斯特拉如是说》，孙周兴译，上海：上海人民出版社，2009年，第24页。

3 同上，第7页。

在"存在"状态中的人，自己与"存在"的关系懵懵懂懂、浑浑噩噩。世界上大多数人都是"常人"。另有一类是"本真"的人，时时刻刻意识到"我"与"存在"的关系。这种纯真感与人心同在，有诗性生存的状态。例如诗人荷尔德林，海德格尔就认为他是最本真、本己的人，有时也称他为"神圣者""将来者"。神圣者可以以"不在场"而显出"在场"，用无声的道德给予这个世界以道路的方向。

德里达为恢复人性的将来给出了赤裸裸的动物的答案。但是，无论是尼采的"超人"、海德格尔的"本真"的人、德里达的"赤裸裸"的人，这种种构想都有某种不想放弃将来，对未来尚存某种幻想的意味，但在这种幻觉中终归存在着某种沉沦中的和困境中的无奈。萨特曾倡导"将人当作蚂蚁来研究"，这意味着哲人们对人以其特殊性、主体性占据哲学舞台太久了，所以要彻底地将人回到动物的角度去考虑研究。一旦波及动物性比人性还人性，人类似乎只有回去这一条路，回到始源，回到原始。但这种努力正如尼采棒喝的一样：此路不通。尼采曾说："我们不是人道主义者，我们从来不敢妄谈我们'对人类的爱'——在这方面我们还没有作为一个演员的能力。"[1]不是人道主义的人道主义，这又是什么？无怪乎德

1 转引自刘丽荣、黄凤祝：《美狄亚的愤怒：对欧洲政治、社会与艺术的沉思》，上海：同济大学出版社，2011年，第43页。

里达曾在《信仰和知识》一文中非常悲观地说:"在这密室的没有底部的底部……在这永远处子般的无痛感的无底部的底部,明天的位置存在于我们不再懂的或还没有说的语言之中。这个位置地方是唯一的,它是无名的。也许,它给予道路,但却不带些微的神性和人性的慷慨。在那里,甚至连灰烬的散播都没有,也不给予死亡。"[1]

1 转引自陈晓明:《德里达的底线:解构的要义与新人文学的到来》,前言,北京:北京大学出版社,2009年。

恐惧之下的人性

——人性的后现代性，兼谈诗歌的表现

恐惧之恶，唯人性可以克服

哈贝马斯在《现代性的哲学话语》一书中认为，对尼采的后现代传统继承得最好的是两个人，一个是海德格尔，一个是乔治·巴塔耶。现在我们对于海德格尔的后形而上学研究宣传得比较多。巴塔耶对于尼采的继承非常独到，比之海德格尔学院派的那种继承更有一种独特的光彩；他更像尼采，是诗人式的哲学家。他把自己深刻的内心体验，无所顾忌坦露的灵魂呈现给读者，而不像海德格尔、萨特、梅洛·庞蒂、福柯等这些后哲学家们的学究式的研究。巴塔耶的文字晦涩而有灵性。他的晦涩像诗。在这点上他好像学自布朗肖，或许这是他们互相倾慕、互相影响的结果。

巴塔耶对于当今世界有过这样一段非常有深意的表达，他说："当代的政治思想与技术思想达到了一种畸形的发展，将我们引向对微不足道的结果有用的目的本身。不应该有丝毫的隐瞒：这最终意味着人类的失败。这种失败的确没有触及整个人类。只有奴性的人与此相关，他的目光从没用的东西，从不能带来任何用处的东西上移开。"[1]巴塔耶认为这些奴性的人实际上就是当今世界上掌握了各方面权力的人，整个人类没有办法对这些掌握各方面权力的奴性的人提出任何异议。这种失败对整个人类而言是非常悲惨的。巴塔耶感慨地说："我倍感孤独的在过去的经验中寻觅的，不是既定的原则，而是未知的法则，这些法则引导着人们，假如不了解这些法则，我们就会走上不幸的道路。不受奴役的过去，消失在歪歪斜斜的道路中，不断迷失自己和弄虚作假。我们在相反的方向上，在恐惧中迷失了自己。我们在恐惧中进行着疯狂的活动和可耻的欺骗。"[2]

巴塔耶这段对于人类的现在和将来预知式的看法非常

1 乔治·巴塔耶：《色情史》，刘晖译，北京：商务印书馆，2003年，第53页。

2 同上，第5页。

深刻。当今的人类到底生活在怎样的一种恐惧的环境中，这种恐惧是怎样产生的？它还有没有解脱的可能……这一切作为每一个具体的人是必须知晓的。很遗憾，当今的大多人是在虚假的幸福、真实的恐惧中过着日子，规律永远是，每一杯甜酒的最底层一定是毒药。

诗人王寅在八十年代就写过一首诗，叫《由于阴谋，由于顺从》：

由于阴谋，由于顺从
恐惧的今天，也就是
同样恐惧的明天

时间穿着唯一的旧靴子
候鸟向南飞去时，北方的冰山
倍感孤独

太阳教育并且凝固了我们的生活
小小的赞美诗左右着
苦难的星辰，泪水靠近的大海
悲剧已平淡无奇

这首诗中他非常明确地告诉大家，这个世界，奴性的人是出于阴谋，而对于一般的人们来说是出于顺从，所以才会使得这个恐惧从今天蔓延到明天，从这里蔓延到那里。黑暗已控制了整个世界，悲剧仿佛平淡无奇。这首诗提出了恐惧之恶和人性怎么解脱的悬念，至今还是悬念。

表面上看，今天的人的恐惧可能已经不是那种在严刑拷打之下的颤抖，今天最真实的恐惧是一种对将来的茫然和担心，一种别样的不适，一种对生活永远没法把握的选择。大屠杀的历史仿佛已经茫然，无论是奥斯维辛还是古拉格。但它们并没有过去。对于杀戮的战争，德里达说："如果战争在今天比以往任何时代都更不频繁，更不正常以及更加例外，那么，它们的权力之整体'优势'就以同样的速度增长。杀戮的现实可能性就趋向于无限。这就意味着，今日之战争，战争状态，战争情境仍然是一种决定性的痛苦经历，是严峻的事实。"[1]这个地球上至今无一天不在炸弹声中度过，不曾安静过须臾。

如果我们要不停地唠叨，我们的餐桌、我们的卧室的旁边摆放着可以让大家死几十次的原子弹；人们会漠视这一切，就像漠视战争一样，因为它通常属于一件遥远的事情。那么，今天这个世界有多少现实的恐惧性事实呢？ 1973年诺贝尔生理学或医学奖的获得者康拉德·洛伦茨著有一书，书名叫《文明人类的八大罪孽》。

1 德里达：《〈友爱的政治学〉及其他》，夏可君编，胡继华译，长春：吉林人民出版社，2011年，第179页。

这本书关于人的恐惧的来由和人类在当今世界上所犯下的罪孽整整列了八条。

洛伦茨认为人的第一个恐惧来由是人类是由原始灵长类通过自然选择的过程进化而来的。现在的人类具有高度发达的智力和操作能力,他们可以注意到生物潜能和环境阻力之间极不平衡,人类不可避免地要对其他的物种和生态系统做最后的控制和平衡,否则,掌握技术的人类最后只能成为地球进化史上的匆匆过客。

人类恐惧的第二点是人口爆炸,这个已经成为一个全球性的危机。公元元年,人类人口仅有2.5亿,而二十世纪人口统计数据显示已经接近60亿。人口与经济的快速增长以及人们对科学技术的崇拜与放纵,使全球不可再生资源和材料急剧消耗,导致经济资源紧张、环境污染、生存空间拥挤、人际关系衰竭以及犯罪率升高。

人类恐惧的第三点是生存空间遭到破坏,"大自然是永不枯竭的",是一种流传过广的错误观点。生机盎然的大自然哺育了人类,而人类却用盲目和残忍的方式破坏了大自然,从而使它受到生态毁灭的威胁。生存空间的破坏、对大自然的疏远,将使人类文明出现美感丧失以及人种野蛮化的情况。

恐惧的第四个来源是"与自己赛跑"。随着科技的进步、人口的膨胀、自然资源的短缺,人类物种内部的竞争也日趋激烈。金钱不再是一种工具,而成为人类追逐的目标。恐惧性忙碌和忙碌的恐惧正在剥夺人类最根本的特性。人种内部的竞争压力和对速度的盲目追求，无时无刻不在迫使人类“自残”。恐惧——这种人类健康的天敌，百分之八十的身心病患与此有关。

人类恐惧来源的第五点是“情感的死亡”。追求快乐与避免不快是人类的本能，但随着科技的发展，人类对两者的追求日趋过度。对不快的回避使人类精神脆弱，对快乐的过度追求又使人类处于刺激的情景之中；快乐的吸引力如果不断减弱，人们就会不停地追求更强烈的刺激。这种狂热的“嗜新症”造成现代人情感的死亡。

现代恐惧的第六点是遗传的蜕变。人类天生就是一种文化生物，人类的本能趋力和人类受到文化、责任的约束所产生的克制构成一个体系，这种体系内的平衡一旦遭到破坏，便会出现障碍。若我们观察一下原本是野生的，后来放到笼子里喂养之后发生蜕变的家畜，就可以推知，一旦废除了特异性的选择，社会行为方式发生蜕变的速度将会多么惊人地加快，这一蜕变所导致的情感障碍和道德障碍都将是毁灭性的。

恐惧来源的第七点是“抛弃传统”。一个民族的文化传统决定着这个民族的思维方式和生活方式，所有的文化发展都是以积累的传统为基础的。青年人对传统的摒弃多出现在青春期，他们否定传统，而对所有新鲜事物充满好奇，也称“生理嗜新症”；他们总是毫不犹豫地加入年轻团队，以满足自己的“认同作用和团队归属”的欲望。

最后一个恐惧来源是“可灌输性”，美国行为心理学家华生声称，如果环境可以控制的话，给他若干健康的婴儿，他就可以把他们变成任何一类人，无论是伟人还是强盗。这便是人类的可灌输性。现代社会的大众传媒、商品广告以及对时尚潮流的追逐，更强化了人们的可灌输性。科学对“时尚”的易感受性则更是危险。人口爆炸产生无法避免的“个性丧失”与“一致性”，对大自然的疏远使人失去了“崇敬”的功能；人类的功利主义思想使得自身在商业竞争中把手段当成目的；情感冷漠现象更不能忽视。所有的这一切都可以在科学领域的非人性现象中找到踪影，这些文化的疾病便是产生这些现象的根源而非结果。[1]

面对洛伦茨讲的人类恐惧的八大来由，我相信任何人都不会无动于衷，因为即便是再迟钝的人，都能注意到今天生活的每一细节都已经在告示恐惧的阴影无处不在，并在笼罩性地吞噬着我们。费解的是，人对此的麻木已经达到了超然的地步。这是死期到来前的寂静，还是无可奈何的等待？

---

1 参见康拉德·洛伦茨：《文明人类的八大罪孽》，徐筱春译，北京：中信出版社，2013年。

要把以上人类的恐惧之源彻底铲除，人类是无法做到的。那么恐惧意识于人是多一点好还是少一点好呢？克尔凯郭尔对于人的恐惧之心、恐惧的来由、恐惧的解决有先见之明。他在《畏惧与颤栗》《恐惧的概念》《致死的疾病》中对恐惧有很多的阐述。当然，他更多的是从宗教与人性恐惧的关系上来讲道理。克尔凯郭尔的贡献在于，他全部的恐惧论述在表明，人性的觉醒主要表现在对于恐惧要有正确的认识。他认为，恐惧是因为信仰缺失而形成的一种文化。他讲信仰更多的是讲宗教，比如他就非常强调“恐惧是‘自由’的可能性，只有这恐惧才是通过‘信仰’绝对的取得教育作用的，因为他销蚀所有的‘有限性’，揭露它们所有的欺骗”。[1]克尔凯郭尔认为人主要通过人性的高扬，才能认识恐惧，识别恐惧。由此，恐惧越多，消耗的精神就会越多，恐惧越少，消耗的精神越少。因为你认识了恐惧，你就具备了超越恐惧的可能性。他认为“恐惧是梦者的精神的一种定义”[2]。他认为从心理学的概念来说，只有人才有这种产生恐惧的可能性。因为人有精神，而动物没有精神，不可能产生恐惧。如果你的人性越多，精神就越多，你就可能会恐惧越多。但这种恐惧是“一种同感的反感，或者是一种反感

1 克尔凯郭尔：《畏惧与颤栗　恐惧的概念　致死的疾病》，京不特译，北京：中国社会科学出版社，2013年，第394页。

2 同上，第199页。

的同感”。[1]所以，克尔凯郭尔认为在今天的文化中，恐惧越深奥，文化就会越深刻。因为你发现了这种恐惧，具备要从精神上超越它的可能，这样，人才不会沉沦到无所作为的植物状态。人性的发挥、发扬实际上就是认识恐惧这个东西，美国前总统罗斯福说：“我们唯一需要惧怕的事，便是恐惧本身。”解决问题的前提是认识恐惧的本质，包括表现，这样发扬你潜在的一切人性，去抵抗任何一种恐惧力量的诱惑，或者威胁，这个时候你就成为一个真正的人。

坚决不成为技术的工具

当代，技术为人类享乐所用但又与社会敌意对立，这已经成了历史的必然结果。科学家对人类的善意最后被权力所利用，实际上是反善意甚至是毁灭人类的结果，这是人类的一种最高级的悖论。当爱因斯坦知道人发明了原子弹，由此他感到了极度的恐惧。

爱因斯坦的恐惧也完全反映在海德格尔的理论中。海德格尔给现代技术的本质取了一个名字叫“座架”。

1 克尔凯郭尔：《畏惧与颤栗 恐惧的概念 致死的疾病》，京不特译，北京：中国社会科学出版社，2013年，第199页。

海德格尔说："我们以'座架'一词来命名那种促逼着的要求，这种要求把人聚集起来，使之去订造作为持存物的自行解蔽的东西。"[1]"座架"就是人工制造的、把人聚集起来的一种框架式的工具，它逼迫人类，使在场者进入无蔽的状态，也就是不自由、不开放的命运区域。海德格尔谴责的不是技术装置，而是来自"座架"的本质。"座架"是一种技术的完全统治，使人难以进入原初的真理状态，它的力量完全安排着、控制着人类。这种力量把人从地球上连根拔起。当海德格尔看到作为持存物的人上了月球的照片以后，他认为，现在我们人类已经被连根拔起了，技术对物的控制实际上是消灭物。

科学是消灭物，这是海德格尔关于形而上学遗忘存在的一种表达，消灭物的科学当然是不能揭示物之为物的。海德格尔认为在科学统治一切的情况下，物之物性必然是敝而不显，是被遗忘的。物的本质从来没有显示出来，也是从来没有表达出来。这种情况本身就意味着物的消灭。科学垄断了人类的生活，无限扩张，实际上是人类的恶性自杀。

海德格尔的"座架"理论主要认为，技术的创造一旦不为技术的主宰——人自身的力量——所掌控，无可

1 海德格尔：《海德格尔选集》(下卷)，孙周兴选编，上海：上海三联书店，1996年，第937页。

回避地，人被异化成为订造持存物的持存物；人被技术控制了，人的命运就会被无蔽地遣送。

法国哲学家让·博德里亚尔在海德格尔“座架”理论的基础上，更为详尽、更为现实地指出，完美的技术是怎样成为完美的罪行。博德里亚尔认为“技术正在变成一个不可改的冒险，这与它在另一种外形情况下像鬼怪那样突然出现同样不可思议。它在变成一种消失的艺术。不只是改变世界，其终极目的可能是一个自主的，完全实现的世界的终极目的。我们有可能最终从这样一个世界退出”[1]。博德里亚尔在《完美的罪行》一书中分析了完全技术化的力量是怎样虚拟人类的，是怎样创造对世界的幻觉的，“过去，我们在失去的客体的影响下生活，今后是客体失去我们”[2]。

从海德格尔的“座架”理论到让·博德里亚尔“完美的罪行”的论述，思想家们就不是担忧了，而是真实地表达了人类所谓的高度科技、高度智能世界都是在技术统治一切的指导下，实际上最终可能是人类成为这个世界的奴隶。

由此，恐惧将在根本上成为人性的挑战。恐惧的不能被克服、技术成为工具的出路，如同宇宙大爆炸是一瞬

1 让·博德里亚尔：《完美的罪行》，王为民译，北京：商务印书馆，2014年，第42页。

2 同上，第70页。

间，人类最终的毁灭可能也是一瞬间。这是不是像艾略特诗歌说的，“不是‘嘭’的一响，而是‘嘘’的一声”呢？

海德格尔把今天这种技术控制人的现象称“座架”。实际上，这个世界上，一切暴虐极权的法西斯化的东西都是一种“座架”。任何一个个人在这个“座架”中，都是齿轮或者是螺丝钉。人被工具化，被异化；但是，可怜的人还常常不自知。

这种人的工具化、技术化的状况常常被那些作恶的小人拿来作辩护。逃跑了的纳粹分子艾希曼在审判席上，他强调自己的动机仅仅是为了把工作做好，让上级满意。他的动机与行为和他最后屠杀犹太人的结果是没有任何关联的。他试图让法庭相信，他对于犹太人怀有敌意是根本不存在的。艾希曼和他的律师认为，六百万犹太人的死亡，都是像艾希曼这样的纳粹分子力图忠诚职守，养成了在现代官僚体制中的职业美德才造成了犯罪的现实。

汉娜·阿伦特把艾希曼的犯罪称为“平庸的恶”。阿伦特的评论引起了社会的很大反响，很多人认为“作恶”没有“平庸”或不“平庸”之分。

技术的失控是人类极度享乐、物质化、与社会敌意对立而造成的必然结果，人类永远不能明白，曾让自己享乐的技术将不由自主地成为他们的唯一绞首架。在今天这种偌大的杀戮人或虐待人的权力机器当中，每个作恶的人都是作为一种工具的面貌出现的。这种恶的工具化现象，就是当前这种高度健全的恶的社会的“座架”所造成的。人一旦被工具化，人性必然被异化了，甚至开始作恶。阿多诺曾经这样说：“新的恐惧是集中营中的死亡：害怕死意味着害怕比死本身更糟糕的东西。”[1]阿多诺的意思是今天有比集中营还可怕的死亡。人的作恶如果已经成为完全的工具化和机器化现象的话，结果将非常可怕。所以阿多诺有一句非常有名的话：“奥斯维辛之后写诗是野蛮的。”这句话的全部原话是：“社会越是过于集权，精神就越是物质化，自动摆脱物质化的举措就更荒谬。最极端的灾难意识还威胁将蜕化成废话。文化批判面临文明和野蛮辩证法的最后阶段：在奥斯维辛之后写一首诗是野蛮的，这样做同时也是对一种那个认识的侵蚀，这种认识会说出，为什么今天书写历史是不可能的。绝对的物质化曾经把思想进步当作它构成因素的一个前提条件，而且今天正要把这种精神进步完全消耗掉，只要批判精神停留在自我满足的静观状态中，它就战胜不了物质化倾向。”[2]这种状况的确让我们从忧心到揪心，人再怎么创造，也只是堆积废墟。像一个当代诗人所写的：“我并不曾让信念持续得比痛苦更广阔／除非给我两柄

---

1 转引自尚杰：《归隐之路：20世纪法国哲学的踪迹》，南京：江苏人民出版社，2008年，第192页。

2 转引自彼得–安德雷·阿尔特：《恶的美学历程：一种浪漫主义解读》，宁瑛、王德峰、钟长盛译，北京：中央编译出版社，2014年，第463页。

利斧，两个反面／除非有一个更大的秩序／维持着暗夜的空洞与节拍。”（鲁西西《序曲与怀念》）这里说的就是阿多诺说的比死本身还糟糕的东西。

反抗封闭的努力是人性

尼采、海德格尔等后现代的大量思想家们都对当代技术凌驾于人性之上的现象表现出极大的忧心。人性被冷落，权力和机器像“座架”一样把人技术化、工具化，即奴化。这个过程会使每个人的心里面潜藏着的兽性一点点地跑出来，如果一旦机会成熟，这个野兽是会跑出来杀人的。这种现象正像阿多诺所言“害怕比死本身更糟糕的东西”，也是人最为恐怖之所在。

当今的世界是一个什么样的世界呢？巴塔耶认为现在的这个世界——资本主义世界——也不尽然是资本主义社会，已经达到了一个谋划性的功利主义世界的巅峰。这种巅峰的表现实际上是一种世界性的现象。在全球性的景观中，广告和“铁靴”并肩作战，物质的过度消费连同恐怖的技术同步发展。而这一切的结果就是巴塔耶说的：“富人消费穷人献出的产品，把穷人纳入卑微的范畴中，并对此进行羞辱，进而使他们成为奴隶。现在，很明显的是，通过奢华世界的代代相传，现在世界已然接受了奴隶，它为无产阶级保留这一位置。”[1]

巴塔耶认为这个社会现实，已经“成功地将所有的‘人性’降低到令人恐怖的丑行”[2]的地步。这种丑行的最大表现是存在两个拜物教：第一个是物的拜物教，第二个是语言的拜物教。

首先，是物的拜物教。海德格尔认为科学消灭了物，另一面他们又把世界上的一切存在都简约成为一个有价格的物，这个物包括人。这些物都可以凭着价格进行消费和交换。一个是消灭物，遮蔽物的本质；一个是把一切都崇尚成为物。这两者是相辅相成的。这种物的疯狂崇拜必定反映了野蛮与文明的矛盾，物质与精神的对抗。它们都会引起文化反人性的倾向，这种现象真是极权主义之后的另一种威胁。鲍德里亚在《消费社会》一书中，对于这种世界性物的拜物教的现象，进行了非常完整全面的描述及评论。他认为今天的世界不只是物出售着，身体也出售着，美丽也出售着，色情也被出售着，只要是存在着的一切东西包括人都可以被出售。而在这个出售的过程中，又有种种幻想引诱中的自愿，或是消费中的“诱奸”。今天商品社会的种种广告、宣传、文字语言都是这种诱奸行为。鲍德里亚非常明确地说：“我们知道物品什么也不是，在其

---

1 乔治·巴塔耶：《色情、耗费与普遍经济：乔治·巴塔耶文选》，汪民安译，长春：吉林人民出版社，2011年，第31页。

2 同上，第33页。

背后滋长着人际关系的空虚、滋长着物化社会生产力的巨大流通的空洞轮廓。”[1]而物的拜物教就是在人的愉悦享受中，把社会与人完全异化，世界上的一切都被异化了，而“异化是无法超越的：它就是魔鬼交易的结构本身。它是商品社会的结构本身”[2]。面对如此恶心的现实，作为人类必须震惊并自省，物的拜物教，是吞噬人性最肮脏的恶虫。你以为结识了天使，实际上你已经成为魔鬼的俘虏，甚至是同伴，因为你的心底本身就有魔鬼的基因。

有关于对于物的拜物教的批评在当今诗歌中已有不少表现，有不少相关的好诗。我这里以台湾诗人阿翁所写的诗歌《光黄莽》为例：

所有的幽远的景将渐渐拉近
所有的星月终展现尘泥
所有的人每天都吃肉
血滴与腥变成慢慢拉出的臭气
扶着厕所门我拉上裤子
出席水晶晚会香槟的手
行行自上而下的晚装
深红漩涡的裙

1 波德里亚：《消费社会》，刘成富、全志钢译，南京：南京大学出版社，2001年，第203页。（此版本译作波德里亚。——编注）

2 同上，第196页。

这首诗把人在物的奢侈消费中堂皇的一面与非常丑陋的一面，不加切断地并列展示，并用不言自明的强烈对比的方法来对物的过度消费进行尖锐的讽刺。美丽中的臭气，盛装掩蔽的血腥，这确实是到处可见的真实。

下面讲语言的拜物教。语言从鲜活、本源性的语言变成为封闭的、歪曲的语言，这个是由来已久的事情。马尔库塞在《单向度的人》中这样说："把一个专制的政府称为'民主的'，把一种被操纵的选举称为'自由的'，这些例子都具有早在奥威尔之前就已为人熟知的那种语言学和政治学的特征。"[1]歪曲、玩弄、操纵语言成了当代一切有权力的统治者的根本方法。语言的魔术化、仪式化、虚假化现象，也还表现在一切所谓资本主义国家中。马尔库塞说："改造后的辩证语言根本上不再能够适用于'话语'。这种语言宣判并依靠生产机构的力量来认定各种事实——它是自我生效的宣告。"[2]这种语言全部是封闭的、仪式化的，表面上可能被人唾弃，但最后还是会表现为一种迷惑人的力量。最重要的是，这种力量总是压迫着、威胁着，最后达到操纵人的灵魂和操纵人的行为的目的。

语言的被异化绝不是教授们所能解决的问题，它是

1 马尔库塞：《单向度的人：发达工业社会意识形态研究》，刘继译，上海：上海译文出版社，2008年，第72页。

2 同上，第82页。

人类历史上积累太久的沉疴。当人类的文明从生命之树演化，转变成知识之树的时候，语言就从根本上异化了。生命之树是人应有的发展之路，它标志着人类与自然、人类本身灵魂关系的和谐发展，与万物血脉相连的关系；这是一切人性之源。如果人类失去了这个轴向，而成了知识就是一切、知识就是力量，生命之树变成知识之树的时候，最后遭殃的一定是语言。语言马上沦落为工具，变为符号，变成无生命、不在场、不变化、被操纵的符号体系。语言一旦失去了本源的生命性，当然就成为工具了。

对此，后现代的思想家们都提出了一个人性的方案。这个方案就是要求在整个文字工作或一切创造中强调诗歌，强调诗歌的创作，强调诗歌的语言。马尔库塞这样说："诗歌语言是借助一种能够表现不在场者的手段来创造和发展的，它是一种认知语言，但那是一种推翻已得到确认的事物的认知语言。在诗歌的认知功能中，诗歌执行着伟大的思想任务：努力使不存在的东西存在于我们之中。"[1]马尔库塞的这个观点让人十分兴奋——"诗歌语言是推翻已得到确认的事物的认知语言"，如此推崇诗的语言，实际上是希望用诗的创造力去改变封闭、错误的语言拜物教。

---

1 马尔库塞：《单向度的人：发达工业社会意识形态研究》，刘继译，上海：上海译文出版社，2008年，第55页。

汉娜·阿伦特更多的是从诗歌的非物化来推崇诗歌。她认为只有诗歌才能把活的精神从死亡中拯救出来，艺术的“物质化”在音乐和诗歌中是最少的。“以语言为材料的诗也许是最人化的和最少世界性的艺术，一种最终产品最接近于激发它的思想的艺术”，“在所有的思想物中，诗最接近于思想，一首诗比其他艺术品更不像一个物”。[1]对诗歌与诗歌语言的特殊存在作这样评论的人还很多，这正是后形而上学的一大特征。

但是，海德格尔是必须提及的。海德格尔一生研究的内容有四大主题：人的存在、人的思、语言和诗歌。诗歌作为一个哲学主题被研究，这是前所未有的。海德格尔的整个诗歌观、语言观有完整的体系，与他的后哲学思想一以贯之，有如浩瀚的海洋。这里，我只能择其一而弘之。

海德格尔有一句很有名的论断，他认为：“艺术的本质是诗。”为什么说艺术的本质是诗呢？海德格尔的理由有两点：第一点，“诗的本质是真理之创建”，因为诗是在一种大道（海德格尔的大道并非像有的学者所说，是受中国的老子影响下的天道。海德格尔的大道就是指大自然中的道路，喻示人类寻找真理的方向和阶段）指引下的“道

1 汉娜·阿伦特：《人的境况》，王寅丽译，上海：上海人民出版社，2009年，第129页。

说”。诗是把本质真理说出来的一种创建，由此，诗歌给艺术提供了一个基本标准。第二点，“语言本质就是根本意义上的诗”。“诗歌即狭义上的诗，才是根本意义上最原始的诗。语言是诗，不是因为语言是原始诗歌，不如说诗歌在语言中发生，因为语言保存着诗的原始本质。”[1]对于诗歌是一种道说，海德格尔曾经用了这么四个排比表述：“筹划着的道说就是诗，世界和大地的道说，世界和大地之争执的领地的道说，因而也是诸神的所有远远近近的场所的道说。诗乃是存在者之无蔽状态的道说。”[2]诗的道说是真理在无蔽的状态中把自身发射到存在之中去的一种运动。由此，诗就是大地和世界之间，隐与显的无限之中的发生和运动，它是一种最神圣者的各种表现和真理的彰明。

用诗歌来破解当代世界的语言拜物教，用诗歌来对抗这种歪曲、玩弄、操纵语言的行为，是后现代的大量思想家们的设想与行为上的一种对抗。

一个真正的诗人必定用反抗语言操纵者的语言去表现人性的深度和厚度，人性是瓦解语言操纵者伪劣的最好武器。德国诗人特拉克尔曾经这样自述：“在濒临死亡的存在的那些瞬间里，感觉到，所有的人都值得爱。当清醒的时候，你感受到世界的残酷：其中有你全部不可

1 海德格尔：《林中路》，孙周兴译，上海：上海译文出版社，2004年，第62页。

2 同上，第61页。

推诿的过错；你的诗歌只是不圆满的赎罪。”[1]特拉克尔的这段话正是一个真实诗人诗作的全部的人性内容，也是他内心的全部的人性内容。

面向死亡的生存才有创造

波德莱尔以《航程》这首诗来作为《恶之花》的结束。在《航程》这首诗中，波德莱尔以他特别尖锐的眼光，对人类死亡表达了一种新的观点，这首诗是这样写的：

哦，死亡，我们的老船长，时候到了！让我们起航吧！
这个国度已经让我们感到厌倦，哦，死亡！我们将乘风
　　破浪，
即使天堂有着如同海洋般，墨黑的颜色，
你也深知，我们的心感到多么的清爽。

所以，倒出你的毒药吧，这就让我们得到安慰！
烈火在我们的脑中跳跃，我们想探测
这深渊的深度——管它是地狱还是天堂——
在未知的深邃中去把新鲜的事物打量！

1 转引自格奥尔格·特拉克尔：《特拉克尔诗集》，先刚译，北京：商务印书馆，2014年，第3页。

这么明确地把对死亡的期待和人的生存的愿望联系起来，把死亡的意识，如此微妙独特的内心体验用诗表达出来，最早可能就是波德莱尔了。他认为死亡不是自然的死亡，他认为死亡是人向无法探到生的深邃的一种眺望，在一种未知的深渊中去打量新鲜的事物的欲望。这种观念和以前的诗人、思想家有很大的不同，但与他之后的思想家们对死亡的看法却完全吻合。所以说世界的当代诗歌是由波德莱尔开创的，这个结论不容动摇。

唯有死亡，人才可以体验友爱、他人、自我超越等一切概念。巴塔耶曾经非常诗意地写出"在幻象中使你活的然而却我在死"的另一种死亡："是的，那是真的（什么真的？）、孤独的，你正在死，你没有远离孤独，你还一直在场，因为这里你让我与死亡一致，这个一致超越了所有的痛苦，而且在这里，我在我的泪水里轻轻地战栗，丧失了与你的语言，与你一起死却没有你，让我自己死在你的位置上吧，接受这个超越我和你的礼物吧。"[1]死亡可以写得非常柔情，像巴塔耶。但也可以写得非常悲观又调侃，像王寅的《死者》："噩耗简洁得像一根手指／他和他所有的死者／一无是处／他们已替他死去／这次他为别人而死／冰块互相敲打／黑色蹲在果壳上行走／比目鱼

1 转引自让-吕克·南希、莫里斯·布朗肖：《变异的思想》，夏可君编译，长春：吉林人民出版社，2011年，第50页。

在水下声音低沉/死者躺在条状的盒子里/像一把收拢的象牙扇子/泥土是他喜爱的外套。”死亡是无法追究的将来，只是悲伤是现实，但是“悲伤太多——悲伤也筋疲力尽”。

海德格尔认为人是唯一认识死亡的动物，人的这个认识是人的一大优势。人面对死亡，能够知道死亡，这就认识了人自身的有限性。于是人在认识了这种有限性后，人的精神的领先性就产生了，于是就开始有了新的自由。这种自由就是面向死亡的生成与创造的自由。

把死亡引入形而上学研究的关注点，是从现象学研究开始的，尤其是海德格尔。他在《存在与时间》这本著作中，花了大量篇幅研究死亡。他讲的死亡不是生理学范畴中的死亡，而是存在论范畴中的死亡。他的这番研究对后人有启迪。

海德格尔认为：“死亡是此在本身向来不得不承担下来的存在可能性。随着死亡，此在本身在其最本己的能在中悬临于自身之前……于是，死亡绽露为最本己的、无所关联的、不可逾越的可能性。”[1]死亡是对人存在着的一种此在标志，所以它也是对人的一个考验。海德格尔认为世上有两种人，一种是常人，一种是本真、本己的人。

1 海德格尔：《存在与时间》，陈嘉映、王庆节译，北京：生活·读书·新知三联书店，1999年，第288页。

前者是不在存在状态中的人，浑浑噩噩地过日子的人；后者是在存在状态中的人。对于死亡，这两种人有截然不同的表现。常人对死亡“是一种向死存在中存在着”[1]的状态，他们对死不是“畏”，而是“怕”。而本真、本己的人是“把向死存在标识为向着一种可能性的存在”[2]而存在的状态。因为他们把死作为一种可能性认识，所以，他们“把自身筹划到最本己的能在上去”[3]。能在就是不为死亡所怕，反而由此筹划着一切，这种人“解脱了常人的幻想的，实际的，确知它自己而又是畏着的向死的自由之中”[4]。如果要简要地说，那么，常人是“向着生存而死亡着”；本真的人是“向着死亡而生存着”。

海德格尔是指这样一种死亡观：只有把死亡带进自己的生活，本身的存在对人才有一种可能。当人感受到死亡的天使来临的时候，人生虽然是可畏的，但那是解放。他可以让我们从日常琐碎的奴役般的生活中解放出来，面对着令人恐怖的现实去做某种筹划的准备，于是使我们的生活成为有意义的自由生活。海德格尔把这种状态叫作“向死的自由”。

---

1 海德格尔：《存在与时间》，陈嘉映、王庆节译，北京：生活·读书·新知三联书店，1999年，第292页。

2 同上，第299页。

3 同上，第301页。

4 同上，第306页。

萨特继承了海德格尔的说法，但他有了一个新角度。萨特是把自由观引进了死亡观。他这样认为：死亡是非常恐怖的，但是“我的恐惧是自由的，并表露了我自由，我把我的整个自由置于恐惧之中，我在这样或那样的处境下自我选择成为是恐惧的，在另外的一种处境下，我将作为意志的和勇敢的人而存在，我将把我的整个自由置于我的勇敢之中”[1]。

人一旦认识死亡这样的恐惧，人就可以勇敢地选择自由意志的生存。人就能成为一个勇敢的人。原因何在？巴塔耶认为“真正的快乐要求一种直至死亡的快乐，但是死亡结束了快乐！”[2]这就是悖论。巴塔耶更多是从他的色情的概念来说事的。他说你只有快乐至死，你才能真正体会快乐，但是你一旦体会到这种极致的快乐，那你就已经死亡了。这种悖论怎么解决？巴塔耶换了一种新的说法来解决这个悖论。他说：“只有一种真正的勇气才能使我们在有形的死亡或衰落的焦虑中找到唯一的极端快乐，这种快乐使人毁灭。没有这种勇气，我们就无法以宗教或艺术的财富对抗动物生活的贫乏。”[3]巴塔耶的意思就是，人要超脱死亡的恐怖，最好

1 萨特：《存在与虚无》，陈宣良等译，北京：生活·读书·新知三联书店，2007年，第541页。

2 乔治·巴塔耶：《色情史》，刘晖译，北京：商务印书馆，2003年，第90页。

3 同上，第91页。

的办法就是创造。创造有多种，最明显的就是艺术创造。在这种艺术创造中，人才能够真正找到面向死亡的生存。

当今这恐怖世界的存在现实，促使人们必须面向死亡生存，这是一种在有限性中做无限自由创造的引导。尼采的一系列理论，以及两次世界大战的现实，意味着以苏格拉底为整个西方文化史奠基的理想主义所预示的失败。现代科学的测不准规则与不确定性特征更是证明了以前所谓逻辑的理想主义的实现是个空想。人完全被矛盾化了。克尔凯郭尔的看法是，人实际上是处于一种悖论中，如果人意识到了真理，这人就不必认识真理；如果人不知真理所在，人又不能认识真理。所以我们只能把真理作为我们生活的源泉来对待，我们永远不可能占有真理。这就是生活在不确定的情况下的人，在这种不确定的背景下的生活往往是一种无法完成的完美，甚至成为一个无法完成的方案。人被分离了，虽然并不意味着全然的解体。最好的出路是面向死亡有勇气去捡起碎片，让想象力赋予头脑，让创造性的东西去创造自身新的生命，于是重写历史。正像巴塔耶所言："死亡，唯有死亡才能不断地保证生命的更新。"[1]

瓦尔特·本雅明曾写道："只是因为有了那些不抱

---

1 乔治·巴塔耶：《色情史》，刘晖译，北京：商务印书馆，2003年，第69页。

希望的人，希望才赐予了我们。”[1]生活的确就是一种面向死亡的生存，实际上它是一种永远没有完成的事业，也是没法完成的事业。诗人北岛写过一首名为《过冬》的诗：

醒来：北方的松林——
大地紧迫的鼓声
树干中阳光的烈酒
激荡黑暗之冰
而心与狼群对喊

风偷走的是风
冬天应大雪的债务
大于它的隐喻
乡愁如亡国之君
寻找的是永远的迷失

大海为生者悲亡
星星轮流照亮爱情——
谁是全景证人
引领号角的河流
果园的暴动

1 转引自马尔库塞：《单向度的人：发达工业社会意识形态研究》，刘继译，上海：上海译文出版社，2008年，第203页。

听见了吗？我的爱人
让我们手挽手老去
和词语一起冬眠
重织的时光留下死结
或未完成的诗

这是一个绝望的时代，但人们似乎还应该存有希望，面向死亡的生存是一种未完成的事业，是一种从过冬的煎熬、黑暗，到心与狼群对喊，盼望星星照亮爱情。

完成欲望的超越

乔治·巴塔耶讲了一种生活中常见但谁也说不出口的真实："除非以欺骗的方法，我们永远也领会不了人类——他所代表的含义：人类总是自相矛盾，突然由慈善变得极其残酷，由纯洁变得无比卑污，由迷人变得万分可恶……这种不和谐也会集中在一个人身上，与家人在一起，这个人是一个善良的天使，但当夜晚来临，他便沉溺于荒淫。"[1]

巴塔耶的论述的最大优点就是他的直言不讳，他把

---

1 乔治·巴塔耶：《色情史》，刘晖译，北京：商务印书馆，2003年，第11页。

他的观察和他内心的真实体验结合在一起，毫不作假地坦露给你看。所以他对于这个世界的观察比二十世纪的一般哲学家们，尤其是学院派的哲学家都来得入木三分。他刚才说的那个现象是什么现象呢？这个现象实际上就是欲望与精神的一种对立。人经常夸耀自己是种精神动物，是一种文化动物，比一般动物来得高尚；实际上并非完全如此。人正因为是用语言、用艺术武装起来的文化动物，所以，人的身体和思想才分割了开来，这种分割往往是不成功的分割。一切虚假、伪善都由此而起。而且这种卑劣的品德在动物界都是不存在的。对此，尼采激动地说："相对来说，人是最不成功的动物，最虚弱的动物，最危险地偏离了自己本能的动物。"[1]尼采指出人是最不成功的动物，是因为人的肉体并不直接成为主宰，人在所谓理性道德、经济文化的环境中，他才可以呈现出人的样子。而肉体是被环境蔑视，被自己隐藏了起来。灵与肉的分离正说明人的文化表皮已经生病了，甚至有的已经病入膏肓。人的肉体的欲望和文化表皮的分离必定使人染上恶的良知，伪善的丑相。尼采把这种分离的人说成是"供上帝消遣的圣人是理想的阉人"[2]。由此，人就可以在伪善的假面下做出最恶的罪行。

---

1 转引自刘小枫选编：《尼采在西方》，上海：华东师范大学出版社，2013年，第266页。

2 尼采：《偶像的黄昏》，李超杰译，北京：商务印书馆，2013年，第30页。

欲望是什么？欲望是人作为一种动物，他的身体最正常不过的需要，是一种功能性的需要，完全是一种常态现象。如果没有这种欲望，包含性的欲望、财富的欲望等等，人就不会有创造性。人的创造性的根底就是欲望，欲望即创造。

正常人的欲望常常被那些理想主义的思想家们或者像尼采抨击的假善的人们过分地贬低了，而这种贬低实际上是贬低人的身体。普遍性怀疑人的身体和否定身体，要求把欲望锁在笼子里，希望人能够在所谓的道德和宗教的多重监管下，清心寡欲地过生活。轻一点说是给人穿上紧身衣，希望在紧身衣的束缚下去生活和生存。这实际上是违背了人生存的根本目的。人的生存的一大需要就是人的欲望的自由的实现，人才会成为一种主体拥有无穷创造力，可以无限延伸的动物。

巴塔耶所讲的人的绝对虚假的两面产生的最主要的原因是：人作为一个文化动物常常要表现出自己已经把欲望关进笼子了，但是实际上人的欲望又很难关进笼子。人的欲望总是要想尽办法通过各种力量找各种缝隙去发泄，去寻求欲望的实现。既然不想让欲望透明的、自由的、有限度的实现，那么欲望必然会用最虚假的、最无限度的办法去实现。人的这种主体的自由欲望的实现，既有创造性的一面，又有无底线的破坏力量。这种破坏力量在社会上比比皆是。比如说，人对于金钱、财富的欲望，从而形成了社会严重的贫富悬殊。世界上1%的富人拥有的财富比99%的穷人所拥有的全部财富还要多。为了金钱不惜破坏人最应该遵守的基本准则，不惜杀戮、掠夺、发动战争。在性的问题上，人的欲望也会造成没有底线的、无限度的破坏。

欲望是人的肉体和物质的混合体，但它不是人的全部价值，甚至可以说，肉体和物质的欲望只是一种欲望，一种初级的欲望。人的存在的一切美好、幸运、价值，必然与这种初级欲望有关系；但是，人作为人的高级的存在，需要在精神上、品德上开发与创造，这是一种可以让人比肩天地的高级欲望。

对于这种创造性基因存在的欲望，你既不能把它关在笼子里，但又怎样使得它在笼子外面的活动得到某种创造式的发挥，而绝对不能对社会造成破坏？这个问题的确是当代社会中最大的难题。人对于欲望这个东西，往往会走两级：一个是完全关进笼子；另一个是完全的放纵，让欲望像一个贪婪饥饿的被从笼子里放出的老虎，最后咬死善良者与无辜者。

尼采和巴塔耶对于这个社会难题，均有各自不一样的解决方法。例如关于性欲的问题。尼采对于婚姻是非常不看好的，他在多处说婚姻就是卖淫。巴塔耶也在多处说，婚姻通常与色情对立。尼采和巴塔耶对婚姻问题的看法，牵涉对于欲望的放纵和控制的行为及方法的争议。动物也有动物的性，动物的性比较简单，基本就是本能的行动，是一种非常天然性的、透明的、无邪的行为。因为动物的性，它不像人的性，接受了艺术、精神、道德等各种文化力量的制约。所以，动物的这种性，它是不在封闭状态中的性；而人的性已经被这些所谓的文化力量所封闭、控制。处在封闭状态中的人的欲望实际已经分化成两种：一种是真实的性，只有自己知道，从不示人；一种是可以示人的性，例如婚姻，但它可能一点不真实，外人只能看到笼子里的老虎，看不到笼子外面的老虎，实际上，这实在不是人性的发展的需要。

用快乐来鉴别动物的性和人的性的区别，是一件特有趣的事。动物的性基本反应是快乐的，但它们也处在一种潜在的自律状态，并非没有一点规则。动物之间的性是以生殖为目的的，它们有单偶制的性，有多偶制的性，雄性和雌性都有某种分工。这一切实际上都是为了达到以生殖壮大自己种族的目的。但人的性被这种种的文化条件，种种的道德理性文化约束，于是就禁锢在里面了。这种男人女人的婚姻状态，实际上就有某种禁锢的因素在里面。照巴塔耶的说法，婚姻中的性行为大凡不是一种快乐的色情行为；快乐的色情行为一定有冲向禁忌的愉悦。所以，人的性是性的禁忌与性的愉悦之间的一种竞争，是一种无法接受的禁忌的逾越，一种欲望与人性双向矛盾运用中的较量：怎么样使人的欲望不被诅咒，又不被撕裂，让人的性既是无涯的，又是符合规则的。性的快乐是不被压抑的，欲望能够在这种规则中走向真正的幸福。巴塔耶认为男人与女人如果没有焦虑、诱惑、渴望的因素参与其内的色情，男人与女人的性实际上就是比动物还要低下的性。人在这种色情的需要下，人才能把他的生命的价值实现。我们经常讲爱。巴塔耶认为，真正的爱实际上是，人的双方情欲无间无邪的配合。他这样说："情欲的对象以本质上说是另外一种欲望。肉欲倘若不是毁灭自己的愿望，至少也是寻求刺激和无保留放纵自己的欲望，但是我的欲望对象只能在一种条件下满足自己的欲望：我在对方身上唤起与我相同的欲望。爱情就其本质而言乃是两种欲望的契合。"[1]这样的看法十分有道理。婚姻常常会死亡，男人和女人结婚若干年以后，有些人会很失望，希望赶快结束这种不人道的所谓爱情。因为这种所谓爱情实际上是没有肉体力量的，没有真正欲望思想的那种性。于是，巴塔耶认为，这个时候如果你身边有情色的性，还不如去找个妓女，因为妓女是赠予你的，是一种献祭。

怎样才能把人的创造力、生命力的欲望放出笼子，但又使其成为一种有创造性、有价值的发挥，同时欲望又能受到某种约束与控制，让欲望成为高级欲望，这个问题

1 乔治·巴塔耶：《色情史》，刘晖译，北京：商务印书馆，2003年，第93页。

尼采有尼采的观点，巴塔耶有巴塔耶的观点。

尼采对于人去追求欲望又超越欲望，总结为有一个办法、一个追求、一个手段。尼采的一个办法就是用权力意志战胜欲望，使得欲望回到生命的起源中去。权力意志是尼采的形而上学中最精彩的一个东西，他认为人有了权力意志才可能真实地存在。所谓的理性是动物性生存的理性，而灵魂是身体的某种词语，身体才是最伟大的理性，人的权力意志会使生命打上特殊的符号。这个符号使得生命重新被教育，具备这种精神的人就是超人。海德格尔对尼采这种以权力意志战胜欲望的办法与追求是这样评价的："那种人，那种置身于存在者中间而与存在者——这个存在者作为这样一个存在者是强力意志，而作为整体就是相同者的永恒轮回——相对待的人，被叫作超人。"[1]海德格尔认为尼采所谓的超人是用一种否定性的肯定来决定人类历史的命运，超人虽然否定以往的人的本质，但他是以虚无主义的方式进行否定，虚无主义的特征是在否定中明确暗示新的价值会出现，这是过渡的历史。尼采认为，人如果要使欲望真正得到创造性发挥，那就是要使得人的强烈欲望超越为超人，"通过超人造成的人化乃是'非人化'……通过这种非人化，存在者'赤裸裸地'显示为强力意志即'混沌'的支配性构成

1 海德格尔：《尼采》(下卷)，孙周兴译，北京：商务印书馆，2002年，第922页。

物的强力运作和斗争。于是，根据存在者存在的本质，存在者纯粹的是'自然'"[1]。尼采对于怎么样把欲望做到超越，还提出一种手段，他认为这个世界完成权力意志的时候，"为了成其至善，人类的至恶是必需的，一切至恶乃是人类的最佳力量，对于至高的创造者来说就是最坚硬的石头；而且，人类必须成为更善的和更恶的"[2]，尼采认为采取强硬的否定态度，对旧的价值进行否定，然后用最强烈的力量去进行，建立一个全新的善与恶。这是尼采进行欲望超越的办法。

从量子理论发现以后，人类对于宇宙、对于世界有越来越不确定的意识，不确定原则已经成了人看待世界万物的一个定律。在这种一切都不确定的情况下，人是相信理性的自由，还是相信个体的自由？我相信多数人都会选择个体的自由。所谓个体的自由实际上就是人的欲望的自由的发挥和自由的超越。这就牵涉自律和他律的问题。巴塔耶对于这个问题这样说："在人性的本质中，一种凶猛的冲动找寻着自律性，找寻着未来的自由。当然，自由的理解多种多样——但自由是今天人们渴求的某种奇迹呢？我将不得不独立面对尼采所面对的那些困难——把上帝和善抛在后面，尽管那些给上帝和善捐

1 海德格尔：《尼采》(下卷)，孙周兴译，北京：商务印书馆，2002年，第938页。

2 尼采：《查拉图斯特拉如是说》，孙周兴译，上海：上海人民出版社，2009年，第281页。

躯的人们，燃烧着炽烈的怒火。”[1]尼采的观点和巴塔耶的观点在这一点上是统一的。人要寻求自立，就要寻求自由。而要寻求这个，就必须把上帝和所谓善抛在一边。原因非常简单，人欲望的实现的最根本的需求是自由，人的生命的本质是需要自由的，“生命只有在不从属于超越生命的特定目标时才是完整的。如此说来，整体的本质是自由。然而，我还是不能仅仅通过自由而成为一个完整的人，即便为自由而斗争是我应该采取的行动”[2]。巴塔耶说明了人为了追求自律，就必须是自由的；但是巴塔耶从另一方面又很悲观地认为，人在追求这种自律的自由的状态时，人没有任何他律的约束和驱动，人的这种欲望是不是能够真正达到有价值的被超越？巴塔耶表现出非常大的悲观，巴塔耶说：“人既渴望又害怕失去极限。仿佛极限意识需要一种不确定的、悬而未决的状态。仿佛人本身对于一切可能性的探索，他总是走极端和冒险。因此，一种对如此顽固的不可能性的挑战，一个如此丰盈的虚无欲望，只能以死亡的空虚结束。”[3]

人类的生命在凝结欲望的超越的时候，是不是最终必须走到死亡的深渊去？恐怕不是这样的。我将在后面

1 乔治·巴塔耶：《色情、耗费与普遍经济：乔治·巴塔耶文选》，汪民安译，长春：吉林人民出版社，2011年，第110页。

2 同上，第116页。

3 同上，第168页。

讲到这个主题：渴望神性的人性。人的人性就是人必须有一个心里的上帝；尼采也曾经说，如果有必要，可能需要一个新的上帝。这个上帝应该是心中的上帝，即便是有宗教的信仰也罢，非宗教的信仰也罢。人性的存在本身就有普世公认的价值标准，人性的底线的存在是作为他律的存在。人性终究可以作为对欲望规范的他律因素而存在。

至高的恶归属于至高的善

——人性的后现代性，兼谈诗歌的表现

二十世纪以来，关于人性的评价和分析，我认为最至高无上，最有前瞻性、未来性的，能够从人类灵魂深处去揭示出真理来的，唯有尼采。我们常常强调，尼采最核心的思想是“上帝死了”“价值重估”等等，我们忽视了尼采在分析人性问题上的理论，对其深邃的内容分析不够，估价不高。

尼采在人性问题上最核心的观点是：“至高的恶归属于至高的善：而这种善却是创造性的善。”[1]

---

1 尼采：《查拉图斯特拉如是说》，孙周兴译，上海：上海人民出版社，2009年，第147页。

"至高的恶归属于至高的善",这样的理论似乎是矛盾式的悖论,但这样,却把人性中最纠缠不清的,但又是最核心的东西点了出来。所以,尼采在人性问题上的整个论断是带有创世纪性的价值。

颠倒被颠倒了的善恶

尼采认为,在今天这个世界上,善与恶是被颠倒了的。他说:"真的,人类给予自己一切善和恶。真的,人类并没有取得一切善和恶,也没有发现一切善和恶,一切善和恶也不是作为天国的声音降落到他们的头上。"[1]他举了一个例子,他说:"许多事物被这个民族称为善,在另一个民族却意味着嘲弄和耻辱:我感觉就是这样。我发现许多东西在此地被称为恶,而在彼地却被粉饰以紫色的荣光。"[2]

一切现实世界中的善恶标准,常常是一帮所谓的善人们所做出的判断,而这种所谓的善人们所做出的判断往往近乎法律。他们拿这套神圣至极的东西去评判万事万物,顺从者就是善,悖逆者便是恶。而这些所谓的善

1 尼采:《查拉图斯特拉如是说》,孙周兴译,上海:上海人民出版社,2009年,第69页。

2 同上,第68页。

人，又是一些什么样的人呢？尼采说："那些自诩为'善人'的人们，我发现他们是最毒的苍蝇：他们毫无恶意地蜇人，他们毫无恶意地撒谎，他们如何能够做到公正地——对我。谁生活在善人们中间，同情就会教他撒谎。同情为所有自由的灵魂制造出沉闷的空气。因为善人们的愚蠢是深不可测的。"[1]尼采的这番洞见与明察何其尖锐，即便在今天也是天下的至理。

把最高贵的判断为最卑鄙的，最恶劣的评价为最好的；于是，这个世界由此就被彻底地颠倒了。对于这样的颠倒，尼采的态度是：我们最需要的是一种反常，这种反常是给世界的一种否定的力量；这种否定是对存在的反抗，是一种为了世界的未来而发出的历史声音，是良知在征程中的涌出；而这种否定的内在性和合理性必定会缔造出新的生命，呼唤新的真与善的世界的诞生。所以，尼采认为今天这个世界，"啊，人类的善竟是那么渺小！啊，人类的善竟是那么渺小"。为什么呢？因为没有这种彻底的否定的巨大力量，没有那种创造新的世界的人的产生，也就是后来尼采不断提倡的超人的产生，世界就显出不但善是渺小的，恶也是渺小的境况。

1 尼采：《查拉图斯特拉如是说》，孙周兴译，上海：上海人民出版社，2009年，第238页。

当然，要否定这些所谓的善人们所谓的善，这种工作何其之难！所以，尼采疾呼“一切人类之未来的最大危险究竟在哪些人身上呢？难道不是在善人和正义者身上吗？”“无论恶人能造成什么样的损害：善人们的损害是最有害的损害！”“为我粉碎吧，粉碎善人和正义者！——呵，我的兄弟们，你们也理解了这话吗？”[1]尼采显得非常激愤，因为尼采认为否定要比肯定艰难得多。否定是在一个非常牢固的基础上求得一个新的价值和意义。一切的旧都是死命般的顽固，正如叙利亚著名诗人阿多尼斯在一首诗中所言:“什么是时光？ /我们穿上的衣服，却再也脱不下来。”(《在意义丛林旅行的向导》) 东西一旦成为时光，就像衣服穿上了以后再也脱不下来。这就是在这个世界，如果要作为一个创造者诞生所具有的艰难性与危险性。

而且这一切都是在新的环境中善恶不断变化的情况下要做的，所以，尼采曾经非常感慨地说:“相信人性会变成纯粹逻辑的人性的人实在是太天真了。”[2]因为“永远不变的善与恶——是没有的”。[3]

1 尼采:《查拉图斯特拉如是说》，孙周兴译，上海：上海人民出版社，2009年，第271—273页。

2 尼采:《人性的，太人性的：一本献给自由精灵的书》，杨恒达译，北京：中国人民大学出版社，2011年，第31页。

3 尼采:《查拉图斯特拉如是说》，孙周兴译，上海：上海人民出版社，2009年，第147页。

最大的善就是创造

把世俗的善恶颠倒过来，这种颠倒所需要的力量是一种新的善的力量，而这种善的力量就是一种创造性的力量。

这种创造性力量所表现出来的首先就是一种对人性的救赎。这种对人性的救赎就是对丑和恶的认识，并且对美与善的表现都要以丑与恶为出发点与支撑点的，二十世纪后现代人文的最重要的精神就是这种先否定再肯定的救赎精神。揭露丑恶才可能表现一种新的精神。布莱希特曾经这样说："不要以旧的、美好的事物为开端，而要以丑恶的、新的事物为出发点。"[1]布莱希特比较早地发出了这样的警告，要从丑陋的东西出发去发现新的事物。正因为有了这种对丑陋的东西的发现，才使得人的整个认识会站在一个最佳的位置上。正如尼采说："恶是人类的最佳力量。"他的论断的全文如下："'人是恶的，'——所有最智慧的人们都这样安慰我。呵，但愿这话今天依然是真的！因为恶是人类的最佳力量。'人必须变得更善和

1 转引自刘丽荣、黄凤祝：《美狄亚的愤怒：对欧洲政治、社会与艺术的沉思》，上海：同济大学出版社，2011年，第238页。

更恶’——我如是教导说。对于超人的至善，至恶是必需的。”[1]尼采在这里说的“至恶”实际上就是否定的伟大力量，一种创造性的力量。只有有了这种伟大的创造性的力量，真正的社会的“恶”才会被驱逐；所以这里的恶是带有引号的。而这一切用否定创造世界的力量是建立在确认人是恶的基本认识上的。

创造必须先破坏，否定是在肯定之前的肯定，这个肯定要比一般的旧的肯定重要得多。对于过去最大的忠实不是存在、继承，而是作为一个未来建设去找寻的一个对新价值的重估，这种否定必定是一个未来的早产儿。

尼采说：“新的总是恶的，新的总是要征服，要掀翻旧的界碑和虔诚；只有旧的才是好的！每个时代的好人对旧的思想总是追根刨底，并且获得思想果实，他们是思想的耕耘者，每块土地均被充分利用。不过，‘邪恶的’犁铧必然要来光顾的。”[2]这种恶的犁铧对于这个新的世界而言，那就是一种新的力量；对于旧人来说，新的总是恶的。一切新人必须深深记得尼采的这个论断。新旧交替，新人总要作恶，不然无法铲平旧的。旧人为此会嚷嚷不休，讽刺不停；新人要把旧人的这种批评和挖苦当作真理实现的享受来对待才是。

1 尼采：《查拉图斯特拉如是说》，孙周兴译，上海：上海人民出版社，2009年，第370页。

2 尼采：《快乐的知识》，黄明嘉译，北京：中央编译出版社，2009年，第8页。

所以，尼采在很多地方不断地鼓动，真正的善人是必须懂得恶的，更善的人必须懂得更恶的东西。有了对恶的深刻认识，善才能像树一样深深地扎在这块土地上。对于邪恶没有更恶的态度，对于邪恶没有更恶的想象力，也就丧失了深刻的否定和排斥的态度。丧失了这一切以后，所谓的善良也就是一种沉默，一种平庸；沉默与平庸是人类的一种坏习气，等同于默认了恶的存在，所以有同谋的嫌疑。对此，尼采有过无数的抨击，对所谓的中性人、所谓低贱的庸人等等，他甚至激烈地说，行而恶胜于卑琐。一切的平庸都是为恶势力在行贿或者开道，世故是一种罪行。尼采认为无论什么时候，人都必须被超越。恢复野性的德性，保持天真的纯洁，永远去冲破一切的坟墓，做一个超人的创造者。尼采的代言人查拉图斯特拉激动地说："你依然是所有坟墓的破坏者：祝福你，我的意志！唯在有坟墓的地方才有复活。"[1]

尼采在肯定善创造的价值的同时，又强调创造者是需要付出最大的痛苦的；这种痛苦就如同诞生新婴儿的孕妇之苦。尼采这样形容："精神就是自行阉割的生命：生命因自己的痛苦而丰富自己的知识。""你们只知道精神的火花：但你们看不到精神是一块铁砧，看不到它的

1 尼采：《查拉图斯特拉如是说》，孙周兴译，上海：上海人民出版社，2009年，第143页。

铁锤的残暴性！”[1]所以，他提醒大家：你们要坚强些。因为，如果没有对于这种对更恶的了解，而是热衷于洁身自好、随波逐流，那就是容忍了这种邪恶的永远存在，不可能去直面未来的光明。

卸脱丑的皮囊

尼采在讲到善与恶的时候，他不完全陷于社会现象，而是更深入人的心里去讲善恶是如何从心理现象成为这个社会力量而存在的。按照尼采关于“上帝死了”的公式，人的善与恶的本性不能再追溯到基督教的家庭的谱系上，也就是原罪，而应该从这个世界与人的内在性上去寻找根源。只有这样，才可以有说服力地解释，善恶的存在是一种必然的存在。后现代的观点认为，人类的存在从一开始就是一个恶的存在；这是尼采多处肯定的。因为人的开始是恶的存在，所以才会使得人在这个世界上因为各种环境生存等原因被深度地分裂。人既可能有恶的一面，也可能有善的一面。人心极度分裂的外因是他的生活经历和生活环境，人如果完全无知地屈服

---

1 尼采：《查拉图斯特拉如是说》，孙周兴译，上海：上海人民出版社，2009年，第130—131页。

于这种日常生活，沉醉于无聊的、厌倦了的生活；那么，这种无人性的东西完全可以蔓延出来。人性被深度分裂的这个现象是后现代理论的一个发现。尼采说："我不能再兜圈子了，应当初步阐述一下我自己关于'良心谴责'的起源的假说，这一假说乍听起来可能使我们感到耳生，需要我们反反复复地思索。我把良心谴责看作一种痼疾，人们罹患了这种痼疾是由于那个史无前例的深刻变迁给他们造成了压力，这种变迁将人永远地锁入了社会的和太平的囹圄。就像那些海中生灵的经历一样，它们被迫要么变成陆地动物以求生存，要么灭种绝迹，于是它们这些愉快地熟悉了野蛮状态、战争环境、自由徘徊和冒险生活的半野兽们突然发现，它们的所有本能都贬值了，'暴露'了……我相信，从前世上从未有过这样一种痛苦的感觉，这样一种极度的不舒服。"[1]尼采的这个解释从根本上提出了问题，周围的环境对于人性的分裂产生了极大的影响；所谓的"良心谴责"的起因，既跟人的恶的本源有关系，也与这个善恶颠倒的世界有很大的关系。

卡夫卡在1917年自我评价时曾经这样写："只有恶才有自我认识和自知之明。"后来又说："除了一个精神世界以外便没有别的东西了。我们称为感官世界的东

---

1 尼采：《论道德的谱系》，周红译，北京：生活·读书·新知三联书店，1992年，第62—63页。

西，其实就是精神世界中的恶。”[1]卡夫卡和尼采的观点在精神上有相同的东西。人因巨大的社会压力产生精神分裂，于是就损坏了他的纯洁性。尤其是到上帝的天堂丧失了以后，人的精神完全可以无所不为了。这会儿可以是上帝，另一会儿又是魔鬼。这世界上的一切完全处在一种欺骗、假象的境地。照尼采的观点，人是难以发现自己的，他说：“人类把太多的外来异己之物扛在肩上。人类犹如骆驼一般跪下，让自己满满地承载。”[2]因为人类的奢欲需要去负载根本无法负载的东西，所以最后的结论是，生命变成了一片沙漠。尼采说：“人是难以发现的，最难以发现自己；精神常常欺骗灵魂。”[3]在人的世界当中，我们应该承认一点，善恶之间如尼采所形容的那样，像一根悬崖之上的绳索，一边是动物，一边是超人；一切都是混沌，难以彻底地去分辨。对于混沌，尼采有精辟之言，尼采看出混沌与分裂正是产生新善的可能，他说：“人身上还必须有一种混沌，才能够孕育出一颗飞舞的星球。”[4]这个观点绝妙。

---

1 转引自彼得–安德雷·阿尔特：《恶的美学历程：一种浪漫主义解读》，宁瑛、王德峰、钟长盛译，北京：中央编译出版社，2014年，第419页。

2 尼采：《查拉图斯特拉如是说》，孙周兴译，上海：上海人民出版社，2009年，第248页。

3 同上。

4 同上，第13页。

由此，尼采非常诚恳地对人类说出了几个希望："你还是不自由的，你还在寻求自由。你的寻求使你筋疲力尽，而且过度清醒。你想升往自由的高处，你的灵魂渴求着星辰。然则你恶劣的本能也渴求着自由……在我看来，你依然是一个为自己虚构自由的囚犯：呵，这种囚犯的灵魂变得聪明，但也变得奸诈和恶劣了。"[1] 尼采对人类是这样高呼着："精神获得解放者还必须净化自己，在他心里还留有许多禁锢和污泥：你的眼睛也还必须变得纯净。是的，我知道你的危险。但凭着我的爱和希望，我恳求你，不要抛弃你的爱和希望……"[2] 尼采认为在人的精神如此分裂的情况下，人类最后的路肯定就是克服和战胜自己。他说："善与恶、富与贫、贵与贱，以及一切价值名称：这些都会是武器，也是响亮的标志，表明生命必须一再克服和战胜自己！"[3] 一再地克服和战胜自己，这就是尼采所说的权力意志。

伪善是最大的恶

当道德成为特权阶级和统治阶级的一种最特殊的

1 尼采：《查拉图斯特拉如是说》，孙周兴译，上海：上海人民出版社，2009年，第47页。

2 同上。

3 同上，第127页。

武器，来约束别人的时候，对于别人而言，这是最致命的。社会的种种邪恶的压力顶在人的头上，意志薄弱者一定会用一种最无害的办法适应之；在这种情况下，对于无论是统治者还是被统治者而言，伪善由此产生了。

尼采最反对生活中的平庸和伪善，他认为这个社会上，人们过多地强调同情和慈善。对于这一点，尼采颇有反感地说："上帝死了；上帝死于他对人类的同情。"他又说："记住这句话：一切大爱都高蹈于自己的全部同情；因为一切大爱都还意愿把所爱者——创造出来。"[1] 尼采认为，人的恶里面包含卑微、平庸。甚至他激进地说："最恶劣的却是卑琐狭隘的思想。说真的，行恶使坏也胜于卑琐地思想！"[2] 所以尼采特别赞赏人品质中的正直，他把正直称为我们"唯一的"和"最后的道德"。[3]

尼采把人对特权力量统治之下不得不为之的伪善做了如下评价："我很是担心，就某些罪恶而言，现代人简直太过懒散了，以致这些罪恶正在绝迹。在我们温和的空气中，一切有赖于坚定意志的恶——也许没有无需意志坚定的恶——都退化为美德……我认识的少数几个伪

---

1 尼采：《查拉图斯特拉如是说》，孙周兴译，上海：上海人民出版社，2009年，第112页。

2 同上，第110页。

3 转引自刘小枫选编：《尼采在西方》，上海：华东师范大学出版社，2013年，第350页。

善者都是在模仿伪善：他们是演员，如今几乎每十个人中就有一个这样的人。”[1]尼采的这番义愤填膺的话，在今天来看还是非常有现实性。极力地表演，对每一件事都像演员在演戏，直演到假作真时假亦真，一直把自己都弄糊涂了。伪善地演戏，成为每个人存在的最主要武器。

所以，尼采才这样认为，人在生活中，即便戴面具者不想要面具，也会有一副面具长出来。“每个深奥的精神周围，都在不断地长出一副面具，这要归功于人们的错误的，亦即肤浅的解释，他给出的每一词、每一步，每道生命标记。”[2]

伪善的结果就是社会上出现了大量的面具人。面具人永远是假人，即使他会有一刻脱下面具，但是他真实的良心可能已经习惯于这副面具。就像尼采说的：“一个大道德主义者必然也是一个大戏子；他的危险在于，他的伪装不知不觉地成了自然天性。”[3]面具人就永远是面具人，因为这个面具是蒙在良心上的面具。他如果说善话，说相信这个东西，也是从本质上把自己放在不相信这相信的位置上；他如果说赞成这东西，也是从本质上把自己放在不赞成这赞成的位置上。在这种面具人的心里

---

1 尼采：《偶像的黄昏》，李超杰译，北京：商务印书馆，2013年，第64页。

2 转引自朗佩特：《尼采的使命：〈善恶的彼岸〉绎读》，李致远、李小均译，北京：华夏出版社，2009年，第116页。

3 尼采：《权力意志》（下卷），孙周兴译，北京：商务印书馆，2007年，第696页。

面，良心已经完全做虚伪状。人的良心一定是一种潜意识的流露。价值就是价格，有钞票的衡量标记，如果一切生活，包括良心都被价格所主导了，那么这个人就是一个正宗的面具人。

保罗·策兰写过一首关于面具的诗歌：

相撞的太阳穴，
赤裸，
在面具出租店里：

世界的背后
那未被邀请的希望
抛出拖缆。

在海洋般的伤痛边缘
呼吸的数字正靠岸。

保罗·策兰的这首诗主要讲人的精神被分裂以后，人所要面临的选择。这个选择是一种未被邀请的希望，但是它是在世界的背后，在生活的重压之下。而这一切又是一种极为剧烈的行为："相撞的太阳穴"，于是人会选择偏差，戴上面具。这种人性被异化了的现象背后，就是海洋般的伤痛，"呼吸的数字"是指人是活着的，但人已不是正常地活着。面具人的存在实际上正是人性死亡的一个标志，人存在着，但已死亡。

善恶是非逻辑的存在

尼采说："我觉得世界就是梦幻，是一个上帝的虚构；一个神性的不满足者眼前的彩色烟雾。善与恶，乐与苦，我与你——我觉得都是创造者眼前的彩色烟雾。"[1]在尼采眼里，这个世界包括人的存在，甚至包括善和恶都不会是十全十美的，都不会是彻底的纯的东西。我们这些生活在今天的人必须要深深地思考，为什么今天的世界有如此大的矛盾，如此复杂的变化。这种复杂的、矛盾的变化都是十九世纪以来矛盾性的社会建构的反映，都是这种社会建构在人的生活中、心理中的投射。矛盾性是后现代的一大主题。这种矛盾性是一种什么样的东西呢？芬兰诗人贡纳尔·比约林有一首非常有意思的诗，叫《将有一种》：

将有一种来自那行走于

---

1 尼采：《查拉图斯特拉如是说》，孙周兴译，上海：上海人民出版社，2009年，第29页。

木鞋铁箍里的心灵的
恶心——
将有一个世界的乌合之众的赎罪
在我的变幻中升起。
将有无底的苦难的欢乐诞生
欢乐的明亮降临到人类身上
无名事物的美德露出了牙齿
没有荣誉的事物的荣誉正沿街爬行。

这首诗写的就是矛盾的世界，世界的矛盾。尼采认为人类的开始是恶的开始，而不是善的开始。他把这种恶想象成为一种人类最有野蛮色彩，也最具创造性的恶。他在《人性的，太人性的：一本献给自由精灵的书》一书中这样说："在人类历史上情况也是这样：最野蛮力量首先破坏性地开辟道路，然而尽管这样，他们的行为是必要的，从而后来会有一种更温和的文明在这里建立其家园。可怕的力量——人们称之为恶的东西——是人性的独眼巨人式的建筑师和开路先锋。"尼采强调："所谓的这些罪恶行为是无罪的。"这就是恶和善的一种不能完全区分的境界。尼采对于这个善恶的非逻辑存在的问题，有一段非常精彩的分析："一切存在都是难以证明的，也是难以言说的。……是的，这个自我，以及自我的矛盾和纷乱，依然最诚实地言说它的存在。”[1]善恶是非逻辑地存在着的，这是尼采人性观的一个要点。

尼采认为世界上有三个东西最声名狼藉、最受诅咒：淫欲、权欲、自私。但是，他对这个问题却有着公正而又辩证的区分。他明确地说：“淫欲，对于自由的心灵，它是无辜而自由的，是人间乐园的幸福，是一切将来对于现在的满溢的谢忱。”但是，他又说：“淫欲，唯对于干枯者，它是一种甜蜜的毒药，而对于具有雄狮意志者，它却是一种大大的强心剂，以及敬畏地保藏的酒中之酒。”[2]尼采对于淫欲的这两面看得非常清楚，对于某些人来说是强心剂，是人间乐园；对于某些人来说却是甜蜜的毒药。尼采认为：“权欲，最恶毒的牛虻，着落于最虚荣的民众身上；一切不确定的德性的嘲笑者；它骑在每一匹骏马和每一种骄傲之上。”[3]他认为权欲奴役人民，使人民像猪一样地卑微生活。但是，他又说：“权欲，那种伟大的蔑视的可怕教师，直面着城市和帝国宣讲：‘你滚开！’——直到从它们自身中叫喊出来：‘我滚开！’”[4]对于自私，他赞美不已。他认为自私是一个美名，有自私者是有福的，这是完好的健康的自

1 尼采：《查拉图斯特拉如是说》，孙周兴译，上海：上海人民出版社，2009年，第30页。

2 同上，第241页。

3 同上，第242页。

4 同上。

私，源自强有力的灵魂。他说："来自强有力的灵魂，它包含着高尚的肉体，那美丽的、胜利的、令人振奋的肉体，在它周围每一个事物皆成为镜子。"[1]尼采认为自私最佳的表现是祛除了怯辱，"一种自身快乐把自己保护起来，以其幸福之名，它祛除了自己的一切可蔑视者"[2]。对于自私，尼采更多地表现出赞扬，但是他又把自私分成积极与消极两种。他再三地强调，要做一个高尚者的幸福的自私，而不要去做那种假智慧的、厌世者的所谓的无私。他十分讨厌所谓的"无私"，他把"无私"称为"所有这些厌世的怯弱者和十字蜘蛛"[3]。这样的对自私和无私分析，我看几百年来也没有几个人。

尼采对于人性的善恶分析到了非常细微的程度，他认为人的意志在自由状态下表现出来的善才是天性的人性，这种善的行为是人的心理立法中的自由。他曾有一句精妙的格言：经常有这样一种人有着"被束缚的内心，被解放的头脑"[4]。这是一种矛盾，但在很多人身上存在。

---

1 尼采：《查拉图斯特拉如是说》，孙周兴译，上海：上海人民出版社，2009年，第243页。

2 同上。

3 同上，第244页。

4 转引自朗佩特：《尼采的使命：〈善恶的彼岸〉绎读》，李致远、李小均译，北京：华夏出版社，2009年，第73页。

尼采以其深刻的洞察力，向人认真地告诫："相信人性会变成纯粹逻辑的人性的人实在是太天真了。"[1]

在世界文坛上，像尼采那样把颠倒了的人与善恶颠倒过来，并给予真正人性的反映的书，无疑是法国诗人波德莱尔的《恶之花》。

波德莱尔的这本《恶之花》的出版在整个文学史上是一件划时代的大事情。《恶之花》所引出的人的审美，人性的变化，现代人的弱点，现代人的绝望，在美丽之后的丑陋，在丑恶旁边的真理……这一切的一切，一直持续到今天还在不断地发酵起作用。波德莱尔在《恶之花》中非常清晰地把最粗俗的东西和最忠实的现实用美的方法反映出来。好像它是恶之花，实际上是善之花。他用一种亵渎过往美的法则，谈及优美、神圣、信任、诚实和善良等诸多东西。《恶之花》的言论是一种对天堂的沉沦，但也是对魔鬼的反常的诡辩。《恶之花》里曾经把美和丑、善和恶如此没有逻辑地连在一起，却又如此的真实。他写道："世人啊，我很美，像石头的梦一样，/我这使人人相继碰伤的胸心，/生来就要给诗人激发一种爱情，/就像物质一样永恒而闷声不响。/我像神秘的人面狮，君临碧霄；/我把雪的心跟天鹅之白相结合；/我对移动线条的运动感到厌恶，/

1 尼采：《人性的，太人性的：一本献给自由精灵的书》，杨恒达译，北京：中国人民大学出版社，2011年，第31页。

我从来不哭泣，也从来不发笑。”

在波德莱尔的诗歌中，罪恶和魅力、丰韵与恶丑常常连在一起，通过对人类兽性真实的发现，丰富了诗歌的源泉，现实就是丑恶的渊薮。法国作家戈蒂耶在《恶之花》的献词中曾经这样表示赞美：“我知道，在真正的诗高远的空间里，是没有恶的，正如没有善。我也知道，我这本可怜的忧郁与罪恶的字典可以来自道德反应显得合法，正如渎神者可以确立起宗教的合理性。”[1]

波德莱尔的《恶之花》中最有代表性的是《美的赞歌》：

你是从天而降，或是从深渊上来的，
美啊？你那地狱的神圣的眼光，
把善行的罪恶混合着倾注出来，
因此，可以把你当作美酒一样。

在你的眼睛里含有落日和黎明；
你散发像雷雨之夜一样的清香；
你的吻是媚药，你的嘴是药瓶，
它使英雄气短，它使孩童胆壮。

你来自黑暗深坑，还是来自星际？

1 皮舒瓦、齐格勒：《波德莱尔传》，董强译，上海：上海人民出版社，2007年，第426页。

命运迷恋你，像只狗盯住你的衬裙；
你随手撒下欢乐和灾祸的种子，
你统治一切，却不负任何责任。

美啊，你踏着死尸前进，对死者嘲讽，
在你的首饰上，恐怖也显得妩媚多娇。

……

是魔王或天主派遣，你是人鱼或天神，
这又何妨？——眼睛像天鹅绒的仙女，
节律，香和光，唯一的女王！——只要你能
减少宇宙的丑恶，减轻时间的重负！

在这首诗中，天堂与地狱、善行与罪恶、美丽与丑陋都已经不是极力相反的两律；相反，这世界的善行与罪恶混合成为美酒，为人所享受。美是踏着死尸前行，欢乐与灾难合并成为种子。波德莱尔的诗是让现实成为恐惧，但又把这种现实称为审美的对象，让从没有过的真实，但又是真正的真实展现于读者；如此，读者刚开始读的时候会有震惊、恐惧，但继之而来的却是思考。这就是波德莱尔的伟大之处。

波德莱尔的《恶之花》之所以至今还在文学界和诗

歌界作为后现代的一个丰碑被承认，就是因为它已经打破了从古典到浪漫的诗歌低级审美，他把美和丑、善和恶，用最真实的整合、用内在的巨大力量展现出一片特有的诗的天地来。

浪漫主义时代的诗歌，无外就是伤春悲秋、无痛呻吟，淡淡的忧愁加上宗教的冥想和政治的忧虑。这一切都与真正的人性相距甚远。诗已不能承载这现实世界的人性化内容，必然，诗的艺术将坠落成为一种应酬品或附设品。

我们至今还明确地称波德莱尔是世界第一个现代诗人，原因何在？我想用法国文学理论家安托瓦纳·贡巴尼翁所著的《现代性的五个悖论》来做最简要的回答。《现代性的五个悖论》认为波德莱尔的现代性主要表现在波德莱尔提出的两个口号，以及与由此引发的四个特点。两个口号是：要深入“到陌生之底去寻求新”[1]；“美要始终是怪异的”[2]。四个特点是：非完善性；零碎性，即和谐被打破，无序状态愈烈；无意义或意义的丧失；自主、自反性或循环性。[3]这四个特点是安托瓦纳·贡巴尼翁对波德莱尔的诗以及他的影响做的总结，作者对此有阐述、分析，可读他的原文，我这里只能一笔带过。

---

1 安托瓦纳·贡巴尼翁：《现代性的五个悖论》，许钧译，北京：商务印书馆，2013年，第9页。

2 同上，第15页。

3 同上，第24页。

做一个精神的超人

“超人”的理论是尼采对未来人的希望。尼采的“超人”是用来形容一种至高卓绝的人的用语，这种人同“现代人”、“善良人”、基督徒和其他虚无主义者完全相反。“超人”是相比于最平庸的“未人”而言的。他首先是卓绝的创造者，“是来自乌云的闪电”[1]。其次，他是一位有高尚人性的人，“到最后，你的所有热情都变成了德性，你的所有魔鬼都变成了天使”[2]。最后，超人是一位智者，他让“最高希望成为生命的最高思想”[3]。尼采把这类人称为“人类的最遥远之物、最深邃之物、星空般崇高之物，人类巨大的力量”[4]。海德格尔用形而上学的语言这样分析尼采的超人：“那种人，那种置身于存在者中间而与存在者——这个存在者作为这样一个存在者是强力意志，而作为整体就是相同者的永恒轮回——相对待的人，被叫作超人。”[5]海德格尔

1 尼采：《查拉图斯特拉如是说》，孙周兴译，上海：上海人民出版社，2009年，第16页。

2 同上，第37页。

3 同上，第54页。

4 同上，第376页。

5 海德格尔：《尼采》(下卷)，孙周兴译，北京：商务印书馆，2002年，第922页。

把尼采的“超人哲学”完全看作尼采的形而上学中的核心内容，“超人”是表现强力意志，而且这种强力意志的整体出现是一种永恒轮回思想的表现，而这两者就是尼采的整个形而上学的核心内容。

具体而言，在海德格尔谈到“超人”时说：“‘超人’这个名称中的‘超’包含着一种否定；它意味着对以往的人的‘超’离和‘超’出。这种否定中的‘否’是无条件的，因为它来自强力意志的‘肯定’，直接针对柏拉图式的，基督教道德的世界解释及其所有或隐或显的变式。在形而上学上来思考，这种否定性的肯定决定着人类历史走向一种新的历史。”[1] 按海德格尔的解释，超人是反叛、否定，是对于现有世界的一种特有的反叛，但又是一个价值重估的发起者和行为者；所以他的作用是创造一个新历史。纳粹利用尼采的“超人理论”来作恶，并非尼采的理论自身有恶。

尼采曾讲过“三种变形”——骆驼、狮子和孩子。他认为这个世界上，这三样东西不但值得肯定，而且是人的整个生命新的价值的一种表现。骆驼表现的是一种耐力，狮子表现的是一种勇气、强壮，孩子是一种游戏、一种新的开端、一种原初的运动、一种神圣的肯定、一种彻底的尝试。所以，他说：“我已经向你们指出了精神的三种变形：精神如何变成骆驼，骆驼如何变成狮子，狮子如何最后变

1 海德格尔：《尼采》(下卷)，孙周兴译，北京：商务印书馆，2002年，第923页。

成小孩。”[1]“超人”明确无误的就是这三种变形而成的德行具备者。

尼采认为“超人”的存在目的是要对现存的价值进行重估和颠覆。他认为，这是一种健康的自私自利，虽然它也是一切皆为我，但这种为我是生成者、斗争者的为我。所以，他认为，这种人、这种德行，“使精神成为创造者、估价者、热爱者，以及万物的行善者”[2]。但是，这样的人却不贪图安逸享受，他们应该“蔑视舒适和柔软的床铺，而尽力避免与柔软者同睡”[3]。这是一种全新的善与恶。尼采强调“超人”最首位的特点是其精神性，“超人”是一个精神的太阳，“最具精神性的人——假定他们是最勇敢的人——也绝对会经历最为痛苦的不幸；但正因如此他们尊重生命，因为生命以其最强大的敌对态度与他们相对抗”[4]。精神上的超越才会使人摆脱世俗、看透尘世，才有可能具备一种人格的巨大磁场去抵御这残酷社会的压力和内心的寂寞孤独，真正做一个自己命运的决定者，由此也会成为一个将来的人。所以，尼采多次劝人要远离那种“犬儒式的人物”，因为这种人是假善人、假好人，针对所谓的行善

1 尼采：《查拉图斯特拉如是说》，孙周兴译，上海：上海人民出版社，2009年，第24页。

2 同上，第94页。

3 同上，第95页。

4 尼采：《偶像的黄昏》，李超杰译，北京：商务印书馆，2013年，第64页。

者，他说："我的兄弟们，我不劝你们去爱邻人：我要劝你们爱最远者。"[1]这里的"最远者"指的就是"精神上的超人"，指的就是"最伟大之人，就是最孤独之人、最隐蔽之人、最不同寻常之人、超越善恶的人、诸美德的主人，意志充沛之人；这就可称为伟大，既统一又多变，既有深度又有广度"[2]。什么叫最具精神的人，尼采形容的即是。尼采那么积极地宣传他的"超人"，是鉴于人类的现实已经平庸到让人窒息。超人不是完人，超人是为了将来思想并行动着的人。照尼采的总结，超人实际上就是人中的上帝。每个人都可以成为超人，每个人都可以自己成为有神性的、有现代良心的、有巨大精神力量的上帝。

人性命定地要挑战道德与理性

尼采对于道德最简单的评论是，先前人们所崇尚的道德只是安眠药和麻醉剂。他认为在基督上帝的授意下，在统治者的规范中，道德永远违反两个原则：一是违反自然，二是违反生命。他认为，人类统治者在无奈的情

1 尼采：《查拉图斯特拉如是说》，孙周兴译，上海：上海人民出版社，2009年，第73页。

2 转引自朗佩特：《尼采的使命：〈善恶的彼岸〉绎读》，李致远、李小均译，北京：华夏出版社，2013年，第248页。

况下设计了一个道德的栅栏。这个栅栏的目的是为了叫人规规矩矩地服从，由此萎缩你的一切生命需要，于是就规范了他的统治使命。这个统治包括基督教的教会们，他们也是要用这种道德来规范相关的生命，最后建立他们所谓的秩序。旧道德从大体上说已经崩溃，它们已经不再指导人们的生命。旧道德中的最精彩的部分，也只是成为人性的潜意识流露的部分。

对于活生生的生命而言，这样的栅栏可能在某一个时间段里会被作为秩序而存在，给人表面的宁静和净洁，但是更多的却是对于生命的扼杀和限制。尼采在《偶像的黄昏》中有整整一节讲违反自然的道德。他尤其强烈地抨击了基督教所建立的这种所谓的道德。他说："当它们说'上帝洞察人心'时，它们就否定了生命中最高的和最低的各种需求，并且把上帝视为生命的敌人……供上帝消遣的圣人是理想的阉人……'上帝的地盘'开始之地就是生命结束之时。"[1]尼采的指斥非常激进。人性是生命的外显，道德作为价值并非真理。价值是要变化的，人性有时可能包含道德，但在道德之上，人性可以成为道德的真理，而不是相反。所以，我们必须根据生命来制定他的价值，如果他不能被生命的本能所支配，他的价值就是一种毁灭。尼采说："只要道德是从自身出发，而不是着眼于生命、顾及生

1 尼采：《偶像的黄昏》，李超杰译，北京：商务印书馆，2013年，第30页。

命、为了生命进行判决，那么，它就是一种人们不应报以同情的特别错误，是一种已经造成无穷损害的衰退的特性。”[1]

如果要真正打开生命的视野，首先要取缔道德的律令，这是二十世纪大多数思想家的认识。福柯在《词与物》中一针见血地说：“对于现代化的思维来说，并没有可能存在的道德，因为自十九世纪以来思维就已经以自己的本来面貌从自己的身躯里‘走了出来’。它已经不再是道德了。”[2]但是，后现代即便已经有了这样的结论，在现实生活中仍然是在为人类可怜的应该有的生命权和生命活力而担忧。堕胎、同性恋至今在很多国家还是一个非常敏感、被争执的问题。所以尼采伤感地说：“上帝被驳倒了，而魔鬼却没有。”

这一切都令我们深思。因为人类生存的需要，某些秩序和道德原则必须存在，但它也应该首先服从于生命的原则，服从于自然的原则。如果它是对自然和生命的一种专制，它连有限的地平线这个标准都破坏了。

叙利亚诗人阿多尼斯有三句很有名的诗：

我不选择上帝，也不选择魔鬼，
两者都是墙，

1 尼采：《偶像的黄昏》，李超杰译，北京：商务印书馆，2013年，第32页。

2 转引自彼得-安德雷·阿尔特：《恶的美学历程：一种浪漫主义解读》，宁瑛、王德峰、钟长盛译，北京：中央编译出版社，2014年，第393页。

都会将我双眼蒙上。

这里上帝和魔鬼都是人自身所创造的不符合人性需要、自然需要的那些东西，一切人性的善总是要以反道德的先锋形象出现。

理性是什么？尼采将之称作为："一小点理性，一粒智慧的种子，散落于各星球之间，——这种发酵剂被拌和在万物中了：为愚蠢之故，智慧被拌和在万物中了！"[1]尼采又说："没有一种永恒的理性蜘蛛和理性的蛛网。"[2]尼采认为理性："你是神性的偶然性的一个舞场，你是神性的骰子和骰子游戏者的一张神桌！"[3]理性确是人在某一历史时期中智慧的积淀，但尼采的愤怒在于这只是"一小点"的东西，并且常常被木乃伊化，活生生的智慧最后成了"神性的骰子"。海德格尔在评价尼采关于理性的言论时总结说："动物性就首先注定使人成为一个真实存在者。理性只有作为肉身地存在的理性才是一种活生生的理性。"[4]人只有用自己的真实感官去判定这些知识和智慧的时候，理性所显示的世界才是真实的，不然就是虚假的。尼采对于世界上

1 尼采：《查拉图斯特拉如是说》，孙周兴译，上海：上海人民出版社，2009年，第210页。

2 同上，第211页。

3 同上。

4 海德格尔：《尼采》（下卷），孙周兴译，北京：商务印书馆，2002年，第924页。

的假善人动不动用理性去规范人、鞭打人的现象，愤慨不已，他说："只要感官显示生成、消逝和变化，它们就没有撒谎……但赫拉克利特的下述说法将始终是正确的：存在是一个空洞的虚构。'虚假的' 世界是唯一的世界，'真实的世界' 仅仅是谎言虚构出来的。"[1] 如此一小点的理性，人类又把它作为最大规范。人类全部服从这个所谓的理性。海德格尔对于尼采理性的评说，引用了尼采的一句话，所谓理性就是"灵魂只不过是一个表示身体上的某物的词语。身体乃是一种伟大的理性，一种具有单一意义的多样性，既是一种战争又是一种和平，既是一种牧群又是一个牧人"[2]。理性只是一种过时了的规范，这种规范命定了不利于人的生命的历险；而人的生命唯有在广袤的天地间去历险，才会产生无穷无尽的智慧。一切聪明人都要摆脱这种过时了的所谓理性，因为它只是一丁点智慧。

无论是道德还是理性，只有把人的生命放在至高的位置上时，人性才能演出活戏来，不然都是虚假的存在。人的存在、生命的存在才是最重要的，这里面根本不需要分新旧道德，也无须区别新旧理性。总之，人为制造出来的这些东西与人类生命活力相比、与人性相比，永远是落后的，是有巨大距离的、虚假的。它如果单单成为一种约

1 尼采：《偶像的黄昏》，李超杰译，北京：商务印书馆，2012年，第20页。

2 海德格尔：《尼采》（下卷），孙周兴译，北京：商务印书馆，2002年，第925页。

束，那么残害还不深，它最可怕的就是成为一种杀戮人生命的暴力或者工具。道德吃人，理性吃人，哪个时代都有。

面对人性、道德和理性这种非常复杂的关系，尤其是人性和道德、理性的冲突，人应该如何处置最为妥当呢？阿根廷当代诗人罗伯托·胡亚罗斯写有一首诗，《我没有抱住上帝》：

我的双手没有抱住上帝。
我也没有抱住人。
但我抱住一个空缺
它既可以成为上帝
也可以成为人。
问题不在于
不知道选择谁
而在于不想让
我的空缺成为这两者。
有很多存在的东西
为了创造那适应
一个人双手之间的空缺
而必须融化。

人在面对这样一个必须让人性充分恢复，让旧道德、旧理性充分扬弃的时候，人最好的态度就是创造一个适应的空缺，让思考与怀疑去充溢人的心底。这就是人的态度，人的创造的态度。

唯有赤裸，自由，才会有至真的人性

西方的启蒙运动的一大核心主题是人要成为人，不是一般意义上的人，是一个个人、一个私人、一个与别人不一样的人。所以，帕斯卡尔说："你要找回自我。"人活着活着，真的自我常常会丢失。蒙田说："人类最大的任务就是学会成为自己的主人。"到了尼采，他除了强调"你要成为你自己"[1]，还更为激动地说："人们必须竭尽全力地尝试着把握这样一种令人惊异的微妙思想：生命的价值是不能被评估的。不能被一个活人评估……也不能被一个死人评估。"[2]

既然人的价值只有自己才能发现、发掘，所以尼采才激动地说"为自己创造自由"，"为自己取得创造新价值的权利"。[3]他认为这一切为自己所做的事情是需要狮子一般的勇气和力量，"最诚实的存在，即自我"[4]。但是，

1 尼采：《快乐的知识》，黄明嘉译，北京：中央编译出版社，2009年，第175页。

2 尼采：《偶像的黄昏》，李超杰译，北京：商务印书馆，2013年，第13页。

3 尼采：《查拉图斯特拉如是说》，孙周兴译，上海：上海人民出版社，2009年，第24页。

4 同上，第31页。

尼采又非常客观地说:“人是难以发现的,最难以发现自己;精神常常欺骗灵魂。重力的精神就是这样搞的。”[1]因为在整个社会中,个人的消失是最容易的。在众多的他人存在的背景下,不要说是自己的特长、自己的一切,甚至连人的存在都会被隐藏,无法被他人发现。在个人完全他人化的背景下,自我的发现尤其困难。尼采在数个地方形容自己,他说自己最想成为一个“轻盈者”,成为一只飞鸟——因为只有飞鸟才可以摆脱社会的重力——人才真正成为一个自我,一个永远自我飞翔和舞蹈的人。

人真正要成为这样一种个人、私人,的确是非常困难。尼采说:“赤裸裸的本性;那时候,强力的数量被简单地承认下来,被认为是决定性的;那时候,伟大的风格又出现了,作为伟大的激情的结果。”[2]

赤裸意味着什么?赤裸的人是怎么样的人?亚里士多德希望人是政治的动物。这种思想现在来看是对人性的最大禁锢所在。人性的真正表现一定是彻底的个人主义的自由表现,这种表现才会是赤裸裸的。赤裸就是人回到最始源的状态。尼采在三种变形中希望人最后回到童稚。人正因为成为政治的人,所以才一身的污垢、一

---

1 尼采:《查拉图斯特拉如是说》,孙周兴译,上海:上海人民出版社,2009年,第248页。

2 转引自海德格尔:《尼采》(下卷),孙周兴译,北京:商务印书馆,2002年,第962页。

身的灰尘，甚至一身的恶。历史要人活出完美，人只有回到始源。同时，也只有这种回到始源的人才能真正发现自我，成为一个有创造力的人。人摆脱了自己与社会的一切禁锢后，人就会有原发性的思想与创见。由此可见，所谓赤裸就是让人性最原始的状态，也是最有创造的状态、最有思想的状态勃发与流敞。赤裸的人既是动物的人也是思想的人。阿甘本给他取了一个“牲人”的别号，非常形象。

现象学的理论一直在强调自在的人和自为的人。自在的人被认为是一种无意识的作用下存在的人，而自为的人是有意识的作用存在下的人。萨特对于自在的人和自为的人的区别阐释得最具权威性。他认为自在的人的存在是被动的，是“不能肯定自己的肯定，不能活动的能动性”[1]。这种存在意味着“它不像（对）自我（的）意识那样返回自身，它就是那个自身”[2]。萨特的意思是说，自在着的存在着的人不对他人的存在有所意识，所以，他们缺少创造性。萨特评论自为的人，明确意识到自己的价值，是一种自我的绝对存在。“它自己就成为这个自在的存在的超越，因为它表现了这个超越。它处在了它自己的存在之外……它在其存在中是一个存在向着它使自

1 萨特：《存在与虚无》，陈宣良等译，北京：生活·读书·新知三联书店，2003年，第24页。

2 同上，第25页。

己成为存在的所欠缺的整体。它向着一个存在涌现。”[1]只有有了这种自为的人，才会有伟大的超人般的激情；激情是生命价值的最高目的的体现。在尼采的理论里，激情的存在是可以使人简单地超出自身，而把他的本质聚集到本真的基础上。他可以把人自为到本真之中，把人自己释放和解放出来；最重要的是可以把他独特的个性发放出来，而且是必然会发放出来。海德格尔对于尼采的激情论述有一段解释："激情中包含着远远地伸展的东西，自行开启的东西；在仇恨中也发生着这种伸展，因为仇恨不断地到处纠缠着仇人。但是，激情中的这种伸展并没有使我们简单地超出自身，而且把我们的本质聚集到其本真基础之上。”[2]因为赤裸的人有了这一番东西，所以，人就已经不尽然是个人的命运，已经关联于整个社会的解放。所以，尼采解释说："人是必然的，人是命运的一部分……世界既不是一个意识统一体，也不是一个'精神'统一体，这才是伟大的解放。……这样，生成的清白才能得以恢复。”[3]一切要重视创造的人是必须要有这种赤裸的人性的发挥，没有这种赤裸的人性的发挥，只是完全的从众的那种力量，人就会丧失他应有

1 萨特：《存在与虚无》，陈宣良等译，北京：生活·读书·新知三联书店，2003年，第132页。

2 海德格尔：《尼采》(上卷)，孙周兴译，北京：商务印书馆，2002年，第50页。

3 尼采：《偶像的黄昏》，李超杰译，北京：商务印书馆，2013年，第41页。

的价值。萨特说："没有世界，就没有自我性，就没有个人；没有自我性，没有个人，就没有世界。"[1]世界与赤裸的个人的关系就是这样一种依附而相辅相成的关系，没有一个真正个人自由式的、赤裸的存在和自由的创造，这个世界就不能有声有色的有创造、有进步的景象。世界给了个人生命，人就应该以真正的生命的存在贡献给这个世界。汉娜·阿伦特说："生命，而非世界，乃最高的善。"

尼采认为，一个赤裸的个人的存在，他的界定是人纯粹是属于肉身的，此外无他。灵魂不过是对于身体的某个部位的搀扶。他认为身体是质的府第，自居于身体中，对感官和精神发号施令，而灵魂和肉体必须结合在一起。海德格尔赞成尼采的说法，认为人的本质是以身体为基础的。所以，海德格尔在《存在与时间》里反对时尚的所谓的人道主义。他认为这种所谓的人道主义不是以人的真实存在，即以人的身体为起点，而是把理性作为人的本体，所以他反对这种主义。尼采曾经非常激动地说："我是身体也是灵魂。"[2]"身体是一种伟大的理性，一种具有单一意义的杂多，一种战争和一种和平，一个牧群

---

1 萨特：《存在与虚无》，陈宣良等译，北京：生活·读书·新知三联书店，2003年，第144页。

2 尼采：《查拉图斯特拉如是说》，孙周兴译，上海：上海人民出版社，2009年，第33页。

和一个牧人。”[1]他认为，在身体的肉身前面，感官和精神都只是它的工具和玩物。尼采激动地说：“我要对身体的蔑视者讲一句话。他们蔑视，这一点构成他们的尊重。是什么创造了尊重、蔑视、价值和意志？”[2]身体的存在也就是说人的一切的分析和语言，个人的存在的东西都必须从身体出发，这里既包括意识、思维，更包括感觉、感情，甚至下意识、梦、第六感觉……这一切都是人存在的一个标志，甚至是最细巧、最富创造的标志。承认人的每一次生命冲动，包括各种欲望、感觉、感情的冲动都是有价值的东西，是一次开拓人性新疆域的开端。生命的冲动不是一种状态，而是一种不断生长，有巨大可塑性、无限可能性、无限内在深度的赠予，这是最有价值的人性指标。所以，尼采说：“几千年来，所谓哲学家的一切概念，都用的是概念的木乃伊。”今天，作为我们来说，我们必须把人的身体感官显示生成的一切当作根本性的真实，一切肉身的感觉，甚至细微的下意识才真正构成我们人对于世界的认识。只是强调这些概念、意识，甚至所指理性的东西，人最后走到的就不是一种人性的境地。肉体的存在，让肉体在生活中肆意地创造着，放纵一切，肉身肆意的存在与放纵才使得人在根本意义上被人性化了。

---

1 尼采：《查拉图斯特拉如是说》，孙周兴译，上海：上海人民出版社，2009年，第33页。

2 同上，第34页。

这就达到了柏格森所言的“一切可以唤出一切”的最自由的状态。

自由是一种什么样的状态？在这个问题上，海德格尔和萨特有交辩。海德格尔认为：“在自由中，存在是先于支配本质。”萨特却认为自由是支配着本质的。他说：“我们通过由自由，用动机、动力以及活动所包含的目的组成的活动来取得自由。但是恰恰因为这种活动有某种本质，它对我们显现为被构成的东西；如果我们想追溯到构成能力，就必须放弃为它找到某种本质的希望。事实上，这种本质会要求得到一种新的构成能力，如此以至于无穷。”[1] 所以，萨特最后的结论是：“自由才是所有本质的基础，因为人是在超越了世界走向他固有的可能性时揭示出世界内部的本质的。”[2]

我相信自由对于人来说就是一种生命的存在基因，是不可须臾或缺的。人的存在如果没有自由所相伴、所支撑，存在也是一种非自在状态的存在。所以才会有裴多菲的“生命诚可贵，爱情价更高。若为自由故，两者皆可抛”的诗句。现代诗人纪弦有首题为《现实》的诗，对人的不自由作了如下写实：“甚至于伸个懒腰打个呵欠，/都要危及四壁与天花板的！ /匍匐在这低矮如鸡埘的

1 萨特：《存在与虚无》，陈宣良等译，北京：生活·读书·新知三联书店，2007年，第533页。

2 同上。

小屋里，/我的委屈着实大了：/因为我老是梦见直立起来，/如一参天的古木。”人性的存在一定是在存在状态是自由的情况下，人才有构成生存的动机与力量，有可能产生思维、产生意识，在人的本源的基础上产生超越，产生创造。尼采在自由问题上有一个非常独特的观点，他认为当今的自由是一种被奢侈化了的自由，不是一种在某种道德、真理的追求力量下做出的刚强、具有创造性的表现。他认为所谓自由就一定是一种刚强的自由精神，不是一种逍遥的自由精神。这种刚强的自由精神才会是一种创造性的自由精神。这种创造性的自由精神才会使人产生像他形容的那种状态：“谁若有一天想要学会飞翔，他就必须首先学会站、走、跑、攀登和舞蹈——人们不能通过飞行而达到飞翔。”[1]人有学会飞翔的自由，也有在猪圈里面咀嚼东西的那种自由。个体可以因为自私而找到自我，找到了自我也就意味着有了自由；但如果自私的着眼点是圈养动物贪婪的吃食，而不是摆脱生存的重力去作精神的飞翔，这些人终究只是猪狗。在尼采的观点里，个人的存在都不会被社会所驱动。这种驱动可能表面是自由的，但最终一定是逼迫的。这种驱动只有在真正自由的状态下，才是为自己、为社会负担起责任的，

1 尼采：《查拉图斯特拉如是说》，孙周兴译，上海：上海人民出版社，2009年，第249页。

而且带有无穷创造性的驱动。

怀疑是人性的最大利器

这世界上的一切，无论是国家、民族，还是理性、道德，全部是大写的；而人性却是一个隐身的东西，是见不到、摸不到的，好像是一个小写的东西。但是人性却是与人存在的命运和前途勾连在一起的，是一种生活中活生生的、可赖以生存的存在。所以，它又必然是大写的。这两个大写的存在，一个是有形的，一个是无形的。有形的是那么强大，无形的是那么弱小。有形的用它的残景与狡猾压迫着蹂躏着无形的。如波兰诗人汤玛斯·罗瑞茨基所言："这真是天衣无缝，舌头也会背叛我们，/世界屠杀我，把我们变成露珠和灰尘。"

这个地球的现实就是这样，国家、民族、意识形态等这些强大的有形，和人性之间总横亘着巨大的距离，如若要相比，就像隔着一座山脉、一片大海。人在其中是怎样生活的？俄罗斯著名诗人曼杰什坦姆有一首诗《我在粗大的篱笆中间生活》，正是说明人的生活状态。

我在粗大的篱笆中间生活，
探路的强盗或许就在周围逛荡。

风陡然在工厂里服务，
沼泽间的树枝小路伸向远方。

在草原的边沿，细碎的火光闪耀，
黑耕地的夜晚冻彻心肺。
墙壁背后，气恼的主人
穿着俄罗斯皮靴来回走动。

木板已严重地变形——
这棺盖一般的厚木板。
在陌生的人群中我无法安睡——
唯有死亡和阴谋离我不远。

这首诗写的是曼杰什坦姆在流放地，在契卡们的监视下，在恶劣的环境中的生活，最基本的形容是“我在粗大的篱笆中间生活”。这个粗大的篱笆有多大？他说有棺盖板一般大。可见就是坐牢一样的生活。

每个人都要明白：这个世界上有的人的生活可能很好，有皇宫般的豪宅，最美味的大餐。但是，人所谓幸福的一切的一切，实际上都是在这“棺盖”般厚的篱笆内生活着的“幸福”。

每个人都是脆弱的单数，面对国家、主义等之类的巨大复数，人单薄到连纸片的厚度都没有。

最可悲的是，这巨大的篱笆是人自己设计，自己制造，最终又监牢自己的。正像尼采所说："上帝死了，依照人的本性，人们也会构筑许多洞穴来展示上帝的阴影，说不定要绵延数千年呢。"[1]

人终究是有灵性、有神性的动物，他们的反抗就是人性的反抗。人性的反抗能做什么？人性可以设两条底线，第一条是不杀生，第二条是尽力地消解权力、国家、民族、意识形态等这些"监牢"人性的篱笆。

在这种似乎是消极的过程中，有怀疑精神是最有力的人性表现。尼采说："善人们所谓的恶的一切，必须汇集在一起，从而诞生出一种真理：呵，我的兄弟们啊，对于这种真理你们也足够恶了吗？"[2]"大胆的冒险、长久的怀疑、残酷的否定、厌倦，活活切割——这些东西多么难以汇集在一起！但从这种种子中将——产生出真理。"[3]尼采的这番说明是说，我们要用恶来面对恶，我们的这个恶就是一种否定性的力量、一种怀疑的力量、一种最原始也是最独特的力量。因为这个世界就像克尔凯郭尔在《畏惧与颤栗》这本书里讲的："一切都是欺骗：去寻找最

1 尼采：《快乐的知识》，黄明嘉译，北京：中央编译出版社，2009年，第107页。

2 尼采：《查拉图斯特拉如是说》，孙周兴译，上海：上海人民出版社，2009年，第256页。

3 同上。

低限度的欺骗，更为常见的是去寻找最大程度的欺骗。”[1] 人性的表现最原始的一步就是擦亮眼睛。亚当、夏娃吃了禁果，上帝认为人堕落了。黑格尔却认为这是“向上的堕落”，因为看到了真实。

人要去做怀疑的文章，这是多么不易。尼采坚信人要敢于质疑真理的价值，这是一件非常危险的事情，也是一件非常艰难的事情。尼采在《善恶的彼岸》中认为：“柏拉图认为真理只是因为太危险而不能公开宣讲；鉴于人类的幸福，求真者应该自觉自愿地说谎。”尼采认为柏拉图的这种做法是极大的错误，他表现出极大的反对。尼采认为，欺骗可以使长期处于虚假真理状态中的人束手无策，所以真理是致命的。对于求真者是致命的，对于被蒙蔽的人也是致命的。尼采在《朝霞》一书里说：“我们所有的人都宁愿人类毁灭，也不愿知识退步！人类如没有某种激情，就会毁于某种虚弱：人们更愿意哪一种？这是首要的问题。我们是想让人类终结于火与光中呢？还是让他终结于沙漠中呢？”[2]

做一个真正的怀疑者，需要的是勇气，还是智慧，还是意志？我说是爱，是对人类的爱才会生发出与生俱来

---

1 转引自彼得–安德雷·阿尔特：《恶的美学历程：一种浪漫主义解读》，宁瑛、王德峰、钟长盛译，北京：中央编译出版社，2014年，第419页。

2 转引自朗佩特：《尼采的使命：〈善恶的彼岸〉绎读》，李致远、李小均译，北京：华夏出版社，2009年，第26页。

的勇气与智慧。正如柏斯的诗句形容:"每天诞生的生命/每个生命诞生和死亡/我擦亮眼睛/天空行走在路上。"(《破晓》)

中国当代著名诗人北岛在1973年写下了这样的诗句:

卑鄙是卑鄙者的通行证,
高尚是高尚者的墓志铭,
看吧,在那镀金的天空中,
飘满了死者弯曲的倒影。

冰川纪过去了,
为什么到处都是冰凌?
好望角发现了,
为什么死海里千帆相竞?

我来到这个世界上,
只带着纸、绳索和身影,
为了在审判之前,
宣读那些被判决的声音:

告诉你吧,世界
我——不——相——信!
纵使你脚下有一千名挑战者,
那就把我算作第一千零一名。

我不相信天是蓝的，
我不相信雷的回声，
我不相信梦是假的，
我不相信死无报应。

如果海洋注定要决堤，
就让所有的苦水都注入我的心中，
如果陆地注定要上升，
就让人类重新选择生存的峰顶，

新的转机和闪闪的星斗，
正在缀满没有遮拦的天空，
那是五千年的象形文字，
那是未来人们凝视的眼睛。

在那样的一个年代，一个年轻人竟然站了出来说：“我不相信。”竟敢面对这样的黑暗高叫：“我不相信。”这四个字无疑就是一种雷电，尼采般的“超人”所做的神圣使命般的宣言。这是多么难能可贵啊！人因为痛苦可以喊出痛苦，但也可以喊出拒绝，喊出怀疑的反抗，后者的声音是强者的声音。

人性要求我们要消解权力、国家、意识形态等这些人自己创造并制造的篱笆。对于权力，福柯颇有研究，他认为每个社会，权力都有一个自下而上的循环力学，他说:“权力,这是一种恶病;它是从头顶降下,到现实中;它是从脚底中上升的。”[1]福柯认为,权力本质上就是把人的各种各样的关系用最巧妙的办法禁锢起来。权力是一种撒向整个天地,包括人心的网。福柯认为,纳粹的上台是德国从家园构成、教育体制到技术工具的组织全都有罪的状况下的结果。汉娜·阿伦特作为一个纳粹统治的幸存者,对于权力问题做了很多研究。她认为权力这个东西从作用上说是维护了公共领域和显现空间,它本身也是原造物的活力的源泉。但是,这个权力的运用在整个人类历史上终究会走向腐败。所以,她说:“对权力的信任总是十分短命,柏拉图式和基督教式的对参与显现空间的不信任却有着悠久的历史,直到现代,没有什么比‘权力腐败’更能得到人们普遍的认同了。”[2]权力的真相就是让一部分,甚至是极少一部分人成为趴在一般人身上作为合理寄生、合理吸血的工具。就像乔治·巴塔耶所认为的,权力的迷人表象与残酷核心距离太远,普通人是无法辨色的。权力总是伴随着残酷,而且这种残酷总是用非常美妙的名字让残酷成为名理上的必然,甚至像鲜花式的美丽。

1 转引自陆兴华:《哲学当务之急:当代法国思想六论》,上海:同济大学出版社,2009年,第52页。

2 汉娜·阿伦特:《人的境况》,王寅丽译,上海:上海人民出版社,2009年,第160—161页。

国家又是什么？是的，国家的成立是基于人类发展的某种需要、种族聚集的某种需要而形成的。所以，卢梭在谈及人类的起源和基础的时候，说过人们应该仁慈地“拥抱整个人类”。他是拥护世界主义的，反对局限的一个国家。但是，他后来又提出不要相信世界主义者。为什么？因为他们用对人类的爱来代替对国家的爱，至于爱所有人只是为了不爱任何人。所以，对于国家的存在像卢梭这样的智人，都常常表现出矛盾和无奈。康德认为，国家这一理想的顶点，是各个国家之间的联盟。这个联盟对于现实的国家而言谈何容易啊！世界主义只是一个乌托邦。反人类是一种大罪，反之，当今的世界却没有人类大同的任何宣传。这就是人类的自嘲。当今这种现代性的世界，更是导致了国家的极权。马尔库塞说：“国家机器把其防务和扩张的经济、政治需要强加在劳动时间和自由时间上，强加在物质文化和精神文化上。当代工业社会，由于其组织技术基础的方式，势必成为极权主义。因为，‘极权主义’不仅是社会一种恐怖的政治协作，而且也是一种非恐怖的经济技术协作，后者是通过既得利益者对各种需要的操纵发生作用。”[1]马尔库塞说：“异化了的主体被其异化了的存在所吞没。这里存在的

1 马尔库塞：《单向度的人：发达工业社会意识形态研究》，刘继译，上海：上海译文出版社，2008年，第4页。

只是一种向度，而且它无处不在、形式多样。”[1]当今的世界既有政治的恐怖，更有经济的恐怖。全世界的资产阶级联合了起来，利用金融与技术等种种手段盘剥广大人民。从可怕的程度而言，焚尸炉与贫民窟都一样的。世界如有变化，权力似乎已经从专制主义主人的手上转移到了经济霸主的手上。资本和政治的关系是人类有史以来从未有过的密不可分的状态。这必然导致最极端、最残忍的贫富悬殊的财富分配，于人类这是非常恐怖的结局。尼采对于这个世界的现状，表现出极度悲伤：“在这个新鲜未知的世界里，它们不能再依赖过去的那有秩序的、无意识的可靠动力来引导它们。它们被迫思想、推断、划算、联结因果——这些不幸者，它们被迫使用它们的最低劣、最易犯错误的器官：它们的‘意识’。我相信，从前世上从未有过这样一种痛苦的感觉，这样一种极度的不舒服。”[2]权力与国家结合，资本与政治结合，人们最大的惊恐总是奥威尔式的噩梦。

民族的存在是人种存在的一个发展必然。但是，尼采对于民族问题也表现出一种反感。他说：“国家乃是所有冷酷的怪物中最冷酷者。它也冷酷地说谎；而且这种

---

1 马尔库塞：《单向度的人：发达工业社会意识形态研究》，刘继译，上海：上海译文出版社，2008年，第10页。

2 尼采：《论道德的谱系》，周红译，北京：生活·读书·新知三联书店，1992年，第63页。

谎言就从它口中爬出来:'我,国家,就是民族。'"[1]当然,尼采认为民族必须跟国家划清某种关系,所以他说:"民族依然存在的地方,民族是不理会国家的,民族仇视国家,视之为恶毒的目光,以及风俗和法律方面的罪过。"[2]尼采认为在国家和民族问题上有种种的谎言和恶气,而应该去分辨它们。

余光中写了一首诗叫《乡愁》,传诵于一时。后来,余光中被说成爱国诗人、民族诗人等等。"乡愁"是诗歌的一个永恒的主题。乡愁必须与人性相结合,成为一个悠久的故土和故人的回忆的时候,"梦断不成归"的乡愁才成为千古一吟。乡愁的核心是对这个乡的怀念与记忆,它与国家与民族,这种苍白的概念化的东西相距太遥远了。海德格尔说:"乡愁,即是对本身就是世界的这个乡的愁。乡愁倾心于人类在场的整体之居与广阔之居。然而,乡愁的倾心在于栖居,它栖居于向世界及世界之所筑的源初、但却无时不相契合的所属中。"[3]乡愁只有在人性的表现中才可能让人真正在场。明明是花红叶绿鲜嫩的人性乡愁,却要用政治这种坚硬无比的水泥去标示图解,岂不哀哉!

1 尼采:《查拉图斯特拉如是说》,孙周兴译,上海:上海人民出版社,2009年,第55页。

2 同上。

3 海德格尔:《思的经验》,陈春文译,北京:人民出版社,2008年,第115页。

意识形态是什么呢？尼采用了一个非常有意思的比方描述它。他把意识形态比作“作为党派叫春手段的正义”[1]。法国哲学家南希曾经很感伤地说：“即便是将来的社会，如果要有民主，那么作为政治主体和总体的人民本身还只是一个×。因为政治的力量是巨大的，人民完全是被卷入式的放置在那里面。”[2]所以，汉娜·阿伦特把意识形态形容为把人们带入一个傻瓜的天堂的办法。

面对如此坚硬，甚至无可挑战的这么一个坚硬的篱笆，人性所要做到的也只是用你的可能是苍白的，但也是坚定的怀疑的态度去说出你的反常的话来。有了怀疑，人才可能凌驾于这所谓现实之上，见到一个比思还多的思，一个比想还多的想，一个比存在还多的存在。帕斯卡尔把人形容为“会思考的芦苇”，也就是说，在这世界上，没有抽象的人，只有具体的人，没有伟大的人，只有渺小的人。人唯有与其他所有的人联系起来，人才有希望成其为人。这种联系就是人性。

下面引三位诗人的诗做结束。帕斯写自由说：“对着沉默与声响，我创制了‘语字’，那创制自己的自由，那每天创制我的自由。”聂鲁达写祖国：“你的画就是你可

1 尼采：《人性的，太人性的：一本献给自由精灵的书》，杨恒达译，北京：中国人民大学出版社，2011年，第195页。

2 转引自陆兴华：《哲学当务之急：当代法国思想六论》，上海：同济大学出版社，2009年，第97页。

爱祖国，/墨西哥在监狱里和你在一起。”阿多尼斯在他的《祖国》这首诗里说:“为那在忧愁的面具下干枯的脸庞/我折腰；为我忘了为之洒落泪水的小径/为那云彩一样绿色地死去/脸上还张着风帆的父亲/我折腰；/为被出卖、/在祷告、在擦皮鞋的孩子/(在我的国家，我们都祷告，都擦皮鞋)/为那块我忍着饥馑/刻下‘它是我眼皮下滚动的雨和闪电’的岩石/为我颠簸失落中把它的土揣在怀里的家园/我折腰——/所有这一切才是，我的祖国，而不是大马士革。”这就是诗人人性的发言，一切的人应该用人性来面对这个世界的存在。我们必须相信尼采的那一句话，叫作“为了成其至善，人类的至恶是必需的”。[1]人性就是人为自己，也是为他人，去摆脱这个篱笆；让人在怀疑中去理解，去思考，去选择这一切，唤出一切来的新世界。

1 尼采:《查拉图斯特拉如是说》，孙周兴译，上海：上海人民出版社，2009年，第281页。

人性对神性的渴望

——人性的后现代性，兼谈诗歌的表现

神性是心里的上帝

帕斯卡尔是人类历史上少见的天才。他是一位数学家，奠定了概率论的基础；是一位物理学家，创立了流体静力学；是一位科学发明家、科学理论家，发明了第一部计算器和公共交流系统；他又是一位对人类的智慧与生存有深邃认知的哲学家；他还是一位为基督教做辩护的护教学家。

他为基督教宣传的方法很特别。他不从理性的角度来说明上帝一定存在。他认为人们可以用赌一赌上帝存

在的办法来确认上帝存在对人的好处。以有限赌无限，是人类可能达到最佳的真理的办法。帕斯卡尔阐述人类要信仰上帝的理由是人自身有矛盾："人是怎样的虚幻啊！……既是一切事物的审判官，又是地上的蠢材；既是真理贮藏所，又是不确定与错误的渊薮；是宇宙的光荣而兼垃圾。"[1]"假如没有神恩，这些错误就是自然而然而又无法免除的。"[2]

人是"用灰烬之勺/从生存之槽舀水喝"[3]，这是一种错误的生存属性，人又有自身矛盾错误的属性。这双重的错误使得人人必须有一个神圣之物作为自己的信仰、崇拜之物，求得归宿之平安。西方人找到的是基督上帝。帕斯卡尔宣传的上帝是人性的上帝，可能会得到很多人接受的上帝。

尼采反对上帝，但尼采他反对的上帝是他认为最不人性的上帝，所以他用最恶毒的语言来抨击基督。"敌基督"是他全部学说的核心，也是他整个形而上学的基础。因为只有说出上帝死了，才能为价值的重估奠定前提。但请注意：尼采一面是对于当时已经颓废败坏了的基督教进行全面的抨击，但他的全部学说中还是另有一个

1 帕斯卡尔：《思想录》，何兆武译，北京：商务印书馆，1986年，第196页。

2 同上，第46页。

3 保罗·策兰：《保罗·策兰诗选》，孟明译，上海：华东师范大学出版社，2010年，第378页。

上帝明确存在着的。尼采在《查拉图斯特拉如是说》中说:“哦,查拉图斯特拉,你这样的不信仰要比你信仰的时候还要更加虔诚!在你心里肯定有某一位上帝才使得你这样反过来变得这样不信神。”尼采心中是有上帝的,毫无疑问尼采心中的上帝就是他如此热情,如此急迫地向人类推荐的超人。他这样自述:“找到查拉图斯特拉的意向:他设想有这么一类人,按照现实的本来面目去构想现实。他强大到足以如此。他没有从现实中异化出去,脱离出去,他就是理想本身,他本身就是具备现实一切的恐怖和疑问。只有如此,人才能够伟大。”[1]尼采心中的上帝,毫无疑问就是充满神性的超人。超人是人,伟大之人,所以有足够强大和理想的神性,是人心中的上帝。

中国人碰到了奇迹,碰到了难解的东西,甚至碰到了惊讶,往往会感叹“天哪”。而西方人面对这些东西时,他们的感叹往往是“上帝啊”。“天哪”和“上帝啊”的称呼实际上都是人对于这种没法掌握的,但特别让他崇敬的力量的感慨,这就是神性。

中国人所谓的“天”,指的不是自然界的天,而是“天叙有典”“天秩有礼”“天命有德”“天讨有罪”(《尚书·皋陶谟》)中的天。中国人所指的神性东西实际上

1 尼采:《看哪这人:尼采自述》,张念东、凌素心译,北京:中央编译出版社,2010年,第192页。

指的是万物的主宰，是有意志的神。这种神与西方宗教中的神有一定区别，我们所指的神是泛神性的，西方的神是单一性的。但实际上都还是指那种超人间的、超自然的力量。这种力量就是所谓神性的基本力量，它具有非常大的开放性和包容性。在人类的任何时代，不管是宗教的神还是非宗教的神，实际上都是指这种非可能的可能、不存在的存在，赞扬一种超人间的力量。原始佛教所宣扬的涅槃境界，是一种超自然的神秘境界；大乘佛教所崇奉的三世十方法力无边的佛，无疑也应该归入宗教学的“神”的范畴；小乘佛教的阿罗汉有种种神通，也很难说同神有什么本质区别。这些实际上与西方人所谓的上帝是相同的。这个上帝可以是指一种特定的宗教，但主要是指一种神秘的力量，一种超人的力量。就像爱因斯坦把上帝理解为“理性在自然界的体现”一样，指的是一种人被召唤、被感动的高级精神。对于已经发生的事情可以找到神秘的归咎，对于不可知的将来可以表示敬畏的期盼，这一切都表示神性。人性的存在是因为人要有从此岸渡过厄难必备的决心，要在没有希望下，去做最大的期盼，去做最大拯救的努力，需要有超人的力量做支撑，由此人性必须渴望神性。

唯物主义的一个特征是认为万物皆有价值，而这个价值可以某个价位去标识。人性和灵魂都难以用价位法去鉴别与检验。实际上，人的灵魂一定大到可以涵盖宇宙，奇迹只有人的灵魂和人性才可能创造，其原因就是人性无限生成性的神性。人性的神性是人从此岸渡到彼岸的唯一方舟。

加缪有篇著名的文章《西西弗的神话》，这个神话讲的是人总体上是荒谬的存在：无用的努力，痛苦的生存，一切都是悲剧。人的确是一种容易犯错的主体，犯错是人性的一个基本面。荒谬是生命无法显示他的意义的表现。但是，人是可以用自己的自由创造出一切真相来的，就像加缪说的："幸福不是一切，人还有责任。"认识了荒谬，你就可能得到神性的恩宠。命运的确就是命运，但应该承认人本质上是可以超越命运的。犯错往往是收获。在荒谬之外无外乎有两条路，一个是活一天赚一天，在有限中取得有限，快乐只是瞬间，让瞬间取代永恒；另一条路是尊严而有责任地活着，不求助于他人，而求助于心中的上帝，也就是求助于自己的责任和自己的创造，自己为自己的命运做主，这又是一种新的西西弗神话。

尼采认为上帝死了，其实是标志着西方前形而上学的结束。但是他并没有造成信仰的坍塌，反而更激起了人类对于心中的上帝的崇敬与追求。尼采的这句口号最终促使了后现代神学的产生。后现代神学从基本内容来说，破除了许多虚假的非人性的东西，比如反对偶像运动，不赞成各种所谓的主义，破坏用概念化偶像崇拜建设的神的圣殿。以前的神学的知识体系总是把不符合本身的事物排除出去，将这些事物贬为非理性的、非科学的。后现代神学对于那些曾经被压迫的“他者”非常重视。这一切被德里达称为新的弥赛亚主义。新的弥赛亚宗教不再强调上帝的力量与神圣，而更为关注基督的受难与爱。

海德格尔的《关于人道主义的书信》一文集中表现了他的人性观。海德格尔说：“人的人性究竟何在？人的人性就在人的本质之内。”[1]那么人的本质应该是什么呢？他说：“生存只有就人的本质才说得上，这就是说，只有就人之‘存在’的方式才说得上；因为就我们所知看来，只有人堕入了生存之天命。……人是命定要思他的存在的本质而不仅是报告关于他的情状与活动的自然故事与历史故事的。所以连我们从与‘禽兽’的比较中认为属于生物性的人的东西本身也是基于生存的本质的。……人们用灵魂来抵制人的肉体，用精神来抵制灵魂，用生存来抵制精神。”[2]海德格尔不是一般地讲人是躯体与灵魂、精神之三位一体就是存在的本质了，海德格尔的认识有更高的一层。他认为人的一般的存在并非本质性的东西，只有在生存的出窍状态这一度的存在中，人才有本质性的东西。例如，无家可归已变成了世界性的命运。人的存在就要在“思”中去找寻这种无家可归的历

1 海德格尔：《海德格尔选集》(上卷)，孙周兴选编，上海：上海三联书店，1996年，第364页。

2 同上，第368—369页。

史，看到人的未来的天命。这是一种探寻真理的路上的思。这就是人的生存，也就是人的本质。而人的这种存在，实际上是一种存在的澄明。澄明的存在即此在的敞开此在的出窍地立于存在的真理之中。海德格尔认为只有存在的澄明才会有人的本质世界，由此他断言："神性的东西的本质离我们还比生的本质的令人惊异的东西离我们要近一些。"[1]海德格尔认为人的存在的澄明从来没有首先在世界的此岸作为一个主体，而是人与人之间、人与物之间作为敞开的存在所以才为人的。有了这种敞开的澄明，人的生存才能从此度来成其本质。所以海德格尔说："只要人是人的话，人就住在神的近处。"[2]海德格尔对人性、神性的阐述总括来说就是他的那句话："把存在作为真理的天命来说，而要说得适合天命，这是思的第一规律。"[3]人要符合真理的天命而存在，才是人性的神性。

二十世纪的欧洲对于人性与人道主义的思考有两个不同的方向，一个是自我为中心的人性与人道主义，以海德格尔与萨特为代表；一个是他人为中心的人性与人道主义，以法国哲学家列维纳斯为代表。

萨特有一篇专文《存在主义是一种人道主义》。萨

1 海德格尔：《海德格尔选集》(上卷)，孙周兴选编，上海：上海三联书店，1996年，第370页。

2 同上，第397页。

3 同上，第405页。

特理论的最重要的一点是“人类需要重新找到自己”，“人首先是存在——人在谈得上别的一切之前，首先是一个把自己推向未来的东西……并且把自己存在的责任完全由自己担负起来”。[1]萨特的人道主义就是要求人把自由与责任都承担起来。但是，他对于要求自我与为他人统一起来却是表示悲观的。他有一段有名的话：“作为人的人为了神能够诞生而丧失自身。而神的观念是矛盾的，而我们白白丧失了自身。人是一种无用的激情。”[2]还有那句“他人即地狱”的名言都表示萨特的观点比海德格尔的人性观还更要更趋向于人的自我。

有趣的是，萨特的终身伴侣西蒙娜·德·波伏瓦对人性的观点既有萨特的回归自我的特点，但她也不排斥面向他人。她认为：“应该说我们今天还是自由的，如果选择让我们的生存处于向无限性开放的有限性中，我们就是绝对自由的。而实际上，任何有过真正的爱情的人，有过真正的反抗的人，有过真正的欲望的人，有过真正的意志的人，他都知道，要对他的目的放心的话，并不需要其他外部的任何保证，这些情感的可靠性来自于人自身的激情冲动……如果每个人真的做他该做的事，那么每

1 萨特：《存在主义是一种人道主义》，周煦良、汤永宽译，上海：上海译文出版社，2012年，第7页。

2 转引自杨大春：《身体的神秘：20世纪法国哲学论丛》，北京：人民出版社，2013年，第191页。

个人的生存将得到拯救，而不用幻想一个天堂，即所有人在死亡中获得和解的那个天堂。”[1]波伏瓦认为人性的实现更多的是要通过个人创造，当然是在自由状态下的一种创造。她在这里强调的是回归自我的自由。但她在另外的地方又认为，我们要面对的不是一个自由，而是众多的自由；他人的自由才是全部的自由、纯粹的自由。她这样说：“自由是唯一我不能超越的现实，怎么能超越一个在不断超越自身的事物呢？如果一个存在在我看来是纯粹的自由，如果它能够完全地自我创建，它就可以证明我所创建的东西，并利用它为自己的利益服务：这样一个存在只会是上帝。爱情、恐惧、欣赏和尊重的魔力可以将一个人改变为上帝。”[2]在波伏瓦看来，人性既要回归自我，又要面对他人。只有这样，人才可以具有超越的自由，最大创造性的自由。在这种状态下，人就可以把自己和他人升为自己的主宰，也就是一个可以改变一切的上帝。当然，波伏瓦对于人性中的表现绝对没有达到列维纳斯的让主体成为“为他人承受苦痛的母性身体”的地步。

法国哲学家列维纳斯在人性、人道主义上执的是另一张他人为中心的人道主义大旗，在列维纳斯看来，当今这

1 西蒙娜·德·波伏瓦：《模糊性的道德》，张新木译，上海：上海译文出版社，2013年，第151页。

2 同上，第230页。

世界不是神学的世界，而是伦理学的世界。上帝是死了，人间的神性还在。如果不研究他人，不大大地肯定他人，只是强调自我本体的至高性，神是不存在的。现代主体的挣扎是人为自由而对存在的突围，但这种自由不是被人主控的自由，自由反而主控着人。所以这种自由是有限性的，主体必须引入他人，这个自由才是无限性的、神性的。列维纳斯写道："把超越者设定为陌生人和穷人，这乃是阻止与神的形而上学的关系在忽视人和物中获得实现。神圣的维度从人的面孔出发而开启。与超越者——却摆脱了超越者的控制——的一种关系乃至一种社会关系……形而上学的无神论肯定地意味着我们形而上学的关系是一种伦理行为而不是一种神学。"[1]

保罗·策兰有句诗说："当我是你时/我才是我自己。"这句诗正是世界是包容一切人的存在才存在的一个隐喻。列维纳斯的研究绝对不是把自我与他人看作完全的统一，自我与他人不是可以通约的双方。他认为："没有独特性，没有主体性的独一无二性，公正是不可能的。在这一公正中，主体性不是作为形式理性出现，而是成为个体。"[2]所以，列维纳斯特别强调，我与他是一种异质而多元的关系，个体与整体的关系。主体性不是一个

---

1 转引自杨大春：《身体的神秘：20世纪法国哲学论丛》，北京：人民出版社，2013年，第199页。

2 同上，第202页。

大写的我，而是一个小写的我。人与人之间必须从这种自私、陌生中得到超越。列维纳斯主张："陌生人对陌生人的爱，他优于在博爱本身中的博爱。"[1]列维纳斯的他人为中心的人道主义理论更多地让我们看到神性向人性是怎样的一种渗透。个人的生命提升的部分价值一定在帮助他人的生命提升中表现出来。个人的世界唯有通过世界的他人得以全部实现。既回归自我，又面向他人，隐藏的上帝才会敞开在每个人心里的前景。

二十世纪真正让人感到上帝是存在的最具体的存在就是一个法国女人，她叫西蒙娜·薇依。她出身高贵，受过良好的教育。她面对现实的不公、人民的苦难，感觉到良心的谴责。所以她一边工作，一边还和工人、农民共同劳动，来体验工人和农民所受的苦。这种对于痛苦不倦的追求和她对于希腊哲学和印度哲学深入的、有独到见解的研究，造就了这样一个没有教会的基督徒，一个清洁的激进的先知。她对于上帝和神性的理解非常特别。她说："存在并不属于人，属于人的是有。人的存在位于幕后，在超自然的一侧……我的'我'对我（和他人）是隐藏的；它在上帝中，它就是上帝。"[2]第二次世界大战

1 转引自杨大春：《身体的神秘：20世纪法国哲学论丛》，北京：人民出版社，2013年，第203页。

2 杰拉德·汉拉第：《灵知派与神秘主义》，张湛译，上海：华东师范大学出版社，2012年，第141页。

即将爆发的时候，她受命于法国政府在英国伦敦工作。但是她为了表现出公正，执意要分担法国本国人的配给制。她拼命地干活，过度的疲劳，使得健康恶化，最后死时三十四岁。她的死和她生前写过的很多哲学和思辨文章，至今都让很多人感慨她是一个最为直观的上帝精神的伟大见证。

我这里引一首诗人蒋立波所写的《岁末读薇依》：

时代依然贫困。精神的寒霜
在雾霾弄脏的玻璃上绣花
它可以是任何一种思想的饰物，但不会是
十字架。不会是
一种远远高于数学的凛冽的精确性
如同你曾为之劳作的语言
依然对神性负有债务
……
你的渴望是化身为一座桥梁，“完成创世的
剩余工作”，因为你坚信神恩只能
来自天外，来自某个神秘的
洞穴。你困惑于那不可逾越的距离
那是被造物与造物主，必然性与善，重力与恩典
甚至一个上帝与另一个上帝之间
无限遥远的分离
你告诉我，关于上帝我们只能知道一件事

那就是：他是我们
所不是。我们的受苦是他们唯一的形象
……
你仍在一次次地提醒，上帝还没有打算
把天国的梯子交换给我们
锁链，仍然在我们脚下
发出迷人的喧响
真理，还在为那个“最微小的贪恋”
付出代价：或许是永恒，或许是
永恒最短暂的伴娘

中国当代诗人蒋立波的诗具有内涵的磁性，这种磁性很大部分来自那种神秘的神性。他笔下的薇依正是一个罕见的用自己的心身求得自我表现的神化代表。正是她在证明道成肉身，标示着神性在人性中的自我排空，但又反过来证明神性之爱是人性的无限伸展之必要。

从虚无与神秘出发的人性

神性在人性中是一个最深处的发光体，它无终无迹，似幻若灯，但是人的一切人性表现都可以在神性上找到它的根源。神性的存在是一种虚无缥缈存在着的存在，它是高蹈于一切存在的存在。虽然它不排除平凡，甚至不排除污浊，但它又是从最高处去指定着人性的方向和人生的方向，它从人的灵魂深处去筹划没有指定性的无限处来规定人性。所以神性永远活在生活的高处，生命的深处。古人荀子对于神性的表现有一个非常概括的说法："不见其事而见其功，夫是之谓神。"

神性的这个特点，规定了它一定会和虚无和神秘两者产生密切的联系。神性的存在往往是从虚无处和神秘处出发的最充沛的真理之光的表现。

虚无是一个什么概念？虚无主义总是人类在历史的关键时候打出的旗子。我们现在讲的虚无主义指的是尼采，是尼采形而上学理论的一个结论。尼采废黜了上帝，必定意味着价值重估。这个价值的重估的过程也是价值贬黜、信仰重建的过程。这个时候人类好像是没有目标了，否定成了一个最大的主题，但最终是否定中的新肯定。正像海德格尔对尼采虚无主义的评价所说："尼采对虚无主义的认识起于他的强力意志形而上学，而且本质上归属于后者。"[1]所以，这种"虚无主义不追求单纯的一无所有。他的真正本质在于一种解放的肯定特性"[2]。

虽然尼采在现实的真实性被彻底否定了，尼采是用

1 海德格尔：《尼采》（上卷），孙周兴译，北京：商务印书馆，2002年，第906页。

2 同上，第908页。

至高的恶来牺牲着世界，他厉问："难道人们不是必须一劳永逸地牺牲掉一切令人安慰的、神圣的、有疗治作用的东西，牺牲掉一切希望，一切对于隐秘和谐、未来永福和未来正义的信仰吗"？[1]尼采的确厌世，他对这个虚假的现实讨厌至极，但是他是乐观着的厌世。他对人类的将来，生命的可贵抱着非常大的乐观主义精神。所以，他在《权力意志》中明确地说："作为对一个真实世界的否定，对一种存在的否定，虚无主义可能是一种神性的思想方式。"[2]尼采的虚无主义不是悲观的，不是病态的，"虚无主义，乃是失败者不再有任何慰藉的征兆"[3]。尼采是想从这种否定当中去达到一种超越，在废墟中去创造，所以他的虚无不是终点，他的虚无是期待一种奇迹的产生，是一种积极主义的虚无主义。

尼采所谓的虚无，应该说和我们佛教中对于"无"的看法有不少相通之处。尼采的虚无不是说"不"，他说的的确是"无"，但这种"无"，是指一种"空"。佛教就讲空，这种空不对立于有的空。佛教的理论是缘起才有，在有的当下，就是自性空。《中论》说："因缘所生法，我说即是空。"佛教里面所谓的"有"也是一种"假名"的

1 朗佩特：《尼采的使命：〈善恶的彼岸〉绎读》，李致远、李小均译，北京：华夏出版社，2009年，第141页。

2 尼采：《权力意志》（上卷），孙周兴译，北京：商务印书馆，2007年，第404页。

3 同上，第251页。

"有",这种"有"是没有质的规定性和独立实体的"有",所以是假而不实,谓之"空"。佛教理论的这种"空"和"无"的说法,实际上是对于西方理论中的虚无最有深度的可比较处。

对于尼采的虚无的看法,应该看到他是在一种虚无中去追求精神自由,追求一种比想还要多的想,比思还要多的思,比存在还要多的存在的努力。尼采所谓的无实际上蕴含了万物、万有,是万有所生的物。他蕴含着去无限处发现未被显现的生机和活力,蕴含着无限的有。在这里,我们要看到这种积极的虚无主义不是简单的"不",而是一种没有意向方式,但有各种任意性的存在追求,是一种解放人性的方法。波伏瓦对于人的存在方式有许多妙见,她说:"根据存在主义的定义,这个生灵在自己存在中不断考问自己;这是一个远离自身的生灵,一个需要让自己的存在去存在的生灵。"[1]人要不断考问自己,怎样让自己的存在去存在。这就是人要选择虚无的理由。有了虚无才可选择。尼采的这种虚无主义实际上就是让人在这种有限性的否定中去达到无限性的肯定。这种否定性是神性的。这正是我们需要从尼采的虚无主义里面得到的重要营养。历史真正呈现的是没有盼

1 西蒙娜·德·波伏瓦:《模糊性的道德》,张新木译,上海:上海译文出版社,2013年,第7页。

望中的否定性，历史永远是一种真空，一种虚无。而这种没有盼望下的否定，正好让人从虚无当中走出了精神自由，去创造一种新的历史。

在世界当代诗人中，对虚无与现实的关系做出最为诗意的表达，并达到了非常成功的境地的是法国诗人博纳富瓦。他在散文中写道："美的所有标志都是废墟。"博纳富瓦对波德莱尔的《恶之花》推崇备至，认为是"圣洁的书"。他认为这是生命对死的深切体验。他非常推崇马拉美的一个观点："在发现了虚无之后，我发现了美。"博纳富瓦的诗歌中着重表现了虚无在现世人的生存与思考中的至高无上的价值与地位，而且诗人对此诗意的表现异常精彩，有世界性的开拓和发现。他在八十八岁时写了这样一首关于虚无的诗：

你，这个贫乏的世纪的
孩子，透过敞开的窗户
望着天空。世界，
难道是这阴沉的铁皮覆盖的屋顶，这雾霾，
这被玷污，被撕碎的书页？不，你的词语
拒绝从宇宙被抹掉，
它们要把虚无变成山丘、
河谷、道路。难道这些山峦，
只是石头和积雪，不，

在一个不太高的山顶，
铺开一片草坪。从这里望去，
影子掠过无边的翡翠色的草地
好似巨大的宁静。江水在下面
汇聚，闪耀。你会懂得
希望这一明显的事情不无意义，
它在你的言语中得到强化，
它将是从绝望手里夺回
精神的磁针……

博纳富瓦的诗表达了一个非常重要的意思：现实实际是一个真空，是一个虚无，一旦人认识了这个虚无性和真空性以后，你决意拒绝虚无和真空，你要寻找这个宇宙中的"有"，生存中的"意义"，你才真正掌握了人性的磁针。

像这一类写现实与虚无的关系的，又特别有诗意的诗，博纳富瓦诗选《词语的诱惑与真实》中还有不少。例如他的《一块石头》：

我们不再有路，只有高耸的荒草，
不再有涉水的浅滩，只有泥土，
不再有铺好的床，只有
影子和石头通过我们拥抱。

然而夜色明亮

如同我们希望的死亡。
它使树木发白，扩大。
树叶是沙子和泡沫。
天亮了，即使在时间之外。

人类实际上都应该明白一个道理，在人的生存和思维中只有把你的希望的死亡和现实相拥抱结合的时候，生存才是实在的，即便是时间以外，天也是会亮的。博纳富瓦的诗就是这样别具一格，非常深邃，用生的感性作哲学的诗。

上帝死了之后人要么从否定中慢慢地找到肯定，要么前往不可知的神秘，从神秘中寻找充沛的生命理想。

神秘和虚无是一对孪生概念，它们是神性的幻化，人性永远就是从这些幻化之物中取得支撑与发展。人性如果没有神性作为幻化，人性会变成一种非理想、非真理性的空壳和摆设。

人往往被肤浅裹挟，自责自己犯错，对事物不可知。实际上，无论是犯错，还是不可知，都是站在深渊边上的一瞥，或眺望。我们永远处在不可知的境地中，我们永远不可能达到所谓终极真理。唯物主义的浅薄与无知，就是太相信自己的可知性，而且这种可知性只是人的五官六觉所触及的物理性的可知性，根本性地排斥人的灵魂、思维、意识这些可以把宇宙放纳进去的可知性。人的人性超越为神性的标志就是人可以用灵魂和思想去和宇宙对话。这就是神性的智慧，保持着永远自我开放的、不可测量的，在一种神秘延伸中不竭的生命力。

维特根斯坦是一个以数学和逻辑来确定形而上学的哲学家，但即便如此，他都认为："确实有不可说的东西，它们显示自己，它们是神秘的。"[1]维特根斯坦又说："神秘的不是世界如何，而是它竟然存在。"[2]一切真正的创造者，他们是从来不排斥神秘的。西蒙娜·薇依说："矛盾是超验的手段。""不可能性是通往超自然的大门。我们唯有敲门，开门的是另一个。"[3]神秘就是这个不在的神，暗中的神，有无垠的有和可知的神。面对神秘，我们唯有敲门。开门的可能是你意识不到的一个上帝。

人必须有，也应该有一种美好的经验，那就是相信神秘、相信这世界，这宇宙是没有被真正终极发现的。这样，你的人性就具备了对世界的一种神秘的感觉，并由此打开了你的无限智慧和意识，具有了洞察不存在的东西

---

1 维特根斯坦：《逻辑哲学论》，贺绍甲译，北京：商务印书馆，1996年，第104页。

2 同上。

3 西蒙娜·薇依：《柏拉图对话中的神：薇依论古希腊文学》，吴雅凌译，北京：华夏出版社，2012年，第337页。

的能力，具备了真正在艺术和发现中去表现你潜力的可能性。的确神秘可以指向宗教，也可以指向冥想，但是不管是宗教还是冥想，它都是在追求不可知中可以使你得到自由的一种神秘力量，使人向着美好的高度去超越一切的一种神性。

人的经验常常追究纯粹"有"的肯定，实际上这种"有"是从不可知本身而来的肯定。所谓的人的自由，就是从无中发现有的自由。如果我们要消灭神秘的不可知，那就等于消灭了人类自己。如果神秘的将来，可以成为我们生存的法则，那就等于在我们被黑暗笼罩的刹那，投射进来的一束光明，由此我们就可以用一种崭新的眼睛去祭祀黑暗。神秘性是给人们带来将来，带来真实，带来真理的一切不可知东西的东西。我们经常讲给出你所有，但只有这种神性的神秘，才能给出你所没有。这就是人性的神性所要达到的一种境界。如若人对神秘已无动于衷了，人就成了行尸走肉。亨利·柏格森对神秘主义是赞赏有加的："神秘主义者证明了他们是行动的伟人，这种爱在每个神秘主义者身上都是一种全新的情感，能够把人的生活切换到另一种状态中去。"[1]请注意，柏格森把神秘的作用肯定为其能够把人的生活切换到另一种状

1 亨利·柏格森：《道德与宗教的两个来源》，王作虹、成穷译，南京：译林出版社，2011年，第75页。

态中去，这就是一种伟大。

读保罗·策兰的诗就犹如读一种神秘之物，一种神秘的感觉，一种神秘的内心独白。他认为诗主要的不是象征或隐喻，而是一种对话。但这种对话像一个漂流瓶似的，茫然无向地漂向一切敞开者、可占领者，漂向一个可以对话的真实。

保罗·策兰的这种诗见使得他的诗充满神秘的指向。举两首小诗为例：

雪降下来，愈渐密集，
鸽子的白色，一如昨日，
雪降下来，仿佛你仍在梦中。

——《回家》

词为我落何处，不死的词：
落进额头后面的天谷，
到那里去，唾沫和垃圾送行，
七星草，与我的生命同在。

夜宅诗韵，污泥里的喘息，
眼眸，肖像的仆人——
然后，一种正直的缄默，一块石头，
绕过了闹鬼的楼梯。

——《无题》

主体和客体的混同，纯粹的想象抹去了意义的所指，在场者与不在场的张力，使得诗永远仿佛在探索着“我在哪儿？我走向何方？”的神秘。这种神秘是诗人经历了奥斯维辛这样的人类惨剧之后对人类命运的思考，是命运可把握与不可把握之间的刹那停顿，导入一种可知的不可知。总之，保罗·策兰诗的神秘性是研究他的诗，也是研究全部诗歌的一大课题。

自然是神性的运动

朱光潜论中西诗人对自然的态度时说：“中国诗人在自然中只能听到自然，西方诗人在自然中往往能见出一种神秘的巨大力量。”[1]我们读华兹华斯、柯勒律治等西方的浪漫主义诗人写自然的诗，你不仅会感觉到自然的美，还会在美的背后，看到、感到诗人对于自然背后主宰着的神秘力量所表现出来的一种惊叹。这种惊叹肯定有别于陶渊明的“悠然见南山”的那种在自然中自我沉醉的逍遥感。

尼采即便那么刻薄地诅咒基督，他还是说：“我的纯

1 朱光潜：《论诗》，北京：生活·读书·新知三联书店，1984年，第76页。

洁曾对我如是说‘万物在我看来都应该是神性的’。”[1]

怎么样来看待自然？中西方人的观点区别很大。在中国人眼里的大自然，是植物茂盛、动物奔驰的一个环境。西方人更多地把自然看作是有生命的，被神支配着的存在。最明显的是海德格尔。海德格尔对诗人荷尔德林的厚爱无以复加。他的很多文章都引用荷尔德林的诗来论证自己的“思”。他对荷尔德林的评论往往离不开三个中心词汇：第一，神圣；第二，神圣者；第三，道说。这就是海德格尔对自然的基本观点。海德格尔曾经这样引用荷尔德林的诗：

同样地，他们处于适宜气候中
自然的轻柔怀抱培育诗人们，
强大圣美的自然，它无所不在，令人惊叹，
但决非任何主宰。
因此当自然在年岁中偶有沉睡模样
在天空、在植物或在民众中，
诗人们也黯然神伤，
他们显得孤独，却总在预感。
因为在预感中自然本身也安宁。[2]

1 尼采：《查拉图斯特拉如是说》，孙周兴译，上海：上海人民出版社，2009年，第114页。

2 海德格尔：《荷尔德林诗的阐释》，孙周兴译，北京：商务印书馆，2000年，第55页。

海德格尔认为荷尔德林这首诗的成功，不尽然是因为诗人爱自然，而是因为诗人认识自然的伟大力量。自然是“把万物包含在其敞开的和澄明中的自然”[1]。“自然先行于一切现实事物，先行于一切作用，也先行于诸神。”[2]因为诗人心系自然，所以才能以自然的本质来表现之。

在海德格尔的认识中，自然之物和技术之物是截然分开的。他认为：“自然乃是从那种从自身而来，向着自身行进的它自身的不在场化的在场化！”[3]即便是这种看不到的神秘实际上它仍然是一种神性的在场，一切都是从这种强大的在场中表现出来。技术是可以被人主宰的，而自然是不可以被主宰的。技术是可以被言说的，自然是不可以言说的。海德格尔认为人对自然的态度只有一种泰然处之的态度。

海德格尔把这种可以自行涌现、自行开启、自行锁闭的自然命名为神圣者，“神圣者之为神圣的，并非因为它是神性的；相反的，神之所以是神性的，因为它的方式是‘神圣的’”。[4]海德格尔认为，神圣者高于神，是神圣

1 海德格尔：《荷尔德林诗的阐释》，孙周兴译，北京：商务印书馆，2000年，第66页。

2 同上，第68页。

3 海德格尔：《路标》，孙周兴译，北京：商务印书馆，2011年，第349页。

4 海德格尔：《荷尔德林诗的阐释》，孙周兴译，北京：商务印书馆，2000年，第69页。

者使得神性和诸神得以实现。它是贯通了天、地、人、物，于一切提供出敞开之域。这种自然又是一种苏醒者，表现在生命的活力当中。这种神圣者是和未来万物本源联系在一起。诗人的伟大就在于在自然的神圣者的运动当中，诗人去抒发这种至高无上的万物本源。

海德格尔把自然和道路联系在一起，海德格尔认为的道路就是一种大自然的道路，这种道路是自然本身的包含物，或者说是自然走向自然的一种运动的过程。道路之为道路，实际上就是敞开的愉悦，让人得到依托得到方向，在开辟新的道路的过程中而产生一种自由的精神。海德格尔把道路的地位放得特别高。他认为人在自然中发现，在自然中走向道路，就是给人提供了一个有至高真理的思想，还提供了一种始源性的语言，所以他才会有“道说”的概念。荷尔德林的诗就是“道说”的诗，即是用始源语言敞开真理方向的诗。海德格尔认为在场即便是语言的本身，也是在开辟一个道路。他把这种道路的神秘性做了充分的显示，道路之所以成为道路，是因为一切天地神人汇聚在这里敞开，所以海德格尔才说：“也许在‘道路’，‘道’这个词中隐藏着运思之道说的一切神秘的神秘。”[1]

海德格尔从来不把自然看作是植物、动物存在的自

---

1 海德格尔：《在通向语言的途中》，孙周兴译，北京：商务印书馆，2004年，第191页。

然，他把它看作是一个神圣的自然，是一种神性的运动。这的确可以启示我们，我们的古人通常讲“天人合一”的道理是何等的聪明！但我们现在的所作所为从来不把自然当作一回事。我们永远用人定胜天的概念去思考，甚至去生活。怎样更感情化地相信“天人合一”，相信万物都是神性的，自然就是神性的运动，这正是历史和现实相叠加而启迪迷途中的人的方法。

海德格尔之后，后现代的哲学家对于自然这个概念有了更深的认识与发挥。比如，法国哲学家列维·施特劳斯。他特别反对将人与自然分开，或者让自然屈服于人类，“将人类与其他造物隔离开来，将它们的界限定得过于狭隘，自古代和文艺复兴的西方人文主义就使得人类失去了一个前沿的保护者”[1]。列维·施特劳斯对于今天以极权主义表现出来的杀戮，工业化和城市化产生的种种恶果，都表现出极大的忧虑。他甚至提出了一个非常有意义的主张，他认为人类占据了太长时间的哲学舞台，人的人文研究已经把人宠坏了，我们现在的研究应该把人类重新置回自然中去。在他的《裸人》中有很多这方面的研究。

诗人写自然与人关系的诗很多很多，最难得的是能

1 转引自托多罗夫：《我们与他人：关于人类多样性的法兰西思考》，袁莉、汪玲译，北京：北京大学出版社，2014年，第63页。

写出自然的神圣性促逼着人性，使人显得渺小与局限，并为之羞涩且思考。加拿大诗人帕特里克·莱恩擅长写动物诗，他写的动物诗会给人一种特殊的人性感染。

你抓到的那只鸟要死了。
我告诉你它会死的，
但你不愿意听
我的话。你要
把一只鸟困在你手中
然后学会飞翔。

再说一遍。
你千万不要去摸那些鸟儿。
它们不能从你的手指间出入。
你不是一个巢，
而一根羽毛
并非由血和骨做成。

只有词语
能像鸟儿一样为你飞翔
在太阳的墙上。
一只鸟是一首诗，
它谈论笼子的结束。

——《那只鸟》

无信仰的信仰

当今世界都在指责人们没有信仰，这确是事实。但是这种指责的目标似乎有错，应该指责的不仅仅是人，更重要的是这个没有信仰的现实使得人没有信仰。

这是什么现实？就是上文讲到的令人恐惧的世界，就是洛伦茨所说的人类的八大罪孽、人的八大恐惧的来源。面对这样的现实，你一定像尼采一样地浩叹："对信仰的需要乃是真实性的最大障碍。"[1]没有真理的真实性必定没有真正的信仰。

海德格尔在1974年发表了一篇文章叫《神语缺失》，他是引证荷尔德林一首诗里的一句话。他认为今天这个世界最大的问题就是神语缺失，他所谓的神语缺失实际上就是指在技术之上统治下的信仰的缺失。世界应该隐含着的神性在场的缺失。他说："这种技术化的世界化时代不知存在淡出之几何……然而，作为在场的在场，它在林中空地的预留，阻挡了把'神语'缺失作为缺失本真地加以经验。"[2]

1 尼采：《权力意志》(上卷)，孙周兴译，北京：商务印书馆，2007年，第371页。

2 海德格尔：《思的经验》，陈春文译，北京：人民出版社，2008年，第211页。

海德格尔在《现象学与神学》一文中说："神学本身原初地由信仰来论证。"[1]现在不是神学论证信仰，而是信仰论证神学，这就是一种颠倒。如果把信仰只是放在无条件的宗教中去成立，这种信仰实际上只剩下盲从，没有其他。由此可以理解尼采敌视基督的原因。由此也可以理解一切把无条件当作唯一条件的服从信仰是假信仰。

当然，我们完全有必要从另一个角度说问题。正是这种令人恐惧的时代，我们更需要信仰。尼采的书里一般把信仰和基督联系在一起，他认为因为基督，信仰这个概念被玷污了。所以他一般很少用信仰这个词，一旦讲到信仰这个词常常是负面的，否定的。但是，他把我们现在所用的信仰的旨意换成了另两个概念，一个叫"超越"，超越是人的灵魂的权利，是面对重力的世界拯救自己的办法，用超越来达到自由。另一个概念是权力意志，在尼采的词典里，权力意志、自由精神、自然生命、爱这些概念都基本可以通约，是他的形而上学的奥义，也是自然和生命的奥义。

尼采宣布了上帝逊位，实际上他主要是宣布作为背离自然生命的基督教的破产。如果要用科学实证的方法来求证上帝存在不存在，可能是一件永无答案的事情。

---

1 海德格尔：《海德格尔选集》(下卷)，孙周兴选编，上海：上海三联书店，1996年，第745页。

这就是康德所说的“证明上帝存在是很难很难的事情，但是证明上帝不存在更难更难”。尼采认为基督教是破产了。但是上帝不是仅仅作为宗教意义上的存在而存在，更多的是指人的生命历史中不可或缺的符号意义上的存在，所以它必定还是存在着的。这种存在主要表现为对神性的虔诚、诚实、向善性，人格上的本真意义上的存在，这一切实际上就是信仰。对宗教的反思可以不在理性的范围中，但仍可在其边界状态中进行。照哈贝马斯的说法，信仰与理性是两个互补的精神状态，它们有互通性。信仰由此臣服于自身的理性而不必完全依赖于宗教。人类的内心是渴望着未来的，未来是未知的，但臣服于未知是人的一种秉性。人总是希望自己成为某种载体，去超越自身的能力，通向未知和未来，那就是信仰的一大来源。人的这种通向未来和未知的渴望，事实是人的生命和生活轻盈地飞跃。信仰正是灵魂的飞翔。

信仰不是自行可以获得，不是自由地以自身为目的的理性的合理认识。真正的信仰应该怎样获得？一定是人和非常实在的世界或者事物接触了——这个实在的世界、实在的人、实在的事使得信仰者感动、认可，甚至有一种神圣彰显的感觉，并最终可以让人在生活中得到验证。这非凡的品质和非凡的经历打动了被信仰者，信仰者才有真正的信仰，可以无限生成的信仰。这样的信仰是第一种信仰——真切的信仰，它是直达人生命深处的信仰，这是真信仰。

还有一种信仰是假性信仰，或者叫似是而非的信仰。这种信仰者受周围环境的影响，受操纵人的大量灌输，于是他对这个世界、这个事、这个人产生了某种崇拜心理、敬仰心理。这种信仰是似是而非的信仰，它不直达灵魂深处，它往往在可信与不可信的时间中徘徊。他可能挂一个十字架，或者自称佛教徒戴一串念珠，但这串念珠与十字架实际上与他的信仰不一定有关系，大多是一个标识而已。这些戴念珠的人也许不但对佛教的教义毫无所知，更不愿意去遵守佛教所宣传的戒律。所以这种信仰不是真切的，直达人的生命深处的信仰，不过是一种似是而非的信仰，或者叫假性信仰。造成假性信仰的根本原因就是洛伦茨讲到的人类恐惧的八大来源之一——灌输性：用最迷惑人的语言，似是而非的逻辑，几千遍几万遍地向人灌输，灌输的唯一目的就是让人服从，反对人的一切思想与思维。这种情况下人就变成了爱因斯坦所说的法西斯主义下的人：他有一个大脑，只是出于误会。

宗教在人的信仰史上的确是一个非常神圣的存在。它把人集中起来，让他们去信仰一个人、一个事、一个物或者是一个名字，这种力量是非凡的。但是这种宗教照新神学的说法是——道德宗教。道德宗教的宗旨是用戒律与所谓道德把活生生的生命规范起来，甚至禁锢起来。

所以它一经尼采这样的人揭穿后信仰就会动摇。所以在尼采之后西方的很多神学研究者想抛弃这种死规的道德宗教，而去建立一种新的生命宗教，围绕着人的生命，一切为了人的生命的存在和发展的宗教。宗教成为人生命的存在，从这个意义上说，宗教信仰比无信仰的信仰来说更为虔诚、更为实在，也更有信仰的力量。

人要做到有这种真切的信仰，那就是说他的确是有一种非凡的体验以后，他的人性感应到神性以后，他才会产生生命的冲动。而这种生命的冲动，一定是在思想的物中去建立的自由创造。对这个问题比较早有深刻认识的是法国哲学家柏格森，他特别强调人的自由的思想才能够产生生命深处的物，由此人才能去建立信仰。他说："如此说明的上帝完全不是现成的，它是永不停息的生命行为、自由。如此理解的创造性也不是神秘的。一旦我们有自由的行为，我们就亲身经历着创造性。"[1]用柏格森的生命创造理论建立信仰，信仰是可以成为人的灵魂的新大陆。人的这种创造性的物性就是神的代名词。有了这种信仰的物性，人就不仅仅有求真的意识，还一定带有拯救的意识。这种拯救不仅是对自己，还对周围人，甚至推而广之是对这个世界。人要不低于神，那就是你

1 转引自尚杰：《沉醉之路：变异的柏格森》，北京：人民出版社，2013年，第152页。

必须有这种对世界，对他人拯救的意识。人是可以通过这样的信仰与神邂逅的。

尼采在《权力意志》一书中很少见地直接谈到信仰："信仰不可能来自对其话语的信赖：它只可能来自对我们处境的洞察。人们不可能通过奖赏与惩罚的许诺来创造信仰——要是我们不接受那种依然向我们开放的拯救，那么，有'移山'之力的信仰就只能建立在关于我们无可逃的沉船之灾的意识基础上……——生命合乎主的意志——"[1] 尼采讲信仰的这段话，实在讲得太精彩了。信仰是不可能通过外力，通过宣传，通过灌输式的盲从力量来建立的。现实生活中有一些权力集团是很乐意，也很热衷于建立这种所谓的信仰。但这种信仰与沙漠幻影如出一辙。尼采还说不可能通过奖赏和惩罚的许诺来创造信仰。信仰的力量在尼采看来是可以不通过言语来遗传的一种伟大力量。他认为人对信仰的认识一定要通过生命的感悟、思想的洞察，要通过人心的焕发，让人性通往神性的时候，你才能够为拯救世界、拯救他人而去开放。这种生命深处的思想和物的力量，才叫真正的信仰。人性的力量是信仰最基础的基础，人性在你身上达到它的高贵性，你才可以建立真正带神性的信仰。即便是有

1 尼采：《权力意志》(下卷)，孙周兴译，北京：商务印书馆，2007年，第791—792页。

宗教的信仰，或者是没有宗教的信仰，都可能会对世界、对个人、对他人有帮助。

无信仰的信仰实际上指的是与其求信仰之名，不如就信仰之实。最重要的是反对那种虚假的、灌输式的所谓信仰。要这种假信仰，还不如让人真正地去体验生活、体验生命，最后从生命的深处去树立自己的崇敬、追慕和爱心，这就是无信仰的信仰。信仰对于人而言不是神，不一定是宗教，最主要的是一种发自内心的自律，一种向善性，推而广之是拯救自己与他人的热情。尼采在他的自述中这样形容像查拉图斯特拉那样的超人："他没有从现实中异化出去，脱离出去，他就是理想本身，他本身就是具备现实一切的恐怖和疑问。只有如此，人才能够伟大。"[1]尼采讲的查拉图斯特拉这种超人就有伟大的无信仰的信仰。

诗歌在人类神话化运动中的地位

尼采在他的第一部著作《悲剧的诞生》中，非常欣赏席勒对诗歌的判断，诗歌"绝不是眼前或心中有了一系

1 尼采：《看哪这人：尼采自述》，张念东、凌素心译，北京：中央编译出版社，2010年，第192页。

列用思维条理化了的形象，而毋宁说是一种音乐情绪”[1]。

在《悲剧的诞生》这本书里面，尼采认为艺术的诞生有两种精神状态——日神精神和酒神精神，两种精神状态就诞生了两种艺术：一种是日神艺术，一种是酒神艺术。所谓的日神精神是制造美的外观的一种冲动，它更沉浸于对形象的纯粹的静观。尼采更推崇的是酒神精神。他认为酒神精神是一种“整个情绪系统激动亢奋”，是“情绪的总揭发和总释放”。在酒神的状态当中，艺术是被一种无名的生命力支配着，表现为一种“个体化原理崩溃之时从人的最内在基础即天性中升起的充满幸福的狂喜”[2]。人在这种精神的支配下，会有“至深的生命本能，趋向生命之将来的本能，趋向生命之永恒的本能”[3]。他会复归一种原始自然的解放，会得到最高的痛苦，但又会解除痛苦的根源，于是又和人的本体的最高的欢乐融合。

尼采还强调酒神精神中醉的意识。他认为醉是一种审美活动不可缺少的前提。只有有了醉，才可能发生生命的冲动，最后与酒神精神密切地联系在一起。总的说来，尼采是把酒神精神看作是生命的本源性和无比的驱动力。他认为诗歌是酒神精神作用下的一种艺术产品。

---

1 尼采：《悲剧的诞生：尼采美学文选》，周国平译，上海：上海人民出版社，2011年，第103页。

2 同上，第15页。

3 尼采：《偶像的黄昏》，李超杰译，北京：商务印书馆，2013年，第132页。

尼采对于诗人的整体评价有时候很低，认为诗人是一种情感的饶舌者，或者称为说谎人。但他最终还是从艺术拯救世界，指出未来的角度来肯定诗人。他在《人性的，太人性的：一本献给自由精灵的书》中把诗人称为“未来指路者的诗人”。尼采这样说：

> 在当今的人中间，存在着这么多剩余的富有诗意的力量，这些力量在塑造生活时未被耗尽；有这么多的力量毫无折扣地献身于一个目标，绝不是要临摹现在，复活和浓缩过去，而是要为未来指路——这不应该被理解成似乎诗人就像一个难以置信的国民经济学家那样会首先认识到比较有利的民族状况与社会状况，并形象地看到其实现的可能性。更应该说，他将要像以前的艺术家们在神像的基础上继续创作那样，在美丽的人像基础上继续创作，并预感到下列情况：在我们的现代世界和现实当中，没有任何一种对这世界和现实的人为抵制和制止，美好而伟大的心灵现在尚能达到和谐匀称的状态，并通过这种状态获得可见性、持久性以及典范性，也就是说，通过激发模仿和嫉妒帮助实现未来的地方仍然是有可能存在的。[1]

---

1 尼采：《人性的，太人性的：一本献给自由精灵的书》，杨恒达译，北京：中国人民大学出版社，2011年，第280页。

尼采认为作为诗人他必须是在一个神像或者美丽的人的基础上去描写生活，而描写这个生活的根本目的，是为未来指路。所以他在《人性的，太人性的：一本献给自由精灵的书》中干脆就把诗人称作"神的喉舌"，他说"只要诗人真的是大众的声音，他就被看作神的声音"[1]。

尼采在诗歌这个问题上特别强调了一个观点，他认为诗歌必须与神话联系在一起，神话是诗歌的理想故土。由于技术的架构支配了人的一切精神，毁灭了神话，诗歌就显得无家可归了。诗歌应该作为本源的神话现实而出现。诗人的最大的特点是看到了现实的全部形象，而不是逻辑的关系，而神话就是这种形象和事实的因果关系的全部显现。神话过程中语言是存在于原始状态中的，它不是一种概念和意念，而是形象和情感。但是在技术支配一切的现实生活当中，语言就已经不能够圆满地表达情感，语言已成为概念的木乃伊。于是尼采非常提倡人应该用诗歌去做神话式的思考。实际上，纵观尼采的全部著作，你会发现，尼采的工作本身就带有创建新神话的基本特点。无论是他的写作方法、他的概念与形象的运用，他是用另一种神学、另一个上帝的方式来进行形而上学的传播。

1 尼采：《人性的，太人性的：一本献给自由精灵的书》，杨恒达译，北京：中国人民大学出版社，2011年，第304页。

尼采的这个观点在后形而上学的思想家们那里得到了继承并发挥。比如哈贝马斯在论述欧洲多个思想家时都强调这个问题。他引用施莱格尔神话论中说过的话："神话是古代诗歌的核心，我们的诗歌恰恰缺少这样的核心。现代诗艺之所以逊色于古代诗艺，一言以蔽之，关键就在于：我们没有神话。但是……我们正在着手创造神话。"[1]所谓新的神话，最主要的是为了把艺术和所谓的形而上学和真理做严格的区分，诗歌必须放弃那种理性思维的过程和规律，一切都是用一种幻想式的审美使得人恢复到原始混沌的状态，用新的感官化和审美化对生活做一个反映。当然，我们知道"神话是一个神话"，但是人必须虚构将来，只是看你怎么样来虚构。把人对现实的真实而深刻的洞察，和人与生俱来的生命冲动结合起来，这样的神话虚构将有它的存在力量。尼采有一句非常有名的话，"我们有艺术，我们才不至于毁于真理"。尼采所谓的真理实际上是指一切的理性产物。他认为人的生命力的发挥必须是在酒神精神的指导下，使得人的生命力上升到彻底的忘却自我，彻底的陶醉，于是才能达到真正的审美。真正的审美可能是会处在一种神秘的状态。唯有这种神秘的状态，才会使得真正的艺术

1 转引自哈贝马斯：《现代性的哲学话语》，曹卫东译，南京：译林出版社，2011年，第103页。

产生，而且这种艺术会远远地高于生活。

尼采的观点是把一切的存在之物都通过艺术还原于审美，审美是人的生活的一个制高点。人的生存只有在审美的时候才能接近于神。在这点上，海德格尔做出了非常大的响应。海德格尔在他的全部理论中，把诗歌作为他的形而上学的大主题来研究和体现。他尤其是把荷尔德林作为一个“诗人中的诗人”来推崇。推崇荷尔德林的诗歌实际上是为了说明艺术的本质是诗歌，而诗歌的本质正是真理的创建，神圣者的突出。荷尔德林的诗歌实际上具有特别明显的神性和神圣性。海德格尔把好的诗人称为神圣者，他在评论荷尔德林的诗时这样说：“人之为人，总是已经以某种天空之物来度量自身”[1]，“此尺度乃是人借以度量自身的这种神性。……神恰恰是诗人的尺度。”[2]天空是神的显现，而神是隐而不显的，那么天空的面貌就是神的面貌。诗人之所以是诗人，他就不尽然是表现天地的形象，而是在道说隐而不显的神的本身，诗人式地呼唤着这种神圣。所以海德格尔同意荷尔德林的说法：神性是人的尺度，而人是神性的形象。

古希腊的伟大哲人巴门尼德把真理的存在与现实的存在做了如此的区分：“存在是存在的；是不可能不存

---

1 海德格尔：《演讲与论文集》，孙周兴译，北京：生活·读书·新知三联书店，2005年，第205页。

2 同上，第206页。

在的”，这是真理的存在；“存在是不存在的，非存在必然存在”，这是现实的存在。每个人对这两种截然不同的存在很难全选，大多数人是两者都占，但更偏向于某一种存在。乐观主义是偏向于真理的存在，悲观主义是偏向于现实的存在。

尼采和海德格尔都是偏向真理存在的人，是悲观着的乐观主义者。所以尼采在《查拉图斯特拉如是说》中多次把诗人贬为说谎人，但最终还是说：“我看到从诗人中成长起来的精神忏悔者正在到来。”诗人们到来了吗，你们能“用颤栗的手托起飘零的枯叶”（里尔克的诗句）吗？

海德格尔早年是研究神学出身，后来又脱离了神学，但在晚年接受《明镜》杂志采访时说：“只还有一个上帝能救度我们。”[1]这个上帝是谁呢？同时他还说：“我们不能把上帝思想出来，只能唤起期待。”[2]

1 海德格尔：《海德格尔选集》（下卷），孙周兴选编，上海：上海三联书店，1996年，第1289页。

2 同上，第1305页。

海德格尔的诗歌观

诗是什么？答案可能是恒河之沙之数。数千年，古往今来多少思想家、哲学家在他们的著作中都提到诗歌，但那是一种什么提法？或者把诗歌称为一种文体，视为一种写作方式，由此会认为诗歌是一种高级的写作方式。或者把诗歌称为抒情或者浪漫的文体，由此诗就成了浪漫或者抒情的代名词。有的人在谈到诗歌文体的时候，又总是集中于这种文体的分行和押韵等特征。分行、押韵似乎就是诗。这个世界读诗的人很少，写诗的人大多窘迫，处在边缘状态。这一切仿佛都是诗造成的结果，诗真成了一个不祥之物。

有一个人，与以上这些人的看法迥异。他竟然认为诗歌不是一种文体，不是一般的文学生产。诗歌是人类语言的发源处，诗是一种高贵的生活方式。只有诗才能描写出人类理想的生活境界。由此，作诗之人必须是高贵的人、神圣的人。发这个高论的人就是海德格尔。

在海德格尔整个哲学大厦中，诗歌是这个大厦的一根顶梁柱。海德格尔所思考的全部内容可以归纳为四大主题：人的存在、人的思想、语言、诗歌。诗歌就是一个哲学主题，这种前所未有的理论绝对是人的思想的一大创造。这一创造可能会波及很多、延伸很远，但最有力的是对我们的诗歌研究有巨大的推动力。诗歌有幸了，诗人有幸了。

当我们沉浸在海德格尔对诗的这种美好的、崇高的描述之中的时候，再回过头去看，现实的场面是否还有如此这般的诗情诗意呢？连海德格尔都在哀伤："诗歌或者被当作玩物丧志的矫情和不着边际的空想而遭到否弃，被当作遁世的梦幻而遭到否定；或者，人们就把诗看作文学的一部分。"[1]但不用着急，一切伟大的思想家所创建的地平线都远在天际间，要想真正地、全面地认识它们，一定需要时间，甚至需要几代人的时间。下面我们就做

1 海德格尔：《演讲与论文集》，孙周兴译，北京：生活·读书·新知三联书店，2005年，第196页。

这个充满欣喜，但也不要抱着满载而归的想法的眺望。

海德格尔认为诗是什么

海德格尔从二十世纪三十年代开始把荷尔德林引为他的哲学研究的中心人物。他称荷尔德林是“诗人之诗人”。他对荷尔德林感兴趣，不是因为荷尔德林在诗歌的活动中做了什么了不得的事，他认为荷尔德林的诗是对诗歌本质规定性的引证。荷尔德林整个诗歌创作高度地表现了一个诗人的责任和使命。由此，他认定荷尔德林的诗歌是同时代其他诗人都无法比拟的。海德格尔当然也引了里尔克等诗人作为他的哲思的内容。但他却从来没有引证、评价过席勒、歌德这些当时被充分肯定的大诗人。他只是对荷尔德林情有独钟，他把自己的研究和荷尔德林的诗歌比喻为一种“非此不可的关系”。当然，他更多是把荷尔德林看作他思想的一个方向指引或者是一个参照系统。海德格尔与荷尔德林的关系，与其说是海德格尔发现了荷尔德林，不如说荷尔德林也表现了海德格尔。他们通过诗歌，在思的领域里建立起了互相关联、不可或缺的联系。

海德格尔在《荷尔德林和诗的本质》一文中，关于诗是什么，他用了荷尔德林的五句诗作归纳：

1. 作诗是最清白无邪的事业。
2. 因此人被赋予语言，
那最危险的财富……
人借语言见证其本质……
3. 人已体验许多。
自我们是一种对话，
而且能彼此倾听，
众多天神得以命名。
4. 但诗人，创建那持存的东西。
5. 充满劳绩，然后人诗意地
栖居在这片大地上。[1]

以上的这五点，是海德格尔思想中诗之本质的最概要、最基本的五点。我后面讲到海德格尔的诗歌观的时候肯定会联系到这几点。在开始之前，我想先分析最让人深思的两点，那就是“作诗是最清白无邪的事业”“那最危险的财富”。这两句话显得突兀而矛盾。这两句话的含义是什么？

海德格尔说：“作诗是‘最清白无邪的事业’。何以作诗是‘最清白无邪’呢？”海德格尔是这样解释的：“作诗显现于游戏的朴素形态之中。作诗自由地创造它的形

1 海德格尔：《荷尔德林诗的阐释》，孙周兴译，北京：商务印书馆，2000年，第35页。

象世界，并且沉湎于想象领域。这种游戏因此逸离于决断的严肃性；而在任何时候，决断总是要犯这样或那样的过错。所以作诗是完全无害的。同时，作诗也是无作用的；因为它不过是一种道说和谈话而已。作诗压根儿不是那种径直参与现实并改变现实的活动。诗宛若一个梦，而不是任何现实，是一种词语游戏，而不是什么严肃行为。诗是无害的、无作用的。还有什么比单纯的语言更无危险的呢？”[1]这段话是海德格尔对“作诗是最清白无邪的事业”的一个比较全面的解释。但是，海德格尔又在后面补充，自己的表述只是暗示，只是让这个暗示供人去探寻诗的本质。海德格尔上述这段话要表达的意思无外乎如下几种：第一层意思，诗是一种创造，是用想象来进行的创造，它是一个梦，它所创造的是一个形象世界。这个梦与现实没有太多关联。第二层意思，诗歌具有逸离于决断的严肃性（这一点，海德格尔是把诗歌和哲学与社会科学的研究进行区分的重要一点）。第三层意思，诗歌是不会直接去参与改变现实的，所以它是无害的，甚至可以说是无作用的（当心，这个无作用是指社会行为方面的无作用）。所以，他又反过来说，诗歌是用语言来做一种“道说”，这是诗的最本质的社会意义。“道

1 海德格尔：《荷尔德林诗的阐释》，孙周兴译，北京：商务印书馆，2000年，第37页。

说”就是说一种“本质的语言”“真理的语言”。这跟那种“对现实无作用”的说法表面上是一种背离，实际上是另一种契合。在行为上是无害的，在思想上却说出了真理的本质。第四层意思，海德格尔认为，诗歌是一种语言游戏，一种词语游戏。“游戏”这个词汇，我们要把它与海德格尔的另一种说法“作诗是一种筹划”联系起来，“游戏”与“筹划”在海德格尔的语言当中是相似的。所谓“筹划”是一种严肃的行为。

为什么说诗歌又是一种最危险的行为，或者说最危险的财富呢？海德格尔认为“诗歌是最危险的行为”，其主要原因是诗歌和语言有关联。为什么这样讲？“因为语言首先创造了一种危险的可能性。危险乃是存在者对存在的威胁。而人唯凭借语言才根本上遭受到一个可敞开之物，它作为存在者驱迫或激励着在其此在中的人，作为非存在者迷惑着在其此在中的人，并使人感到失望。唯语言首先创造了存在之被威胁和存在之迷误的可敞开的处所，从而首先创造了存在之遗失的可能性，这就是——危险。”[1]海德格尔这段话说得很晦涩，实际上他只是说出了一个事实，即语言是可以让人的存在被敞开，但也有可能因为语言运用的不恰当，导致人的存在被遗

1 海德格尔：《荷尔德林诗的阐释》，孙周兴译，北京：商务印书馆，2000年，第39页。

失。由此，语言是危险的。这是“诗歌是最危险的行为”的第一种原因。第二种原因，海德格尔又这样说：“在语言中，最纯洁的东西和最晦蔽的东西，与混乱不堪的和粗俗平庸的东西同样地达乎词语。”[1]海德格尔认为，语言因为是这种纯洁的东西和粗俗的东西的同时存在，它们一并在词语中表现出来，所以，这就是一种冒险的行为。海德格尔要求：“语言必然不断进入一种为它自身所见证的假象中，从而危及它最本真的东西，即真正的道说。”[2]在这里面，海德格尔讲了诗作为最危险的语言的第三个原因。这个原因非常重要，因为诗的语言并非一般的言说，应该是道说，而道说又不是那么容易，这就会构成种种假象。第四个原因，他这样讲：“词语一旦被道出，就脱离了忧心诗人的保护，所以，对于已经道出的关于被隐匿的发现物和有所隐匿的切近的知识，诗人不能轻松地独自牢牢地把握其真理性。因此，诗人要求助于他人，他人的追忆有助于对诗意词语的领悟，以便在这种领悟中每个人都按照对自己适宜的方式实现返乡。”[3]诗人所写出的诗歌是需要求助于读者、他人来理解，要被他人所领悟，诗才能够实现道说的彰显。诗人说出的语言必须在被保护

1 海德格尔：《荷尔德林诗的阐释》，孙周兴译，北京：商务印书馆，2000年，第40页。

2 同上。

3 同上，第33页。

中才能够达到目的。海德格尔说："诗从来不是把语言当作一种现成的材料来接受，相反，是诗本身才使语言成为可能。"[1]如果做不到把诗的语言摈弃于人云亦云之中，诗就不能称为诗。海德格尔认为，今天的人在说语言的时候有太多的"非本质的词语"，"悬空阔谈，人云亦云"，而这些东西和诗歌的道说相去太远，这一切的一切就必然使诗的活动成为一种"危险的活动"。

海德格尔说"诗歌是最危险的行为"，是从两个层面来表达的。第一个层面，是纯粹语言表达上的问题，以上四个原因说的就是。第二个层面，他认为语言表达的困难性和人的生命的升华是联系在一起的。诗歌面对人类深渊最大的恐惧也就是这点。因为语言是涉及人的存在生命的东西。人对语言的运用从表面上说就是可说和不可说，要说和怎么说的问题。诗歌所要达到的是"道说"，是一种"不可说"，但恰恰要进行"可说"的表达。诗的语言表达也就是"可说""不可说"，用"可说"说出"不可说"，让"不可说"成为"可说"。这种"可说"的"不可说"对于每个诗人来讲都是最大的考验。要让生活的本质和真理无蔽地敞开，而这种敞开是把那种不可说的东西，一种微妙的神秘的奥妙展现出来，所以必定

1 海德格尔：《荷尔德林诗的阐释》，孙周兴译，北京：商务印书馆，2000年，第47页。

要自行遮蔽，在遮蔽与彰显、显与隐的两层矛盾与运动中艺术地表现。这确乎是语言的考验，但更是生命的考验。这种“可说”又“不可说”的东西，实际上是一种生命体验。生命的体验，唯是在命运的撕裂、生命的升华中才会有的。所以，它不尽然是一种语言表达，它更是人的存在在隐蔽之处被诗意地发现，让说不可说的神秘深入到那种隐秘的大道之中，深入到那个遮蔽的中心去，诗才成为诗。海德格尔说的危险之最危险就是这个。

海德格尔的诗歌观

“一首诗歌就是创造。”

海德格尔在他的著作中把存在之物归结为创造的东西并不多，艺术中的雕塑、绘画他认为是创造，但他强调创造最甚之物就是诗了。当然，把诗歌说成是创造并不是海德格尔的发明，但是海德格尔在论述诗歌作为一个创造物的本质和特点的时候，表现出他独到的发现。

海德格尔如此阐述他的结论：“一首诗歌就是创造。甚至看起来是在描述的地方，诗歌也在创造。诗人在创造之际构想某个可能的在场着的在场者。通过创造，诗歌便为我们的表象活动想象出如此这般被构想出来的东西。在诗歌之说话中，诗意想象力道出自身。诗歌之所说是诗人从自身那里表说出来的东西。这一被表说者通过表说其内容而说话。诗歌的语言是一种多样的表说。语言无可争辩地表明自己是表达。然而，这个结论与'语言说话'这一命题相悖。后者假定，说话本质上并不是一种表达。"[1]细细地读这段话，海德格尔认为诗歌是创造的原因有如下几个：第一，诗歌的说话不尽然是一般性的表达。第二，他认为诗意的说话是诗意的想象力来道出自身，注意是"道"出，即本质地说出。第三，他认为诗歌的语言是一种完全多样的表述。第四，他认为诗歌是为人类创造了一种表象世界。这段话从这四个意义上说出诗歌是一种创造。

海德格尔在另外的地方又提出，诗歌的创造是诗人"创建那持存的东西"[2]。这个问题海德格尔进行过很多阐述。他反复引荷尔德林的诗句："诗人创建一个持存者。"所谓的"持存"，就是对生活的此在表现出坚持，表现出生命的活力，持存的东西就是持存者。他认为，像生命与存在这种永恒的东西总是自我显现为持留之物，你能够把这种持留的东西表现为一种在场的状态，这就是一种持存的态度。而这种所谓持存的东西从规定上而言，它

1 海德格尔：《在通向语言的途中》，孙周兴译，北京：商务印书馆，2004年，第10页。

2 海德格尔：《荷尔德林诗的阐释》，孙周兴译，北京：商务印书馆，2000年，第35页。

是进入人的生活的本源之处去的。人作为一种存在者，他进入到一个本源之处去，那么，人才成为一个持存者。而诗人就是创建一个持存者，也就是进入一个本源之处的一种状态。海德格尔说："本源只是如此这般地让自身显示出来，即：这种显示作为从本源中起源的漫游之返回，参与到对本源的接近过程之中。由此，显示就在本源本身的坚固性中被确定下来。这也就是说：被创建出来。据此看来，创建乃是向本源接近的持存，它之所以持存，是因为它作为通向源泉的胆怯行进，只是难以离弃那切近之位置。这种作为显示着的持存的创建所创建的，乃是创建本身。"[1]海德格尔的最后一句话很晦涩："显示着的持存的创建所创建的，乃是创建本身。"也就是说，持存就是持存者。一旦一个诗人把生活本源的东西发现，并坚持把它创造出来，他就是一个持存者。所以持存者的本身就是一种本源的东西，是一种诗人力待发现并创造出来的东西。海德格尔认为，所谓诗的创造实际上就是把诗人自身及生活连同整个世界一块儿去发现、创造。不尽然是用人的五官六觉去发现什么，而是把人自身的生命连同着大地和世界一起去创造，这种创造才是真正的创造。这可能正是海德格尔说了这么多绕弯的词

1 海德格尔：《荷尔德林诗的阐释》，孙周兴译，北京：商务印书馆，2000年，第177页。

汇，所需要根本表达的东西。诗人说“创建那持存的东西”，持存就是创建者，创建者就是诗人所思的持存的东西。创造者只有和被创造者共同生活在一起，才能为其赋予一种共同地被发现、共同地被创造的含义。

海德格尔从青年时代开始就经常用诗歌来表达他的思维。1947年，海德格尔写了一组诗《从诗的经验而来》。这组诗里面有一首诗特别有意思：

运思之诗性依然蔽而不显。

运思之诗性彰显处
有如半诗歌之智性虚幻
久而久之矣。

而运思之诗
实乃在之地志学。

在之地志学
以在的真实到场
公布着在之行止。[1]

海德格尔为了说明诗歌的本质，在这首诗中又发明

1 海德格尔：《海德格尔选集》(下卷)，孙周兴选编，上海：上海三联书店，1996年，第1162页。

了一个含义。他认为“运思之诗/实乃在之地志学”。什么是“在之地志学”？“地志学”这个词汇在海德格尔后期的文章里面几乎等同于以前的“存在学”。当然，如果说在海德格尔前期的“存在学”中重要的还是时间问题，那么，他后期用的“地志学”可能更多的是指空间问题。所谓“地志学”就是地方、位置、大地。诗歌的本质、创造的本质就在于记述描写，人的一切存在的位置和行踪，是用这些存在物的动态来传达人的本质的存在。海德格尔认为，诗歌就是这种具体的表达人与存在着的这个世界关联的东西，具体而言，也就是所谓天、地、神、人四种整体的空间。让这样一种宏大的空间力待彰明，并道出人与这个空间的关联，这当然是创造了。

在海德格尔的观点里面，他认为这个世界是显的，而大地是隐的。诗歌的存在就是要开启世界，让世界的存在达乎显。而诗歌又是作为一种创造，必须把这种显置回于隐的无限的可能性之中。这种隐与显的双重转换，就是艺术，尤其是诗歌作为特殊的创造物的艺术。这就如海德格尔在另外的地方说的：“真理之本质即是原始争执，那个敞开的中心就是在这一原始争执中被争得的，而存在者站到这个敞开中心中去，或离开这个中心，把自身置回到自身中去。”[1]

---

1 海德格尔：《林中路》，孙周兴译，上海：上海译文出版社，2004年，第41页。

海德格尔认为诗歌的这种创造性还表现在多个地方。海德格尔在多处表达：诗歌是一种“想象的梦”。海德格尔认为“诗歌就是一个奇迹和梦想”。他说：“一边是奇迹和梦想，另一边是有所掌握的名称，两者融合在一起——于是产生了诗作。”[1]在海德格尔看来，诗意的东西就是一种奇迹和梦想，是一种从自身而来，从现实而来，但通过诗的语言，表现为与现实和存在完全不一样的东西。在另一处，他说得更妙：“诗人似乎只需把使他迷惑的奇迹和令他陶醉的梦想带到语言之源泉旁，从而以不曾黯淡的信心从中汲取词语，汲取那些吻合于诗人想象出来的一切奇迹和梦想的词语。”[2]

有时海德格尔甚至会这样说：“诗人的特性就是对现实熟视无睹。诗人们无所作为，而只是梦想而已。他们所做的就是耽于想象。仅有想象被制作出来。”[3]诗歌的创造是一种想象力的非现实的游戏。一个诗人越是要诗意地表达生活，他就越是需要自由的、高度的想象。但是，海德格尔的思维马上又转了过来。他一边在说，诗是需要想象的，需要做梦，但一边又认为这一切的一切不能

1 海德格尔：《在通向语言的途中》，孙周兴译，北京：商务印书馆，2004年，第161页。

2 同上，第160页。

3 海德格尔：《演讲与论文集》，孙周兴译，北京：生活·读书·新知三联书店，2005年，第197页。

离开大地，实际上也就是不能离开人的存在，不能离开人的现实。他说："因为'诗意'如果被看作诗歌方面的东西，其实是属于幻想领域的。诗意的栖居幻想般地飞翔于现实上空。诗人特地说，诗意的栖居乃是栖居'在这片大地上'，以此来对付上面这种担忧。……作诗并不飞跃和超出大地，以便离弃大地、悬浮于大地之上。毋宁说，作诗首先把人带向大地，使人归属于大地，从而使人进入栖居之中。"[1]请注意，海德格尔这番诗要想象又要植根大地的说法，绝非我们以前旧俗文艺观点的所谓文学要来自现实，又高于现实的成见。海德格尔形容现实大多以"大地"之称喻之。诗歌的所谓创造就是一种想象力的梦，这个梦从大地而来，不离弃大地，不悬浮于大地之上，诗的这个梦根本上是要把人带向大地，归属于大地，这个归属是诗性的归属，非现实的归属。这就是本质所在。海德格尔的这种思想，其核心是要求诗歌通过创造让人诗性地栖居于大地之上，诗性地栖居是人真理性的存在。这里所谓的大地就已不是简单的现实了。海德格尔所谓诗的梦与奇迹指的是一种理想生活，而现实与大地就是梦在大地上的实施。

海德格尔在论及荷尔德林诗歌的时候，特别欣赏荷

---

1 海德格尔：《演讲与论文集》，孙周兴译，北京：生活·读书·新知三联书店，2005年，第201页。

尔德林诗歌中的那种梦幻色彩。他认为:"在诗的自由构成领域里,可能事物之变成实在(也即现实事物之变成理想)显示出一个梦的本质特性。"[1]海德格尔认为,诗的梦幻、诗的想象会把事物变成实在,实在的诗性表现就是理想。正因为诗歌有这样一个特点,海德格尔把诗歌的这种梦称为神性的梦。所以,这种梦在海德格尔其他的表述中又往往说成是一种"先行道说着的话语。当诗人们在他们的本质中存在时,他们是先知先觉的"[2]。诗人是先知者,并非他可以未卜先知,乃是他在大地深处根植的体验,以及对理想生活急切的企盼。这两者的融通必定使他们先行性地栖居于大地之上,并先知先觉地告知人们,你们该怎么活着,怎么诗性地栖留。这就是诗人神性的梦,有关此,海德格尔特别强调:"诗人所意求的,是在本质性的愿望中所意求的东西,也即命运性的适宜的东西。这种东西之所以到来,并不是因为诗人意求这种东西;相反地,诗人必须在诗意创作之际愿望到来者,因为它是不可先行创作的诗歌,及神圣者之梦幻。诗必须以美好的言谈把大地献给这个到来者。"[3]诗一旦担负起这种神性的梦想、理想的梦想的职

1 海德格尔:《荷尔德林诗的阐释》,孙周兴译,北京:商务印书馆,2000年,第135页。

2 同上,第136页。

3 同上,第152页。

责，诗作为创造的含义就有了一种全新，并且更为高级的诠释。

“筹划着的道说就是诗。”

海德格尔有一句很有名的论断，他认为“艺术的本质是诗”。为什么说“艺术的本质是诗”？海德格尔的理由有两点。第一点，“诗的本质是真理之创建”，因为诗是一种在大道指引之下的“道说”，诗是把生存的本质真理说出来的一种创建。由此，诗歌给艺术提供了一个基本标准。第二点，语言的来源本质上是原诗的，就是“语言本身就是根本意义上的诗”。“诗歌，即狭义上的诗，才是根本意义上最原始的诗。语言是诗，不是因为语言是原始诗歌；不如说，诗歌在语言中发生，因为语言保存着诗的原始本质。”[1]基于这两点原因，海德格尔认为，艺术本质上是诗，是诗为艺术做了这样两个规定性。

因此，在海德格尔的理论中，他是把诗歌作为艺术的最高境界，而建筑、雕塑、绘画、音乐只是具有诗的含意的时候才称得上是艺术的、高级的。

诗歌是一种道说，海德格尔用了这样四个排比来表述：“筹划着的道说就是诗：世界和大地的道说，世界和大地之争执的领地的道说，因而也是诸神的所有远远近

---

1 海德格尔：《林中路》，孙周兴译，上海：上海译文出版社，2004年，第62页。

近的场所的道说。诗乃是存在者之无蔽状态的道说。”[1]海德格尔所谓的“筹划着的道说”，那就是一种真理在无蔽状态中把自身发展到存在者本身之中的一种策划、一种投射。诗歌就是这种无蔽状态把自身发射到存在之中去的一种运动。而且这种道说既是大地的，又是世界的，是在大地和世界之间隐与显的无限的争执和争议中的一种发生和运动。它是最神圣者远远近近的各种表现。所以，也是存在者的无蔽状态当中的彰明。无疑，海德格尔把诗歌作为一种道说的描述发挥到了极致。

在海德格尔的理论当中，诗是一种道说，思也是一种道说。思实际上是真理的探索，再狭义一点说，就是哲学。海德格尔认为思与诗这两种东西处于近邻关系，有时候，又表达为亲缘关系，是“两条平行线”，是走向人的思想终点的两条不分离但又“交汇于无限”的平行线。[2]但是，海德格尔又认为思与诗虽然在灵魂中有一种神秘的亲缘关系，但他们的道说却绝不相同。他说：“诗与思从它们的本质而来就由一种微妙而清晰的差异保持着分离，各各保持在它们本己的暗冥之中。”[3]海德格尔曾经把“诗与思”比喻为“切近地栖居在遥遥相隔的两座山”上的东西。虽然

1 海德格尔：《林中路》，孙周兴译，上海：上海译文出版社，2004年，第61页。

2 海德格尔：《在通向语言的途中》，孙周兴译，北京：商务印书馆，2004年，第188页。

3 同上。

“相望”，终究“相隔”，这又是一种怎样的区分呢？海德格尔在著作中对这个问题没有做过非常系统的论述，但是散见于各种各样的文章之中，我们不妨来找一找。

以下我专门罗列海德格尔对诗歌道说的特征描述，以此来与思的道说做一分界。

海德格尔说：“一位诗人愈是诗意，他的道说便愈是自由，也即对于未被猜度的东西愈是开放、愈是有所期备，他便愈纯粹地任其所说听凭于不断进取的倾听。”[1]这句话就把“诗的道说”的两个特征说出来了，一个是自由，一个是开放。诗的道说是非常自由，也是非常开放的。

海德格尔说：“作为神秘，词语始终是遥远的。作为被洞悉的神秘，遥远是切近的。此种切近之遥远的分解乃是在词语之神秘的自身不拒绝。对这种神秘来说缺失的是词语，也就是那种能够把语言之本质带向语言的道说。诗人之疆域从未赢获的那个宝藏乃是表示语言之本质的词语。”[2]诗歌的道说有一个特点，它既是遥远的又是切近的，既是过去的又是现在的。正因为这样，所以，它是神秘的。

海德格尔说：“诗人所学会的弃绝并非对一种要求的彻底拒绝，而是把道说转换为对那种不可名状的道说

---

1 海德格尔：《演讲与论文集》，孙周兴译，北京：生活·读书·新知三联书店，2005年，第199页。

2 海德格尔：《在通向语言的途中》，孙周兴译，北京：商务印书馆，2004年，第234页。

的回响——一种几乎隐蔽地鸣响的、歌一般的回响。”[1]关于“诗人的弃绝”，海德格尔明确地说“不是拒绝”，而是表示诗人如何来选择语言，如何用诗意的表达方法，来表现这种存在。他认为这种诗歌的道说，有一个特征，是一种不可名状的道说的鸣响。为什么不可名状？因为它在隐秘地鸣响着，歌一样的隐秘地鸣响着。这里，海德格尔讲了两个特征：诗的道说不可名状和隐秘。

隐秘这个特征，海德格尔曾在多处表达过。比如说他在论述荷尔德林的诗歌时曾经说：“在切近之本质中发生着一种隐而不显的隐匿。切近把近在咫尺的东西隐匿起来，这乃是那种临近极乐的切近之神秘。诗人知道，如果他把发现物称为隐匿起来的发现物，那他就说出了日常理智所反对的东西。说某种东西近在咫尺是由于它远不可及，这其实违背了常规思维的基本法则……诗人进入这种切近之中，是由于诗人道说那达乎临近之物的切近的神秘。诗人道说这种神秘，是由于诗人诗意地创作极乐。”[2]在这里，海德格尔又道出了一个诗的道说的特征：神秘。他反复地强调诗的神秘和隐匿的特征。诗的意义永远是在彰明和隐匿的双重本质运动之中的一种显现。它

---

1 海德格尔：《在通向语言的途中》，孙周兴译，北京：商务印书馆，2004年，第228页。

2 海德格尔：《荷尔德林诗的阐释》，孙周兴译，北京：商务印书馆，2000年，第26—27页。

既不是完全彰明的，也不是完全遮蔽的。而这种表现正是诗的根本之本质。如果没有这点，诗就成了散文了。在评荷尔德林诗的时候，海德格尔又这样来说诗的道说，他说，在诗歌当中，“天空、大地、人、神。在这四种声音中，命运把整个无限的关系聚集起来。但是，四方中任何一方都不是片面地自为地持立和运行的。在这个意义上，就没有任何一方是有限的。若没有其他三方，任何一方都不存在。它们无限地相互保持，成为它们之所是，根据无限的关系而成为这个整体本身”[1]。在这里，诗歌作为一种道说的特点，那就是它有着聚集天、地、人、神四重聚合的无限性特征。

海德格尔在诗歌的道说的问题上还认为，诗人写诗最主要是凭借回忆，有回忆、有思念才有诗之想。他说：“回忆在此乃是思想之聚集，这种思想聚集于那种由于始终要先于一切获得思虑而先行已经被思想的东西。”[2]写诗一定是一种回忆，它和思想不一样，思想是对于现在存在的东西的一种研究。但是回忆乃是对于开端始源性的东西的一种思念和追想。因此，诗的本质就具有特别的思念性，“传说即道说告诉我们这一点。诗的道说乃是

1 海德格尔：《荷尔德林诗的阐释》，孙周兴译，北京：商务印书馆，2000年，第210页。

2 海德格尔：《演讲与论文集》，孙周兴译，北京：生活·读书·新知三联书店，2005年，第144页。

最古老的道说，不只是因为根据纪年它是最古老的，而是因为按其本质来看，它亘古以来始终是最值得思想的东西"[1]。所以，海德格尔最后得出一个结论："一切诗歌皆源出于思念之虔诚。"[2]在这里，诗的道说的又一个特征已经明确了，那就是诗的道说是最古老的道说。为什么？因为它把始源状态的东西通过诗人的思念和回忆道说出来。所以，它是最古老的。因为有这个特点，就本质而言，它是最值得思想的东西。

以上对诗与思做的区别乃是从诗的道说的角度，只是选了一个角度，所以，会有不十分全面的局限。

"诗意的形象乃是一种别具一格的想象，不是单纯的幻想和幻觉，而是构成形象。"

海德格尔在评荷尔德林等德国诗人的诗歌的时候，时不时会讲到诗歌的形象。诗歌需要形象，这个命题并不稀奇，但海德格尔对于这个问题有很多妙见。

海德格尔在晚年1960年写过一篇题为《语言与家乡》的文章，文章这样说："诗并不在表述中言说。""诗并非在表明什么的意义上通过表述来言说。"[3]请注意，他说的是"诗并非在表明什么的意义上通过表述来言说"。

---

1 海德格尔：《演讲与论文集》，孙周兴译，北京：生活·读书·新知三联书店，2005年，第144页。

2 同上。

3 海德格尔：《思的经验》，陈春文译，北京：人民出版社，2008年，第143页。

首先海德格尔强调诗的语言，不是一般人们日常语言上的表述，而且特别强调诗反对表述。其次，他特别强调“并非在表明什么的意义上”，诗歌在语言表达上不要用“意义”表达，也就是说，诗千万不要表述意义。这是什么意思？在这篇文章中，他这样解释：“诗的言说已经摆脱了只是对既成物进行确定地表述的成规。诗性地言说被规定为一种预言，此一预言把可在场物以及可在场物的统摄力显现给我们，向我们允诺，并允诺地护养在语言中。如此这般的允诺地言说有其造形的基本特征。”[1]这段话里，他把诗歌说成是一种预言，而这种预言的表现是通过造形来达到的。诗歌的整个含义是一种预言，而这种预言的特征就是造形。造形在这里面有多种说法，可以说成是图像、途径，可以更广泛地把它说成就是形象。在这篇文章当中，他后来又说了一句：“此一在诗性的说之所说中，没有有无意义上的内容，而是这种说之所说本身就是形象之生成。”“诗是一种吐纳着言说的形象，此一形象在自身中自我显现。由此也可以说明，为什么诗要在不尽的造形中言说。”[2]海德格尔在这篇文章中最有创见的说法是：诗歌的形象不必拘泥于理性所谓的意义的有无，而是诗歌有没有成就形象，有没有成就着语言

---

1 海德格尔：《思的经验》，陈春文译，北京：人民出版社，2008年，第149页。

2 同上，第150—151页。

绽放的全新的诗的造形。理性中心主义者一直认为人的一切创造必须有意义所在，没有意义的东西就不是创造，甚至连语言都不是。海德格尔不这样看，他认为在诗歌创作中形象是第一位的、首要的，没有形象就没有一切。“形象不是要做阐释，而是要做揭示；不是要做得通俗，而是要做得别致；不是要近取诸譬，而是要遥遥相望。”[1]

他讲了诗歌形象的重要性，如果没有诗歌的形象，诗的表述就毫无意义。那么，诗歌的形象又有一些什么样的特征呢？海德格尔在评论荷尔德林诗歌的时候，做过这样的理论阐述：“不过，诗人之为诗人，并不是要描写天空和大地的单纯显现。诗人在天空景象中召唤那个东西，后者在自行揭露中恰恰让自行遮蔽着的东西显现出来，而且是让它作为自行遮蔽着的东西显现出来。在种种熟悉的现象中，诗人召唤那种疏异的东西——不可见者为了保持其不可知而归于这种疏异的东西。”[2]在这里，海德格尔用了“疏异”这个词，“疏异”是指不可见者，不可见的东西。这段话中，海德格尔要强调的无外乎是两点：诗歌的形象必须是自然而然地展开，是一种承上启下在必然状态中的显现，从内心生发出来的一种显现，而不是外在的、强加的。

1 转引自君特·菲加尔：《海德格尔》，鲁路、洪佩郁译，北京：中国人民大学出版社，2010年，第169页。

2 海德格尔：《演讲与论文集》，孙周兴译，北京：生活·读书·新知三联书店，2005年，第210页。

这一点很重要。第二个意思，海德格尔在强调一个很有意思的东西：诗歌的形象是一种一般人难以识见的东西，诗歌是读诗人为了难以识见而故意要去就见的考验。这是海德格尔非常独特的表达。实际上这正是诗的一大特征。

在谈论荷尔德林的诗之后，关于诗歌形象的特征他又讲了一段话："我们所常见的表述某物之景象和外观的名称是'形象'。'形象'的本质乃是：让人看某物。相反，映象和模象已然是真正的形象的变种。真正的形象作为景象让人看不可见者，并因而使不可见者进入某个它所疏异的东西之中而构形。因为作诗采取那种神秘的尺度，也即以天空之面貌为尺度，所以它便以'形象'说话。因此之故，诗意的形象乃是一种别具一格的想象，不是单纯的幻想和幻觉，而是构成形象，即在熟悉者的面貌中的疏异之物的可见内涵。形象的诗意道说把天空现象的光辉和声响与疏异者的幽暗和沉默聚集在一体。"[1] 这段话讲得非常精彩，海德格尔把诗歌的形象和一般的艺术形象做了一个非常大的区分。这里无外乎是说了四层意思。第一层意思，诗人应该让人在事物、景物的形象描写中见到陌生的东西。第二层意思，他仍然强调上面讲的那个意思：诗歌的形象的展开是自然的，是自行展

1 海德格尔：《演讲与论文集》，孙周兴译，北京：生活·读书·新知三联书店，2005年，第211页。

开的，是一种自然的东西的展开。第三层意思，强调诗的可见又不可见特征。诗歌的形象是把世界的形象的不可见者表现出来，但是又是在不可表达意义的思想当中去构形，这种不可思想的构形，不可见的东西表现为一种自行遮蔽的东西，特点就是海德格尔说的一种"幽暗和沉默"。第四层意思，诗歌需要幻想的巨大助力，但其目的不是构成幻觉，而是构成形象。

有关诗的形象问题，海德格尔还有很多精彩观点，以下只列三点。

首先，海德格尔认为诗歌的语言需要达到一个标准："语言是在饱满感性的深度与至为冷静的精神高度之间徘徊的之字路与独木桥。"[1]海德格尔强调了一种"饱满感性的深度"，又强调了一种叫"冷静的精神高度"，他认为诗歌语言就是这种感性深度和冷静的精神高度相交的一种危险平衡。危险平衡无论哪方多了，哪方少了，都会翻船，要恰如其分地平衡。所以，他又这样来形容，他说："语言的语词鸣响，并在话语中轰鸣，语言的语词熠熠发光，并照亮于字形。语与字尽管是感性的东西，但却是那种每每能吐露和显现出一种意义的感性。作为可感的意义，语词洞穿着天地交融之广阔。"[2]在这段话里，海德格尔特别强

1 海德格尔：《思的经验》，陈春文译，北京：人民出版社，2008年，第126页。

2 同上。

调“感性”，感性是“可感的意义”(这样诠释“感性”很精彩)。上面说“冷静的精神高度”，这里联系为“可感的意义，语词洞穿着天地交融之广阔”。这样，诗歌形象特征简而言之就是“可感的意义”。

其次，海德格尔认为诗歌中的象征是一种有特殊意义的存在物，他说:“作为语言的艺术造形，诗本身就是栖息在语言中的艺术造形的象征。”[1]明确地说，诗就是一种象征之所在。海德格尔在另一处又说:“与诗的话语不同，思之说无象征。它看上去似有象征的地方，既不是一种诗的诗之为诗，也不是一种‘感受’的直观显现，而只是冒险的、不成功的、毫无象征可言的紧急停靠。”[2]海德格尔认为哲学、思是没有象征的。只有诗歌才有象征，诗的象征是形象的直观显现。而思如果用象征就是不成功的冒险。这是海德格尔的第二个强调。

第三个强调是海德格尔认为艺术的表现，尤其是诗歌的表现必须是要有感性世界的显现，诗必须是一种感性领域的敞开。柏拉图把超感性领域称为真实世界，感性世界不是真实世界，只是虚假世界，尼采对柏拉图的这一论述做了彻底的倒转。尼采认为，只有感性世界才是第一位的真实世界。海德格尔对于尼采对柏拉图的这一革命性的

1 海德格尔:《思的经验》，陈春文译，北京:人民出版社，2008年，第75页。

2 同上，第27页。

倒转特别欣赏，他说："在倒转之后，感性领域即虚假世界就位居高层，而超感性领域即真实世界则位居低层。"[1]海德格尔认为尼采的功劳就是这种革命性的倒转，他强调感性对艺术的极端重要性，艺术唯感性才存在。海德格尔批评逻辑中心主义和理性中心主义的时候，特别强调在诗歌中比喻、比拟等修辞方法的重要性。他批评以前逻辑、理性至上，而对比拟、比喻贬低的思想，"只要我们恰切地沉思此一思物之所蕴，我们就会注意到，就连比拟这个表象也过于草率，并且比喻的在场也晦暗不明。当然，所有这一切都有其久远的渊源和深层的背景史。从古而今，自从希腊的逻辑和语法横空出世以来，人们就把语言的言说囿于确定性的表述这一视域。照此逻辑与语法，一切在语言上超出逻辑函项的东西，都被视为空洞的演讲术，视为添枝加叶的篡改，视为转义(隐喻)"[2]。在这里，海德格尔在批判这种逻辑中心主义和理性中心主义的时候，特别地表述了比拟、比喻、隐喻等修辞手法或者诗歌的表现手法对于诗歌的存在的重要性。

海德格尔对于美曾经下过一个结论。美是什么？"美是作为无蔽的真理的一种现身方式。"[3]这种美具体表

---

1 海德格尔：《尼采》(上卷)，孙周兴译，北京：商务印书馆，2002年，第222页。

2 海德格尔：《思的经验》，陈春文译，北京：人民出版社，2008年，第158页。

3 海德格尔：《林中路》，孙周兴译，上海：上海译文出版社，2004年，第43页。

现在诗歌里面又是一种怎么样的特征呢？海德格尔在评论诗歌的时候，曾经用过这样的话："他们把大地的美丽聚集起来。在这里，美决不是指各种各样的优美诱人和令人欢喜之物。大地的美丽乃是在其美之状态中的大地。"[1]他认为诗人写美必须是把美的各种状态、变化、运动，尤其是无穷的动态表现出来。那才是美的。他在另一处评论："美乃是存有之在场状态。存有是存在者之真实……美是原始地起统一作用的整一。这个整一只有当它作为起统一作用的东西而被聚合为整一时才能显现出来。"他又说："诗人们的天职就是让美的东西在美之筹划中显现出来。"[2]海德格尔的意见是：美必须是真实的，这是一个先决条件。其次，美能够被人欣赏，它一定是一种原始态的美聚集成整一状态后的表现，也就是说，用最集中的方法做一种美的聚焦表现。因此，他认为美的表现是一种艺术筹划。

尼采有一句名言："艺术比真理更有价值。"海德格尔这样评价尼采的这句名言："艺术比真实之物、被固定和被止息之物更接近于现实之物、生成者、'生命'。艺术大胆冒险，敢于赢获混沌，那隐蔽的、自我涌溢着的、

---

1 海德格尔：《荷尔德林诗的阐释》，孙周兴译，北京：商务印书馆，2000年，第161页。

2 同上，第162—163页。

未被掌握的充盈生命。"[1]艺术有如此这般的混沌着的生命、原始的生命、充溢着活力的生命、未被理性掌握着的生命，天理都会认为，艺术比现实更高级，比真理更有价值。

"作诗乃是人之栖居的基本能力。"

"人要诗意地栖居在这片大地上"，海德格尔的这句话已经被人充分地引证，甚至作为人的理想生活的标志和目标，被各种各样的人出于各种各样的目的标榜化地引证。可惜，大多数的引证是不够准确的。

海德格尔的这句话引自荷尔德林后期的一首诗，叫《在可爱的蓝色中闪烁着……》：

充满劳绩，但人诗意地
栖居在这片大地上。

海德格尔曾反反复复地引用这两句诗来说明人存在的困境与盼望。第一句"充满劳绩"，这是海德格尔对人的现在处境的一个感慨，就是人作为今天的人生活在这个世界上是充满了辛苦、劳绩和功绩的。这是第一层意思。但是，海德格尔认为人还应该有一种本有的生活状态、理想的生活状态，那就是：人应该是诗意地栖居在

1 海德格尔：《尼采》(上卷)，孙周兴译，北京：商务印书馆，2002年，第554页。

这片大地上。两句诗一是说人的现状，一是说人应该有的生活状态，这是一种对比。我们怎样理解“诗意地”三个字，可能更多的人把它理解为是一种浪漫的、舒意的，那就是诗意的含义。这个意思与海德格尔的“诗意地”三个字大相径庭。海德格尔认为：诗歌的一个根本特征就是诗意的道说。所谓道说，就是一种指向人的存在的大道，说出本质的、真理式的生活。真谛的话语，才叫道说。这个诗意实际上指的就是这种道说式的诗意，而不是指抒情、浪漫等意思。我们现在不少人理解的一个偏差就在这里。最后一句诗“栖居在这片大地上”，“栖居”这个词说的是什么呢？海德格尔在后面明确地说：“栖居，即被带向和平，意味着：始终处于自由之中，这种自由把一切都保护在其本质之中。栖居的基本特征就是这样一种保护。”[1]这句话的意思已经很明白了，所谓栖居就是人的生活、身体和灵魂都生活在一种和平的、自由的状态当中。所谓栖居的生活就是把这种人的身体、灵魂的自由和和平，即人之为人的本质保护起来。为什么又加了“在这片大地上”而没有说“生活在天空中”？对这个问题，海德格尔这样说：“‘在大地上’就意味着‘在天空下’。两者一道意指‘在神面前持留’，并且包含着

1 海德格尔：《演讲与论文集》，孙周兴译，北京：生活·读书·新知三联书店，2005年，第156页。

一种‘向人之并存的归属’。从一种原始的统一性而来，天、地、神、人‘四方’归于一体。”[1]海德格尔所谓的这个“神”不是宗教的神，而是非宗教性的神，主要是讲人的将来的主宰、未知的主宰、理想的主宰，是一种人心目中向往的神性的神，把人的存在归到这样一种天、地、神、人“四方”归为一体的存在当中，其所指就是有了理想，有了将来。

海德格尔言犹未尽，对这个“人诗意地栖居在这片大地上”又做了更深的阐述：“终有一死者栖居着，因为他们拯救大地——‘拯救’一词在此取莱辛还识得的那种古老意义。拯救不仅是使某物摆脱危险；拯救的真正意思是把某物释放到它本己的本质之中。”[2]海德格尔认为他说的“栖居在这片大地上”并非仅指人有福气生活在这样一个环境里面，他认为要有一个拯救的意识。拯救的意识就是把生活中的某物释放到本己的本质当中去，包括你自己。他特别指出：“对大地的拯救并不是要控制大地，也不是要征服大地——后者不过是无限制的掠夺的一个步骤而已。”[3]这是一种声如洪钟的警告。今天的人类几乎每天都以拯救大地的名义来毁灭大地，最终又毁灭

1 海德格尔：《演讲与论文集》，孙周兴译，北京：生活·读书·新知三联书店，2005年，第157页。

2 同上，第158页。

3 同上。

人类自己。海德格尔那么有远见、那么有责任地警告人类，真是先知般的智慧。可惜人类常常是置若罔闻的。

海德格尔对于这句“人诗意地栖居在这片大地上”做了这样一个总结：“在拯救大地、接受天空、期待诸神和护送终有一死者的过程中，栖居发生为对四重整体的四重保护。保护意味着：守护四重整体的本质。得到守护的东西必定得到庇护。”[1]讲到这里，海德格尔已经把“人诗意地栖居在这片大地上”的多重意思说完了。人应该生活在应该有的理想的环境之中，但是人对此是负有责任的。人不尽然是抒意地生活或者享受，他还应该不断地付出劳动，更重要的是他还要保护这片土地。如果没有拯救这片大地，像神一样地保护这一空间，这种所谓的“栖居”也就是假的“栖居”。讲到这里，海德格尔又用了一个“筑居”的概念，讲了“栖居”与“筑居”的关系。海德格尔有一篇专门的文章《筑·居·思》讲述此中道理。在这篇文章里面，他讲到了什么叫栖居，人怎么样栖居，什么是真正的栖居。但是他最后又讲了一个意思，他说：“由于终有一死者爱护和保养着生长的物，并特别地建立着那些不生长的物。保养和建立就是狭义上的筑造。就栖居把四重整体保藏在物之中而言，栖居作为这

1 海德格尔：《演讲与论文集》，孙周兴译，北京：生活·读书·新知三联书店，2005年，第159页。

种保藏乃是一种筑造。”[1]筑造是什么意思？筑造就是人要把天、地、人、神四重整体保存在物当中，这种物就应该用筑造去完成。狭义地说，一切的筑造物，尤其是房子，都是筑造。人只有有了这些物质上的建筑物，这些房子，甚至桥梁，才能达到拯救大地、接受天空、期待诸神和护送终有一死者这样的目的。海德格尔在这点上，非常感慨地说，人类现在最大的困境就是一种无家可归状态，这种无家可归状态既是物质上的，也是精神上的。人的身体无家可归，人的灵魂也无家可归。身体没有地方安顿，灵魂也没有地方安顿。所以，他才非常强烈地说："这种无家可归状态乃是把终有一死者召唤入栖居之中的唯一呼声。"[2]"充满劳绩，但人诗意地栖居在这片大地上"的全部意思大致如此。

讲完这个以后，我们是否要问两个问题：为什么诗歌可以使人诗意地栖居成为可能呢？为什么说作诗是人栖居的基本能力呢？海德格尔在这个问题上的回答是斩钉截铁的："看来必定是诗人才显示出诗意本身，并把它建立为栖居的基础。"[3]为什么说诗人才能显示诗意

---

1 海德格尔：《演讲与论文集》，孙周兴译，北京：生活·读书·新知三联书店，2005年，第159页。

2 同上，第170页。

3 海德格尔：《荷尔德林诗的阐释》，孙周兴译，北京：商务印书馆，2000年，第107页。

本身？因为诗是一种道说的语言，它是把人的本质的状态、真理的状态建构呈现给人的，所以，诗才有这种可能建立为栖居的基础。海德格尔又强调："为这种建立之故，诗人本身必须先行诗意地栖居。"[1]就是说，诗人要创作出使人诗意地栖居成为可能的诗歌，必须自己先行栖居。写诗不是一种"文学生产"，而是一种诗性的发现，是一种人的本有存在的发现。为什么诗人能够有这样一种发现呢？海德格尔这样解释："它们道说的是灵魂和生灵。灵魂乃是认识着的意志。"[2]他又说："思想的共同灵魂是诗意地创作着的。如果说灵魂始终要成为在这片大地上的某个人类的历史的'灵魂'，那么，灵魂的诗意地创作着的思想就必定自身聚集和完成于诗人心灵中，只要这个诗人在大地上但却越出大地显示出天空，并在这种显示中首先让大地在其诗意的天穹中显现出来。""诗意创作的灵魂通过生灵建立着大地之子的诗意栖居。所以，灵魂本身必须首先在有所建基的基础上栖居。诗人的诗意栖居先行于人的诗意栖居。所以诗意创作的灵魂作为这样一个灵魂本来就在家里。"[3]海德格尔讲的理由非常简单，但也非常有说服力。诗人之所以能够成为

1 海德格尔：《荷尔德林诗的阐释》，孙周兴译，北京：商务印书馆，2000年，第107页。

2 同上，第108页。

3 同上，第108—109页。

诗人，诗人在诗歌中能够尽情地道说，是因为诗人必须要有一颗与人类相交、与历史相交的灵魂。有这样的灵魂，诗人才能越出大地，显示天空，有四重整体的视野与内蕴。这样灵魂的生命才能先行地栖居于大地，因为他的灵魂早已在家里了。只有有了这样一颗人类的历史的灵魂的诗人，写作才必定是人之栖居的基本能力。海德格尔用一种哲学的语言说："唯有为存在而敞开的人才让存在作为在场而到来。"[1]诗人就是这样的为存在而敞开的人。海德格尔在1970年写了一篇文章《人的栖居》，这篇文章重提"人诗意地栖居在这片大地上"，但调子已经忧心忡忡了："诗人的这一话语很容易被幻化为空洞的妄论，诗自行被社会性地理解为文学生产。"[2]他认为诗人作为天穹之定规的受规者，写诗绝不是随意创作的生产，如果诗人成了图名谋利的工匠，人的存在在天地间的敞开就无法实现，那么"言说人诗性之栖居的话语不曾实现，至今乃不失为唯一伟大的幻影"[3]。这又是海德格尔的警钟！

诗人必须是本真本己的人

海德格尔在《存在与时间》里面，他从存在观的角度

1 海德格尔：《同一与差异》，孙周兴等译，北京：商务印书馆，2011年，第35页。

2 海德格尔：《思的经验》，陈春文译，北京：人民出版社，2008年，第190页。

3 同上，第197页。

认为，世界上有两种人，一种是常人，一种是本真本己的人。常人是一些什么样的人呢？海德格尔认为，“庸庸碌碌、平均状态，平整作用，都是常人的存在方式”[1]。常人就是一种不在存在状态中的人，或者说是在平均状态中，用被动的身份存在着的人。相对于世界上大量的常人，海德格尔提出还有一种人，那就是本真本己的人。他认为只有本真本己的人才与存在处于一种紧密的关联状态之中。本真本己的人是亲身存在着的，是对将来有庇护使命的人。海德格尔说：“因为此在已丧失于常人之中，它就首先得找到自己，而要找到自己，它就得在它可能的本真状态中被‘显示’给它自己。”[2]海德格尔认为，“此在的日常自我解释所熟知的，它就被称为‘良知的声音’”。[3]海德格尔认为，人只有在这种本真状态之中才会富有一种神性，才会有一种与自身亲身存在的关联，于是就会自身开放，勇往直前，向着人的存在的理想状态去发展。

只有本真的诗人才能先行栖居，才具备表现人类栖居可能的能力。海德格尔这样表达：“作诗乃是人之栖居的基本能力。但人之能够作诗，始终只是按照这样一个尺度，即，人的本质如何归本于那种本身喜好人，因而需

1 海德格尔：《存在与时间》，陈嘉映、王庆节译，北京：生活·读书·新知三联书店，1999年，第148页。

2 同上，第308页。

3 同上。

要人之本质的东西。依照这种归本的尺度，作诗或是本真的或是非本真的。因此之故，本真的作诗也并不是随时都能发生的。”[1]本真的作诗何时发生？海德格尔引用了一句荷尔德林的诗“只要善良，这种纯真，尚与人心同在，/人就不无欣喜/以神性来量度自身”（荷尔德林《在明媚的天色下》）。所谓本真的人，就是一种善良与纯真的人，一种以神性来度量自身的人。这一点上，海德格尔强调了一个诗人作为诗人的最基本条件。

海德格尔认为，人的语言是一种对话，诗歌也是一种对话。一旦对话，“诸神便达乎词语，一个世界便显现出来”，所以，本真与否是假装不出来的。“本真的对话就存在于诸神之命名和世界之词语生成中。”[2]

那么，诗人如何能够成为一个本真的人？成为一个纯洁的，或者独一无二的未来者？海德格尔特别强调自然和人的关系，海德格尔认为，在今天这个世界，自然已经被破坏了，而作为诗人的话，那就应该是拥抱这个自然，维护这个自然的先行者与坚持者。“唯这些诗人保持在与在预感中安宁的自然的应合关系中。基于这种应合，诗人之本质得到了重新裁定。‘诗人们’压根儿不是

---

1 海德格尔：《演讲与论文集》，孙周兴译，北京：生活·读书·新知三联书店，2005年，第214页。

2 海德格尔：《荷尔德林诗的阐释》，孙周兴译，北京：商务印书馆，2000年，第43页。

所有的诗人，也不是无规定的任意什么诗人。'诗人们'乃是未来者，其本质要根据他们与'自然'之本质的相应来衡量。"[1]海德格尔特别强调这种人与自然的应合关系，只有与自然应合，诗人才能作为一种敞开者，可以进入到自然的敞开中，自然于是也就拥抱了诗人。自然先行于一切现实事物，自然会超越诸神。这种自然的神圣性的存在就会在诗歌里面被发现。海德格尔是这样说的："自然把一切现实事物嵌合到它们的本质形态中。由于'灵魂'在现实中显现而灵魂因素反照在灵魂因素中，所以大全的基本形态展示开来。为此必须有不朽者和能死者出现，两者以各自方式与现实相关涉……敞开域促成一切现实事物之间的关联。一切现实事物仅仅起于这种中间促成，因而是被促成的东西。"[2]因为诗人本身处在敞开当中，所以，诗人的思考本质上是灵魂的思考。正像荷尔德林的诗句说的："诗人们也必定是世界的，/是灵魂的诗人。"因为你是灵魂的诗人，所以你的歌才有灵魂的飘扬。诗人与自然的应合关系实际上就是诗人的灵魂与天地诸神的应和。海德格尔在这里特别强调人拥抱自然，进入自然的敞开域，这样你的灵魂就达到了升华，你就被神圣者所拥抱。海德格尔用这样的语句表达："诸神必然

1 海德格尔：《荷尔德林诗的阐释》，孙周兴译，北京：商务印书馆，2000年，第64页。

2 同上，第71页。

成为诸神而人必然成为人，而同时又决不可能孤立地存在，于是才有它们之间的爱情……诗人的本质并不在于对神的接受，而在于被神圣者所拥抱。”[1]

海德格尔特别强调以当代技术发展为主的世界对于自然、大地的破坏，对此他忧心忡忡：“未来的诗人们则被置入了最极端的危险中。现在，他们必须站在神圣者本身更有期备、更原初地开启自身的地方。”[2]他认为，这就是诗人的使命，有了这个使命，“‘我们诗人’——是那些独一无二的未来者”[3]。

海德格尔的《哲学论稿》中，有一节专门论述将来的人，他认为有将来的人，“他们不包含任何公共性，但却以自己内在的美，把最后之神的先行闪现聚焦起来，并且又通过自身把它赠给少数者和稀罕者”[4]。他认为，能够冠上将来者这样一个桂冠的人就是诗人荷尔德林。他说：“荷尔德林乃是他们的远远而来，因而最具将来性的诗人。荷尔德林之所以是将来者之中最具将来性的，是因为他从最远处而来，而且，由此远程而来，荷尔德林穿

1 海德格尔：《荷尔德林诗的阐释》，孙周兴译，北京：商务印书馆，2000年，第81页。

2 同上，第84页。

3 同上。

4 海德格尔：《哲学论稿》，孙周兴译，北京：商务印书馆，2012年，第427页。

越最伟大者，转换最伟大者。”[1]为什么说荷尔德林是从远处而来，那就是说他是从存在的本源而来，从这种本源而来，他才会去发现生活的本质和生活的真理。就是这点，所以他是最伟大者。

诗歌是生命的形而上学

“诗歌是生命的形而上学”是我从尼采的“艺术是生命的形而上学”借用而来。尼采在他去世前曾经感慨地说：我的时代尚未到来，我的读者在未来。同时，他又预言：到1901年，这种状态将告结束。海德格尔出生于1889年，海德格尔从一开始就对于尼采的思想情有独钟。在二十世纪三十年代，他花了五年时间在大学课堂上讲尼采。在四十年代，他又花了更多时间撰写了两卷本的巨著《尼采》。海德格尔对尼采的那种欣赏、敬仰，在这两卷本的《尼采》中显露无遗。他曾经表示，他的很多思想来自尼采。谈及艺术理论这个问题，海德格尔在阐述尼采理论的同时，实际上是在表达他自己的艺术理论。

艺术是什么？尼采的表述是：“艺术比真理更神圣，更有价值。”尼采又说：“生命是通过艺术而自救。”（尼采《悲剧的诞生》）海德格尔在论述尼采的关于艺术的五个命题的时候，特别强调了“艺术家的存在乃是生命的一

---

1 海德格尔：《哲学论稿》，孙周兴译，北京：商务印书馆，2012年，第428页。

种方式”。他认为:“必须从创造者和生产者出发,而不是从接受者出发来理解艺术。”[1]海德格尔还引用尼采的话:“世界乃是一件自我生殖的艺术作品。”“艺术是生命的真正使命,艺术是生命的形而上学活动。”“艺术是反对一切要否定生命的意志的唯一优越对抗力量。”[2]这些观点实际上都是海德格尔从评价尼采的理论出发来阐述他的艺术理论。

海德格尔在论述艺术、诗歌作为一种生命的形而上学活动的时候,第一个强调的就是激情。他论述尼采对艺术家的创作要不要激情的问题时这样说:“艺术状态本身决不是伟大的激情,但的确还是一种激情。这种激情由此就具有了一种向存在者整体的伸展的恒定性,而且,这种伸展本身还在本己的掌握中抓住自己、注视自己,并且把自己驱逼入形态中。”[3]海德格尔认为艺术是一种创作,就必定是一种激情。激情作为一种无比的力量,它会把握创作者自己,而且使得自己成为向存在者的整体不断延伸的一种恒定。这一切的原因是“真正意义上的艺术乃是具有伟大风格的艺术,它意在把不断增长的生命本身带向强力。它不是要使生命本身停滞,而是要解放生命,使生命

1 海德格尔:《尼采》(上卷),孙周兴译,北京:商务印书馆,2002年,第74—75页。

2 同上,第76—78页。

3 同上,第112页。

得以发挥出来，是要美化生命”[1]。

尼采对于艺术创作中的陶醉现象也特别重视。尼采把陶醉认作为艺术创作的一个基本现实点，他认为这是一种生命的深渊的升起，一种生命的自身冲突的升起。对于陶醉这个问题，尼采当时的说法曾受到许多压力和质疑。海德格尔对这个东西做了非常多的肯定。海德格尔在评论荷尔德林的诗《追忆》时说："陶醉状态乃是那种庄严的情调……陶醉状态并不使'心智'混乱，倒是可以说，它首先带来那种对高空之物的清醒状态，并且让人想念高空之物。……这种简朴之物的清醒状态不同于枯燥而毫无生气的东西、颓败和空洞的东西随之出现的那种清醒状态……陶醉者由于这种清醒状态而拥有那种在至高者之高处逗留的冷静。陶醉状态上升到明亮的清晰性中，在这种清晰性中被遮蔽者的深度自行开启出来，黑暗作为清晰性的姐妹显现出来。"[2]海德格尔把陶醉解释为诗歌创作的一种状态、一种动力。诗人只有在这种陶醉状态中，才能够保持一种居高临下的清醒与清晰，才能够达到一种物我两忘的状态。

陶醉行为必定是诗人在物我相契相融中生发出爱

1 海德格尔：《尼采》(上卷)，孙周兴译，北京：商务印书馆，2002年，第238页。

2 海德格尔：《荷尔德林诗的阐释》，孙周兴译，北京：商务印书馆，2000年，第143页。

才会发生。所以海德格尔要求诗人“去倾听/许多爱的日子/和发生的行为”。“爱和行为是诗意的东西，对这种诗意的东西的倾听对诗人来说是美好的”，因倾听“诗人变得更充满热情，也即更有诗意创作性”。[1]

海德格尔在评论荷尔德林的《返乡》时做过一个系列讲述，讲诗人在写诗过程中感情是如何表达又如何达到的，他说：“喜悦乃是诗人的诗意创作物。”[2]为什么说是喜悦，他认为喜悦使诗人获得了欢乐。获得了欢乐，在看待整个世界万物的时候，诗人就会变成一个明朗者。他这样总结：“‘喜悦’，就是明朗者。”“喜悦在朗照着的明朗者中有其本质。明朗者本身又首先在令人欢乐的东西中显示自身。由于朗照使万物澄明，明朗者就允诺给每一事物以本质空间，使每一事物按其本性归属于这个本质空间。”[3]因为诗人喜悦，所以就成为一个明朗者，因为成为一个明朗者，情与所描写的物达到了万般的融合，这样就使万物澄明了。因为你使得万物和人类的本性都完好地保存在明朗者的澄明之中，所以，在这个时候，“即首先为每一‘空间’和每一‘时间’‘设置’（在此即提供）敞开域的澄明者，称为‘明朗者’。它

1 海德格尔：《荷尔德林诗的阐释》，孙周兴译，北京：商务印书馆，2000年，第150—151页。

2 同上，第13页。

3 同上，第14页。

是三合一，既是明澈，又是高超，又是欢悦”[1]。因为诗人的创作在这样一种欢乐中去运作，使得诗人拥有了他所全部描写的一切。最后，海德格尔得出一个结论：明朗者就是神圣者。

神圣者这个词汇在海德格尔的文章中会经常见到，尤其是他在谈到诗人的时候，他经常会把最高级的诗人说成是神圣者。海德格尔的宗教思想是一个很复杂的问题。他早年是念神学的，后来改学哲学，所以他的哲学之思总有神学之维存在。他早年是信仰基督的，但后来随妻子从教派信仰改宗为个体信仰。中年开始，海德格尔自己明确说他有脱神的思想，但是他脱的是宗教的神，而不是理想的神、信仰的神。他的感觉像尼采一样，上帝已经缺席，诸神已经逃遁。这个时候，他把他的一切理想物、信仰物都归置于神圣者。所谓神圣者，不是指的神性之物，或者限于神性之物。他比一切的神性之物还更广。甚至可以这样说，海德格尔说的神圣者有点像盼望着的、想象中的但至今还未出现的上帝。海德格尔讲到荷尔德林的神圣者是高于诸神和人类的，比时间还要老。所以，荷尔德林把神圣者称为是一种法则，是至高者，是一种一切神性所表现的空间。海德

1 海德格尔：《荷尔德林诗的阐释》，孙周兴译，北京：商务印书馆，2000年，第17页。

格尔把诗人在创作中的这种喜悦的、明朗的、激情的状况最后归之为神圣者。诗歌的创作就是这样一种因为情感真挚地投入与表现，最终真正地道说出生活本质的特征。只有有了真挚情感的投入，才有诗歌道说的可能。

海德格尔曾引用德国诗人特拉克尔的诗："灵魂，大地上的异乡者。"[1]以此来说明诗歌在生命表现上的特征。海德格尔认为，一个好的诗人常常是这种大地上的异乡者。所谓的异乡者是什么？海德格尔说："异乡人乃是孤寂者。"[2]异乡人是孤寂的人，"孤寂包含着：更寂静的童年的早先，蓝色的夜，异乡人的夜间小路，灵魂在夜间的飞翔，甚至作为没落之门的朦胧。孤寂把所有这些共属一体的东西聚集起来，但此种聚集并不是事后追加的。"[3]孤寂、孤独、边缘常常是诗人的代名词。千古诗人皆苦寂，这倒不是诗人自己要远离市嚣喧哗，更多的是他们要与俗世保持距离，让他们的心灵能持一种特殊的态度去看待这世界、这人生。在海德格尔看来，诗人这种异乡人的孤寂反而能在情感上得到收获。他说："因为精神之本质在于燃烧，所以精神开辟了道路，照亮了道路，并且上了

1 海德格尔：《在通向语言的途中》，孙周兴译，北京：商务印书馆，2004年，第32页。

2 同上，第46页。

3 同上，第56页。

路。作为火焰，精神乃是‘涌向天空’并且‘追逐上帝’的狂飙。精神驱赶灵魂上路，使灵魂先行漫游……精神是灵魂的馈赠者。精神是灵魂的赋予者。但反过来，灵魂也守护着精神，而且这种守护是根本性，以至于要是没有灵魂的话，精神也许永远不可能成其为精神。灵魂‘养育’精神。”[1]诗人作为异乡人、孤寂者，他最后得到的却是他灵魂的燃烧、精神的火焰。灵魂和精神交结在一起，由此，你就得到了一个诗人的伟大的情感天地与力量。在这种精神的火焰灼灼闪光的时候，你又会得到一种一般人所没有的东西，那就是痛苦。“痛苦在‘燃烧’之际不断撕开。痛苦的撕扯力量把漫游的灵魂标画入那个裂缝中，即涌向天空的狂飙和寻索上帝的追逐的裂缝中。”[2]在这样的时候，诗人是怎么样的一种状态呢？海德格尔引用了特拉克尔的一句诗：“活着是如此痛苦地善和真。”[3]这就是诗人作为诗人的代价、收获、义务和责任。燃烧引痛苦而来，痛苦的付出终究要和生命的闪光契合。“痛苦始终与蓝光之神圣性保持着纯粹的应合。因为通过退隐到它本己的深处，蓝光照亮了灵魂的面容。神圣

1 海德格尔：《在通向语言的途中》，孙周兴译，北京：商务印书馆，2004年，第59页。

2 同上，第60页。

3 同上，第61页。

者成其本质。”[1]一个好的诗人通过他的真实的、本真的感情流露，就能够成为一个神圣者。因为诗人在流泪、流血中痛苦地付出，所得到的就必定是生存本质的敞亮。在海德格尔的笔下，诗人常常就是这样一个非常特殊的角色，他们的感情的表达千差万别，有各种形式，或欢乐至激情，或孤寂至痛苦，但无论是欢乐、喜悦，还是悲痛、孤寂，只要是本真的本己的，只要是自然地流露，他一定能做出诗的道说，并且把道说者推向神圣者的境地。

诗歌的语言——前语言

诗歌的语言是前语言的说法是我的发明。海德格尔把诗称作为一种原语言，或者叫真语言。诗歌语言是一种始源状态的语言，它是一种原语言，也有前语言的意思。如果再把诗歌的语言看作是疏离于概念和理性之上的一种语言，是不是就可以把整个诗歌语言设定为一种前语言？当然，这么一个重要的问题，需要更多地更深入地加以探讨。

海德格尔一直关心语言，在1941年他还写过一首诗来形容语言，这首诗叫《语词》："无，无处，从无，/在任何东西面前，/无论接续还是广延，/语词脱颖于/让任何铺设的地基/都归于垮塌的深渊，/因为只有予已说的/发

1 海德格尔：《在通向语言的途中》，孙周兴译，北京：商务印书馆，2004年，第64页。

生捆绑的联系/每一物才装备得更像物/被逮住的意义,迷乱的疯狂,/才又去捕捉/一个新的意义/直到它无从悬挂/更多的添加。”[1]这是一首形容语言特征的异常形象的诗。有的地方有点费解,但是,只要真正理解海德格尔的语言观和诗歌观的大致内容,就能理解这首诗。我认为这首诗写得最妙的是前面的这五个字:无,无处,从无。如果要从海德格尔的著作来分析其中含义的话,大致的理解应该是:“无”,就是语言是实有的,但从根本上来说是空的,是从空中而来的有(从这点而言,与佛教语言观的假名说很相似)。“无处”,就是说语言是无处不在,但又无处有,语言永远处在无处中。“从无”,是指从无而来,饱和到圆满,最终又虚无到无从而去。这五个字是精彩至极的对语言本质的形而上学思考。

海德格尔所谓的诗歌语言是什么?他没有正面,也没有多处去论述,只能从他文章的点滴里来分析总结。

第一点,诗歌语言是一种始源语言。也就是常常说的,它是一种原语言,真语言。评述荷尔德林的诗的时候,他说:“诗从来不是把语言当作一种现成的材料来接受,相反,是诗本身才使语言成为可能。诗乃是一个历史性民族的原语言。”[2]这是他对于诗歌是原语言的一个解

1 海德格尔:《思的经验》,陈春文译,北京:人民出版社,2008年,第19页。

2 海德格尔:《荷尔德林诗的阐释》,孙周兴译,北京:商务印书馆,2000年,第47页。

释出处。后来，他在多处都提到了诗歌语言的这一特点。有人常常认为写诗是一种语言表达的文体，海德格尔对此断然否定，他说："诗乃是存在的词语性创建。"[1]因为这种创建，所以，诗歌所谈的自我才进入到敞开域中，而诗歌是先行于语言的。如果我们不从这样一个语言的本质上来看问题，我们也就没法研究诗歌。

第二点，海德格尔认为，诗歌语言是一种持存者的创造，所谓持存者的创造就是诗歌是通过对物的命名、保养、保护才取得了思维的开端，才创建了这一个世界。在这点上，因为诗歌是用它的在场的语言把物保护了起来，所以"唯当诗意的词语以歌的音调发声，诗人的这种应和才能成功"[2]。这里面讲的诗人的这种应和就指诗人用语词来命名物的这种应和。因为取得了这种应和，所以才能够诗意地表达。诗的语言是以诗意的语言来命名物的尺度、法则与规范的，所以才能说诗歌是持存者的创造。

第三点，诗歌语言是一种创造语言，是一种奠基性的语言。这个问题在以上的文章中我已经论述过了。海德格尔在评论荷尔德林的诗的时候，就明确地说："诗是一种创建，这种创建通过词语并在词语中实现。"[3]"诗人

1 海德格尔：《荷尔德林诗的阐释》，孙周兴译，北京：商务印书馆，2000年，第45页。

2 同上，第226页。

3 同上，第44页。

的道说不仅是在自由捐赠意义上的创建，而且同时也是建基意义上的创建。”[1]所以诗实际上是一种词语性的存在创建。而这种创建在海德格尔看来是“诗人把诗人的天职经验为对作为存在之渊源的词语的召集”[2]，并把这些东西保持在场，这就是诗人的最大特点。

第四点，诗歌语言一定是对于概念、逻辑、理性的疏离、疏远甚至反叛。海德格尔在《存在与时间》中早就说:“要把语法从逻辑中解放出来。”海德格尔对于当今生活世界中逻辑至上和理性至上的这种倾向表现出极大的反感，所以，他认为诗歌的语言是一种“隐藏在源泉深处的名称被看作某种沉睡的东西，只是为了描绘物而使用它时，才需要把它唤醒”[3]。在海德格尔的认识中，因为诗语言是有这样的神圣的起源，所以，在把诗歌表达出来的时候，必须要从逻辑和理性中解放出来的。只有有了这种解放，诗歌的语言才会有某种神性。诗歌的这种神性的发挥，才能够带来它的自然之光和内在之光。德国当代著名诗人保罗·策兰与海德格尔有神交般的关系，他们互相阅读对方的著作，尤其是保罗·策兰至死还在

1 海德格尔:《荷尔德林诗的阐释》，孙周兴译，北京：商务印书馆，2000年，第45页。

2 海德格尔:《在通向语言的途中》，孙周兴译，北京：商务印书馆，2004年，第158页。

3 同上，第223页。

阅读海德格尔的著作。他有感于海德格尔对诗歌语言的论述，写下过这样的论述："诗歌：处于未成形状态的语言。也就是被解放的语言。"[1]

第五点，在海德格尔看来，诗歌语言是一种奇迹和梦想的神话般的语言，是表现着各种圣迹又需确切命名的语言。他在评价荷尔德林诗的时候，曾经用了这样一个比喻，他说："一边是奇迹和梦想，另一边是有所掌握的名称，两者融合在一起——于是产生了诗作。"[2]诗歌语言是一种神话语言。

第六点，海德格尔认为诗歌语言是某种程度上的一种密码式的表现。他引用了哥特弗里德·伯恩的诗句这样说："一个词语，一个句子——从密码中升起／熟悉的生命，突兀的意义，／太阳驻留，天体沉默／万物向着词语聚拢。"[3]像哥特弗里德·伯恩的诗句一样，诗歌的语言就是一个密码，是"熟悉的生命"，又是"突兀的意义"。

第七点，海德格尔认为诗歌语言是一种多义的、歧义的语言，是一种任意性的语言。他在评论特拉克尔的

1 转引自詹姆斯·K.林恩：《策兰与海德格尔》，李春译，北京：北京大学出版社，2010年，第53页。

2 海德格尔：《在通向语言的途中》，孙周兴译，北京：商务印书馆，2004年，第161页。

3 同上，第167页。

诗歌的时候，认为特拉克尔的诗歌里面对于颜色、疯狂和野兽，甚至于很多物、鸟、船等的描述常常是多义、歧义的。最后他得到结论："这一切总是道说着多重的东西。'绿'是腐朽和繁盛，'白'是苍白和纯洁，'黑'是幽暗的锁闭和阴暗的庇藏……这里所谓的多义性首先只是两义性。但这种两义性本身作为整体还只是事情的一个方面，另一方面则是由那首独一之诗的最内在位置所决定的。这首诗是从一种模糊的两义性而来说话的。不过，诗意道说的这样一种多义性并不可分解为不确定的歧义性。"[1]海德格尔认为这种不确定性的歧义性的表达正是诗歌无限的优越性。

第八点，海德格尔认为方言是诗歌语言的特有的财富。他认为方言是一种渊源性的语言。一切纯正的诗，一切高贵的诗，它最后都源于它自身的这种能够通达万物的方言。海德格尔这样说："语言精神在自身中所蕴含的东西，是那种通达万物的高度，从中使万物如此这般地得其渊源，由此而生成着恰切和孕育着果实。此一高度与恰切在语言中生机勃发，而一旦语言缺少了方言这种源头活水的滋润，此一高度与恰切也随语言一同枯死。"[2]

1 海德格尔：《在通向语言的途中》，孙周兴译，北京：商务印书馆，2004年，第76页。

2 海德格尔：《思的经验》，陈春文译，北京：人民出版社，2008年，第110—111页。

诗人的尺度和诗的量度

海德格尔在1946年悼念里尔克去世二十年的时候做过一篇长篇演讲《诗人何为》，这篇演讲中提到“在贫困时代里诗人何为”，这是荷尔德林的一句诗。海德格尔认为，今天这个时代已经是上帝离去，诸神远逝，人类进入到了一个半黑暗的时代。他把今天的时代称作贫困的时代。海德格尔是从如下几个方面来说“贫困的时代”的：

第一，他认为在今天这个时代，过度技术化造成的对世界的破坏已经到了值得警惕的地步：“当人把世界作为对象，用技术加以建设之际，人就把自己通向敞开者的本来已经封闭的道路，蓄意地而且完完全全地堵塞了。”[1]

第二，他认为，今天这个世界，给人有希望的神性在消失当中，“世界变得不美妙了。这样一来，不仅神圣者作为通向神性的踪迹仍遮蔽着，而且甚至连通向神圣者的踪迹，即美妙事物，也似乎灭绝了”[2]。

第三，他认为人类精神已处在一种极度的贫乏状态

1 海德格尔：《林中路》，孙周兴译，上海：上海译文出版社，2004年，第307页。

2 同上，第309页。

之中。他说:“时代之所以贫困,乃是由于它缺乏痛苦、死亡和爱情之本质的无蔽。这种贫困本身之贫困是由于痛苦、死亡和爱情所共属的那个本质领域自行隐匿了。”[1]

生活在这样一个贫困的时代,一切的存在都在冒险。大家都是冒险者,但有一个比一切人的冒险更甚的冒险者,海德格尔认为这就是诗人。

他这样说:“冒险更甚者是诗人,而诗人的歌唱把我们的无保护性转变入敞开者之中。因为他们颠倒了反敞开者的告别,并且把它的不妙东西回忆入美妙整体之中。所以,他们在不妙中吟唱着美妙。回忆性的颠倒已经超过了反敞开者的告别。”[2]因此,海德格尔把像荷尔德林、里尔克这样的诗人称作为人的先行者。他们是不可超越的、不可消失的先行者。虽然世界黑夜的命运如此这样的决定,但是,在像荷尔德林、里尔克的诗中始终会保持着永远的存在的命运性。

海德格尔将诗人命名为这个时代的冒险者。同时,他又把诗人命名为存在的地志学家。他说:“运思之诗,是存在的地志学。”也就是说,诗歌是世界存在的一切运动的表现。诗人在他们的诗歌中正是表现这种世界存在运动的开端。海德格尔又特别把诗人说成是一种本真本己的人,

---

1 海德格尔:《林中路》,孙周兴译,上海:上海译文出版社,2004年,第288页。

2 同上,第333页。

本真本己的人必定向神性开放，与存在关联。由此，海德格尔又特别说明诗人是一个“神圣的命名者”。他认为，只有诗人，“坚持去道说关于到达的词语，这乃是诗人命中注定的事情”；“他们的步伐对着人类的深渊”[1]。诗人的歌唱实际上是一种神性促成的歌唱，神圣者对于大地之子来说已经失去了危险性。诗人可以这样说：“神圣者到来，神圣者就是我的词语。”“神圣者通过神和诗人们而秉有某种中介作用并且在歌唱中诞生，威胁着神圣者的本质而使之颠倒为它的反面。”所以，“神圣者在其本原中乃是‘牢不可破的法则’”[2]。这就是诗人的本质，诗人命名神圣者，他自己也就是神圣者。

海德格尔曾经引用荷尔德林的几句诗：“充满劳绩，但人诗意地/栖居在这片大地上。我要说，/星光灿烂的夜子阴影/也难以与人的纯洁相匹敌/人是神性的形象。/大地上有没有尺度？/绝对没有。”他从这几句话出发，问人有没有作为神性的尺度。海德格尔在后面的阐述当中回答了这个问题，他说：“人之为人，总是已经以某种天空之物来度量自身。”“唯当人以此方式测度他的栖居，他才能够按其本质而存在。”因为人是以天空来度量自己的，诗人又是先栖居于大地的。海德格尔又说：

---

1 海德格尔：《荷尔德林诗的阐释》，孙周兴译，北京：商务印书馆，2000年，第239页。

2 同上，第85—86页。

“作诗乃是‘采取尺度’——从这个词的严格意义上来加以理解；通过‘采取尺度’，人才为他的本质之幅度接受尺度。”“但人之栖居基于诗意。”所以，海德格尔就作了结论：“此尺度乃是人借以度量自身的这种神性。”“神恰恰是诗人的尺度。”[1]神是诗人的尺度，诗人写诗是以神性的标准为量度的。在海德格尔的文章里，诗人常常是这样一种半人半神的形象，此尺度之高前所未有。海德格尔设置了这个尺度，从根本上说不仅仅是为诗者与为诗的目的设立尺度，更是为了人的理想设立尺度。

在海德格尔的诗歌评论里面，他绝对不用美妙、深度，不可测量的思想等评语。他用得最多的是三个概念：历史性，时代性，世界性。

他是这样讲历史性的：“荷尔德林所创建的诗之本质具有最高程度上的历史性，因为它先行占有了一个历史性的时代。而作为历史性的本质，他是唯一本质性的本质。”[2]海德格尔把诗歌价值的历史性问题放到如此之高，正说明海德格尔是一个思想家。他认为所谓的历史的东西是一种被天命所遣送的命运，其含义非常之广阔。他之所以把荷尔德林称作一个先行者，是因为他的诗歌

---

1 海德格尔：《演讲与论文集》，孙周兴译，北京：生活·读书·新知三联书店，2005年，第205—206页。

2 海德格尔：《荷尔德林诗的阐释》，孙周兴译，北京：商务印书馆，2000年，第53页。

里面充满了这样深广、久远的历史性。

关于时代性问题，海德格尔认为，诗人是创建那持存的东西，所以，“在严格意义上，荷尔德林的时代固然就是他的时代。但这一他的时代恰恰不是那个同时代，即在这个时候仅仅同时的和通常的同时代”[1]。海德格尔讲荷尔德林的诗是因为他的诗表现出一种持存者的语言，表示出一种神圣者的语言，他所谓的这个时代不仅仅是一种当时代，更是一种永远的时代，是一种有将来性的时代。这一点非常重要，海德格尔指的时代性是永远的时代性。

关于诗歌的世界性问题，海德格尔如此描述：“诗人们也必然是世界的 / 是灵魂的诗人。”“对这些诗人来说，世界的标志和行为进入一道光中；因为诗人们并不是无世界的。”[2]在这里，海德格尔认为诗歌的意义因为灵魂的关系而关涉世界性。有的诗歌会有一种大的世界性的视野、胸襟和意义。有的诗歌因为诗人的经历和阅历，主要是灵魂的关系，他的世界性含义会小得多。在这一点上，我们可以举出无数的诗人例子。世界性问题不仅有关诗人的视野，更有关诗人的灵魂遭遇。一个没有被命运挤压过的灵魂能唱出世界性的诗歌来吗？能成为世界性的

---

1 海德格尔：《荷尔德林诗的阐释》，孙周兴译，北京：商务印书馆，2000年，第89页。

2 同上，第75页。

诗人吗？

汉娜·阿伦特对诗歌的定义

汉娜·阿伦特是海德格尔的学生、情人，也是他终身的密友。她在美国和西方对传播海德格尔的思想起了很大的作用。汉娜·阿伦特在很多地方接受了海德格尔的思想。对于诗歌的地位、作用和特点，她有诸多的论述。在此，引述一段为大家作参考：

> 以语言为材料的诗也许是最人化的和最少世界性的艺术，一种最终产品最接近于激发它的思想的艺术。诗的持存性来自于语言的锤炼，似乎语言以最密集、最精炼的方式说出来的东西，就是诗。在诗中，记忆，缪斯之母，直接转化成了回忆，而诗人赢得这种转化的手段就是节律，通过节律，诗就几乎自行固定在了回忆当中。正是这种同活生生的回忆的联系，让诗歌得以在印刷和手写的书页之外保持它的持存性，而且尽管诗的“品质”要取决于很多不同标准，但它的“可记忆性”不可避免地决定着它的持存性，决定着它有没有可能永远保留在人类的记忆当中。在所有的思想物中，诗最接近于思想，一首诗比其他艺术品更不像一个物。不过最终还是被“造”出来的，也就是被写下来的，并

转化为众多事物中的一个有形之物，不管它曾经如何长久地作为活的口头言说，留在吟游诗人和听众的记忆中。[1]

1 汉娜·阿伦特：《人的境况》，王寅丽译，上海：上海人民出版社，2009年，第129页。